18
16
14
GRÍMSEY
Raufarhöfn
OCEAN
THISTILFJÖRDHUR
Kópasker
AXARFJÖRDHUR
SKJÁLFANDI
Húsavík
EYJAFJÖRDHUR
Fnjóská
Sandá
Jökulsá á Fjöllum
Vopnafjördhur
HERADHSFLÓI
2894
MÝVATN
Akureyri
2828
Selá
Hofsá
4104
LAVA
Eyjafjardhará
Jökulsá á Brú
Egilsstadhir
Seydhisfjördhur
Neskaupstadhur
2336
Lagarfljót
Eskifjördhur
Búdhareyri
Búdhir
Skjálfandafljót
4751
LAVA
4094
Djúpivogur
Kaldakvísl
VATNAJÖKULL
5659
Höfn
Tungnaá
LAKI
HVANNADALSHNÚKUR
6952
Kirkjubæjarklaustur
Skaftá
Kúdhafljót
EAN
18
16
14

Arnaldur Indriðason

DUELL

Weitere Titel des Autors:

Die Kommissar-Erlendur-Reihe:

1. Menschensöhne
2. Todesrosen
3. Nordermoor
4. Todeshauch
5. Engelsstimme
6. Kältezone
7. Frostnacht
8. Kälteschlaf
9. Frevelopfer
10. Abgründe
11. Eiseskälte

Thriller:

Gletschergrab
Tödliche Intrige
Codex Regius

Titel in der Regel auch als Hörbuch und E-Book erhältlich

Arnaldur Indriðason
Duell

Island Krimi

Übersetzung aus dem Isländischen
von Coletta Bürling

Lübbe Hardcover

Dieser Titel ist auch als Hörbuch und E-Book erschienen

FSC
www.fsc.org
MIX
Papier aus verantwortungsvollen Quellen
FSC® C014496

Titel der isländischen Originalausgabe:
»Einvígið«

In Island duzt jeder jeden.
Man redet sich nur mit dem Vornamen an.
Dies wurde bei der Übersetzung beibehalten.

Published by arrangement with Forlagið, www.forlagid.is

Textredaktion: Anja Lademacher, Bonn
Umschlaggestaltung: Johannes Wiebel, punchdesign, München
Umschlagmotiv: © Shutterstock/Herbert Kratky,
Shutterstock/Anders Peter Photography
Satz: Dörlemann Satz, Lemförde
Gesetzt aus der DTL Documenta
Druck und Einband: GGP Media GmbH, Pößneck

Printed in Germany
ISBN 978-3-7857-2483-5

5 4 3 2 1

Sie finden uns im Internet unter: www.luebbe.de
Bitte beachten Sie auch: www.lesejury.de

Eins

Erst als nach Ende des Films das Licht wieder angegangen war und alle Besucher das Kino verlassen hatten, fand der Platzanweiser die Leiche.

Es geschah in einer Fünfuhrvorstellung mitten in der Woche. Die Kinokasse hatte wie gewöhnlich eine Stunde vor der Vorstellung aufgemacht, und der Junge hatte sich als Erster eine Karte gekauft. Die Frau an der Kasse hatte ihn kaum wahrgenommen. Sie war um die dreißig und trug ein blaues Seidenband im toupierten Haar. Ihre Zigarette qualmte in einem kleinen Aschenbecher vor sich hin. Sie hatte sich in eine dänische Illustrierte vertieft und kaum hochgeschaut, als er vor der Glasscheibe auftauchte.

»Eine Karte?«, fragte sie, und der Junge nickte.

Die Frau reichte ihm die Karte und das Wechselgeld. Das Programmheft schenkte sie ihm. Dann setzte sie ihre Lektüre fort, und er steckte das Wechselgeld in die eine Hosentasche, die Eintrittskarte in die andere und ging wieder nach draußen.

Am liebsten ging er allein ins Kino, und zwar in die Fünfuhrvorstellung. Er kaufte sich immer eine Tüte Popcorn und dazu eine Flasche Limo. Er hatte einen Stammplatz in diesem Kino, genau wie in allen anderen Filmtheatern der Stadt. So wie die Kinos sich voneinander unterschieden, hatte er auch in jedem einen anderen Lieblingsplatz. Im Háskólabíó wollte er immer ziemlich weit links oben sitzen, denn es war bei weitem das größte Kino mit der größten Leinwand in der Stadt. Er saß dann gerne weiter von der Leinwand weg, damit ihm keine Details entgingen. Mit einer gewissen Entfernung zwischen sich und der Leinwand fühlte er sich auch sicherer, denn Filme konnten so sehr unter die Haut gehen, dass man sich völlig überwältigt fühlte. Im Nýja bíó setzte er sich immer auf einen Platz in der kurzen Bank im oberen Parkett direkt am Gang. Im Gamla bíó hingegen befand sich sein Lieblingsplatz im mittleren Parkett. Wenn er ins Austurbæjarbíó ging, saß er immer rechts, drei Reihen unterhalb des Eingangs. Im Tónabíó war die Reihe beim Eingang am besten, wo er die Beine ausstrecken konnte und die Leinwand in sicherer Entfernung war. Das Gleiche galt für das Laugarásbíó.

Im Hafnarbíó, dem Kino am Hafen, verhielt es sich etwas anders als in den anderen Kinos, und es hatte lange gedauert, bis er den richtigen Platz gefunden hatte. Es war das kleinste Kino von allen und von der Einrichtung her auch das schlichteste. Zunächst kam man in ein nicht sehr großes Foyer, in dem sich ein kleiner Stand mit Süßigkeiten befand. Rechts und links daneben waren die Eingangstüren zum Kinosaal. Der Saal selbst erstreckte sich schmal und lang unter einem Tonnengewölbe, das von einer Militärbaracke aus den Kriegsjahren stammte. Auf beiden Seiten der Sitzreihen befanden sich die Gänge, die zu den Ausgängen rechts und links neben der Leinwand führten. Einige Male hatte er ziemlich weit oben links gesessen, nur ein paar Plätze vom Gang entfernt, manchmal auch links direkt am Gang, bis er schließlich seinen festen Platz weiter hinten rechts gefunden hatte.

Es war noch etwas Zeit bis zum Beginn der Vorstellung, und er ging über die Skúlagata hinunter zum Meer, wo er sich auf einen großen, von der Sonne beschienenen Felsbrocken setzte. Er trug ein grünes Blouson und einen weißen Schal, und er hatte eine Schultasche dabei, in der sich ein relativ neuer Kassettenrekorder befand. Er nahm den Apparat heraus und platzierte ihn auf seinen Knien. Er hatte zwei Kassetten dabei, von denen er eine in das Gerät schob. Dann drückte er auf den roten Aufnahmeknopf und hielt das Mikrofon in Richtung Meer. Kurze Zeit später stoppte er die Aufnahme, spulte zurück, drückte auf Play und lauschte dem Geplätscher der Wellen. Er spulte ein weiteres Mal zurück. Die Probeaufnahme war beendet. Das Gerät war startklar.

Er hatte die Kassetten bereits mit dem Namen des Films beschriftet.

Den Rekorder hatte er vor mehr als einem Jahr zum Geburtstag geschenkt bekommen. Zunächst hatte er gar nicht gewusst, was er damit anfangen sollte. Er lernte aber schnell, ihn zu bedienen. Es war ja auch kinderleicht: aufnehmen und abspielen, vorwärts und rückwärts spulen, schnell oder langsam. Anfangs hatte er es witzig gefunden, seine eigene Stimme zu hören, so als käme sie aus einem Radio, aber das verlor schnell seinen Reiz. Er hatte sich Musikkassetten gekauft, unter anderem aus der Serie *Top of the Pops* der britischen Hitliste. Und eine Kassette mit Simon und Garfunkel. Da seine Eltern aber einen Plattenspieler besaßen, aus dessen Boxen alles viel besser klang, spielte er Musik lieber auf dem Plattenspieler. Er schnitt die Hitparade des isländischen Rundfunks mit, an anderen Sendungen hatte er kein Interesse. Er wollte gerne etwas Spannenderes aufnehmen, aber nachdem er alle möglichen Laute von sich selber aufgezeichnet und seine Eltern und die Nachbarn aus dem Block interviewt hatte, machte ihm das Gerät keinen Spaß mehr, und es verschwand in einer Schublade.

Bis er die Idee hatte, den Rekorder zu einem ganz anderen Zweck zu verwenden.

Was Spielfilme anging, war er sozusagen ein Allesfresser, ihm gefiel alles, und in jedem Film fand er etwas Interessantes, was den Preis für die Eintrittskarte wert war. Das Genre spielte keine Rolle, er mochte sowohl aufwendige Musical-Verfilmungen vor großartigen Kulissen mit unerhört gut aussehenden Stars als auch Western, die in vegetationslosen Wüsten spielten, in denen die Darsteller die Augen gegen die Sonne zusammenkniffen. Er interessierte sich aber auch für Filme, die in der Zukunft spielten, egal, ob in ihnen die Menschheit in einer atomaren Katastrophe ausgelöscht wurde oder irgendwelche Raumschiffe durch das schwarze All glitten, von nichts als der Fantasie angetrieben. All das drang durch seine im Dunkel des Kinos glänzenden Augen in ihn ein.

Und auch der Ton der Filme faszinierte ihn. Er konnte der Geräuschkulisse einer Großstadt lauschen, dem Stimmengewirr von Menschen, der Landung eines Düsenjets, knallenden Schüssen, Musik und Gesprächen. Einige Geräusche kamen aus längst vergangenen Zeiten, andere aus noch nicht erreichten. Manchmal war der Lärm ohrenbetäubend, ein anderes Mal schrie ihn die Stille förmlich an. Und so war ihm die Idee für eine neue Verwendungsmöglichkeit des Rekorders gekommen. Er konnte nicht den ganzen Film mitschneiden, aber er konnte den Ton aufnehmen und später den Film vor seinem inneren Auge noch einmal ablaufen lassen. Das hatte er schon einige Male getan, und er besaß bereits Tonmitschnitte von diversen Filmen.

Eine Viertelstunde vor der Vorführung öffnete der Platzanweiser die Tür und riss die Karte des Jungen ab. Ein junges Mädchen verkaufte am Kiosk im Foyer Süßigkeiten, doch bevor er zu ihr ging, sah er sich noch die Plakate mit den Filmen an, die demnächst gezeigt werden sollten. Auf einen wartete er besonders gespannt, *Little Big Man* mit Dustin Hoffman in der Hauptrolle, einem seiner Lieblingsschauspieler. Angeblich sollte es ein ungewöhnlicher Western sein, und er freute sich schon sehr auf den Film. Der Filmvorführer schäkerte mit dem Mädchen, das die Süßigkeiten verkaufte. An der Kinokasse hatte sich inzwischen eine kleine Schlange gebildet.

Der Junge stellte seine Schultasche auf den Boden und holte das Wechselgeld von der Kinokarte aus der Hosentasche, von dem er sich Popcorn und Limo kaufte.

Er ging zu seinem Platz und setzte sich. Wie immer hatte er Popcorn und Limo schon auf, bevor der Film anfing. Er stellte den Rekorder auf den Sitz neben sich und befestigte das Mikrofon an der Lehne des Sitzes vor ihm. Er kontrollierte noch einmal, dass die Kassette eingelegt und der Rekorder aufnahmebereit war.

Die Lichter im Saal gingen aus. Er nahm immer alles auf, auch die Vorschau.

Der Film, der gezeigt werden sollte, war ein Western mit Gregory Peck, einem Schauspieler, den er sehr mochte. *The Stalking Moon* verkündete das Plakat im Eingangsbereich, und er war entschlossen, nach der Vorführung zu fragen, ob er ein Plakat bekommen könne. Vielleicht würden sie ihm auch ein paar Fotos überlassen, denn die sammelte er.

Die Leinwand belebte sich. Er hoffte, dass in der Vorschau kurze Ausschnitte aus *Little Big Man* gezeigt würden.

Die Fünfuhrvorstellung war schon geraume Zeit vorbei, als der Platzanweiser den Kinosaal betrat. Er war spät dran, denn er hatte für die Frau an der Kinokasse einspringen müssen, sie taten sich manchmal gegenseitig einen Gefallen. Zur Siebenuhrvorstellung waren ungewöhnlich viele Leute erschienen, und vor der Kasse hatte sich eine längere Schlange gebildet. Währenddessen konnte er niemanden in den Saal einlassen, also kontrollierte das Mädchen vom Kiosk die Karten. Sobald sich die Gelegenheit bot, beeilte er sich, in den Kinosaal zu kommen. Er musste die Türen am Ausgang für die Kinogäste öffnen und wieder schließen, damit niemand einfach sitzen blieb, um sich in die nächste Vorstellung zu schummeln, oder durch einen der Ausgänge hereinkam.

Wie immer, wenn er sich verspätete, hatten die Kinobesucher bereits selbst die Türen geöffnet. Also ging er den Gang hinunter und schloss erst die rechte Tür, dann durchquerte er den Raum und machte auch die linke Tür zu. Die Siebenuhrvorstellung würde gleich beginnen, und die Besucher warteten ungeduldig darauf, in den Saal gelassen zu werden. Auf dem Weg zurück ins Foyer ließ der Platzanweiser seinen prüfenden Blick über die Reihen schweifen.

Im Halbdunkel des Raums sah er, dass offensichtlich jemand nach der Vorstellung nicht gegangen war.

Der Junge mit der Schultasche saß immer noch auf seinem Platz, war aber irgendwie auf den Sitz neben ihm gesunken, weshalb er kaum zu sehen gewesen war. Er schlief anscheinend fest. Der Platzanweiser kannte ihn vom Sehen, genau wie die anderen regelmäßigen Kinobesucher, die zur Gewohnheit hatten, entweder nur ganz bestimmte Vorstellungen zu besuchen oder sich auf ganz bestimmte Sitzplätze zu setzen. Dieser Junge kam oft ins Kino, ihm war es völlig gleichgültig, was für Filme gezeigt wurden, er schien sich für alles zu interessieren. Der Junge hatte ihn manchmal gefragt, welche Filme als nächste gezeigt würden oder ob er Fotos bekommen konnte und anderes Werbematerial. Er wirkte ein wenig einfältig, um nicht zu sagen zurückgeblieben für einen Jungen seines Alters. Und er kam immer allein.

Der Platzanweiser rief dem Jungen etwas zu.

Als der Junge nicht reagierte, ging der Platzanweiser durch die Reihe zu ihm hin, stieß ihn an und forderte ihn auf, den Saal zu verlassen, da gleich die nächste Vorführung beginnen würde. Wieder zeigte der Junge keinerlei Reaktion. Der Platzanweiser bückte sich und sah, dass die Augen des Jungen halb geöffnet waren. Er stieß ihn fester an, aber der Junge regte sich nicht. Schließlich fasste er ihn an der Schulter, um ihn hochzuziehen, spürte jedoch, dass der Körper ungewöhnlich schwer und leblos wirkte. Er ließ ihn wieder los.

Auf dem Boden lagen eine leere Popcorntüte und eine Flasche Limo.

In diesem Augenblick gingen die Lichter im Saal an. Da erst sah er die Blutlache auf dem Boden.

Zwei

In Marian Briems Büro stand ein Sofa. Eigentlich hatten die wenigsten Mitarbeiter bei der Kriminalpolizei Interesse an einem solchen Luxus. Und dieses Sofa war noch nicht einmal ein besonders luxuriöses Möbel. Im Grunde genommen war es also verwunderlich, wie viel Aufsehen es erregt hatte. Es war alt und verschlissen, und der dünne Lederbezug war an den Ecken abgeschabt. Mit seinen drei Sitzen und den bequemen Seitenlehnen war es geradezu ideal für einen Mittagsschlaf. Einige der älteren Mitarbeiter ergriffen heimlich die Gelegenheit, wenn Marian nicht in der Stadt war. Sie passten jedoch höllisch auf, denn Marian konnte es einem sehr übel nehmen, wenn man unerlaubterweise das Büro betrat. Das Sofa war lange Zeit Anlass zum Streit unter den Kriminalbeamten gewesen, denn etliche Mitarbeiter waren neidisch darauf und fühlten sich benachteiligt, weil schließlich für alle dieselben Regeln zu gelten hätten. Marian Briem kümmerte sich so gut wie gar nicht darum, und die Vorgesetzten sahen darüber hinweg, aus Angst davor, eine der fähigsten Kräfte bei der Kriminalpolizei zu verärgern. Die Diskussion flammte aber in regelmäßigen Abständen wieder auf, wenn neue Mitarbeiter kamen und sich wichtigmachen wollten. Irgendwann einmal war ein

Neuling so weit gegangen, in seinem Zimmer, das er sich mit zwei anderen Kollegen teilte, ein Sofa aufzustellen, mit der Begründung, dass er genau wie Marian Briem ein Anrecht auf ein Sofa im Büro hätte. Schon nach wenigen Tagen war das Sofa des Neulings verschwunden, und er selber ebenfalls, er war zur Verkehrspolizei zurückversetzt worden.

Marian Briem hatte sich hingelegt und schlief fest, als Albert das Büro betrat, um zu melden, dass jemand im Hafnarbíó erstochen worden sei. Albert teilte sich das Dienstzimmer mit Marian, und an dem Sofa hatte er nie Anstoß genommen. Er war Anfang dreißig, hatte Familie und wohnte in einem vierstöckigen Wohnblock an der Háaleitisbraut. Nach seiner ersten Beförderung hatte man ihn in Marian Briems Büro einquartiert. Marian hatte zwar Einspruch dagegen erhoben, jedoch ohne Erfolg. Das Hauptquartier der Kriminalpolizei platzte aus allen Nähten, jeder Raum wurde bis auf den letzten Quadratzentimeter genutzt. In dem nicht sehr großen Haus waren sowohl die Kriminalbeamten als auch die Kriminaltechniker von der Spurensicherung untergebracht, einer kleinen Abteilung, die aber ständig vergrößert werden musste. Albert hatte lange Haare und einen Vollbart, er trug am liebsten Jeans und lässige Hemden. Marian Briem fand, dass er aussah wie ein Hippie, und äußerte sich hin und wieder kritisch zu Alberts Haaren und seiner Aufmachung, vor allem, seitdem sich herausgestellt hatte, dass er über eine Seelenruhe und Langmut verfügte, wie sie nur wenigen gegeben war, und daher solche Bemerkungen an ihm abprallten. Albert wusste, dass es einige Zeit dauern würde, bis Marian Briem ihn akzeptierte. Sie waren gezwungen, sich das Büro zu teilen, das bis dahin ausschließlich Marians Reich gewesen war. Aber jetzt mussten sie eben das Beste aus dieser Situation machen. Ihn störte nur, dass Marian stark rauchte, besonders im Büro. Der große Aschenbecher war fast immer voller Kippen.

Albert hatte dreimal versucht, Marian Briem zu wecken, doch erst beim vierten Versuch regte sich etwas auf dem Sofa. Marian hatte fest geschlafen, und etwas aus dem Traum schien sich in den wachen Zustand fortzusetzen. Möglicherweise war es aber auch nur eine Erinnerung, die im Schlaf hochgekommen war. Mit den Jahren wurde es immer schwieriger, dazwischen zu unterscheiden. Aber da waren einfach immer noch diese altbekannten Bildfragmente aus einem dänischen Tuberkulosesanatorium: blütenweiße, im Sommerwind flatternde Bettwäsche; Stuhl an Stuhl in der halbkreisförmigen Liegehalle; Patienten, die bereits so gut wie am Ende ihrer Kräfte waren; und ein Tisch mit medizinischen Geräten, langen Nadeln, die dazu dienten, Luft in den Brustkorb zu pumpen, um die Lungentätigkeit zu deaktivieren.

»Marian«, sagte Albert ein wenig verärgert. »Hörst du nicht, was ich sage? Im Hafnarbíó wurde ein Junge erstochen. Sie warten auf uns. Die Spurensicherung ist schon auf dem Weg dorthin.«

»Erstochen? Im Hafnarbíó?«, fragte Marian und richtete sich auf. »Hat man den Täter schon fassen können?«

»Nein. Der Junge war ganz allein in diesem Kinosaal, als der Platzanweiser ihn fand«, sagte Albert.

Marian stand auf.

»Im Hafnarbíó?«

»Ja.«

»Hat dieser Junge sich einen Film angesehen?«

»Ja.«

»Und er wurde mitten im Film erstochen?«

»Ja.«

Marian Briem stand mit steifen Bewegungen auf. Die Meldung war kurz zuvor eingegangen. Der Platzanweiser hatte angerufen und mit sich überschlagender Stimme verlangt, dass die Polizei kommen solle, auf der Stelle. Der Mann in der Telefonzentrale musste sich zweimal erklären lassen, was passiert war. Zwei Streifenwagen und ein Krankenwagen waren bereits unterwegs, als die Meldung an die Kriminalpolizei weitergeleitet wurde. Albert nahm sie in Empfang, informierte seine Vorgesetzten, schickte die Kollegen von der Spurensicherung zum Tatort und weckte Marian Briem.

»Würdest du denen bitte sagen, dass sie vorsichtig sein sollen und nicht mit ihren dreckigen Schuhen auf allem herumtrampeln?«

»Wem soll ich das sagen?«

»Denjenigen, die sich bereits am Tatort befinden!«

Tatsächlich kam es nicht selten vor, dass diejenigen, die als Erste an einem Tatort eintrafen, dort gedankenlos herumstiefelten und auf diese Weise große Teile der Ermittlungsarbeit zunichtemachten.

Das Hafnarbíó wäre ohne Weiteres zu Fuß zu erreichen gewesen, doch angesichts der gebotenen Eile zogen Marian und Albert es vor, mit dem Dienstwagen zu fahren. Sie bogen vom Borgartún auf die Skúlagata ein und fuhren bis zur Ecke Barónsstígur, wo sich der Eingang zum Hafnarbíó befand. Das Kino war eine alte

Militärbaracke mit Wellblechdach, eine Erinnerung an den Zweiten Weltkrieg und das, was Island zu den Weltereignissen beigetragen hatte. Die Baracke war ursprünglich als Offizierskasino für das englische Militär errichtet worden. Das weiß gestrichene Foyer hatte Betonwände, alles andere bestand aus Blech und Holz.

»Wer ist das eigentlich, diese Mutter von Sylvia?«, fragte Marian urplötzlich auf dem Weg zum Kino.

»Wie bitte?«, sagte Albert, der am Steuer saß und sich auf das Fahren konzentrierte.

»Sylvias Mutter, von der die da dauernd im Radio singen, was für eine Sylvia ist das? Und was ist das für eine Geschichte mit ihrer Mutter? Worum geht's da eigentlich?«

Albert spitzte die Ohren, aus dem Radio erklang ein sehr bekannter amerikanischer Schlager, *Sylvia's Mother*. Er wurde bereits seit Wochen in der Popmusik-Hitparade des isländischen Rundfunks gespielt.

»Ich wusste gar nicht, dass du dir Schlager anhörst«, sagte er.

»Diesen kann man ja schlecht überhören. Sind das Männer, die da singen?«

»Ja, eine berühmte Band«, sagte Albert.

Er hielt vor dem Kino.

»Eigentlich nicht gut, dass ausgerechnet jetzt so etwas passiert«, sagte er, während er die Filmplakate in den Schaukästen des Kinos betrachtete.

»Dem Schachverband hilft es sicher nicht«, entgegnete Marian und stieg aus.

Alberts Bedenken galten einem Ereignis von Weltinteresse in Island. In Reykjavík wimmelte es derzeit von Reportern aus aller Herren Länder sowie von Vertretern der größten Nachrichtenagenturen, der Fernseh- und Rundfunkanstalten und der Zeitungen, die sich jetzt möglicherweise alle auf den Mord im Hafnarbíó stürzen würden. Außerdem hatten sich viele Schachstrategen und Schachanhänger aus den Vereinigten Staaten, der Sowjetunion und vielen anderen Ländern eingefunden, die sich nicht von der weiten Reise nach Island abschrecken ließen und sich den Flug geleistet hatten. Sie bereuten es nicht. Es schien, als würde die Menschheit mit angehaltenem Atem auf das Weltmeisterschaftsduell zwischen Bobby Fischer und Boris Spasski warten, auf das Match des Jahrhunderts, wie es inzwischen genannt wurde, das in Reykjavík stattfinden sollte. Island war seit der Besatzungszeit während des Zweiten Weltkriegs nicht mehr so in den Schlagzeilen gewesen.

Allerdings stand immer noch keineswegs fest, ob dieses Match überhaupt stattfinden würde. Weltmeister Boris Spasski war zwar bereits eingetroffen, doch der Herausforderer Bobby Fischer machte den Veranstaltern das Leben schwer, indem er praktisch jeden Tag neue Forderungen stellte, vor allem was die Preisgelder betraf. Er hatte bereits mehrere Flugzeuge in New York lange auf sich warten lassen und dann doch in letzter Minute abgesagt. Spasski dagegen war die Höflichkeit in Person, er machte sich nicht viel aus dem Wirbel, den Fischer veranstaltete, er sei nach Island gekommen, um Schach zu spielen. Alles andere ginge ihn nichts an, es sei absolut nebensächlich. Das bescheidene Auftreten des Weltmeisters hatte sogar bei den entschiedensten Gegnern des Sowjetregimes das Eis zum Schmelzen gebracht. Westliche Medien verstiegen sich zu der Behauptung, dass es sich bei diesem Weltmeisterschaftsduell um einen Kampf zwischen Ost und West handele, zwischen den freien, demokratischen Ländern und den unterdrückten Staaten des Ostblocks. In den Schlagzeilen der isländischen Presse wurde es auf den Punkt gebracht: KALTER KRIEG IN REYKJAVÍK.

Zeitweilig hatte auch der Konflikt zwischen Island und England wegen der Ausweitung der isländischen Hoheitsgewässer Schlagzeilen gemacht, denn die Briten hatten zum Schutz ihrer Trawler Kriegsschiffe in die isländischen Fischerzonen geschickt. Über die Scharmützel zwischen den isländischen Küstenwachbooten mit englischen Fregatten und Trawlern war weltweit berichtet worden, und nun kam noch die Schachweltmeisterschaft in Reykjavík hinzu.

Die Türen zum Kinosaal waren noch offen, als Marian Briem und Albert eintrafen. Vor dem Kino standen zwei Streifenwagen und ein Krankenwagen mit geöffneten Hecktüren. Auf dem Bürgersteig vor dem Kino befanden sich viele Menschen, diejenigen, die in die Siebenuhrvorstellung wollten, und andere, die für eine Karte für die Neunuhrvorstellung anstanden. Die Neugierigsten unter ihnen waren sogar bis ins Foyer vorgedrungen. Marian Briem scheuchte zunächst einmal die Polizisten aus dem Kinosaal, damit die Techniker von der Spurensicherung ungestört ihrer Arbeit nachgehen konnten, und sorgte dafür, dass die Eingangstüren geschlossen wurden. Unterdessen kümmerte sich Albert darum, dass die Leute vor dem Kino sich zerstreuten. Die Frau an der Kinokasse war zum

Stand mit den Süßigkeiten gegangen. Auf ihre Frage, ob die Neunuhrvorstellung stattfinden könnte, teilte Albert ihr mit, dass es frühestens am nächsten Tag weitere Kinovorstellungen geben werde.

»Er ist so oft hier gewesen«, sagte die Frau, der anzusehen war, dass es ihr nicht gut ging. »So ein ganz Stiller. Ich begreife überhaupt nicht, wie jemand dazu in der Lage ist, einem Jungen wie ihm so etwas anzutun.«

»Kanntest du ihn?«, fragte Albert.

»Nein, das kann ich nicht sagen. Wie ich halt diejenigen so kenne, die häufiger ins Kino kommen. Er hat sich so gut wie alle Filme angeschaut. Es gibt noch ein paar andere, die das tun.«

»Kam er immer allein?«

»Ja, er war immer allein.«

»Ein paar andere, die was tun?«

»Die immer allein ins Kino gehen, und zwar meistens in die Fünfuhrvorstellung. Die mögen die späteren Vorstellungen einfach nicht, da ist es ihnen zu voll. Sie kommen, um den Film ungestört zu sehen.«

»Sind die Sitze nummeriert?«

»Ja, aber wenn es nur so wenige Zuschauer sind, können sie sich hinsetzen, wo sie wollen.«

»Ist dir irgendetwas an dem Jungen aufgefallen?«

»Nein, gar nichts«, sagte die Frau, die Kiddý hieß.

»Überleg vielleicht noch mal.«

»Mir fällt nichts ein. Er hatte seine Schultasche dabei.«

»Er hatte eine Schultasche dabei?«

»Ja.«

»Im Sommer ist doch gar keine Schule.«

»Trotzdem hatte er seine Tasche dabei.«

Das Mädchen vom Kiosk stand daneben und hörte dem Gespräch zu. Sie war noch keine achtzehn, hatte geweint und wirkte sehr verstört, obwohl Kiddý versucht hatte, sie zu trösten. Kaum einer hätte vor der Vorstellung etwas bei ihr gekauft, sagte sie, als Albert sie danach fragte. Sie hatte nur eine Frau unter den Zuschauern gesehen, die anderen Kinogäste waren alles Männer gewesen, die sie aber weder kannte noch beschreiben konnte. Sie konnte nicht bestätigen, dass der Junge eine Schultasche dabeigehabt hatte.

Marian Briem beobachtete die Techniker von der Spurensicherung bei ihrer Arbeit, als Albert hinzutrat und von der Schultasche erzählte. Man wartete auf stärkere Scheinwerfer, denn obwohl die gesamte Beleuchtung eingeschaltet war, reichte das Licht im Saal nicht. Die blutüberströmte Leiche hatte niemand angerührt, seitdem der Platzanweiser den Jungen angestoßen hatte. Auf dem Sitz und auf dem Fußboden war ebenfalls viel Blut. Die Kriminaltechniker behalfen sich mit Taschenlampen. Einer von ihnen fotografierte die Leiche, das Blut und die leere Popcorntüte, die auf dem Boden lag. Blitze zuckten in regelmäßigen Abständen auf, bis der Fotograf schließlich genügend Bilder gemacht hatte.

»Hier ist sehr viel Blut geflossen«, sagte der Arzt, der zum Tatort gerufen worden war und den Totenschein ausgestellt hatte. »Zwei Stiche direkt ins Herz. Wahrscheinlich ist kaum noch Blut im Körper.«

»Seht ihr da irgendwo eine Schultasche?«, rief Marian Briem den Technikern zu.

Einer von ihnen blickte hoch.

»Hier ist keine Schultasche«, rief er zurück.

»Er soll eine Schultasche dabei gehabt haben«, sagte Marian. »Könnt ihr das überprüfen?«

Ein anderer Kriminaltechniker war an den Reihen entlanggegangen und hatte sie mit einer starken Taschenlampe ausgeleuchtet. Er rief etwas, und Marian ging zu ihm. Dort, wo Zuschauer gesessen hatten, lagen allerlei Abfälle auf dem Boden, Popcorntüten, Limo-Flaschen oder Einwickelpapier von irgendwelchen Süßigkeiten. Auf diese Weise war es möglich festzustellen, wo die Zuschauer gesessen hatten, die sich vor der Vorstellung etwas am Kiosk gekauft hatten. Und Marian hatte auf dem Boden unter den Sitzen, die sich in direkter Nähe der Leiche befanden, weder Popcornkrümel noch andere Abfälle gesehen. Der Techniker hielt die Taschenlampe weit von sich und leuchtete mitten in eine Reihe im unteren Parkett, dort lag eine Flasche. Er ging hin und beleuchtete sie.

»Was ist das für eine Flasche?«, fragte Marian Briem.

»Rum«, antwortete der Techniker. »Eine leere Rumflasche. Sie könnte auch von weiter oben bis hierher gerollt sein, auch wenn die Schräge im Parkett sehr gering ist. Hier liegt nämlich sonst kein Abfall.«

»Nicht anfassen«, sagte Marian. »Wir müssen eine Zeichnung vom Saal anfertigen, um alles genau zu erfassen.«

»Ich glaube, ich habe genügend Material«, erklärte der Fotograf, nachdem er eine Aufnahme von der Flasche gemacht hatte. Er verließ das Kino durchs Foyer. Marian folgte ihm und winkte den Platzanweiser herbei, der Matthías hieß. Sie gingen zusammen zurück in den Saal, und Marian bat ihn, ganz genau zu beschreiben, wie er die Leiche vorgefunden hatte. Matthías beschrieb die Szene und versuchte, sich an alles zu erinnern, was seiner Meinung nach von Wichtigkeit sein könnte.

»Wie viele Karten wurden für die Fünfuhrvorstellung verkauft?«, fragte Marian.

»Ich habe vorhin Kiddý gefragt, sie hat fünfzehn Karten verkauft.«

»Kanntet ihr jemandem aus dem Publikum? Waren irgendwelche Stammgäste darunter?«

»Nur dieser Junge«, sagte der Platzanweiser. »Ich habe aber nicht so genau darauf geachtet. Hier wird im Moment ein amerikanischer Western gezeigt, der einigermaßen gut läuft. Ich glaube, die Besucher waren praktisch nur Männer. So ist es oft bei Western, vor allem in der Fünfuhrvorstellung, da kommen nicht viele Frauen.«

»Praktisch nur Männer?«, hakte Marian nach.

»Ja, es war nur eine Frau im Saal. Die ist mir noch nie zuvor aufgefallen. Außerdem waren da noch ein paar Jugendliche und irgendwelche Männer, die ich nicht kenne. Ja, und dann war da noch dieser Typ aus dem Fernsehen.«

»Wer war das?«

»Ach, ich hab vergessen, wie er heißt. Er ist aber bekannt, der macht die Wetternachrichten. Wie heißt er doch noch.«

»Ist er Nachrichtensprecher, oder ist er Meteorologe?«

»Er macht immer die Wettervorhersage. Der hat sich auch eine Kinokarte gekauft.«

»Ist dir im Zusammenhang mit ihm etwas aufgefallen? Kannte er den Jungen? Haben die beiden miteinander geredet?«

»Nein, das glaube ich nicht. Ich hab nichts bemerkt. Ich habe ihn bloß vom Fernsehen her erkannt. Wisst ihr schon, wer der Junge ist?«

»Nein«, sagte Marian, »noch nicht. Aber du kanntest ihn?

»Ja, er kam oft. Er hat sich alle Filme angesehen. Ein wirklich netter Junge, soweit ich das beurteilen kann. Er war immer höflich, aber er wirkte etwas merkwürdig. Er kam mir so vor, als sei er etwas einfältig oder zurückgeblieben, der arme Junge. Und er kam immer allein, nie mit anderen Jugendlichen zusammen. In den anderen Kinos kennen die ihn bestimmt auch, falls euch das hilft. Dort hat er wahrscheinlich auch seinen besonderen Platz gehabt. Es gibt viele Leute, die sich immer auf denselben Platz setzen.«

»Und zu denen gehörte dieser Junge?«

»Ja, er saß immer rechts, ziemlich weit oben.«

»Könnte jemand gewusst haben, dass er sich immer auf diesen Platz setzte?«, fragte Marian Briem.

»Das weiß ich nicht«, antwortete Matthías achselzuckend. »Möglich wäre es.«

»Hast du bemerkt, ob der Junge eine Schultasche trug?«

»Ja, ich glaube schon. Er hatte eine Tasche dabei.«

»Ist der Western gut?«, fragte Marian Briem und deutete auf ein Plakat von *The Stalking Moon*.

»Ja, er ist ganz gut. Ist auch gut besucht gewesen. Interessierst du dich für Western? Viele Isländer mögen Western. Irgendwie erinnern sie an unsere isländischen Sagas.«

»Ja«, sagte Marian Briem. »*The Searchers* gehört zu meinen Lieblingsfilmen, auch wenn ich John Wayne nicht sonderlich mag.«

»Ich finde ihn klasse.«

»Fünfzehn Karten habt ihr verkauft, hast du gesagt?«

»Ja.«

»Wie heißt es doch in der *Schatzinsel*?«

»In der *Schatzinsel*?«

»Fünfzehn Mann auf des toten Mannes Kiste«, sagte Marian Briem. »Und ’ne Buddel voll Rum.«

Drei

Marian Briem war im Vorführraum und unterhielt sich mit dem Filmvorführer, als Albert mit ernster Miene in der Tür erschien und Marian signalisierte, dass sie miteinander reden müssten.

»Er hatte seinen Personalausweis dabei, wir haben jetzt eine Adresse«, flüsterte er. »Der Junge ist 1955 geboren, also siebzehn Jahre alt. Er heißt Ragnar, Ragnar Einarsson und kommt aus dem Breiðholt-Viertel.«

Marian folgte ihm in den Kinosaal, wo die Leiche immer noch unverändert dalag, halb auf den benachbarten Sitzplatz gesunken, genau wie der Platzanweiser sie zurückgelassen hatte. Einer der Kriminaltechniker zeigte Marian den blutgetränkten Ausweis, der sich in der Brusttasche des Opfers befunden hatte.

»Wir müssen sofort los, um mit seinen Angehörigen zu sprechen«, erklärte Marian. »Braucht ihr hier noch lange?«

»Nein, wir sind gleich fertig«, sagte der Techniker. »Von der Mordwaffe leider keine Spur, wir haben auch die Mülltonnen in der Nähe des Kinos durchsucht, aber nichts gefunden. Ein paar unserer Leute sind runter zum Meer gegangen, die anderen schauen sich auf der Hverfisgata um. Vielleicht haben sie ja Glück. Habt ihr schon irgendeine Idee, was hier passiert ist?«

»Nein, absolut nicht«, sagte Marian.

Auf dem Weg nach draußen blieb Albert vor dem Plakat von *The Stalking Moon* stehen.

»Dieser Mond ist irgendwie seltsam.«

»Ja, weil er eigentlich abnimmt, aber nicht der Zeichnung nach.«

»Da hast du natürlich recht.«

»Der Mond könnte in diesem Fall interessant sein.«

»Wieso?«

»Unerwartete Todesfälle wurden häufig mit Mondphasen in Verbindung gebracht.«

Es war ein schöner Sommerabend, und vor dem Kino hatten sich leichtgekleidete Menschen versammelt, die wissen wollten, was dort vorgefallen war. Sie hatten in den Radionachrichten von dem Mord gehört. Marian Briem musste sich mit Albert im Schlepptau einen Weg zum Auto bahnen, während Kiddý und der Filmvorführer im Foyer standen und den beiden hinterherschauten. Als keine Gefahr mehr bestand, dass jemand sie hören konnte und die Türen des Kinos sich wieder geschlossen hatten, beugte sich der Filmvorführer zu Kiddý hinüber und flüsterte: »Hast du schon mal so was erlebt, dass du dir nicht sicher warst, ob dein Gegenüber ein Mann oder eine Frau ist?«

»Komisch«, entgegnete Kiddý. »Ich habe gerade genau dasselbe gedacht.«

Ragnars Familie lebte in einem Wohnblock in Breiðholt, dem jüngsten Neubauviertel von Reykjavík, das sich vom Stadtkern in südöstlicher Richtung ausdehnte. Dort wurde immer noch gebaut. Marian und

Albert gingen an Betonmischmaschinen vorbei und mussten über Bauholz und große Pfützen steigen, um zum Eingang des Hauses zu gelangen. Auf den Hügeln ringsum, die im Volksmund nur ›Golan-Höhen‹ genannt wurden, entstanden Wohnblocks mit bis zu zehn Stockwerken entlang der Straßen, gewaltige Bauwerke für isländische Verhältnisse. Weiter unten an den Hügeln wurden niedrigere Reihenhäuser und Einfamilienhäuser gebaut. Die Wohnblocks waren staatlich subventioniert und für Niedrigverdiener vorgesehen. Denn sie hatten seit der großen Krise und den Jahren nach dem Krieg, als sie auf der Suche nach Arbeit in Scharen vom Land in die Stadt gezogen waren, immer nur sehr beengt gelebt und ihr Leben in Kellerlöchern, engen Dachstuben und undichten Baracken gefristet. Jetzt freuten sie sich auf bessere Zeiten in modernen Zwei- oder Dreizimmerwohnungen mit gekacheltem Bad, geräumigem Wohnzimmer und einer Küche mit allen möglichen modernen Annehmlichkeiten.

Im Treppenhaus des Blocks, in dem Ragnar gelebt hatte, wurden gerade die Wände verputzt und für den Anstrich vorbereitet. Es gab zwar noch keine Klingelanlage, aber die Briefkästen hingen bereits an der Wand. Auf einem der Briefkästen entdeckte Marian Briem den Namen von Ragnars Familie – Eltern und drei Kinder. Die Wohnung befand sich im zweiten Stock links.

»Er hatte zwei Schwestern«, sagte Marian.

Die Tür zum Treppenhaus stand offen. Auf dem Weg nach oben begegneten sie einer schwer bewaffneten Truppe von Kindern, die sich aus Abfallholz Schwerter und Schilde gebastelt hatten. Die kleinen Wikinger rannten lärmend die Treppe hinunter und nach draußen, ohne auf die beiden Kriminalpolizisten zu achten.

Albert wollte anklopfen, aber Marian hielt ihn zurück.

»Geben wir ihnen noch eine Minute.«

Albert wartete. Die Zeit verging. Marian murmelte ein mittelalterliches Gebet vor sich hin:

Oh Schöpfer der Welten
lass doch nur gelten
was dem Dichter gefiel
dein Mitgefühl.

Albert stand vor der Tür und wartete auf weitere Anweisungen.

»Erzähl ihnen nur die Fakten«, sagte Marian und gab ihm mit einer Handbewegung das Zeichen zum Klopfen. Als die Tür sich öffnete, blickte ein etwa zehn Jahre altes Mädchen die unerwarteten Gäste fragend an. Aus der Wohnung stieg ihnen ein Potpourri von Gerüchen in die Nase, Wasch- und Reinigungsmittel, halb gedörrter Fisch mit zerlassenem Hammelfett, der Abwasch. Und Zigarettenqualm.

»Ist dein Vater zu Hause, meine Kleine?«, fragte Albert.

Das Mädchen machte kehrt, um den Vater zu holen, der sich nach dem Abendessen mit einem Buch aufs Sofa gelegt hatte. Er kam mit zerzaustem Haar zur Tür, ein untersetzter Mann im karierten Arbeitshemd mit Hosenträgern. Im selben Augenblick kam seine Frau aus der Küche, gefolgt von einem anderen Mädchen im Konfirmationsalter.

Albert ergriff das Wort.

»Entschuldigt bitte die Störung …«

Weiter kam er nicht.

»Ach, das ist schon in Ordnung«, sagte der Mann. »Kommt doch rein, ihr müsst nicht vor der Tür stehen. Weshalb seid ihr gekommen, hat es etwas mit dem Haus zu tun?«

Albert ging ins Wohnzimmer, und Marian folgte ihm. Albert hatte Ragnars Personalausweis aus der Tasche gezogen.

»Es geht um euren Sohn«, sagte er. »Ragnar Einarsson.«

»Was ist mit Ragnar?«, fragte die Frau. Sie war klein und schlank, und ihre Miene war sehr viel besorgter als die ihres Mannes, der über dem Buch eingeschlafen und immer noch nicht richtig wach war.

»Ragnar Einarsson, siebzehn Jahre?«

»Ja.«

»Ist er das?«, fragte Albert und hielt ihnen den blutverschmierten Personalausweis mit dem Schwarzweißfoto hin.

»Ja, das ist Raggi«, sagte der Mann. »Was ist passiert? Was ist das da an seinem Ausweis?«

»Ich fürchte …«, begann Albert.

»Vielleicht sollten die Mädchen lieber in ihr Zimmer gehen«, bemerkte Marian.

Die Frau sah ihre Töchter an und dann Marian. Sie sagte den Mädchen, dass sie in ihr Zimmer gehen sollten, was die beiden, ohne zu protestieren, taten.

»Ich muss euch leider mitteilen, dass euer Ragnar nicht mehr lebt«, sagte Albert, als die Mädchen außer Hörweite waren. »Er war im Hafnarbíó und wurde dort erstochen. Wir wissen weder, wer ihn angegriffen hat, noch weshalb.«

Die Eheleute starrten ihn an, als verstünden sie kein Wort von dem, was er sagte.

»Wie bitte?«, fragte die Frau.

»Wer seid ihr eigentlich?«, fragte der Mann.

»Wir sind von der Kriminalpolizei«, antwortete Albert. »Und es tut uns furchtbar leid, dass wir euch diese Nachricht überbringen müssen. Ein Pastor ist auch schon auf dem Weg, er wurde anscheinend aufgehalten, wird aber sicher bald hier sein. Vielleicht möchtet ihr mit ihm sprechen.«

Der Mann wankte auf einen Sessel zu, Marian reagierte sofort und griff ihm unter die Arme, damit er nicht zusammenbrach. Die Blicke der Frau irrten zwischen ihrem Mann, Marian und Albert hin und her.

»Was sagst du da?«, stöhnte sie. »Was hat das zu bedeuten? Ragnar hat doch nie jemandem etwas zuleide getan. Das ist bestimmt ein Missverständnis. Das muss ein Missverständnis sein!«

»Wir werden alles tun, um herauszufinden, was passiert ist«, entgegnete Albert. »Uns wurde gesagt, dass er allein im Kino war. Hatte er sich dort vielleicht mit jemandem verabredet?«

»Natürlich war er allein«, sagte die Frau. »Ragnar geht immer allein ins Kino.«

»Nein, er hat dort bestimmt niemanden treffen wollen«, bestätigte der Mann.

»Hatte er hier in diesem Haus irgendwelche Freunde, mit denen wir sprechen könnten? Vielleicht wollte er sich ja mit jemandem treffen, den ihr nicht kanntet.«

»Hier hatte er nicht viele Freunde«, sagte die Frau. »Wir sind erst vor Kurzem umgezogen, wir wohnen erst seit einem halben Jahr hier. Er hatte noch kaum Gelegenheit, andere Jugendliche kennenzulernen.«

»Er ist auch nicht so wie die anderen«, fügte der Mann hinzu.

»Inwiefern?«

»Was ist mit ihm passiert«, sagte die Frau, noch bevor ihr Mann antworten konnte. »Könnt ihr uns nicht sagen, was mit ihm passiert ist? Sagt es uns doch einfach!«

Albert berichtete, wie die Situation bei ihrem Eintreffen im Hafnarbíó gewesen war. Er gab sich alle Mühe, einfühlsam zu sein, und ließ kein wichtiges Detail aus. Es schien, als hätten die Eheleute den Ernst der Lage noch nicht begriffen. Dass ihr Leben von diesem Tag an nicht mehr dasselbe sein würde.

»Ihr müsstet noch die Leiche identifizieren«, erklärte Albert, nachdem er ihnen gesagt hatte, wie ihr Sohn gestorben war und wie er aufgefunden wurde.

»Identifizieren?«, wiederholte die Frau. »Wo denn? Wie denn? Wie kommen wir dahin? Jetzt gleich? Würdet ihr uns begleiten?«

»Selbstverständlich«, sagte Albert. »Wir fahren mit euch zum Leichenschauhaus.«

Die Frau stürzte zum Garderobenschrank und riss ihren Mantel heraus. Der Mann stand auf und zog sich sein Jackett an. Sie verabschiedeten sich geistesabwesend von ihren Töchtern, die ihren Eltern fragend nachsahen. Marian und Albert folgten ihnen die Treppe hinunter und gingen mit ihnen zum Wagen. Die kleinen Wikinger aus dem Wohnblock standen sich schwer bewaffnet auf dem Parkplatz gegenüber, legten aber eine Gefechtspause ein, als das Auto mit den fremden Menschen langsam an ihnen vorbeifuhr und auf die vierspurige Breiðholtsbraut in Richtung Stadtmitte einbog.

Ragnars Leiche war zur Obduktion freigegeben und ins Leichenschauhaus am Barónsstígur gebracht worden. Dort lag sie unter einem weißen Laken auf dem kalten Stahltisch, als Albert und Marian mit den Eltern eintrafen. Der ganz in Weiß gekleidete Gerichtsmediziner gab allen die Hand, ging dann zum Seziertisch und nahm das Laken vom Gesicht des Jungen, der immer noch die Sachen trug, in denen er von zu Hause weggegangen war.

Die Frau schlug die Hand vor den Mund, wie um einen Schrei zu unterdrücken, der aus ihr herausbrechen wollte. Der Mann starrte nur regungslos auf das Gesicht seines Sohnes. Dann nickte er.

»Das ist Ragnar«, sagte er. »Das ist unser Ragnar.«

Im gleichen Augenblick erlosch der winzige Hoffnungsfunke der beiden, dass es sich um ein Missverständnis gehandelt haben könnte, um irgendeine aberwitzige Falschmeldung, und dass alles wieder so sein würde wie früher. Die Frau begann zu weinen, und ihr Mann nahm sie mit Tränen in den Augen in die Arme.

Marian Briem stieß Albert mit versteinerter Miene an, ging hinaus auf den Flur und schloss die Türe leise hinter sich.

Vier

Damals während des ersten Sommers in Reykjavík war Marian Briem mit dem Chauffeur des Hauses zum See von Þingvellir gefahren, um Forellen zu fangen, die dann in dem kleinen Teich hinter der Villa ausgesetzt wurden. Das war seit Langem Tradition in der Familie, sie stammte aus der Zeit, als die Söhne des Hauses noch klein waren. Die Jungen hatten im Sommer ihren Spaß an den Fischen, die sich in dem Teich wohlzufühlen schienen. Sie schwammen hin und her und genossen es offensichtlich, dass ihnen Aufmerksamkeit geschenkt wurde. Wenn die Jungen an warmen Sommertagen ihre Füße im Teich kühlten, schwammen sie ihnen um die Beine herum. Gegen Abend kamen sie an die Oberfläche, ließen sich dort treiben, und es schien, als würden sie die Menschen beobachten, die im Garten saßen und sich unterhielten. Den Jungen hatte man streng verboten, die Forellen zu fangen oder sie auf andere Weise zu stören, doch wenn sie sich unbeobachtet fühlten, zogen sie die Fische manchmal an der Schwanzflosse aus dem Wasser, ließen sie eine Weile zappeln und gaben ihnen dann die Freiheit wieder. Im Herbst brachte der Chauffeur die Fische wieder zurück nach Þingvellir. Dort setzte er sie im See aus, wo sie blitzschnell in der kalten Tiefe verschwanden.

Dieser Brauch wurde auch beibehalten, als die Söhne schon groß waren. Jeden Sommer wurden lebende Forellen aus dem See von Þingvellir geholt und in dem kleinen Teich ausgesetzt. Der Chauffeur, der seit etlichen Jahren im Dienst der Familie stand, trug den seltenen Namen Athanasius und war für alles Mögliche im und ums Haus zuständig. Die Familie beschäftigte außerdem zwei Hausmädchen, eine der beiden war auch Köchin. Athanasius kümmerte sich um die Instandhaltung von Haus und Besitz und sorgte dafür, dass bei Einladungen, sei es ein Cocktail-Empfang oder ein Dinner, alles reibungslos klappte. Darüber hinaus kümmerte er sich um den Garten, dem man ansah, dass dies Athanasius' Lieblingsbeschäftigung war. Die allergrößte Freude machten ihm aber die Fahrten nach Þingvellir, um die Forellen für den Teich zu fangen.

Marian half Athanasius, der sich auch selber als Faktotum bezeichnete, bei vielen Dingen. Sie mochten sich außerordentlich gerne, denn Athanasius brachte Marian eine große Zuneigung und viel Nachsicht entgegen und hatte immer kleine Aufgaben für das Kind, zum Beispiel bei der Gartenarbeit. Und so lernte Marian viel über die verschiedenen Kräuter, über fruchtbare Erde, über Wolkenformationen, die Regen ankündigten, und über die grüne Kraft der Sonne. Der Gemüsegarten der Familie befand sich im ehemaligen Torfstichgebiet von Kringlumýri am damaligen Stadtrand. Dort züchtete Athanasius Möhren, Steckrüben und Kartoffeln für den Haushalt. Zur Ernte fuhren die Bediensteten des Hauses in dieses Feuchtgebiet, in dem auch immer noch Torf gestochen wurde, und beluden den Lieferwagen mit dem Gemüse.

Die Familie wurde von den Angestellten immer nur ›die Herrschaft‹ genannt. Als die Weltwirtschaftskrise zu Ende ging und die Menschen ganz andere und sehr viel schlimmere Zeiten herannahen sahen, stand der Wohlstand der Familie im Zenit. Der Herr des Hauses war einer derjenigen gewesen, die dank ihrer Umsicht und Tüchtigkeit Geld in der Fischereiwirtschaft gemacht hatten, und er ging klug und besonnen mit seinem Reichtum um. Er duldete keinerlei Verschwendung, aber nicht aus Geiz. Seine dänische Ehefrau war genauso praktisch veranlagt wie ihr Mann. Die beiden hatten drei Söhne, und alle wurden zum Studium nach Kopenhagen geschickt. Der älteste war vor einigen Jahren zurückgekehrt, hatte eine Familie gegründet und arbeitete als Rechtsanwalt. Die anderen beiden waren noch in Kopenhagen, kamen aber im Sommer nach Hause und arbeiteten dann im väterlichen Betrieb.

Athanasius und Marian rumpelten in einem von der Reederei geliehenen Lieferwagen die Schotterstraße nach Þingvellir entlang. In Kilometern gerechnet war es keine lange Strecke, aber die Straße war in so miserablem Zustand, dass sie nur langsam vorankamen.

»In Manitoba gab es doch wenigstens anständige Straßen«, stöhnte Athanasius, während er zu spät versuchte, einem größeren Stein auszuweichen, der nun von unten gegen das Chassis krachte.

Athanasius war mit seinen Eltern nach Kanada gegangen, als er etwa im gleichen Alter wie Marian war, und hatte sich dort in den isländischen Siedlungen durchgeschlagen, war dann aber im besten Mannesalter nach Island zurückgekehrt und hatte Arbeit bei dem Reeder bekommen. Marian hatte Athanasius oft darüber klagen hören, dass er besser in Kanada geblieben wäre, statt nach Island zurückzukehren. Diese Litanei begann meist, sobald sie die Straßen der Stadt verlassen hatten. Anscheinend konnte er gar nicht verstehen, wie er überhaupt auf diese Idee gekommen war. An seinem Dienstverhältnis hatte er aber nichts auszusetzen, im Gegenteil, er hatte großen Respekt vor dem Herrn und seiner dänischen Frau, er konnte sich über nichts beklagen – mit nur einer Ausnahme, nämlich wie sie Marian behandelten.

»Es sind doch sonst so anständige Leute«, sagte er mit ungewohntem Nachdruck. Eigentlich war er ein friedliebender und zurückhaltender Mensch um die fünfzig, der immer sehr beflissen war und allen Menschen nur Gutes wollte. Ein schöner Mann war er allerdings nicht, sein Mund war groß und die Nase flach, und zudem hatte er eine Glatze. »Ich verstehe überhaupt nicht, weshalb sie dich so behandeln«, sagte er. »Wahrscheinlich liegt es an der gnädigen Frau, die Dänen sind so versnobt.«

Die Straße nach Þingvellir war erst vor einigen Jahren für die große Feier anlässlich des 1000-jährigen Allthing-Jubiläums angelegt worden. Seitdem hatte man sie allerdings ziemlich vernachlässigt, und nach einer längeren Regenperiode war der Boden aufgeweicht und schwer, sodass sich Athanasius ganz aufs Fahren konzentrieren musste.

»Ich finde, dass sie den Tatsachen ins Auge sehen sollten«, sagte er und wich einem großen Schlagloch so plötzlich aus, dass sich Marian am Beifahrersitz festklammern musste. »Sie sollten den Quatsch lassen und anerkennen, dass du auch zur Familie gehörst. Ich verstehe einfach nicht, wie sie mit deiner Mutter umgegangen sind.«

»Pass auf!«, schrie Marian.

»Schon gesehen«, entgegnete Athanasius, dem es diesmal gelang, einem größeren Stein auszuweichen. »Aber es geht natürlich ums Geld. Du hast Anrecht auf das Erbe, aber davon wollen sie natürlich nichts wissen.«

Der älteste Sohn und Rechtsanwalt hatte an jenem Morgen die Familie besucht, und genau das war der Anlass für diese kritischen Äußerungen von Athanasius gewesen. Der Sohn war kein häufiger Gast in seinem Elternhaus, doch diesmal war er mit seiner Frau und den beiden noch recht kleinen Töchtern erschienen. Zwar wusste jeder, dass er Marians Vater war, aber darüber wurde nie gesprochen. Marians Mutter hieß Dagmar und war genau wie die Dame des Hauses dänischer Abstammung. Sie war in Reykjavík geboren und aufgewachsen, ihre Mutter war Dänin, ihr Vater Isländer gewesen. Beide waren 1918 an der Spanischen Grippe gestorben. Über Bekannte hatte Dagmar die Stelle bei der »Herrschaft« erhalten, und drei Jahre später hatte der älteste Sohn sie geschwängert, wozu er sich aber nie bekannte. In Athanasius' Augen war er nichts weiter als ein charakterschwacher junger Kerl. Die Familie schickte ihn mit dem nächsten Schiff nach Kopenhagen, und Dagmar wurde aus dem Haus gejagt. Nach der Geburt des Kindes nahm sie eine Arbeit auf einem Bauernhof in der Nähe von Ólafsvík auf der Halbinsel Snæfellsnes an. Sie hatte einige Male versucht, sich mit dem Kindsvater in Verbindung zu setzen, aber der wollte nichts mit ihr zu tun haben. So erfuhr sie auch nicht, dass er in der Zwischenzeit in Dänemark geheiratet hatte.

Als Marian drei Jahre alt war, ging Dagmar zusammen mit einigen anderen mitten im Winter zu einer Tanzveranstaltung in Hellissandur. Der Weg dorthin war nicht ungefährlich, man musste die Gezeiten abpassen, da man nur bei Niedrigwasser die gefährlichen Steilklippen unterhalb von Ólafsvíkurenni passieren konnte. Sie hatten sich in Hellissandur länger amüsiert als geplant, sodass auf dem Rückweg bereits die Flut mit starker Brandung eingesetzt hatte. Die Gruppe wusste, dass es keinen Zweck hatte weiterzugehen, und beschloss umzukehren. Im selben Augenblick brandete eine gewaltige Welle an, die einige von ihnen mit sich riss. Zwei Frauen wurden mit der rückflutenden Welle hinausgesogen und ertranken. Eine der beiden war Dagmar. Die Leichen wurden zwei Tage später etwas weiter westlich angespült und in Ólafsvík beigesetzt.

Marian blieb auf dem Hof des Bauern und wurde dort wie eines der eigenen Kinder aufgezogen. Doch an diese Ereignisse konnte sich Marian nicht erinnern. Athanasius und Marians Mutter hatten sich gemocht, er hatte sie in den schwierigen Zeiten unterstützt, und sie hatten sich regelmäßig geschrieben, nachdem Dagmar nach Snæfellsnes gezogen war, um dort auf dem Bauernhof zu arbeiten. Nach ihrem Tod hatte er den Kontakt zu dem Bauern gehalten. Im Sommer fuhr er zur Zeit der Heuernte auf die Halbinsel, half beim Einbringen des Heus und verbrachte viel Zeit mit Dagmars Kind.

Marian war kaum krank gewesen, hatte höchstens den einen oder anderen Schnupfen gehabt und manchmal etwas Fieber. Doch eines Tages machte sich nach einem sehr verregneten Herbst anhaltendes Fieber bemerkbar, verbunden mit einem seltsamen Druck auf der Brust und Husten. Und bei einem solchen Hustenanfall hatte das zehnjährige Kind plötzlich Blutgeschmack im Mund. Der Bauer ließ den Arzt kommen, der an einem kalten, regnerischen Herbsttag auf einem schwarzen Pferd über den Bach geritten kam. Er trug einen dicken Mantel und hatte einen Hut auf, dessen Krempe vom schweren Regen nach unten gebogen wurde. Das Wasser lief in Strömen an ihm herunter. Der Bauer nahm ihn auf dem Hofplatz in Empfang und ging mit ihm ins Haus, wo die Hausfrau Hut und Mantel entgegennahm, um die Sachen zu trocknen, bevor er sich wieder auf den Rückweg machte. Sie unterhielten sich über das Wetter und waren sich einig, dass es ganz so wirkte, als wolle es überhaupt nicht mehr aufhören zu regnen. Als der Arzt die Schlafstube betrat, lag Marian im Bett. Er holte das Stethoskop aus seiner Tasche und horchte das Kind sorgfältig ab. Marian atmete auf Geheiß des Arztes tief durch, während er den kleinen Körper am Rücken und auf der Brust beklopfte und Marian bat, noch einmal zu husten. »Atme noch einmal tief durch, mein Kind«, sagte der Arzt und setzte ein weiteres Mal das Stethoskop an. »Hast du Blut gehustet?«, fragte er, und Marian nickte. In der Schlafstube war es kalt und klamm. Der Arzt war bis auf die Knochen nass und wollte sich möglichst bald wieder auf den Heimweg machen. Er horchte noch ein letztes Mal und verkündete dann sein Urteil.

»Das Kind hat vermutlich Tuberkulose, die gibt es überall in dieser Gegend. Du solltest dafür sorgen, dass niemand mit Marian in Berührung kommt«, sagte er zu dem Bauern und stand auf. »Das Kind gehört eigentlich in das Tuberkulosespital in Vífilsstaðir.«

Der Bauer wusste keinen anderen Rat, als sich an Athanasius zu wenden, der sofort anreiste und Marian mit nach Reykjavík nahm, wo er ein langes Gespräch mit der Frau des Hauses führte. Niemand wusste, was die beiden beredeten, aber zur Überraschung aller änderte die Dame des Hauses ihre Einstellung, als sie erfuhr, wie es um das Kind stand. Und so wurde Marian in das Haus aufgenommen und der Obhut von Athanasius anvertraut. Die Frau des Hauses war bereit, dem Kind die beste ärztliche Betreuung zukommen zu lassen, sie hatte sogar in Aussicht gestellt, Marian in einem dänischen Tuberkulosesanatorium behandeln zu lassen. Dort sei das Klima viel angenehmer, sagte sie in ihrem seltsamen Gemisch aus Dänisch und Isländisch.

Ihr Sohn, der Vater des Kindes, wurde nicht in diesen Plan einbezogen, er kümmerte sich ohnehin nicht um Marian. Nur eine Bedingung stellte die Dame des Hauses: Die Vaterschaft dürfe niemals offiziell bekannt werden. Niemals. Und darauf einigte sie sich mit Athanasius.

»Natürlich habe ich gewusst, was von diesem Mann zu halten war«, stöhnte Athanasius, als er an Marians Vater dachte. Er schob ein kleines Boot ins Wasser, das er sich von Leuten lieh, die ein Sommerhaus am See besaßen. Er hatte zwei Angelruten dabei, eine für sich und eine für Marian, und die verstaute er zusammen mit einem Bottich im Heck des Bootes. Er ruderte zweihundert Meter auf den See hinaus und befestigte dort die Regenwürmer an den Angelhaken.

»Ist dir kalt?«, fragte er. Marian saß mit der Angelrute im Steven und hatte sich eine Decke um die schmalen Schultern gelegt. »Du musst mir immer gleich sagen, wenn dir kalt ist, das verträgst du nicht mit deinen Lungen.«

»Mir geht es prima«, sagte Marian. Das Boot schaukelte angenehm auf den Wellen. Die Sonne stand hoch im Zenit, und dennoch wehte eine recht frische Brise vom Skjaldbreiður, dem Vulkan im Hochland, herunter zum See. Der Wind machte Athanasius unruhig. Bereits nach kurzer Zeit hatte er aber zwei Forellen gefangen, die inzwischen im Bottich schwammen. Eine weitere wollte er noch fangen, das würde reichen.

»Heißen viele in Island so wie du?«, fragte Marian plötzlich in die Stille hinein.

»Außer mir kenne ich niemanden«, antwortete Athanasius. Er spulte seine Leine auf, um sie dann gleich wieder auszuwerfen. »Ich bin auf der Halbinsel Snæfellsnes zur Welt gekommen, gar nicht so weit entfernt von diesem verflixten Hof, wo du dich angesteckt hast. Dort gibt es sehr viele seltsame Namen, aber das weißt du ja sicher.«

»Ich weiß nur von einem anderen Athanasius, und der war Bischof in Alexandria.«

»Von dem habe ich auch gehört.«

»Der Name bedeutet ›der Unsterbliche‹«, sagte Marian.

»Ach ja, aber das betrifft mich ganz gewiss nicht. Glaubst du, dass so viel Grübeln gut für dich ist?«

»Ich lese einfach nur gerne.«

In diesem Augenblick biss ein Fisch an Marians Haken an, und zwar so heftig, dass die Angelrute beinahe über Bord gegangen wäre. Die Rolle summte, als die Angelleine blitzschnell von der Spule rollte. Die kleine Rute bog sich gewaltig und wurde bis auf die Wasseroberfläche herabgezogen.

Athanasius schob sich langsam und vorsichtig zu Marian hinüber, um das Boot nicht zum Kentern zu bringen. Marian hielt die Rute immer noch in der Hand, doch nun fasste auch Athanasius mit an und spürte, dass es sich um ein ungewöhnlich großes Exemplar handeln musste.

»Hier im See können die Fische sehr groß werden«, flüsterte er. »Vielleicht hast du da eine Riesenforelle am Haken.«

»Willst du nicht lieber die Rute halten?«, fragte Marian.

»Oh nein, den hier holst du selbst raus. Lass ihn noch eine Weile an der Leine ziehen, und dann holst du sie langsam ein. Wir werden ja sehen, was er dann macht.«

Allmählich lief die Leine langsamer von der Rolle, und Marian begann, sie wieder einzuholen. Die Angelrute war so gebogen, dass sie jeden Augenblick brechen konnte, und sie vibrierte vehement im Kampf mit dem Fisch. Athanasius war der Überzeugung, dass der Fisch den Haken ganz geschluckt hatte, und deswegen befürchtete er nicht, dass er sich losreißen würde. Er setzte sich wieder auf die Ruderbank und legte sich in die Riemen, um ans Ufer zu kommen. Marian hielt den Griff der Rute umklammert und versuchte gleichzeitig, die Leine einzuholen. Athanasius steuerte das Boot an Land und half Marian beim Aussteigen. Die Kräfte der Forelle ließen jetzt anscheinend nach, genau wie die von Marian. Trotzdem wollte Athanasius sich nicht einmischen, denn Marian und nicht er hatte das Tier aus der Tiefe hervorgelockt. Die Forelle zappelte jetzt ein paar Meter vom Ufer entfernt am Haken und versuchte immer noch, sich loszureißen, ohne Erfolg. Marian zog sie an Land. Athanasius packte sie.

»Was für ein Ungetüm«, sagte er und kniete sich neben den Fisch, eine zwölfpfündige Forelle. »Ich habe noch nie so einen großen Fisch aus dem See geholt.«

»Nehmen wir den auch mit?«, fragte Marian.

»Na klar.«

Der Angelhaken hatte sich fest in einem Winkel des Mauls verhakt, und Athanasius löste ihn vorsichtig heraus. Anschließend warf er die Forelle zu den anderen beiden in den Bottich, den er mit einem Deckel verschloss und auf die Ladefläche des Lieferwagens stellte. Die Forelle lag wie benommen auf dem Boden des Bottichs und regte sich nicht.

»Die wird sich richtig gut in unserem Teich machen, Marian«, sagte er. »Es ist die größte, die wir je hatten.«

»Ist sie tot?«, fragte Marian.

»Nein, die wird sich schon wieder erholen. So einfach ist es nicht, einen so großen Fisch umzubringen. Wann musst du in das Spital in Vífilsstaðir?«

»Nächste Woche«, sagte Marian.

»Das ist gut. Es wird dir guttun.«

»Ich möchte aber gar nicht dorthin.«

»Das darfst du nicht sagen. Es hat keinen Zweck, sich dagegen zu sträuben.«

Athanasius strich Marian über den Kopf.

»Es ist kein angenehmer Gesellschafter, den du da mit dir herumschleppst.«

»Was für einen Gesellschafter?«, fragte Marian.

»Den Tod«, sagte Athanasius.

Fünf

Am Tag nach dem Leichenfund im Hafnarbíó fuhren Marian Briem und Albert gegen Mittag ein weiteres Mal zu dem Wohnblock im oberen Breiðholt-Viertel, an dem noch gebaut wurde. Ragnars Eltern Klara und Einar hatten sich frei genommen, und ihre beiden Töchter mussten an diesem Tag nicht in die Schule gehen. Die Frau hatte eine Stelle als Kassiererin in einem neuen Supermarkt ganz in der Nähe, und der Mann arbeitete bei einem Bauunternehmen. Albert hatte die beiden am Abend zuvor wieder nach Hause gebracht, nachdem sie ihren Sohn identifiziert hatten. Danach hatten sie ihren Töchtern sagen müssen, dass ihr Bruder ermordet worden war und dass der Verbrecher, der das getan hatte, noch nicht gefasst war. Trauer und Leid schwebten über der Wohnung. Die Vorhänge an den Fenstern waren zugezogen und Kerzen angezündet worden, die sich ganz langsam in das Schweigen der Trauernden einbrannten.

»Das ist alles so vollkommen unbegreiflich«, sagte die Frau zu Marian. »Er ist doch einfach nur ins Kino gegangen, und nun wird er nie mehr zurückkommen. Wie soll man damit fertig werden? Wie ist das möglich? Erstochen. Wie ist das möglich? Wer könnte Ragnar erstechen?«

»Dein Mann Einar hat gestern Abend erwähnt, dass euer Sohn ein wenig anders sei. Was hat er damit gemeint?«

Die Mutter, Albert und Marian Briem saßen im Wohnzimmer. Der Vater war nach einer schlaflosen Nacht gegen Morgen endlich doch noch eingeschlafen, genau wie die Töchter. Nur Klara war schon wieder auf den Beinen, sie hatte keinen Schlaf finden können. Sie hatte den beiden Kriminalbeamten die Tür geöffnet und versuchte, ihnen nach besten Kräften behilflich zu sein.

»Habt ihr schon irgendwelche Hinweise darauf, was geschehen ist?«, fragte Klara. Nach der schlaflosen Nacht wirkte sie völlig erschöpft.

»Nein, leider nicht«, sagte Albert.

Im Hafnarbíó würde der Kinobetrieb am späten Nachmittag wieder aufgenommen werden, die Suche nach eventuellen Spuren des Täters war abgeschlossen. Auch in der näheren Umgebung des Kinos hatte man alles genauestens nach der Mordwaffe oder anderen, für die Ermittlung wichtigen Indizien untersucht. Außerdem wurden alle Besucher der Fünfuhrvorstellung von *Stalking Moon* über sämtliche Medien dringend gebeten, sich bei der Polizei zu melden. Einige hatten prompt darauf reagiert, aber es fehlten immer noch einige der fünfzehn Personen, die sich eine Kinokarte gekauft hatten. Die Angestellten im Kino gaben sich alle Mühe, die Besucher der Fünfuhrvorstellung zu beschreiben, die einzige Frau, den Wettermann aus dem Fernsehen und die restlichen jugendlichen und erwachsenen Männer unterschiedlichen Alters. Die Angestellten hatten nichts Ungewöhnliches bemerkt und erinnerten sich kaum an einzelne Personen. An solch normalen Tagen kamen und gingen die Kinobesucher, ohne dass man ihnen besondere Aufmerksamkeit schenkte.

»In welcher Hinsicht war Ragnar anders?«, fragte Marian Briem noch einmal.

»Er hatte einen Kinotick«, antwortete Klara. »Er hat sich jeden Film angeschaut, darüber gelesen und alles mögliche Informationsmaterial dazu gesammelt. Er war ständig im Kino, und wenn ihm ein Film gefiel, hat er ihn sich auch zweimal angesehen.«

»Aber das ist doch nichts Besonderes«, entgegnete Marian. »Es gibt doch eine Menge Menschen, die regelmäßig ins Kino gehen.«

»Ja ... natürlich. Er ... Ragnar ist im letzten Frühjahr siebzehn geworden, aber er war nicht auf der Entwicklungsstufe eines Siebzehnjährigen. Ich meine auf der geistigen Entwicklungsstufe.«

»Wieso?«

»Er hatte einen Unfall.«

»Was für einen Unfall?«

»Mit vier Jahren ist er von einer steilen Treppe gestürzt, davon hat er sich nie wieder erholt. Es hat damals Blutungen im Gehirn gegeben, und die Ärzte sagten uns, dass die Schäden in einem bestimmten Bereich des Gehirns bleibend seien, weshalb er auch in seiner geistigen Entwicklung zurückblieb. Wir wohnten damals im Dachzimmer eines kleinen Holzhauses, von dem aus man über eine steile Stiege auf den Dachboden gelangte. Dort hat er gern gespielt, aber dann hat er nicht aufgepasst, und eines Tages ist er die Stiege heruntergefallen und direkt mit dem Kopf aufgeschlagen. Er war zwei Tage ohne Bewusstsein.«

Klara sah Marian an.

»Vielleicht war es unsere Schuld. Vielleicht haben wir nicht gut genug auf ihn aufgepasst. Darüber habe ich die ganze letzte Nacht nachdenken müssen. Eigentlich war er wie alle anderen, man musste ihn schon ziemlich gut kennen, um zu bemerken, dass er anders war. Darüber habe ich heute Nacht auch lange nachdenken müssen. Er konnte sehr starrköpfig und trotzig sein, wenn er sich auf etwas fixiert hatte. Wir kannten diese Eigenheiten sehr gut. Aber er hat nie jemandem etwas getan. Ragnar hätte keiner Fliege etwas zuleide tun können. Er muss jemanden wütend gemacht haben. Und dieser Jemand wusste nicht, wie er war. Wie er dachte.«

»Es scheint nicht zu einer tätlichen Auseinandersetzung gekommen zu sein«, sagte Marian Briem. »Wir haben keinerlei Anzeichen dafür gefunden.«

Den ersten Erkenntnissen zufolge hatte Ragnar keine Chance gehabt, sich zu wehren. Es gab diverse Anzeichen dafür, dass es sich um einen plötzlichen Angriff gehandelt hatte, der Ragnar vollkommen überrascht haben musste. An seinen Händen hatten sich keinerlei Spuren gefunden, die auf einen Kampf hinwiesen. Seine Kleidung war bis auf die zwei Löcher von den Messerstichen unbeschädigt. Als er angegriffen wurde, hatte Ragnar das Popcorn und die Limo bereits verzehrt, die Tüte und die Flasche lagen auf dem Boden. Ansonsten gab es in der Nähe seines Sitzes keinerlei Abfall, was darauf hindeuten konnte, dass er alleine gesessen hatte, auch wenn man das nicht mit Sicherheit sagen konnte. Nicht alle, die sich Süßigkeiten gekauft hatten, mussten die Überreste einfach auf den

Boden fallen gelassen haben. Über das Messer, mit dem Ragnar umgebracht worden war, wusste man nichts Genaues, außer dass die Klinge relativ kurz gewesen sein musste, etwa wie von einem großen Taschenmesser. Die zwei Einstiche befanden sich präzise an der Stelle, an der sie maximalen Schaden anrichteten, sie hatten sowohl das Herz als auch die Schlagader getroffen.

»Bestand aufgrund seiner Behinderung die Gefahr, dass er mit Fremden in Streit geraten konnte?«, fragte Albert. »Ist so etwas jemals vorgekommen?«

Klara sah ihn an.

»Nein«, sagte sie. »Er wusste genau, wie man solche Situationen vermeidet. Ich kann mich an keine solchen Vorfälle erinnern.«

»Vielleicht etwas, was kürzlich erst geschehen ist?«, fragte Marian Briem. »Gibt es vielleicht jemanden, der sich an ihm rächen oder ihn sogar aus dem Weg haben wollte? Gab es jemanden, der seinetwegen in Schwierigkeiten geraten war? Vielleicht hat er dir ja nichts davon erzählt, aber auch wenn du jemanden im Verdacht haben solltest, würden wir das gerne wissen.«

»Nein, da gibt es niemanden«, antwortete Klara verwundert. »Auf gar keinen Fall. Ich weiß überhaupt nicht, wie du darauf kommst.«

»Könnten wir uns vielleicht sein Zimmer ansehen?«, fragte Albert.

»Natürlich«, sagte Klara und stand auf. »Wir haben nichts angerührt.«

Sie ging mit ihnen in den Flur. In der Wohnung gab es drei kleine Schlafzimmer. Die Mädchen schliefen zusammen in einem der Zimmer, die Eltern in dem zweiten, und Ragnar hatte das kleinste Zimmer für sich. Das Fenster in seinem Zimmer ging nach hinten hinaus. Von dort aus blickte man auf den noch nicht fertiggestellten Hof, jenseits des Grundstücks standen Baukräne und halbfertige Häuser auf den »Golanhöhen«. Drei große Filmplakate an den Wänden fielen sofort auf, *Planet der Affen* mit Charlton Heston, *Bonny and Clyde* und *Dr. Dolittle*.

»Was sind das für Affen?«, fragte Marian Briem.

»Den Film habe ich gesehen«, sagte Albert. »Er wurde im letzten Winter im Nýja bíó gezeigt. Tolles Ende.«

»Ich geh nicht oft ins Kino«, sagte Marian entschuldigend und sah Klara an.

»Die Angestellten in den Kinos waren immer sehr nett zu ihm«, sagte Klara. »Es hat ihm Spaß gemacht, alles Mögliche zu sammeln, was mit den Filmen zu tun hatte, und von den Leuten bekam er Fotos von den Schauspielern und Plakate. Den hier mochte er besonders«, sagte sie und zeigte auf das Plakat vom *Planet der Affen*. Ein kleiner Schreibtisch stand am Fenster, an der Wand ein schmales Bett. Es war sorgfältig gemacht, und der Schreibtisch war ordentlich aufgeräumt. An der Wand, die dem Bett gegenüberlag, befand sich ein Bücherregal mit Abenteuerbüchern und ausländischen Filmmagazinen.

»Dürfen wir die Schubladen öffnen?«, fragte Marian, und Klara nickte.

Der Schreibtisch hatte drei Schubladen, in denen sich Schulsachen befanden, Schulhefte und ein Schreibblock, Kugelschreiber und Bleistift, Radiergummi und Spitzer. Und zahlreiche Kassetten. Zwei waren mit

Agenten sterben einsam beschriftet, und auf der Seite mit den Ziffern eins bis vier versehen. Es fanden sich noch weitere Kassetten, die in ähnlicher Weise nummeriert und mit *Zabriskie Point* und *Die Kanonen von Navarone* beschriftet worden waren.

»Weißt du, was das ist?«, fragte Marian und reichte Klara eine der Kassetten mit der Aufschrift *Agenten sterben einsam*. Sie betrachtete die Kassette und die Schrift ihres Sohnes.

»Ich weiß nicht, was das ist«, erklärte sie. »Er besitzt einen Kassettenrekorder, den wir ihm zum Geburtstag geschenkt haben. Ich dachte, dass er ihn gar nicht mehr benutzt.«

»Das sind alles Titel von Kinofilmen«, warf Albert ein. »*Zabriskie Point* und *Agenten sterben einsam* habe ich im Gamla bíó gesehen, und die *Kanonen von Navarone* liefen, glaube ich, im Stjörnubíó.«

Marian sah ihn verwundert an.

»Ich gehe auch manchmal ins Kino«, sagte Albert.

Marian betrachtete die Kassetten mit der Aufschrift *Agenten sterben einsam*.

»Woher hatte er das Geld?«

»Er hat alles selber bezahlt«, sagte Klara. »Er hörte nach den Pflichtschuljahren mit der Schule auf und arbeitete halbtags in einem Laden hier in der Nähe. Normalerweise bis zwei Uhr nachmittags.«

»Wo ist der Rekorder?«, fragte Albert. »Ist er hier im Zimmer?«

»Ja, der müsste hier irgendwo sein«, antwortete Klara und fing an zu suchen. Als sie ihn nicht fand, ging sie in das Zimmer der Mädchen und anschließend ins Wohnzimmer.

»Anscheinend hatte er im Kino seine Schultasche dabeigehabt, darin könnte sich das Gerät befunden haben«, sagte Marian zu ihr. »Aber wir haben die Tasche nicht bei ihm gefunden.«

»Die Mädchen könnten etwas darüber wissen«, sagte Klara und ging wieder ins Schlafzimmer ihrer Töchter, wo sie eine ganze Weile blieb. Außer dem Baustellenlärm hörte man nichts.

»Er hat erst vor Kurzem damit angefangen«, sagte Klara, als sie sichtlich erregt wieder zurückkam. »Ragnar hat das Gerät mit ins Kino genommen und den Ton der Filme aufgezeichnet, die er sich angeschaut hat. Er hat uns nichts davon erzählt, weil er nicht wusste, ob das erlaubt ist. Die Mädchen glauben, dass es sehr gut sein kann, dass das Gerät in der Schultasche war. Wir können es nicht finden. Normalerweise war es immer hier in seinem Schreibtisch.«

»Man hat es aber nicht bei ihm gefunden, als seine Leiche entdeckt wurde«, sagte Marian. »Genauso wenig wie die Schultasche.«

»Dann muss es jemand an sich genommen haben«, sagte Klara.

Klara war inzwischen ein wenig lebhafter geworden. Jetzt gab es für diese Tat, die ihr bisher so völlig unverständlich gewesen war, zumindest so etwas wie eine Erklärung, die ihr einleuchtete. Wenn der Anlass für den Mord an Ragnar ein Diebstahl war, konnte sie sich ein Bild von den Umständen machen, die zu seinem Tod geführt hatten.

»Wenn er das Gerät dabeigehabt hat, ist das sehr gut möglich«, sagte Marian.

»Kann das wirklich der Grund gewesen sein?«

»Vielleicht hat er den Rekorder nicht hergeben wollen«, fuhr Marian fort. »Wenn er so war, wie du sagst, starrköpfig.«

»Ja, das war er«, sagte Klara. »Kann es wirklich sein, dass ihn jemand wegen eines Kassettenrekorders umgebracht hat? Ist das möglich?«

»Ich halte es nicht für sehr wahrscheinlich«, erklärte Marian. »Es sei denn, dass es sich um ein sehr teures und exklusives Gerät gehandelt hätte. War es das?«

»Nein, ganz sicher nicht«, sagte Klara. »Etwas Teures können wir uns gar nicht leisten. Es war das billigste Gerät, das wir gefunden haben. Ich kann mir nicht vorstellen, dass es jemand stehlen würde.«

»Nein. Vielleicht ging es um etwas ganz anderes ...« Marian verstummte mitten im Satz. »Du sagst, er hat den Ton der Filme aufgenommen?«

»Ja.«

»Er muss nicht unbedingt wegen des Geräts erstochen worden sein.«

»Wie meinst du das?«, fragte Albert.

»Das Gerät selber war nichts Besonderes, ein billiges Ding, das es sich kaum lohnte zu klauen. Auf keinen Fall so viel wert, dass man deswegen jemanden umbringt.«

»Richtig.«

»Der Täter wollte vielleicht etwas anderes von Ragnar.«

»Und das wäre?«

»Wenn es nicht das Gerät selber war, hinter dem er her war«, sagte Marian, »dann müssen es wohl die Kassetten gewesen sein.«

»Wir haben aber keine Kassetten in dem Kino gefunden«, sagte Albert.

»Wenn man von den Kassetten hier ausgeht, brauchte Ragnar meist zwei für jeden Film. Die sind mit dem Gerät verschwunden.«

Albert starrte Marian an.

»Du meinst also, dass der Messerstecher nicht hinter dem Gerät her war, sondern ...«

»... sondern hinter dem, was Ragnar aufgenommen hatte«, führte Marian Briem den Satz zu Ende.

Sechs

Der Filialleiter des Lebensmittelgeschäfts, in dem Ragnar vormittags gearbeitet hatte, wusste nur Positives über ihn zu berichten. Ragnar war immer pünktlich und zuverlässig gewesen, und alle hatten ihn gemocht. Alle wussten von seinem Interesse fürs Kino. Er konnte manchmal etwas einfältig und kindisch wirken, aber er war ein lieber Junge und immer bereit, anderen zu helfen. Keiner von den Angestellten des Ladens wusste etwas darüber, dass jemand in letzter Zeit Streit mit Ragnar gehabt oder ihn angegriffen hatte. Ragnar hatte nie etwas in dieser Richtung erwähnt, und niemand war Zeuge eines Streits geworden. Der Filialleiter konnte sich nicht vorstellen, dass irgendjemand Ragnar etwas Böses antun wollte. Für ihn war dieser Mord einfach nur schrecklich, seine Mitarbeiter waren alle wie vor den Kopf geschlagen. Keiner von ihnen war jemals mit Ragnar ins Kino gegangen.

»Hat er irgendwann einmal sein Aufnahmegerät erwähnt?«, fragte Marian eine junge Frau an der Kasse, die am meisten mit Ragnar zu tun gehabt hatte.

»Nein«, erklärte sie. Die stark geschminkte Kassiererin hatte eine Zigarettenpause eingelegt und sich im Kaffeeraum bereits die zweite angezündet.

»Was ist das denn für ein Gerät?«

»Ein Aufnahmegerät mit Mikrofon.«

»Ein Kassettenrekorder?«

»Ja, ein Kassettenrekorder.«

»Hat er so einen gehabt?«

Sie trug den roten Firmenkittel der Ladenkette und kaute auch beim Rauchen auf einem Kaugummi herum. Marian überlegte kurz und fragte dann, was für ein Verhältnis sie zu Ragnar gehabt hatte.

»Wir hatten nichts miteinander«, sagte die junge Frau, die Marian missverstanden hatte. »Das ist mal sicher. Was für eine Frage!«

Marian und Albert verließen kurz darauf den Laden und gingen hinaus in den Sommertag. Das Wetter war schön, und die Meteorologen kündigten weitere warme Tage an. Marian blieb beim Auto stehen und hielt das Gesicht in die Sonne.

»Bobby war nicht in der Maschine«, sagte Albert.

»Nein, ich hab's in der Zeitung gelesen«, sagte Marian. »Nicht zu glauben, wie ruhig Spasski diese Frechheiten hinnimmt.«

Die Morgenzeitungen hatten berichtet, dass Bobby Fischer die Loftleiðir-Maschine in New York lange auf sich hatte warten lassen und zum Schluss doch nicht an Bord gegangen war.

»Der Tag hat ihm nicht gepasst«, sagte Albert. »Wenn er sich weiter so benimmt, habe ich langsam meine Zweifel, dass diese Schachweltmeisterschaft überhaupt ausgetragen wird.«

»Er versucht, die Russen mürbe zu machen«, sagte Marian. »Der wird schon noch kommen.«

»Ich hoffe es. Schach ist ja bekanntlich ein Psychokrieg.«

»Ich versteh bloß nicht, wieso Spasski sich so ein Auftreten bieten lässt. Die Russen sind stinkwütend, aber er ist die Gelassenheit in Person.«

»Es ist ja noch ein paar Tage bis dahin«, sagte Albert. »Das Match hat noch nicht angefangen.«

»Fischer spielt doch bereits«, sagte Marian und stieg ins Auto. »Und ich glaube, das ist auch den Russen klar geworden.«

Der Meteorologe bereitete im Studio des Isländischen Fernsehens die Wetternachrichten für den Abend vor und stand neben einem viereckigen Kasten, nicht größer als ein Weinkarton und einer der simpelsten Requisiten des Senders. Auf den vier Seiten des Kastens befanden sich vier unterschiedliche Karten. Während der Wetternachrichten wurde der Kasten gedreht, sodass jeweils eine neue Karte auf den isländischen Bildschirmen erschien. Der Meteorologe saß daneben und deutete mit einer Art Taktstock auf Hochs und Tiefs und Millibar. Als Marian Briem und Albert eintrafen, machte der Kasten allerdings gerade Ärger, er wollte sich einfach nicht so drehen, wie der Meteorologe es von ihm verlangte. Die schlechte Laune war ihm anzusehen. Es gab mehrere Meteorologen beim isländischen Wetteramt, die abends für die Wettervorhersage im Fernsehen zuständig waren, alles bekannte Gesichter. Die meisten von ihnen waren nicht mehr ganz junge Herren, die ihrer Aufgabe ohne jeden Humor nachkamen. Schließlich war mit dem isländischen Wetter ja auch nicht zu spaßen. Die meisten gaben nichts darum, durch das Fernsehen bekannt geworden zu sein, im Gegenteil, ihnen war ihre »Berühmtheit« eher lästig.

»Verfluchte Kiste«, hörten sie den Meteorologen schnauben, der immer noch angestrengt versuchte, den Kasten mit den Wetterkarten zu drehen.

»Stimmt was nicht?«, erkundigte sich Marian Briem.

»Ich kann das Ding nicht bewegen!«

»Das ist aber dumm.«

»Ja, nein. Was ist, wer …?«

»Wir sind von der Kriminalpolizei«, sagte Marian. »Wir hätten gern mit dir über das gesprochen, was gestern im Hafnarbíó passiert ist. Soweit wir wissen, warst du in der Vorführung um fünf.«

»Ja, da war ich. Hat man mich gesehen?«

»Der Platzanweiser hat dich erkannt.«

»Man kann anscheinend nirgends mehr hingehen, ohne dass es gleich in aller Munde ist.«

»Die Wetternachrichten sind ja auch ein beliebtes Programm«, sagte Marian und deutete auf den Kasten.

»Ja, sicher, das stimmt. Ich war auch schon auf dem Weg zu euch wegen dieses … wegen dieses scheußlichen Verbrechens. Ich habe gehört, dass ihr sämtliche Personen, die in der Fünfuhrvorstellung waren, gebeten habt, sich mit euch in Verbindung zu setzen.«

Inzwischen hatte sich etwa die Hälfte der Personen, die sich eine Karte für die Fünfuhrvorstellung gekauft hatten, bei der Polizei gemeldet. Den Aufruf der Kriminalpolizei hatten die Zeitungen neben der Meldung vom Mord gebracht, und sie war auch im Rundfunk verlesen worden. Man hoffte, dass sich weitere Kinobesucher melden würden. Der Fall hatte großes Aufsehen erregt und Bestürzung hervorgerufen. Ein unschuldiger Junge war brutal erstochen worden, und nicht zu wissen, wer ein solches Verbrechen verübt hatte, fanden alle beunruhigend.

»Du hattest aber keine Eile damit, dich mit uns in Verbindung zu setzen?«, fragte Marian.

»Nein«, entgegnete der Meteorologe. »Es … Ich habe im Grunde einfach nichts zu sagen, leider. Ich glaube nicht, dass ich euch von Nutzen sein kann.«

»Kannst du dich daran erinnern, diesen Jungen in der Vorstellung gesehen zu haben?«

Marian reichte ihm ein Foto, das Ragnars Eltern der Polizei zur Verfügung gestellt hatten. In den Zeitungen war noch keines erschienen.

»Ich kann mich an nichts Besonderes erinnern«, sagte der Meteorologe, nachdem er sich das Foto lange angesehen hatte. »Ich achte nicht auf Menschen, weder im Kino noch anderswo. Die Leute starren mich sowieso immer an, und das empfinde ich als unangenehm.«

Der Meteorologe erzählte, woran er sich erinnern konnte. Seinen Aussagen zufolge hatte er etwa in der Mitte des Saals gesessen und nichts Ungewöhnliches bemerkt, während der Film lief. Nach dem Ende des Films seien die Lichter wieder angegangen und die Gäste aufgestanden. Zwei Jungen hatten die Ausgangstüren geöffnet, durch die war er zusammen mit anderen Kinogästen hinausgegangen.

»Alles war wie gewöhnlich«, sagte der Meteorologe, der ziemlich gedrungen wirkte mit seiner krummen Haltung und den hängenden Schultern. Seine große Glatze versucht er zu verbergen, indem er die Haare auf einer Seite länger wachsen ließ und sie über die Glatze kämmte. Er hatte sich aber nicht die Zeit genommen, die Frisur in Ordnung zu bringen, die Haare standen mehr oder weniger waagerecht vom Kopf ab wie eine Windfahne.

»Kannst du dich an eine Frau im Kino erinnern?«, fragte Albert.

»Ja, jetzt, wo du danach fragst, erinnere ich mich, da war tatsächlich eine Frau. Wir gingen praktisch zusammen nach draußen. Sie war die Einzige, die mir aufgefallen ist.«

»War sie allein im Kino?«

»Das weiß ich nicht.«

»Wie alt war sie?«

»Schätzungsweise so um die dreißig. Sie sah gut aus ... soweit ich das gesehen habe.«

»Der Junge, der ermordet wurde, saß ziemlich weit oben am Gang rechts. Du hast nicht irgendwelche Geräusche aus dieser Richtung gehört?«, fragte Marian Briem.

»Nein, ich habe gar keine Geräusche gehört.«

»Und du hast auch nicht gesehen, ob jemand in seiner Nähe saß?«

»Nein. Aber ich hatte mich auch schon ziemlich früh auf meinen Platz gesetzt«, erklärte der Meteorologe, der sich plötzlich an seine Frisur erinnerte und versuchte, die Haare wieder über die Glatze zu streichen. »Vor mir saßen ein paar Jugendliche, sonst ist mir niemand aufgefallen. Und es hat mich auch nicht interessiert. Jetzt wisst ihr, warum ich keine Eile hatte, mich mit euch in Verbindung zu setzen.«

»Du hast auch niemanden bemerkt, der betrunken war?«

»Nein. Betrunken?«

»Niemanden, der beim Verlassen der Vorstellung nicht ganz geradeaus gegangen ist?«

»Nein, ich glaube nicht.«

»Trinkst du?«, fragte Marian rundheraus.

»Wie bitte?«

»Trinkst du? Zum Beispiel Rum?«

»Rum?«

Albert hatte morgens bei der Besprechung mit den Kollegen, die mit dem Fall befasst waren, die Theorie aufgestellt, dass die leere Rumflasche auf dem Fußboden darauf hindeuten könnte, dass Ragnar von jemandem erstochen worden war, der betrunken gewesen war und nicht gewusst hatte, was er tat. Die Techniker von der Spurensicherung waren damit beschäftigt, nach Fingerabdrücken an der Flasche zu suchen, sie zu identifizieren und mit allen bei der Kriminalpolizei archivierten Fingerabdrücken von bekannten Straftätern oder Obdachlosen zu vergleichen. Die Angestellten des Kinos beteuerten hoch und heilig, dass sie keinen Betrunkenen ins Kino gelassen hatten, sie hätten da strenge Anweisungen.

»Wir haben im Saal eine leere Rumflasche gefunden«, erklärte Marian dem Meteorologen. »Die lag nicht weit von deinem Platz entfernt. Irgendjemand, der in der Fünfuhrvorstellung war, muss sie dabei gehabt haben. Der Saal ist am Morgen gereinigt worden, und da hat niemand eine leere Flasche gefunden.«

»Ich hatte keine Flasche dabei«, sagte der Meteorologe, den die Frage immer noch erstaunte. »Ich rühre nie irgendwelchen Alkohol an«, fügte er ein wenig pathetisch hinzu.

»Hast du möglicherweise bemerkt, ob jemand noch während der Vorführung den Saal verlassen hat?«, fragte Marian.

Der Meteorologe schüttelte den Kopf. Auch die Angestellten des Kinos waren sich ganz sicher gewesen, dass niemand den Saal während der Vorführung verlassen hatte, obwohl das natürlich durchaus vorkam, wenn der Film sehr langweilig war, oder aus irgendwelchen persönlichen Gründen. Es gab nur zwei Möglichkeiten, das Kino zu verlassen, entweder durch die Ausgangstüren im Saal oder durch die Türen zum Foyer. Bei dieser Vorstellung hatte es auch keine Pause gegeben, eine Pause gab es nur, wenn die Aussicht bestand, mehr Süßigkeiten zu verkaufen. Und das lohnte sich bei so wenigen Zuschauern nicht.

»Niemand ist durch die Tür da unten im Saal rausgegangen«, sagte der Meteorologe. »Das wäre mir aufgefallen.«

»Und du hast wirklich nichts gehört? Keinen Schrei? Keinen Schmerzenslaut?«

»Nein. Aber es gab viele sehr laute Szenen in dem Film, die alles andere übertönt hätten.«

»Trägst du eine Stichwaffe mit dir herum?«, fragte Albert.

Der Meteorologe drehte sich mit einer heftigen Bewegung zu Albert um. Dabei stieß er mit dem Arm gegen den Kasten mit den Wetterkarten, sodass er vom Ständer abbrach und krachend auf den Boden fiel.

»Was für ein verdammtes Mistzeug«, fluchte er. »Nein!«, sagte er dann zu Albert. »Was soll das alles. Ich laufe nicht mit einem Messer in der Tasche herum. Ich ersteche niemanden. Ich bin Meteorologe!«

Am späten Abend klingelte das Telefon bei Marian Briem. Auf dem Couchtisch stand ein kleines Sherryglas mit einem hellen, trockenen Portwein. Marian war in eine Schachpartie zwischen dem Dänenkönig Knut und dem norwegischen Jarl Ulf vertieft, die in der Saga von Ólaf dem Heiligen beschrieben wurde.

Marian musste unwillkürlich schmunzeln, als diese Partie in einem Tumult endete. Der Dänenkönig fiel kurzerhand über den Jarl her und machte kurzen Prozess mit ihm.

Am anderen Ende der Leitung meldete sich eine altersschwache Stimme: »Hallo? Ist Marian am Apparat?«

»Ja.«

»Marian?«

»Ja.«

»Ich wäre sehr froh, wenn du mich besuchen würdest.«

»Dich besuchen?«

»Ich muss mit dir reden. Ich wäre dankbar, wenn ich mit dir reden könnte. Mir ... mir bleibt nicht mehr viel Zeit.«

Marian schwieg.

»Ich wäre dir sehr dankbar, wenn du mir diesen Gefallen tun könntest. Aber es muss bald sein. Ich fürchte, dass meine Zeit bald abgelaufen ist.«

Marian war auf diesen Anruf nicht gefasst gewesen

und brauchte einige Zeit, um die Bedeutung des Gesprächs, die Bedeutung der Worte, die gefallen waren, zu erfassen. Das Schweigen in der Leitung war erdrückend. Marian unterbrach es nicht, sondern legte auf und las weiter.

Sieben

Marian Briem trank einen Kaffee in der Kantine der Kriminalpolizei und las die neueste Pressemitteilung des sowjetischen Schachverbandes in einer Tageszeitung. Fischer war nicht zur feierlichen Eröffnung der Schachweltmeisterschaft im Nationaltheater erschienen, und der Weltschachbund FIDE hatte sich dazu entschlossen, die erste Partie um zwei Tage zu verschieben, um dem Herausforderer ein weiteres und letztes Mal die Möglichkeit zu geben, nach Island zu kommen und sich dem Duell zu stellen. Die Vertreter des sowjetischen Schachverbands waren mit ihrer Geduld am Ende und verlangten, dass Fischer disqualifiziert werden sollte.

»Wie kann man nur so dumm sein«, murmelte Marian in die Kaffeetasse.

»Wer ist hier dumm?«, fragte ein Polizeibeamter, der in der Tür zur Cafeteria aufgetaucht war. Er hieß Hrólfur und alle wussten, dass er auf eine steile Karriere bei der Polizei aus war.

»Bist du schon wieder auf den Beinen?«, fragte Marian und blickte von der Zeitung auf. Trotz seiner Ambitionen hatte Hrólfur im Grunde kein sonderliches Interesse an seinem Beruf, er war dafür bekannt, so oft wie möglich krankzufeiern.

»Ich soll dir ausrichten, dass Albert unten auf dich wartet«, entgegnete Hrólfur kurz angebunden und stiefelte davon.

Sämtliche Besucher der Fünfuhrvorstellung standen unter Verdacht, Ragnar umgebracht zu haben. Das Gleiche galt für das Kinopersonal. Der Meteorologe war empört, als man ihm das mitteilte, er wies jeden Verdacht, dass er den Jungen umgebracht habe, weit von sich. Die anderen Besucher, die sich sofort gemeldet hatten, waren da sehr viel gelassener und zeigten mehr Verständnis. Es handelte sich um zwei Gruppen von Jungen, drei Vierzehnjährige aus einer Schule im Vogar-Viertel, die nie mit der Polizei in Berührung gekommen waren, und vier Jugendliche, die sich zu der Fünfuhrvorstellung verabredet hatten, denen aber nichts Außergewöhnliches aufgefallen war. Sechs Kinogäste hatte man noch nicht ausfindig machen können. Darunter die einzige Frau, die sich eine Karte für den Western mit Gregory Peck gekauft hatte.

»Dein lieber Bobby hat anscheinend nicht vor, sich hier blicken zu lassen?« Marian saß auf dem Beifahrersitz des Dienstwagens und stellte Albert diese Frage, während sie auf dem Weg ins Gamla Bíó waren. »Nein, wenn er sich heute oder morgen nicht blicken lässt, hat sich die Geschichte wohl erledigt«, erklärte Albert.

»Er bringt das Schachspiel in Verruf.«

»Ja.«

»Aber du findest ihn trotzdem toll?«

»Er ist das größte Schachgenie der Welt«, sagte Albert, der sich sehr für Schach interessierte und in seinen jüngeren Jahren an vielen Schachturnieren teilgenommen hatte, die vom isländischen Schachverband organisiert wurden.

»Irgendjemand hat behauptet, dass Kissinger Bobby Fischer Druck gemacht hat.«

»Das würde mich nicht überraschen, die Ehre der Amerikaner steht auf dem Spiel. Im Grunde genommen geht es um die Frage, ob er sich traut, gegen Spasski anzutreten oder nicht.«

»Wirst du dich freiwillig für das Sicherheitsteam melden, falls er doch noch kommt?« Marian Briem hatte am Vormittag an einer Besprechung teilgenommen, auf der es um die Frage ging, wie viele Sicherheitsbeamte für Bobby Fischer und Boris Spasski abgestellt werden sollten, falls das Match doch noch stattfinden würde.

»Ich spiele mit dem Gedanken«, sagte Albert. »Es wäre schon toll, Fischer so nahe zu kommen. Falls er sich tatsächlich blicken lässt.«

Das Gamla Bíó hatte nicht die geringste Ähnlichkeit mit dem Hafnarbíó. Das eindrucksvolle Gebäude an der Ingólfsstræti war in den zwanziger Jahren errichtet worden, als die Stummfilmproduktion in ihrem Zenit stand. Von außen war es weiß verputzt, die eindrucksvolle Fassade war klassizistisch gestaltet, mit vier jonischen Säulen und einem Tympanon. Das Kino bot sechshundert Besuchern Platz.

Der Platzanweiser erwartete sie im Foyer und gab ihnen die Hand. Zwei Reinigungsfrauen kamen die schmale Treppe von den oberen Rängen herunter, grüßten sie mit Eimern und Schrubbern in der Hand und verschwanden in einem winzigen Raum hinter der Kinokasse.

Der Platzanweiser führte sie in den unteren Rang des Kinos, klappte einen Sitz herunter und setzte sich. Albert setzte sich auf den Sitz auf der anderen Seite des Gangs. Marian Briem zog es vor, zwischen ihnen stehen zu bleiben.

Albert und Marian hatten sich ausführlich über Ragnars Tonaufnahmen unterhalten, über die Kassetten und das Gerät, das er in seiner Schultasche mit in die Kinos genommen hatte. Aller Wahrscheinlichkeit nach hatte er es auch im Hafnarbíó dabeigehabt und die Tonspur von *Stalking Moon* mitgeschnitten. Dass jemand ihn getötet hatte, um an den Kassettenrekorder und die Aufnahmen vom Film heranzukommen, schien ziemlich unwahrscheinlich. Sowohl für Marian als auch für Albert kam es als Mordmotiv jedenfalls nicht in Frage. Sehr viel plausibler war, dass Ragnar etwas aufgenommen hatte, was er nicht hören sollte. Und da wohl kaum jemand einen Monolog in Ragnars Nähe gehalten hatte, musste es sich wohl um ein Gespräch zwischen zwei Personen gehandelt haben, möglicherweise waren es auch sogar mehrere Personen gewesen. Alles deutete darauf hin, dass die Beteiligten entschlossen zu Werke gegangen waren, als sie herausfanden, dass ihre Unterhaltung mitgeschnitten worden war, mit tödlichen Folgen für Ragnar. Der Junge schien keine Chance gehabt zu haben, sich zu wehren. Jedenfalls war der Pathologe zu dem Ergebnis gekommen, dass die Messerstiche so ausgeführt worden waren, dass sie den größtmöglichen Schaden anrichteten, kurz nebeneinander direkt in den Herzmuskel und in die Herzschlagader. Ragnars Tod war rasch und schmerzlos erfolgt. Er hatte nicht einmal die Möglichkeit gehabt, um Hilfe zu rufen. Und wenn, dann hätte ihn niemand gehört.

Der Platzanweiser im Gamla bíó, ein behäbiger Mann und nicht mehr der Jüngste, erklärte, dass Ragnar Stammkunde im Kino gewesen sei und er ihn gut kenne. Er identifizierte den Jungen sofort anhand des Fotos. Er hatte inzwischen auch Ragnars Bild in den Zeitungen gesehen.

»Ich kann mich gut an ihn erinnern«, sagte er. »Er hat sich praktisch alle Filme hier angeschaut, manche auch mehrmals. Er war noch ziemlich klein, da hat er bereits versucht, in Filme hineinzukommen, die nicht für Kinder freigegeben waren. Das versuchen sie alle, Kinder wie er sind versessen darauf, gerade solche Filme im Kino zu sehen. Es macht keinen Spaß, sie abzuweisen, aber es bleibt einem nichts anderes übrig.«

»Ist er in letzter Zeit hier im Kino gewesen?«, erkundigte sich Albert.

»Ja, er fragte nach Fotos von Schauspielern aus einem Film, den wir gezeigt hatten, *Agenten sterben einsam*. Und nach der Vorstellung ist der Ärmste dann in Schwierigkeiten geraten.«

»Was für Schwierigkeiten?«, fragte Marian Briem.

»Irgendein Mann hat sich mit ihm angelegt, ich habe mich nicht eingemischt, habe es bloß von weitem beobachtet.«

»Er hat sich mit ihm angelegt? Weshalb?«

»Es ging um irgendein Gerät, das der Junge dabei hatte. So viel konnte ich verstehen.«

»Kanntest du den Mann?«

»Nein.«

»Und was war mit dem Gerät?«

»Keine Ahnung«, sagte der Platzanweiser. »Wie gesagt, ich hab mich da nicht eingemischt. Sie gingen zusammen aus dem Kino, der Mann ließ ihm keine Ruhe. Ich habe gesehen, dass er ihn bis zur Bankastræti verfolgte.«

»Weißt du, was für ein Gerät das war?«

»Nein.«

»Hattest du das Gefühl, dass der Junge in Gefahr war?«, fragte Albert.

»Soweit ich sehen konnte, nicht.«

»Hast du gehört, um was genau es zwischen ihnen ging?«

»Der Mann hat rumgeschimpft. Der Junge hatte seine Schultasche dabei und mühte sich damit ab, das Gerät darin zu verstauen, während der Mann ihn beschimpfte und auf das Gerät zeigte, das der Junge dabeihatte.«

»Sie waren nicht zusammen ins Kino gekommen?«, fragte Marian.

»Nein, der Junge kam immer allein.«

»Und du weißt nicht, wer der Mann war, der sich mit ihm angelegt hat?«

»Nein.«

Kurze Zeit später verließen Albert und Marian Briem das Kino und standen wieder draußen in der Sonne. Ein Auto nach dem anderen fuhr die Ingólfsstræti hinauf, um in die Bankastræti einzubiegen. Marian zündete sich eine Zigarette an. Es war warm und windstill, und die Autos krochen an ihnen vorbei. Das Dröhnen eines Lastwagens drang aus der Hverfisgata zu ihnen herüber. Albert trat auf den Stufen zur Kinokasse von einem Bein aufs andere, so als läge ihm etwas auf dem Herzen und er sei unschlüssig, ob er das Thema anschneiden solle. Marian bemerkte sein Zögern.

»Was ist?«, fragte Marian.

»Ach, nichts«, entgegnete Albert.

»Doch, es ist was, nun hab dich doch nicht so.«

»Nein, es ist nichts.«

»Worum geht es, Albert?«

»Also ich ... Es war, als ich dich neulich geweckt habe«, sagte Albert. »Neben dir auf dem Fußboden lag eine Postkarte, du hattest sie sicher gelesen, bevor du einschliefst. Ich habe sie aufgehoben und auf deinen Schreibtisch gelegt.«

»Und?«, sagte Marian.

»Ich wollte nur, dass du es weißt«, sagte Albert. »Ich möchte nicht, dass du glaubst, ich hätte sie gelesen.«

»Das habe ich nicht geglaubt.«

»Das Foto vorne auf der Karte war vom Koldingfjord. Ist der nicht in Dänemark?«

»Korrekt.«

»Du bist dort gewesen?«

»Ja, das bin ich. Ich kenne diesen Fjord gut.«

Marian inhalierte tief.

»Könnte es sein, dass es derselbe Mann war, der auch im Hafnarbíó gewesen ist?«, fragte Albert. »Ich meine, der, der sich hier im Gamla bíó mit Ragnar angelegt hat?«

»Auszuschließen ist das nicht«, erwiderte Marian. »Wir müssen noch einmal die Angestellten im Hafnarbíó befragen.«

»Worüber könnten sie sich unterhalten haben, das einen derartig brutalen Angriff auf den Jungen gerechtfertigt hätte?«, fragte Albert nachdenklich, während er auf den Dienstwagen zusteuerte, den er in der Gasse zwischen dem Nationaltheater und der Nationalbibliothek geparkt hatte. Marian ließ die Zigarette auf den Bürgersteig fallen und trat sie sorgfältig aus.

»Natürlich gibt es nichts, was so etwas rechtfertigen könnte«, sagte Marian, hob den Stummel auf und warf ihn in einen Mülleimer. »Höchstens in den Augen derer, die die Tat verübt haben. Sie waren anscheinend der Meinung, dass irgendetwas unbedingt geheim gehalten werden müsse. Etwas, von dem sie auf keinen Fall wollten, dass es bekannt wird. Etwas, von dem sie nicht wollten, dass es auf einer Kassette existiert. Zum Spaß macht man so etwas schließlich nicht.«

»Gesetzt den Fall, dass es ein solches Motiv gäbe ...«

»Ja, ich höre.«

»Dann hat Ragnar womöglich einfach nur Pech gehabt«, fuhr Albert fort. »Es sind Personen in dieser Fünfuhrvorstellung, die das Hafnarbíó als Treffpunkt benutzen wollen. Sie gehen davon aus, dass sie während des Films mit seiner Geräuschkulisse ungestört miteinander reden können. Sie sitzen im Dunkeln, und niemand schenkt ihnen besondere Aufmerksamkeit. Sie kommen getrennt zur Vorstellung und verhalten sich unauffällig.«

»Sie setzen sich, nachdem es dunkel geworden ist, nachdem die Vorführung bereits begonnen hat«, fuhr Marian fort. »Sie haben den Jungen gar nicht bemerkt, vielleicht hatte er sich gebückt und fummelte an seinem Rekorder herum. Aber plötzlich bemerken sie, dass er hinter ihnen sitzt.«

»Und irgendwie werden sie auf das Gerät aufmerksam«, sagte Albert. »Ihnen wird klar, dass der Junge ihr Gespräch aufzeichnet. Sie sehen das Gerät und das Mikrofon.«

»Und sie zögern keine Sekunde, sondern schreiten sofort zur Tat.«

»Der Junge wird erstochen.«

»Ich weiß nicht, das klingt überhaupt nicht nach Island. Kannst du darin irgendetwas Isländisches sehen?«

»Was meinst du damit?«

»Hätte es nicht gereicht, dem Jungen das Gerät und die Kassetten abzunehmen und es dabei bewenden zu lassen?«

»Ja. Weshalb sind die so weit gegangen?«

»Sie wollten ihn zum Schweigen bringen«, sagte Marian Briem. »Vielleicht glaubten sie, dass er gehört hatte, über was sie sich unterhielten. Vielleicht reichte es ihnen nicht, an die Kassetten zu kommen, weil sie nicht wussten, wie viel der Junge mitgehört und verstanden hatte. Sie hatten keine Ahnung, wer er war. Sie mussten jedes Risiko ausschließen.«

»Und deswegen erstechen sie ihn? Weil er gehört hat, worüber sie sprachen?«

Marian blickte zu den Basaltsäulen an der Fassade des Nationaltheaters hoch.

»Die Stadt ist voller Ausländer. Wahrscheinlich waren es seit den Kriegsjahren nicht mehr so viele.«

»Willst du damit sagen, dass es sich bei den Personen im Kino um Ausländer gehandelt hat?«, fragte Albert.

»Möglicherweise befürchteten sie, dass ihnen jemand den Jungen auf den Hals gehetzt hatte, um sie zu beschatten und ihre Gespräche mitzuschneiden.«

»Ausländer?«

»Es wäre absurd, diese Möglichkeit nicht in Betracht zu ziehen«, entgegnete Marian. »Ganz und gar absurd. Diese Personen standen wegen irgendetwas unter Stress, das nicht ans Licht kommen durfte. Im wahrsten Sinne des Wortes. Andere Möglichkeiten kommen kaum in Betracht. Ragnar hatte kein Geld bei sich, um Diebstahl kann es sich nicht gehandelt haben. Er war kein Junge, der sich ständig mit anderen streitet, dazu passt auch, dass niemand im Kino irgendetwas von ihm gehört hat. Er besaß zwar diesen Kassettenrekorder, aber wer bringt deshalb jemanden um?«

* * *

Der Gerichtsmediziner war im Begriff, seinen Obduktionsbericht abzuschließen, als Marian Briem das Leichenschauhaus am Barónsstígur betrat und dem Geräusch von klappernden Tasten folgte. Der Mann saß an einem Schreibtisch und hämmerte so auf die Schreibmaschine ein, dass es über den ganzen Korridor hinweg zu hören war. Er ging auf die vierzig zu und hatte eine Ausbildung an einer Universitätsklinik in den Vereinigten Staaten absolviert, er war ein eher schweigsamer und ruhiger Mensch. Als Marian Briem in der Tür erschien, hielt er inne und nahm die Pfeife aus dem Aschenbecher und reinigte sie gründlich, bevor er neuen Tabak in den Pfeifenkopf stopfte.

»Ich kann nichts über das Messer sagen, das verwendet wurde«, sagte er. »Falls du deswegen gekommen bist.«

»Aber du hast doch sicher eine Vermutung«, sagte Marian, ohne sich zu setzen.

»Es könnte sich um ein ganz normales Taschenmesser gehandelt haben«, sagte der Mann, während er weiter seine Pfeife stopfte. »Das Blatt ist weder lang noch breit. Der Täter hat genau an den richtigen Stellen zugestochen, die Spitze ist so scharf, dass sie leicht durch die Kleidung zum Herzmuskel und zur Arterie vordringen kann.«

»Und dazu reicht ein Taschenmesser?«

»In der Hand des richtigen Mannes, ja«, sagte der Rechtsmediziner und steckte seine Pfeife an. »Gar keine Frage.«

Acht

Der Platzanweiser im Gamla bíó hatte versucht, den Mann zu beschreiben, der sich mit Ragnar angelegt hatte. Er konnte aber nur einige sehr allgemeine Merkmale nennen, eher klein, mittleres Alter, vermutlich aschblond, das Haar schütter. Blaue Windjacke. Als die Angestellten vom Hafnarbíó später am Tag dazu befragt wurden, konnten sie nicht mit Gewissheit sagen, ob jemand, auf den diese Beschreibung zutraf, sich eine Karte für die Fünfuhrvorstellung gekauft hatte.

Marian fand Kiddý im Kassenhäuschen, sie wollte gerade den Schalter öffnen. Einige dänische Wochenzeitschriften lagen in den Regalen, ansonsten passte außer der Kartenrolle und der Kasse kaum noch etwas anderes in den kleinen Raum. Kiddý erzählte, dass im und um das Hafnarbíó viel los gewesen sei, nachdem sich die Nachricht von dem Mord herumgesprochen hatte, es seien deutlich mehr Besucher in dem Western mit Gregory Peck gewesen. Sie schaute Marian direkt an und sagte, dass sie wohl kaum zu erwähnen bräuchte, dass diese Leute sich nicht unbedingt des Filmes wegen eine Karte kauften, sondern um den Ort zu sehen, an dem der Junge erstochen worden war. Man hatte versucht, das Blut am Tatort zu entfernen, doch die beiden Sitze, die am meisten mit Blut beschmiert waren, mussten entfernt werden. Das hatte man getan, aber die klaffende Lücke war natürlich genauso auffällig.

»Ich kann mich wirklich nicht erinnern, wem ich eine Karte für diese verdammte Vorstellung verkauft habe«, sagte Kiddý, als Marian ihr den Mann aus dem Gamla bíó beschrieben und sie intensiv nach ihm befragt hatte. »Ich sitze jeden Tag hier und verkaufe Eintrittskarten. Ich nehme die Menschen schon seit Langem nicht mehr richtig wahr, vor allem, wenn viel los ist. Manchmal erkennt man die Stammkunden. Oder jemanden, der sehr bekannt ist. Und damit hat es sich.«

»In dieser Fünfuhrvorstellung waren aber nicht viele Besucher«, sagte Marian.

»Nein, das stimmt.«

»Vielleicht hast du in den Zeitschriften gelesen«, sagte Marian und deutete auf die dänischen Blätter.

»Ja, das auch. Ich weiß, dass ich ein ziemlich schlechter Zeuge bin.«

»Mal sehen, ob ich dir nicht auf die Sprünge helfen kann«, sagte Marian lächelnd. »Du kannst dich nicht an einen Mann mit aschblonden Haaren erinnern, in blauer Windjacke?«

»Nein. An den Jungen kann ich mich erinnern, den kannte ich. Und an die Frau, denn es war eine Fünfuhrvorstellung und noch dazu ein Western. Ich habe versucht, euch zu sagen, wie sie aussah.«

»Ja, genau«, sagte Marian. »Ich suche aber nach zwei oder drei Männern. Ich weiß nicht genau, wie alt sie sind. Sie sind allerdings nicht zusammen gekommen und haben sich unauffällig verhalten. Aber im Kinosaal müssen sie zusammengesessen haben.«

»Ich kann mich nur an diesen Meteorologen erinnern, der ist so im mittleren Alter«, sagte Kiddý.

»Ja, aber der interessiert uns nicht. Einer dieser Männer – oder vielleicht auch alle – könnte Ausländer gewesen sein. Kannst du dich vielleicht erinnern, ob irgendwelche Ausländer bei dir eine Karte gekauft haben?«

Kiddý überlegte. Sie warf einen Blick auf die dänischen Zeitschriften. Dänisch konnte sie lesen, aber kaum sprechen. Englisch konnte sie überhaupt nicht. Sie war nach der Mittelschulreife von der Schule abgegangen und hatte nur ein paar Jahre Dänischunterricht gehabt. Ihre Mutter hatte die dänischen Wochenblätter *Hjemmet* und *Familie Journal* abonniert und sie immer der Tochter überlassen, wenn sie sie gelesen hatte.

»Mich hat ganz sicher niemand in einer fremden Sprache angesprochen«, sagte sie und zupfte das Band im Haar zurecht. Dann griff sie zu einer Schachtel Zigaretten, fischte mit ihren langen lackierten Fingernägeln eine heraus, zündete sie an und blies den Rauch aus.

»Niemand, der in irgendeiner fremden Sprache eine Eintrittskarte verlangt hat?«, fragte Marian.

»Nein. Manchmal reden die Leute aber auch gar nicht, sondern zeigen mir mit den Fingern, wie viele Karten sie möchten. Ich … Da waren nur irgendwelche ältere Herren und ein paar Jungs.«

»Ich verstehe. Sind in den letzten Tagen übrigens mehr Besucher im Kino gewesen? Wegen der Weltmeisterschaft sind doch so viele Besucher in der Stadt.«

»Du meinst das Schachturnier? Nicht dass ich wüsste.«

»In Ordnung. Ist der Platzanweiser schon da?«

»Nein, er kommt später. Wirst du ihn auch danach fragen? Nach irgendwelchen Ausländern?«

»Ja.«

»Der, der hier normalerweise arbeitet, hat Urlaub. Matthías löst ihn ab und ...«

»Und?«

Marian glaubte zu bemerken, dass die Frau zögerte.

»Er musste mal kurz weg«, sagte Kiddý.

»Ja, du hast gesagt, er käme erst später.«

»Nein, ich meine nicht jetzt, sondern dass er an dem Tag, als das passierte, wegmusste.«

»Ach ja? Davon hat er mir nichts erzählt.«

»Nein.«

»Trotzdem wusste er aber von der Frau und dem Jungen und sonst noch so einiges über die Besucher, die in der Vorstellung waren«, sagte Marian. »Er hat auch den Meteorologen bemerkt.«

»Ich habe ihm von diesen Besuchern erzählt. Er hatte mich darum gebeten, als er herausfand, was in der Vorstellung passiert war. Er stand total unter Schock. Er hat die Leiche gefunden. Matthías ist ein prima Kerl, aber wenn er einspringt, passiert immer alles Mögliche.«

»Er hat also gar nicht an der Tür zum Saal gestanden?«

»Doch, zu Anfang schon. Wir lassen die Leute normalerweise fünfzehn bis zwanzig Minuten vor der Vorführung herein, damit sie nicht draußen stehen und frieren müssen. Vor allem im Winter. Und dann kam sie auf einmal, sie wollte sich mit Matthías treffen. Die Tür stand auf, und ich habe die Karten einfach schon hier abgerissen.«

»Wer kam, um sich mit ihm zu treffen?«

»Er hat eine Freundin, und die arbeitet in einer Boutique auf dem Laugavegur. Und auf einmal tauchte sie hier auf und machte einen Aufstand. Sie sind zusammen hinters Haus gegangen.«

»Aber ... Hätten sich in der Zeit nicht Leute ins Kino schleichen können?«

Kiddý antwortete nicht. Das hellblaue Haarband passte gut zu dem Minirock, den sie trug.

»Er ist wirklich ein prima Kerl, aber er hat sich nicht getraut zuzugeben, dass er weg war«, sagte sie. »Als er zurückkam, lief der Film bereits fünf Minuten. Eigentlich ist das ja auch überhaupt keine große Sache, aber dann ... dann passierte dieser, dieser Horror.«

»Die Tür zum Kinosaal stand also offen«, sagte Marian und zeigte in die Richtung. »Und du warst hier an der Kasse.«

»Ja.«

»Hätte sich jemand ins Kino schleichen können, ohne dass du es bemerkt hättest?«

Kiddý starrte auf die dänischen Wochenzeitschriften. In einer war ein Fortsetzungsroman, in den sie an diesem Tag vertieft gewesen war.

»Ich weiß es nicht.«

»Was glaubst du? Möglicherweise ein Mann in einer blauen Windjacke?«

»Möglich wäre es«, sagte sie.

Albert telefonierte mit seiner Frau. Sie hieß Guðný, sie waren schon fast zehn Jahre verheiratet und hatten drei Kinder, drei Mädchen. Sie sehnte sich danach, wieder zu arbeiten, denn seit der Geburt der ältesten Tochter hatte sie sich um die Kinder gekümmert. Aber jetzt hatte sie sich in die neu eingerichtete Abendschule am Hamrahlíð-Gymnasium eingeschrieben, um das Abitur nachzumachen und anschließend Jura an der Universität zu studieren.

»Was möchtest du denn am liebsten machen?«, fragte sie, als sie hörte, dass Albert unter Zeitdruck stand.

»Was meinst du?«

»Na, an deinem Geburtstag, du Schussel. Die Mädchen sind gespannt wie die Flitzebögen. Sie wollen eine riesengroße Schokoladentorte für dich backen. Willst du, dass die Omas auch dabei sind, oder sollen wir lieber zu fünft feiern?«

»Wär's nicht besser, die Omas dabeizuhaben?«, entgegnete Albert. »Ich möchte sie auf keinen Fall vor den Kopf stoßen. Und sie können babysitten, während wir beide ausgehen.«

»Ausgehen?«

»Ich könnte mir vorstellen, dass wir essen gehen, beispielsweise im Naust.«

»Da willst du mit mir hin? Können wir uns das denn leisten?«

»Keine Ahnung, für die Finanzen bist du zuständig.«

»Willst du uns womöglich einen Brandy Alexander spendieren?«

»Denkbar.«

»Ich rede mit den Omas.«

Die technische Abteilung der Kriminalpolizei war nicht mehr als ein kleines Labor inmitten der Büros im Quartier am Borgartún. Die Räumlichkeiten waren außerordentlich beengt und vollgestopft mit Apparaten und Geräten zur Tatortuntersuchung. Die Abteilung war viel zu klein, um alle kriminaltechnischen Ermittlungen durchführen zu können. Die komplizierteren Untersuchungen, beispielsweise die ballistischen, wurden in ausländischen Labors durchgeführt. Den Mitarbeitern standen aber ausgezeichnete Geräte zur Verfügung, um Fingerabdrücke zu untersuchen und Fotos auszuwerten, und die Mitarbeiter der Kriminalpolizei machten regen Gebrauch davon.

Der Leiter der technischen Abteilung trug Latexhandschuhe und zeigte Albert diverse Fingerabdrücke, die man in der Umgebung von Ragnars Leiche gefunden hatte, sowohl an den Rückenlehnen der Sitze als auch auf den Armlehnen, an der Popcorn-Tüte und der Limo-Flasche, die Ragnar mit ins Kino genommen hatte.

»Das Dumme ist bloß, dass es überall im Saal von Fingerabdrücken nur so wimmelt«, sagte er. »Die Sitze werden nämlich nicht gesäubert, nur der Fußboden wird gesaugt, das Foyer wird geputzt, da wird Staub gewischt und dergleichen, aber um die Rückseiten der Sitze oder die Armlehnen kümmert man sich nicht. Dafür gibt es ja auch normalerweise keinen Grund.«

»Nein, natürlich nicht«, sagte Albert.

»Wir versuchen, uns ein Bild davon zu machen, was vor dem Mord geschah«, sagte der Mann, der Þormar hieß. Er war hochgewachsen, hatte einen großen Kopf und einen ansehnlichen Bauch. »Wie ihr wisst, gehen wir davon aus, dass der Junge so gut wie keine

Chance gehabt hat, sich zu wehren, was die pathologische Analyse ja auch bestätigt hat. Es gibt nur diese zwei Verletzungen, die Messerstiche direkt ins Herz. Anschließend hat der Täter vermutlich die Tasche mit dem Rekorder und den Kassetten mitgehen lassen.«

»Marian Briem ist der Ansicht, dass es sich um mindestens zwei Täter gehandelt haben muss. Der Junge hat wohl unabsichtlich ein Gespräch zwischen ihnen aufgezeichnet.«

»Darüber könnt ihr gerne spekulieren«, sagte Þormar. »Wir haben nichts, was diese Theorie stützt. Wer auch immer ihn erstochen hat, muss ziemlich viel Blut an der Hand, am Ärmel und vielleicht sogar im Gesicht gehabt haben. Wir gehen zumindest davon aus, dass er viel Blut an der Hand gehabt hat, als er den Rekorder und die Kassetten des Jungen an sich genommen hat, denn er hat sich wahrscheinlich über die Sitze beugen müssen, um nach der Tasche zu greifen, da er wohl kaum die Reihe entlanggegangen ist.«

»Und das macht er alles im Stockfinsteren?«

»Das muss nicht sein. Das Licht von der Leinwand kann ihm genügt haben, um sich zurechtzufinden.«

»Und was ist mit diesen Fingerabdrücken, habt ihr etwas herausgefunden?«

»Die müssen wir noch analysieren und mit unserem Archiv abgleichen. Wahrscheinlich stammen die meisten von irgendwelchen unbeteiligten Kinobesuchern. Wenn Marian Briem der Meinung ist, dass da ein oder gar mehrere Ausländer involviert gewesen sein könnten, müssen wir einige der Fingerabdrücke womöglich ins Ausland schicken. Und das braucht seine Zeit, wie du weißt.«

»Die haben ihm alles abgenommen«, sagte Albert.

»Sie wollten ganz sichergehen, was die Mitschnitte auf den Kassetten betrifft, falls die Vermutungen von Marian zutreffen. Die Schultasche konnten sie nicht einfach am Tatort zurücklassen.«

»Glaubst du, dass sich so etwas noch einmal ereignen könnte?«, fragte Albert.

Þormars Antwort ließ auf sich warten, und er zuckte schließlich nur noch mit den Achseln.

»Das lässt sich aufgrund dessen, was wir wissen, schwer abschätzen«, sagte er.

»Muss jemand nicht total verrückt sein, um so etwas zu machen?«

Albert und Marian hatten bereits intensiv darüber diskutiert, ob die Gefahr einer Wiederholungstat bestünde. Es gab keinerlei Präzedenzfälle. In der isländischen Geschichte hatte es zwar so etwas wie Massenmörder gegeben, aber keinen einzigen in der Neuzeit. Der oder die Mörder mussten jedoch nicht unbedingt Isländer sein, in der Stadt gab es wegen der Schachweltmeisterschaft zahlreiche ausländische Gäste, und unter denen konnte es natürlich auch schwarze Schafe geben.

»Soll das heißen, dass wir alles Furchtbare den Ausländern zu verdanken haben?«, fragte Albert.

»Sehr vieles«, antwortete Marian.

»Gehören dazu auch Schachfans?«

»Wieso sollten die besser sein als andere?«, entgegnete Marian Briem.

Neun

Ragnars Beerdigung fand in aller Stille statt, nur wenige Menschen hatten sich zur Trauerfeier in der Domkirche eingefunden. Der Pastor sprach über den jungen Menschen, der auf eine beispiellos brutale Weise aus dem Leben gerissen worden war und die Angehörigen in tiefem Schmerz zurückgelassen hatte. Marian Briem hörte nicht mehr zu, als er über die Auferstehung, die Vergebung der Sünden und das ewige Leben zu reden begann. Ragnars Familie hatte in den ersten beiden Reihen Platz genommen, einfache Menschen, die keine Antwort auf all die Fragen bekommen hatten, die sich ihnen in den letzten Tagen schwer auf die Seele gelegt hatten. Und selbst, wenn es die ein oder andere Antwort gab, waren es doch nur Antworten, die von Menschen gegeben werden konnten. Die großen Fragen, für die vielleicht die Kirchen zuständig waren, würden nie beantwortet werden.

Das war es, was Marian Briem durch den Kopf ging, während die Trauerfeier weiterging und die Kirche vom Gesang des Chores erfüllt wurde, der das Lied *Allt eins og blómstrið eina* anstimmte. Der schwermütige Gesang weckte in Marian Briem bruchstückhafte Erinnerungen, die seit dem Eintreffen der Postkarte immer wieder aufgekommen waren. Die Karte war von irgendwo auf der Welt abgeschickt worden und hatte lediglich eine kurze Nachricht enthalten: *Ich komme bald.* Nichts weiter. Nur diese Nachricht, die Marian schon seit geraumer Zeit erwartet hatte.

Der Pfarrer bat die Anwesenden, sich zu erheben. Als er das apostolische Glaubensbekenntnis sprach, stimmte Marian nicht ein.

Der Sarg wurde von einigen jungen Verwandten von Ragnar aus der Kirche zum Leichenwagen getragen, der vor dem Portal vorgefahren war. Die Trauergäste sprachen der Familie ihr Beileid aus, als sie aus der Kirche kamen. Nur die allernächsten Angehörigen folgten dem Sarg bis zum Grab. Nach und nach löste sich die Versammlung vor der Kirche auf, und bald war wieder alles ruhig. Marian Briem hatte nichts Verdächtiges oder Ungewöhnliches bemerkt. Keinen Mann mit einer blauen Windjacke. Keine Frau, die so wirkte, als würde sie sich sämtliche Filme mit Gregory Peck ansehen.

Marian ging zum Auto zurück. Auf dem Beifahrersitz lagen die Kassetten mit dem Tonmitschnitt von *Agenten sterben einsam*, die sie sich noch anhören mussten. Möglicherweise war der Wortwechsel zwischen Ragnar und dem Mann in der blauen Windjacke ebenfalls aufgezeichnet worden. Albert hatte die Kassetten am Vormittag abgeholt. Er hatte die ganze Nacht vor dem Bungalow in Fossvogur Wache gestanden, in dem Bobby Fischer untergebracht worden war, und sein Traum, den Herausforderer persönlich zu treffen, war tatsächlich in Erfüllung gegangen. Fischer war endlich angereist, um sich mit dem »russischen

Bären« zu messen. Albert hatte deshalb kaum ein Auge zugetan, und die Begeisterung sprudelte nur so aus ihm heraus, als er Marian Briem gegen Mittag traf. Seiner Meinung nach hatte die Tatsache, dass Kissinger sich telefonisch eingeschaltet hatte, entscheidend dazu beigetragen, dass Fischer endlich bereit war, gegen Spasski anzutreten. Albert schwebte angesichts der Ereignisse vom Vortag regelrecht auf Wolke sieben. Zahlreiche Menschen hatten sich vor dem Bungalow eingefunden, um den Schachmeister mit eigenen Augen zu sehen und ihm einen gebührenden Empfang zu bereiten. Im Laufe des Abends hatten sich die Leute nach und nach verzogen, und Fischer hatte Lust auf eine Spritztour bekommen. Die Polizei hatte mit ihm einen Ausflug aufs Land gemacht, der bis sechs Uhr morgens dauerte. Albert hatte zwar nicht daran teilgenommen, aber er hatte von seinen Kollegen gehört, dass Fischer in glänzender Laune gewesen war.

Marian fuhr zum Borgartún, nahm den Aufzug in die oberste Etage und besorgte sich einen Kassettenrekorder. Ragnars Mitschnitt umfasste zwei Kassetten. Als die zweite Kassette lief, legte sich Marian aufs Sofa, drückte auf *Play* und schloss die Augen.

Agenten sterben einsam schien vor allem ein lauter Film zu sein. Der Platzanweiser hatte ihnen in groben Zügen erzählt, worum es in dem Film ging. Die Vorlage war ein Thriller von Alistair MacLean, in den Hauptrollen spielten Richard Burton und Clint Eastwood, die als Soldaten der Alliierten einen General befreien sollten, den die Nazis in einer uneinnehmbaren Festung jenseits der Demarkationslinie gefangen hielten. Der Ton der Aufnahme war deutlich und gut zu verstehen. Gegen Ende des Films steigerte sich die Spannung, und große Ereignisse kündigten sich an.

»Was für ein verdammter Lärm«, stöhnte Marian, als die Gewehrsalven, die Schreie und die dramatische Musik ihren Höhepunkt erreichten.

Schließlich kehrte wieder Ruhe ein, die Schüsse und Detonationen wurden leiser, genauso wie das Schreien und Rufen. Stattdessen Propellergeräusche, ein Flugzeug, das abhob, die endgültige Abrechnung stand bevor, anscheinend befand sich ein Verräter in der eigenen Gruppe. Zum Schluss dann Musik. Der Film war zu Ende.

Marian setzte sich auf und starrte auf den Apparat. Unter dem durchsichtigen Deckel drehte sich immer noch langsam die Kassette.

»Was machst du da eigentlich?«, fragte jemand mit aggressiver Stimme.

Dann die Geräusche von aufstehenden Kinobesuchern, hochklappende Sitze und Getrampel auf dem Fußboden.

»Was ist das für ein Apparat?«, hörte Marian den Mann fragen.

Keine Antwort.

»Jetzt hör mir mal zu, Bursche!«

Marian stellte sich vor, wie der Mann Ragnar am Arm packte.

»Ich will das Ding sehen.«

»Lass mich in Ruhe!«, erwiderte eine junge Stimme.

»Ist das ein Aufnahmegerät? Was machst du mit so einem Ding hier im Kino?«

»Nichts«, sagte Ragnar.

»Ist das ein Mikrofon? Was machst du damit? Hast du hier etwas aufgenommen?«

Die anderen Geräusche verstummten allmählich. Die beiden waren jetzt offensichtlich allein im Saal.

»Nein«, sagte Ragnar leise.

»Oh, doch«, behauptete der Mann. *»Weshalb machst du das? Weißt du nicht, dass das verboten ist?«*

»Gib mir den Rekorder wieder«, bat Ragnar.

»Was hast du denn damit vor, willst du dir den Film anhören? Du weißt, dass es so etwas wie ein Copyright gibt. Man darf nicht einfach den Ton mitschneiden!«

»Gib mir den Apparat wieder«, sagte Ragnar. *»Ich muss nach Hause.«*

»Was ist los mit dir, bist du nicht ganz richtig im Kopf?«

»Doch.«

Wieder hörte Marian Briem ein Rauschen. Jetzt waren Verkehrsgeräusche zu hören, Hupen, ein aufheulender Motor. Die beiden hatten das Kino verlassen. Der Platzanweiser im Gamla bíó hatte beobachtetet, dass sie zur Bankastræti hochgegangen und dort um die Ecke gebogen waren.

»Willst du das verkaufen? Wozu brauchst du die Musik? Was hast du damit vor?«

»Lass mich in Ruhe!«

»Warum machst du so was? Du darfst nicht ... nimmst du das hier auf ... nimmst du etwa immer noch auf?«

Die Aufzeichnung endete abrupt. Marian spulte zurück, um sich diese Szene noch einmal und dann noch ein drittes Mal anzuhören und anschließend das

Gerät auszuschalten. Inzwischen hatte sich auch Albert an seinem Schreibtisch niedergelassen und lauschte dem Wortwechsel zwischen Ragnar und dem Unbekannten.

»Der arme Junge«, sagte er.

»Der Typ spinnt doch«, sagte Marian.

»Es hörte sich fast wie eine Drohung an«, entgegnete Albert. »Der Kerl hat sich richtig mit Ragnar angelegt.«

»Wahrscheinlich ist das irgendein armer Irrer gewesen«, sagte Marian. »Wieso faselt er was von Copyright? Und warum so aggressiv? Was weiß der schon vom Copyright? Was geht ihn das alles überhaupt an?«

»Ragnar scheint ihn durch die Aufnahme irgendwie provoziert zu haben«, sagte Albert.

»Wer fühlt sich denn von so etwas provoziert?«

»Musiker zum Beispiel, haben die nicht gerade einen Verband gegründet?«

»Oder Schriftsteller?«

»Und natürlich auch Rechtsanwälte.«

»So, wie sich der Typ anhört, könnte er glatt ein Jurist sein«, sagte Marian.

»Unverfroren und zudringlich, also unerträglich. Das könnte passen«, stimmte Albert zu.

»Gibt es was Neues von Bobby?«

»Er zieht jetzt ins Hotel Loftleiðir um. Er war in diesem tollen Bungalow untergebracht, der von der DAS-Lotterie als Hauptgewinn ausgespielt wird, aber da will er nicht bleiben.«

»Ein angenehmer Zeitgenosse also?«

»Sehr liebenswürdig, auch wenn ich nur ganz kurz

mit ihm zu tun hatte. Die Kollegen, die mit ihm diesen Ausflug gemacht haben, verstehen gar nicht, wie er so viele Menschen gegen sich aufbringen konnte.«

»Vielleicht ist er nur so hart, wenn es um Verträge und Preisgelder geht. In seiner Spielklasse geht es nicht nur um Schach, da muss man ganz schön gewieft sein. Wirst du noch länger mit seiner Bewachung beschäftigt sein?«

»Vielleicht. Im Augenblick werden die Dienstschichten für das Match eingeteilt, und wir hier von unserer Abteilung werden natürlich auch dabei sein. Selbstverständlich nur diejenigen, die sich freiwillig melden. Es ist natürlich alles eine Frage ...«

Albert verstummte.

»Und wann beginnt der ganze Zirkus?«

»Morgen Abend. Dann spielen sie die erste Partie.«

»Meiner Meinung nach sollten sich unsere Leute lieber auf ihre Arbeit konzentrieren, als hinter irgendwelchen Berühmtheiten herzulaufen«, sagte Marian und erhob sich vom Sofa. »Am besten fängst du damit an, sämtliche Mitschnitte des Jungen zu holen und sie dir anzuhören. Wenn er im Gamla bíó in solche Schwierigkeiten geraten ist, kann das auch in anderen Kinos geschehen sein.«

Die Aussagen des Meteorologen und der beiden Jungencliquen, die im Hafnarbíó gewesen waren und sich danach bei der Polizei gemeldet hatten, waren zu Protokoll genommen worden. Ragnar mitgerechnet, waren also insgesamt neun der fünfzehn Kinobesucher erfasst worden. Es bestand natürlich immer noch die Möglichkeit, dass sich eine oder mehrere Personen in die Vorstellung geschlichen hatten, während der

Platzanweiser nicht da war und Kiddý ihn vertreten hatte. Darüber war nichts Genaueres in Erfahrung zu bringen. Und der oder die Besitzerin der Rumflasche musste auch immer noch gefunden werden. Die Untersuchung der Fingerabdrücke hatte nichts ergeben. Die einzige Frau in der Fünfuhrvorstellung hatte noch nichts von sich hören lassen, obwohl man speziell nach ihr fahndete.

Als Albert gegangen war, setzte sich Marian an den Schreibtisch und überflog sämtliche Berichte in der Hoffnung, irgendetwas zu finden, was sie in der Ermittlung weiterbringen würde. Das Telefon klingelte, und ein fröhlich klingender Mann erkundigte sich, ob er mit Marian Briem spräche.

»Ja.«

»Hallo, hier spricht Rikki.«

»Und was willst du?«, fragte Marian kurz angebunden.

»Hey, was denn, stimmt was nicht?«

»Was willst du?«

»Na, dann will ich dich nicht weiter stören.«

»Prima«, sagte Marian und war im Begriff aufzulegen.

»Halt, warte noch …«

»Was ist?«

»Das … das wird dich sicher interessieren. Ihr sucht doch nach Leuten, die in diesem Kino waren?«

»Ja.«

»Ich könnte dir möglicherweise ein wenig dabei helfen.«

Marian Briem spitzte die Ohren. Der Mann, den alle immer nur Rikki nannten, war ein Kleinkrimineller, der immer wieder mal wegen Schmuggel, Einbruch und Diebstahl, aber meistens wegen Trunkenheit mit der Polizei in Berührung gekommen war. Er hatte sich manchmal mit Hinweisen aus der Reykjavíker Unterwelt bei der Polizei anzubiedern versucht. Die meisten dieser Hinweise waren aber so unbedeutend oder konfus gewesen, dass sie praktisch nie etwas gebracht hatten.

»Na schön, dann schieß los«, sagte Marian.

»Bist du jetzt wieder bei Laune?«

»Mach dich bloß nicht so wichtig«, sagte Marian. »Was ist mit den Kinobesuchern?«

»Ich habe gehört, dass ihr gerne wissen würdet, wer im Kino war. In dem Zusammenhang habe ich von einem gehört, von dem du bestimmt wissen möchtest, wer es ist.«

»Ach ja?«

»Wirst du dich dann beim nächsten Mal an mich erinnern, wenn ich wieder mal eingelocht werde?«

»Eingelocht? Du meinst vielleicht, dass du bei uns die Möglichkeit erhältst, deinen Rausch auszuschlafen. Sag mir, was du gehört hast.«

»Konni war im Kino.«

»Konni?«

»Der hat bei Svana damit ziemlich angegeben. Sie hat es mir erzählt, da hatte er schon ziemlich was intus, du weißt ja, der ist eigentlich immer knülle.«

»Svana vom Café Pol?«

»Ja. Svana hat mir erzählt, dass er in dieser Vorstellung war und so getan hat, als würde er alles Mögliche über diesen Mord wissen.«

»Was du nicht sagst.«

»Ich sag's dir doch!«
»Er trinkt sicherlich Rum«, sagte Marian.
»Wer?«
»Dieser Konni.«
»Rum? Selbstverständlich trinkt der Rum!«

Zehn

Jeden Sonntagmorgen wurde ein Gottesdienst im Rundfunk übertragen, Kirchenlieder schallten über alle Gänge bis auf die Kinderstation, wo Marian Briem bei offenem Fenster und offenen Türen lag. Auf saubere Luft wurde im Spital von Vífilsstaðir bei gutem Wetter größter Wert gelegt, und so gab es auf den Krankenstationen auch keine Türschwellen, um den Durchzug von Luft zu gewährleisten.

Auf den Korridoren waren zahlreiche Patienten unterwegs. Einige wollten sich mit einer Wolldecke und einem Buch in der Liegehalle am Ende des Gebäudes niederlassen. Die Liegehalle bot Platz für viele, und der Blick ging vom schönen See Vífilsstaðavatn bis zum Meer bei Straumsvík. Andere hatten sich eine Wanderung zur Steinwarte Gunnhildur vorgenommen, die sich auf einem Hügelrücken östlich des Lungensanatoriums befand. Niemand wusste, woher die Steinwarte ihren Namen hatte. Aber es hieß, dass die Patienten der Klinik, die es ohne fremde Hilfe bis dorthin schafften, angeblich auf dem Weg der Besserung waren. Wieder andere wollten eine Ruderpartie auf dem See machen. Und für den Abend war ein Film angekündigt, den man von einem Kino in der Stadt ausgeliehen hatte, die Klinik besaß ein Vorführgerät.

»Du fühlst dich doch wohl bei uns?«, fragte der Arzt in freundlichem Ton, als er sein kaltes Stethoskop auf Marians warme Brust drückte und den Atemgeräuschen lauschte.

Es war Marians zweiter Sonntag in diesem Sanatorium. Um das Gebäude herum hielten sich zahlreiche Besucher auf. Freunde und Angehörige der Patienten scheuten den langen Weg nach Vífilsstaðir nicht, und sie blieben meist den ganzen Tag über. Sie mussten sich aber an die Vorschrift halten, dass Besucher das Sanatorium nicht betreten durften. Sie standen deswegen vor den unteren Fenstern an der Südseite des Gebäudes und unterhielten sich von dort aus mit den Verwandten. Oft war es sehr schwierig für Eltern und Kinder, auf diese Weise voneinander getrennt zu sein, und manchmal drang herzzerreißendes Weinen bis zum nahe gelegenen See.

Wie schon in vielen anderen Sommern zuvor hatte man vor dem Sanatorium Zelte für einige der Patienten errichten müssen. Der Bedarf an Betten war so groß, dass nicht alle Kranken im Haus untergebracht werden konnten. In diesen Zelten wurden allerdings nur Männer untergebracht. Auf dem Gelände des Spitals befanden sich ansonsten das Haus des Oberarztes und ein riesiger Stall für die Kühe, denn in Vífilsstaðir hielt man eigene Kühe.

Der Oberarzt war mittleren Alters und hatte große, vertrauenerweckende Hände. Das Haar trug er glatt nach hinten gekämmt. An diesem Sonntag war er ohne seinen weißen Kittel kurz vorbeigekommen, um sich nach dem Befinden von Marian und den anderen Kindern zu erkundigen.

»Doch, ja«, antwortete Marian, dankbar für die Warmherzigkeit, die in den Worten des Arztes mitschwang. Der Arzt hatte in seiner Laufbahn bereits oft genug mit ansehen müssen, wie lebensfrohe Menschen ihren heldenhaften Kampf gegen den Tod verloren hatten, diese leidvolle Erfahrung konnte man ihm an den Augen ablesen. Marian hatte irgendwo gelesen, dass die Sterblichkeitsrate bei Tuberkulose-Kranken auf Island eine der höchsten in der Welt sei, ein Fünftel aller Todesfälle auf der Insel ließ sich auf diese Krankheit zurückführen.

»Wir müssen zunächst einmal der kranken Lunge Ruhe gönnen. Das machen wir mit der Pneumothorax-Methode, von der ich dir schon erzählt habe, als du zur Durchleuchtung gekommen bist. Davor brauchst du dich nicht zu fürchten, es ist ein einfacher Eingriff, aber vielleicht ein wenig schmerzhaft. Wir können von Glück reden, dass die Tuberkulose sich bei dir nur in einem Lungenflügel angesiedelt hat, und wir werden alles dafür tun, dass das auch so bleibt. Wir wollen um jeden Preis verhindern, dass sich die Krankheit ausbreitet.«

Die Behandlung, von der der Oberarzt gesprochen hatte, musste Marian gleich am nächsten Tag über sich ergehen lassen. Athanasius war aus Reykjavík gekommen, er durfte dabei sein. Der Arzt war umgeben von Betäubungsspritzen, Röntgen- und Pneumothorax-Apparaten und erklärte ihnen in beruhigendem Tonfall Punkt für Punkt, wie er vorgehen wollte. Er sprach zunächst über einen Italiener, Forianini mit Namen, der die Pneumothorax-Technik entwickelt hatte. Sie bestand darin, die Lunge zum Kollabieren zu bringen.

Zu diesem Zweck pumpte man Luft zwischen die Lunge und das Brustfell, durch den Druck der Luft faltete sich die Lunge zusammen. Auf diese Weise sollte die Ausbreitung von Tuberkelbakterien verhindert werden, die Stellen, an denen sich die Bakterien ansiedelten, wurden so geschlossen, sodass die Lunge mit der Zeit abheilen konnte.

»Weißt du, ob du jemals eine Rippenfellentzündung gehabt hast?«, fragte der Arzt, während er in den medizinischen Unterlagen blätterte.

»Ich glaube, nein«, antwortete Marian.

Der Arzt sah Athanasius fragend an, aber auch der gab ihm zu verstehen, dass er nichts davon wüsste.

»Darüber ist euch beiden also nichts bekannt?«

»Nein«, antwortete Athanasius.

»Wie ... wie wird diese Luft eigentlich in mich hineingeblasen?« Marian hatte sich vor dem Eingriff gefürchtet und die ganze Nacht kaum schlafen können. Es konnte nicht der geringste Zweifel daran bestehen, dass die Krankheit sich verschlimmert hatte, Unwohlsein und Müdigkeit, Atemnot und Husten und Schweißausbrüche hatten zugenommen.

»Das wird mit dieser Nadel hier gemacht, die ist von innen hohl«, sagte der Arzt. Er sah von seinen Papieren auf, nahm eine lange Nadel zur Hand und zeigte sie Marian. »Mit der steche ich hier zwischen deine Rippen«, erklärte er und drückte auf Marians Brustkorb. »Damit kann ich Luft in dich hineinpumpen. Es tut ein ganz klein wenig weh, wie ich dir schon gestern gesagt habe, aber das musst du aushalten. Ich werde dich auf jeden Fall betäuben, aber trotzdem wirst du wohl etwas spüren. Das muss im Abstand von einigen Wochen mehrmals wiederholt werden, denn wenn die Luft aus dem Brustkasten entweicht, kann sich die Lunge wieder ausdehnen. Für uns ist es wichtig, dass sie ihre Ruhe bekommt. Die Tuberkelbakterien brauchen Sauerstoff, und wir sperren ihnen auf diese Weise die Zufuhr ab.«

»Glaubst du, dass ich tuberkulöse Kavernen habe?«

Der Arzt sah Marian erstaunt an. »Wo hast du denn davon gehört?«

»Anton hat mir davon erzählt. Bei ihm haben sich viele eingekapselt, und er sagte, du hättest versucht, sie wegzubrennen.«

»Anton ist wesentlich schlimmer dran als du«, sagte der Arzt. »Das kann man gar nicht vergleichen. Bei einer Rippenfellentzündung kommt es manchmal vor, dass Lunge und Brustfell zusammenwachsen. In dem Fall versuchen wir, mit einem winzigen elektrischen Draht die Stellen zu entfernen, die zusammengewachsen sind, um die Lunge zu befreien. Sonst würde die Luft nicht dazwischen passen, und die Lunge würde nicht zusammenfallen. Verstehst du das?«

Anton hatte Marian von diesen glühenden elektrischen Drähten erzählt, und der Gedanke an eine solche Operation war wesentlich schlimmer als der an den Eingriff mit der Nadel. Anton war vierzehn, er kam aus einer der abgeschiedensten Gegenden im äußersten Nordwesten, Snæfjallaströnd, und bei ihm waren beide Lungenflügel schwer infiziert. Vor Kurzem hatte sich außerdem herausgestellt, dass sich die Tuberkelbakterien an anderen Stellen im Körper angesiedelt hatten. Er musste praktisch immer liegen, entweder in seinem Bett auf der Kinderstation des Spitals, oder in der Liegehalle. Er redete gern über seine Heimat, die unglaublich vielen Vögel auf der Insel Æðey und über die Gletscherzunge in Kaldalón.

»Ich habe gehört, dass du nach Dänemark geschickt werden sollst«, sagte der Arzt.

»Ja.«

»Das halte ich für sehr gut. Du hast gemerkt, wie wenig Platz es hier im Spital gibt. Wir hatten den Koldingfjord in Jütland empfohlen. Dort gibt es ein großes Tuberkulosesanatorium für Kinder.«

»Anton hat mir gesagt, dass es nicht gelungen ist, die Kavernen wegzubrennen.«

»Das stimmt«, sagte der Arzt. »Die sind leider Gottes sehr schwer zu behandeln.«

»Und was jetzt?«, insistierte Marian.

»Das wird sich zeigen müssen«, antwortete der Arzt. »Im Moment solltest du vor allem an dich denken.«

Der Eingriff war so gut wie schmerzlos. Marian versuchte, nicht zu sehr an das zu denken, was der Arzt tat, und sich nicht vorzustellen, wie die Nadel sich in den mageren Körper bohrte. Athanasius hingegen verfolgte alles ganz genau, so als wolle er sich vergewissern, dass es vorschriftsgemäß ablief, auch wenn er die Vorschriften nicht kannte. Ein einziges Mal stöhnte Marian laut auf, und der Arzt warnte das Kind, dass die geringste Bewegung große Schmerzen verursachen könnte. Dann war es vorbei. Die infizierte Lunge kollabierte unter dem Druck der Luft.

Athanasius durfte Marian zurück zur Kinderstation begleiten. Dort setzte er sich ans Bett, behielt aber seinen Hut in der Hand und legte den Mantel über seine Knie. Er erzählte Marian Geschichten von seiner Herrschaft. Den Forellen im Teich ginge es gut, sagte er zur Aufmunterung. Er spürte, dass Marian mit den Gedanken ganz woanders war, deswegen sagte er nicht viel, sondern grübelte still vor sich hin. Er machte sich nicht nur wegen Marians körperlicher Gesundheit Sorgen. Athanasius war immer sehr froh darüber gewesen, wie fröhlich und zuversichtlich sein kleiner Schützling trotz allem gewesen war und wie neugierig auf alles zwischen Himmel und Erde, Großes wie Kleines. Marian las unentwegt, saugte alles Gedruckte in sich auf und prägte es sich ein, kleine und große menschliche Begebenheiten und Ereignisse, aber auch Gedichte, Geschichten und alles, was Athanasius erzählte, der eigentlich kaum glauben konnte, dass sich ein Kind für diese Dinge interessierte.

»Die Fische freuen sich sicher schon darauf, wieder in ihren großen See zurückzukommen«, sagte er lächelnd.

»Hier sehnen sich auch alle danach, nach Hause zu kommen«, sagte Marian. »Zumindest alle Kinder. Obwohl es auch sehr schön ist, hier zu sein. Anton möchte unbedingt nach Hause, er spricht von nichts anderem.«

Anton und Marian hatten eigentlich kaum Zeit gehabt, einander kennenzulernen. Anton hatte bereits eine lange Zeit seines kurzen Lebens im Sanatorium verbracht, und sein Zustand hatte sich ständig verschlechtert. Als Marian eingeliefert wurde, war er praktisch bereits ans Bett gefesselt. Trotzdem wollte er unbedingt neue Patienten kennenlernen und etwas über sie erfahren, vor allem über die Krankheit, wo sie aufgetreten war und wie ernst sie war. Und er erkundigte sich danach, aus welcher Gegend die Kinder auf der Station stammten. Wenn sie vom Land oder aus den kleinen Fischerdörfern kamen, stellte er ihnen alle möglichen Fragen zur Landwirtschaft oder zum Fischfang. Alle Kinder auf der Station fühlten sich zu ihm hingezogen, auch wenn er manchmal ernst dreinblickte, konnte seine Stimmung sich ganz plötzlich ändern, dann machte er Spaß und neckte die anderen.

»Es ist bestimmt schwierig, an einem Ort wie diesem neue Freunde zu finden«, bemerkte Athanasius, der durch das offene Fenster auf den See blicken konnte.

»Genau dasselbe hat mir Anton gestern gesagt. Und er hat gute Freunde verloren, seitdem er hier ist. Er möchte so gern nach Hause, aber er fürchtet, dass er wohl nie mehr von hier wegkommt. Er ist sehr krank.«

»Der Aufenthalt in diesem Sanatorium ist nicht einfach für dich«, sagte Athanasius.

»Ich denke nur an Anton«, antwortete Marian. »Er fühlt sich so elend.«

Nachdem Athanasius gegangen war und der Abend sich über das Spital gesenkt hatte, schob eine Krankenschwester einen Rollstuhl mit einem Jungen in Marians Zimmer, dem Schwäche und Entkräftung anzusehen waren, er saß gekrümmt im Rollstuhl, und das Atmen fiel ihm schwer.

»Anton möchte dir gute Nacht sagen«, meinte die Schwester. »Ich komme bald wieder und hole ihn ab.«

»Wie ist es bei dir gegangen?«, fragte Anton.

»Ich glaube, gut«, sagte Marian. »Er hat mit dieser Nadel in mich reingestochen.«

»Muss bei dir nichts verödet werden?«

»Nein.«

»Du hast keine Kavernen?«

»Nein.«

»Gut.«

An einem Sommerabend wie diesem war es immer noch ganz hell im Zimmer, und Anton schaute lange zum See von Vífilsstaðir hinüber, der von keinem Windhauch bewegt spiegelglatt dalag, wie ein Abglanz des Göttlichen.

»Was für ein Tag«, flüsterte er.

Als Marian Anton am nächsten Morgen besuchte, lag er unbeweglich unter einem weißen Laken, das man über ihn gebreitet hatte. Man sah nur die Umrisse des schmalen, welken Körpers. Marian blieb am Fußende stehen und sah auf die Falten des Lakens. Eine seltsame Ruhe herrschte in dem Zimmer, und Schweigen lag über dem ganzen Sanatorium.

Die schmalen Schultern senkten sich mit einem lautlosen Seufzer, die Arme fielen herunter. Marian stand reglos da, starrte auf die weißen Falten und dachte an den neuen Freund, der hoch über den Bergen auf dem Weg in seine Heimat Snæfjallaströnd war.

Elf

Der Name des Café Napoleon versprach mehr, als das Lokal halten konnte. Der Name auf dem Schild über dem Eingang hatte im Laufe der Zeiten manch Gutgläubigen getäuscht, und jetzt war er kaum noch zu erkennen. Die Stammgäste nannten den Laden kurz Pol. Es waren meist Menschen, die entweder im Leben den Kürzeren gezogen hatten oder sich ihr Brot mit Tätigkeiten verdienten, die kein Tageslicht vertrugen. Aber anscheinend waren sie zahlreich genug, um die Spelunke am Leben zu erhalten. Und obwohl die Geschichte dieses Etablissements alles andere als glanzvoll war, hielt es sich besser über Wasser als manch anderes Lokal mit wesentlich respektableren Kunden.

Marian Briem stattete dem Pol am späten Nachmittag einen Besuch ab und schaute sich um. Drinnen war es schummrig, denn die Fenster am Ende des Raums, die Licht hätten hereinlassen können, waren von innen mit schwarzem Bootslack gestrichen worden. Es herrschte eine unbestimmte Hafenkneipenstimmung, die an frühere Tage erinnerte, ohne dass festzustellen gewesen wäre, woher sie rührte. Möglicherweise lag es an den Seemannsliedern, die aus den Lautsprechern drangen, am klobigen Tresen oder vielleicht auch nur an den abgetretenen Fußbodenplanken.

Marian hätte Konni sofort erkannt, doch im Moment war er nicht unter den Gästen. Die Inhaberin Svana stand an der Bar und las in der Zeitung vom Montag, die sie über den Tresen gebreitet hatte. Mit der einen Hand hielt sie sich an einer Zigarette fest, mit der anderen am Griff einer Kaffeetasse.

»Marian?«, fragte sie. »Was machst du denn hier?«

»Ich suche nach Konni, hast du ihn vielleicht gesehen?«

»Der ist nicht hier. Was willst du von Konni?«

»Nichts«, erklärte Marian und warf einen Blick in die Runde. Die Besucher saßen verstreut an den Tischen, lasen Zeitung und spielten Karten. Ein Mann und eine Frau saßen an einem Tisch und stritten sich in gedämpfter Lautstärke.

»Wo könnte Konni sein?«, fragte Marian, wohl wissend, dass Svana ihre Stammkunden gut kannte und ihnen im Zweifelsfall auch eine helfende Hand reichte.

»Ich weiß es wirklich nicht, Marian. Ich hab ihn hier schon lange nicht mehr gesehen.«

»Weißt du, ob er kürzlich ins Kino gegangen ist?«

»Nein.«

»Hat er so was erwähnt?«

»Kino? Nein, wieso sollte er auch.«

»Vielleicht hat er irgendeinen interessanten Film gesehen und hat dir davon erzählt?«

»Konni? Der soll mir von einem Film erzählt haben? Nee. Mir reicht's ja schon, wenn er anfängt, mir was über Autos vorzuquasseln. Der Kerl hat einen tödlich langweilenden Autofimmel.«

Marian spähte auf ein Bodenregal hinter Svana, das mit einem Tuch zugedeckt war. »Ist das da etwa Bier?«

»Nein, das ist Limo«, erklärte Svana und zupfte an dem Tuch herum.

»Du verkaufst doch hoffentlich kein Bier«, sagte Marian.

»Ich weiß nichts von irgendwelchem Bier«, erklärte Svana nachdrücklich. »In diesem Land ist Bier verboten, und ich halte mich daran, auch wenn es verdammt blödsinnig ist.«

Marians Blicke glitten über die Regale mit den Spirituosen.

»Und das da?«

»Was denn?«

»Ist das nicht alles geschmuggelte Ware? Hast du jemals Alkohol eingekauft, der nicht geschmuggelt war?«

»Alles, was ich verkaufe, ist durch den Zoll gegangen«, behauptete Svana feierlich. »Jeder einzelne Tropfen.«

»Svana, die Sache ist die. Ich muss Konni unbedingt erreichen, es ist sehr dringend. Eigentlich müsste ich ein riesiges Polizeiaufgebot auf ihn ansetzen, aber wegen dieses verdammten Schachturniers können wir keinen Mann entbehren. Der Mann, der eigentlich hier bei mir sein sollte, ist als Sicherheitsbeamter für Bobby Fischer abgestellt worden. Deswegen bleibt mir keine andere Wahl, als dich zu bitten, mir behilflich zu sein. Sonst würde ich die Sache mit dem Bier melden, und wer weiß, ob die Leute vom Zoll nicht noch etwas anderes finden, was du vielleicht lieber für dich behalten würdest.«

Svana sah Marian lange an.

»Das würdest du mir doch nicht antun, Marian«,

sagte sie. »Du weißt, wie dieses Lokal funktioniert. Er stört doch niemanden.«

»Wie gesagt, ich muss Konni finden.«

Svana zögerte.

»Hat er sich eine Kinokarte gekauft, oder ist er ohne rein?«, fragte Marian.

»Er hat sich reingeschummelt«, antwortete Svana.

»Das hat er dir also doch erzählt?«

»Ja, der gute Konni! Man könnte glauben, es sei das Tollste, was ihm im Leben passiert ist. Er redet über nichts anderes mehr, als dass er in dem Kino gewesen ist, als der Junge erstochen wurde. Das erzählt er überall herum.«

»Und er ist ohne Karte rein?«

»Er hat es mir in allen Einzelheiten verklickert. Da stand niemand an der Tür, da war nur die Frau an der Kasse. Er hat sich einfach in den Saal geschlichen. Er wollte eigentlich gar keinen Film sehen, und Western findet er sowieso langweilig. Er war einfach da unterwegs, hat die Gelegenheit beim Schopf gepackt und sich den Eintritt für lau beschafft.«

»War er betrunken?«

»Würde mich nicht wundern«, entgegnete Svana.

»Hat er irgendetwas darüber gesagt, vielleicht, dass er Rum dabeihatte?«

»Nein.«

»Ich muss mit ihm reden.«

Svana überlegte.

»Glaubst du, dass er es getan hat?«, fragte sie. »Dass er über den Jungen hergefallen ist?«

»Das weiß ich nicht«, sagte Marian.

»Dann hätte er doch wohl nicht vor allen Leuten

damit angegeben, dass er in dieser Kinovorstellung war.«

»Er ist ein Zeuge, und ich muss ihn sprechen, und zwar bald«, sagte Marian.

»Er wollte zu den Typen unterm Blech«, sagte Svana. »Er hat vorhin hier vorbeigeschaut, auf dem Weg dorthin.«

»Zum Arnarhóll-Park?«

»Er hat seinen Spaß daran, mit den Pennern dort rumzuhängen. Vor allem, wenn das Wetter so gut ist.«

Konni war im Grunde genommen kein Stadtstreicher im eigentlichen Sinne, er war allenfalls ein Mensch, der nicht viel Glück im Leben gehabt hatte. Aber er hatte Freunde und Bekannte unter den Stadtstreichern, die einen Unterschlupf am nördlichen Ende des Hügels Arnarhóll gefunden hatten, dort, wo die Statue des ersten Siedlers steht. Das Schwedische Gefrierhaus, in dem viele Reykjavíker hinter den dicken Holztoren der angemieteten Gefrierfächer Fleisch, Fisch und andere leicht verderbliche Lebensmittel aufbewahrten, war von einem hohen Wellblechzaun umgeben. Obdachlose und Stadtstreicher trafen sich an sonnigen Tagen vor diesem Wellblechzaun. Er bot ihnen Schutz vor dem Wind, sie nannten das »unterm Blech sein«. Dort also trafen sie sich, dort tranken sie Schnaps und ließen sich an schönen Tagen von der Sonne wärmen und suchten im Winter Schutz vor dem gnadenlosen Nordwind. Oft schliefen sie auch »unterm Blech«.

Marian parkte rückwärts in eine Parklücke unweit des Hügels ein und ging zu Fuß zu dem Wellblechzaun.

Von oben aus hatte man eine wunderbare Aussicht über das Stadtzentrum und den Hafen, und jenseits der Faxaflói-Bucht sah man in der Ferne den sommerlich schönen Berg Akrafjall und das Skarðsheiði-Massiv. Vor der Einzäunung standen oder saßen einige Gestalten. Schnapsflaschen und leere Spiritusfläschchen lagen überall herum. Ein Mann mit beeindruckenden Muskeln hatte sich den Oberkörper freigemacht und versuchte, Passanten zu einer Schlägerei zu animieren. Marian wusste, dass keine Bedrohung von ihm ausging, auch wenn er so großspurig auftrat, und an Marian selbst traute er sich gar nicht erst heran. Marian kannte ihn, er war ein Säufer vor dem Herrn und konnte mitunter ganz schön Schwierigkeiten machen. Die anderen dort am Zaun waren alle vollständig bekleidet, abgesehen von zwei Anoraks, einer Jacke und einer Mütze, die am Wellblechzaun hingen. Die Männer waren unterschiedlich alt, wettergegerbt, dreckig und unrasiert. Einigen waren auffallend viele Zähne abhandengekommen.

Konni zündete sich gerade eine halbgerauchte Zigarette an und drehte Marian den Rücken zu. Er stand vor zwei Kumpeln, die auf dem Boden saßen, sich mit dem Rücken gegen die Wellblechwand lehnten und mit zusammengekniffenen Augen zu ihm hochschauten. Marian tippte ihm auf die Schulter.

»Warum hast du nicht mit uns gesprochen, Konni?«

Konni zuckte zusammen und drehte sich um.

»Hast du dem Jungen etwas angetan?«, fragte Marian.

Konni zuckte ein weiteres Mal zusammen, als das brennende Streichholz ihm die Finger versengte. Er ließ es fallen, gab einen Schmerzenslaut von sich und sah Marian vorwurfsvoll an.

»Verdammt, hab ich mich erschreckt«, sagte er.

»Stimmt es, dass du ohne Eintrittskarte im Kino warst?«, fragte Marian.

Konni hieß Konrad und machte einen etwas besseren Eindruck als seine Kameraden. Er hatte hagere Gesichtszüge, große Augen, einen schmalen Mund und ein fliehendes Kinn. Auch sonst war er ausgesprochen dürr. Das dichte Haar kämmte er mit Schwung nach hinten, wenn er gerade Geld für Pomade hatte. Konni trug ein kariertes Hemd unter einem grünen Jackett, das irgendwann einmal bessere Tage gesehen hatte.

»Was ... Wovon redest du eigentlich?«, fragte er zurück.

»Ich rede von der Fünfuhrvorstellung im Hafnarbíó. Du hast damit angegeben, dass du ohne zu bezahlen im Kino warst, oder stimmt das etwa nicht?«

»Wer hat das behauptet?«

»Besitzt du ein gutes Taschenmesser?«

»Taschenmesser? Ich besitze kein Messer.«

»Dürfte ich mir vielleicht mal deine Taschen ansehen?«

Es ging Konni zwar gegen den Strich, den Inhalt seiner Taschen zu zeigen, aber er wollte Marian gerne beweisen, dass er kein Messer besaß. Also drehte er alle Taschen um. Die Anwesenheit der Polizei störte die Obdachlosen nicht weiter, sie waren es gewöhnt, und sie ließen sich nicht aus der Ruhe bringen. Der ein oder andere von ihnen blinzelte gegen die Sonne zu Konni hinauf, wobei er einen zahnlosen Mund sehen ließ, und beobachtete die Szene.

»Was ist das hier? Preludin?«, fragte Marian und griff nach zwei Tablettenfläschchen.

»Nein«, erklärte Konni.

»Dexedrin. Verkaufst du das?«

»Nein.«

»Wer hat dir das verschrieben?«

»Irgendein Doktor.«

»Ist vielleicht was nicht in Ordnung, Konni?«, erkundigte sich einer der Stadtstreicher mit heiserer Stimme. Auf dem Kopf trug er eine Schirmmütze mit dem Logo der Heilsarmee.

»Ich habe kein Messer«, sagte Konni, schnappte sich die Pillengläser und steckte sie wieder ein. »Ich habe dem Jungen nicht das Geringste getan. Ich bin überhaupt nicht in seine Nähe gekommen.«

»Aber du warst in dieser Vorstellung?«

Konni zögerte.

»Stell dich doch bloß nicht so an«, sagte Marian. »Ich will nur wissen, ob du in dem Kino etwas gesehen oder gehört hast.«

»Ja, ich hab nicht bezahlt«, gab Konni zu, der anscheinend davon ausging, dass Marian deswegen so ein Trara machte. »Das war so einfach, dass ich gar nicht anders konnte. Ich wollte gar nicht ins Kino, ich bin da zufällig vorbeigekommen, und auf einmal saß ich schon drin.«

»Kannst du dich an die Besucher im Kino erinnern?«

»Das ... Da waren ein paar Jungs, an die kann ich mich erinnern, und so eine Tussi. Die sah echt klasse aus.«

»War sie allein?«

»Nein, sie war nicht allein. Ein Mann hat sich neben

sie gesetzt, und so viel ist sicher, die waren nicht im Kino, um sich Gregory Peck anzusehen.«

»Hat sich der Mann zu ihr gesetzt, nachdem der Film angefangen hatte?«

»Ja.«

»Was meinst du damit, dass sie nicht ins Kino gekommen waren, um sich den Film anzusehen. Was haben sie gemacht?«

»Die haben die ganze Zeit rumgeschmust und dauernd miteinander geflüstert. Mann, es hat nicht viel gefehlt, und er hätte sie auf dem Sitz bestiegen.«

Konni lachte und sah seine Kameraden an, an die er den letzten Satz gerichtet hatte. Und sie reagierten ganz so, wie er es sich erhofft hatte. Marian ging davon aus, dass er hier gerade etwas wiederholte, was er ihnen schon vorher erzählt hatte. Es stimmte also, was Svana im Pol gesagt hatte. Konni hatte selten etwas Spannenderes erlebt als diesen Kinobesuch, und das kostete er jetzt so richtig aus. »Hattest du den Eindruck, dass die beiden ein Paar waren oder dass sie sich heimlich im Kino getroffen haben?«

»Heimlich, das war gar keine Frage.«

»Haben sie das Kino zusammen verlassen?«

»Darauf habe ich nicht geachtet.«

»Hast du den Jungen bemerkt, der erstochen wurde?«

»Nein«, sagte Konni mit Nachdruck. »Ich habe nicht gesehen, wie er erstochen wurde. Ich habe ihn überhaupt nicht bemerkt.«

»Hast du einen Mann gesehen, der eine blaue Windjacke trug?«

Konni überlegte.

»Könnte durchaus sein«, sagte er.

»Du bist dir aber nicht sicher?«

»Ich hab auf so was nicht geachtet«, sagte er. »Wieso sollte ich mir merken, was für Klamotten die Leute anhaben. Als der Film zu Ende war, sind alle direkt nach draußen gegangen. Ich habe nur diesen Wetterheini aus dem Fernsehen erkannt. Hast du schon mit dem gesprochen?«

»Ja.«

Der halbnackte Mann, der sich gerne prügeln wollte, hatte aufgegeben. Er setzte sich mit einer Flasche Brennivín vor die Blechwand. Der Mann mit der Heilsarmeemütze wollte einen Schluck abhaben, aber der Raufbold schnauzte ihn an, dass er ihn gefälligst in Ruhe lassen solle. Die anderen Penner schielten ebenfalls begehrlich nach der Schnapsflasche, ließen es aber dabei bewenden.

»Hast du irgendwelche Ausländer in der Vorstellung bemerkt?«, fragte Marian.

»Was für Ausländer?«, fragte Konni zurück.

»Das weiß ich nicht. Hast du gehört, dass jemand sich in einer fremden Sprache unterhalten hat? Ist dir jemand wie ein Ausländer vorgekommen?«

»Nein«, erklärte Konni. »Ich habe mich einfach nur in den Saal reingeschummelt und mich irgendwo hingesetzt.«

»Amerikaner? Russen? Franzosen? Engländer?«

»Soll ich die etwa auseinanderhalten können?«, fragte Konni.

»Hattest du eine Flasche Rum dabei?«, erkundigte sich Marian, sehr bemüht sich von Konnis Überheblichkeit nicht zu sehr provozieren zu lassen.

»Nein, ich nicht. Aber da war ein Mann, der ständig an einer Flasche genuckelt hat.«

»Du hast einen Mann mit einer Rumflasche gesehen?«

»Ja, ja, der hat die ganze Zeit gepichelt, das hab ich sofort gerochen«, erklärte Konni wichtigtuerisch und tippte sich an die Nase. »Ein Kerl mit Glatze, er trug einen Mantel. Hat sich anschließend einfach in sein Auto gesetzt und ist weggefahren. Er war todsicher sturzbesoffen.«

»Was für ein Auto war das?«

»Ein Ford Cortina. Blau. Funkelnagelneu.«

»Das hast du alles beobachtet?«

»Ich weiß alles über Autos«, erklärte Konni. »Alles.«

Anstatt schlafen zu gehen, beschloss Marian Briem gegen Mitternacht, zum Hafnarbíó zu fahren, um in der Umgebung des Kinos noch einmal nach etwas zu suchen, was die Theorie stützen könnte, dass Ausländer in der Fünfuhrvorstellung gewesen waren. Man hatte auf dem Gelände nur nach der Mordwaffe gesucht, war dabei aber längst nicht so gründlich vorgegangen, wie Marian es nun im Schein der Mitternachtssonne tat. Die Suche nahm ziemlich viel Zeit in Anspruch. So konnten zum Beispiel Abfälle in der Nähe des Kinos, die nicht aus Island stammten, einen Hinweis liefern. Eine Zigarettenkippe. Ausländisches Einwickelpapier. Möglicherweise auch ausländische Münzen. Bereits nach kurzer Zeit hatte Marian eine Krone und fünfzig Öre in isländischer Währung aufgesammelt.

Die Abfälle lagen vor allem an Hauswänden, Zäunen und Bordsteinkanten. Seit dem Mord an Ragnar hatte es nicht geregnet, und auch der Wind hatte sich zahm verhalten. Marian fand ein Stöckchen, um damit in den Abfällen zu stochern. Der ein oder andere mitternächtliche Passant beobachtete die Suchaktion, und Marian überlegte, ob es nicht vernünftiger wäre, am nächsten Morgen noch einmal ein Team von der Spurensicherung für eine genaue Tatortuntersuchung unter anderen Vorgaben anzufordern.

Nach etwa einer Stunde kam Marian zu einem Hydranten an der Ecke von Barónsstígur und Hverfisgata. Es war hell wie am lichten Tag, und der Hausberg Esja wurde von der Sonne angestrahlt. Hartnäckige Grasbüschel wuchsen an der Hauswand. Marian fiel etwas Zusammengeknülltes auf, eine Zigarettenschachtel. Diese Sorte wird bestimmt nicht offiziell von Staats wegen eingeführt, dachte Marian, nahm ein Taschentuch, legte die Schachtel vorsichtig hinein und steckte sie in die Tasche.

Es war sofort zu erkennen, dass es sich um eine russische Zigarettensorte handelte. Auch wenn Marian sich nicht sonderlich mit kyrillischer Schrift auskannte, war es kein Problem, den Namen *Belomorkanal* zu entziffern. Trotz intensiver Suche in der hellen Sommernacht fand Marian aber nichts von dem, was die letzte Zigarette in der Schachtel gewesen sein musste, bevor sie so achtlos weggeworfen worden war.

Der eigentliche Grund dafür, dass Marian in dieser Nacht keinen Schlaf finden konnte, waren unangenehme Erinnerungen an eine graue Vorzeit. Abends hatte das Telefon geklingelt, und wieder hatte dieselbe Stimme gefragt, ob Marian Zeit für ein Treffen hätte. Im Grunde genommen war es gar keine Frage gewesen, sondern eher eine Bitte: Es sei schon fast zu spät, es bliebe nur noch wenig Zeit, denn der Tod lauere hinter der nächsten Ecke.

»Bitte tu es für mich, Marian«, hatte der Mann am anderen Ende der Leitung gesagt. »Nur dieses eine Mal.«

»Ruf mich bitte nicht mehr an«, hatte Marian gesagt und aufgelegt.

Zwölf

Albert hatte oft darüber nachgedacht, was für ein unglaublicher Glückspilz er war, Guðný kennengelernt zu haben. Auch jetzt ging ihm das wieder durch den Kopf, als sie lächelnd vor ihm das Restaurant Naust betrat, wo ein Kellner ihre Mäntel entgegennahm und sie an ihren Tisch führte. Guðný hatte einen der Tische in den abgeteilten Nischen auf der linken Seite des Raums reservieren lassen. An den wenigen Abenden, an denen sie ins Naust essen gegangen waren, hatten sie immer dort gesessen. Es war ein teures Lokal, und den Luxus eines Abendessens in diesem Restaurant konnten sie sich nur selten leisten. Aber der Besuch war sein Geld immer wert gewesen, die Atmosphäre war angenehm, da sowohl fremd als auch anheimelnd. Guðný trug ein schlichtes, eng anliegendes schwarzes Kleid, das ihre Figur unterstrich und gut zu ihrer sommerlichen Bräune passte. Sie hatte ein offenes und heiteres Wesen. Albert und Guðný verband, dass sie immer versuchten, die positiven Seiten des Lebens im Auge zu behalten.

Auf einem kleinen Podest am Eingang zum Speisesaal saß Carl Billich am Piano und nickte ihnen zu, als sie die Stufen hinuntergingen. Während er sanft *Moon River* intonierte, bestellten sich die gerade hinzugekommenen Gäste einen Aperitif. Sie wussten, dass im späteren Verlauf des Abends Haukur Morthens ans Klavier treten würde, um von den Capri-Fischern zu singen oder das melancholische Lied von den Blumensamen, die nie erblühen durften, zum Besten geben würde. Noch später am Abend würden sie vielleicht den Mut aufbringen, den Sänger darum zu bitten, das melancholische Lied von einem Kind am Strand zu singen, das Fragen stellt, um schließlich im Alter wieder auf die gleichen Fragen antworten zu müssen.

Als Aperitif wählten sie wie immer einen Brandy Alexander, einen Mix aus Cognac, Kakaolikör und Sahne auf Eis mit einer Prise Muskat. Sie kannten sich mit Cocktails nicht aus und hatten ihn bei ihrem ersten Besuch im Naust rein zufällig ausgesucht, doch jetzt konnten sie sich nicht mehr vorstellen, dort essen zu gehen, ohne vorher mit einem Alexander anzustoßen. Als Vorspeise wählten sie einen Krabbencocktail. Albert bestellte sich Hähnchen im Korb, eine Spezialität des Hauses, *Chicken in a Basket* stand auf der Speisekarte. Guðný entschied sich für ein Steak mit gebackener Kartoffel und Sauce béarnaise. Dazu bestellten sie sich eine Flasche Rotwein. Mit all den edlen Sorten auf der Weinkarte kannten sie sich überhaupt nicht aus, aber *Châteauneuf-du-Pape* klang immer gleich gut in ihren Ohren, und er war auch erträglich teuer. Der Kellner schien zufrieden mit ihrer Wahl zu sein. Mit der Bestellung des Desserts beschlossen sie noch zu warten.

»Und wie ist er?«, fragte Guðný, die an ihrem Aperitif nippte.

»Ich habe ihn nur gesehen«, antwortete Albert. »Ich habe nicht mit ihm gesprochen oder so etwas. Er wirkt irgendwie hektisch, eigentlich fast schon gehetzt. Aber er ist sehr umgänglich zu den Polizisten, die für ihn abgestellt sind. Wie beispielsweise Sæmundur.«

»Sæmi Rock? Ist der für Fischer abgestellt?«

»Ja, und inzwischen so etwas wie sein privater Leibwächter.«

»Und ist er jetzt in ein Hotel umgezogen?«

»Ja, jetzt hat er die Suite im Hotel Loftleiðir. Es hat ihm einfach nicht gepasst, allein in diesem Lotteriebungalow untergebracht zu sein. Nachts schläft er so gut wie gar nicht, und er isst nichts außer Quark mit Sahne. Du darfst aber mit niemandem darüber sprechen, das ist alles streng geheim.«

»Ich verstehe ihn gut«, sagte Guðný, die zu den Menschen gehörte, die auf das Reykjavíker Westend schworen. »Wer würde schon in Fossvogur wohnen wollen?«

Unter den sanften Klängen des Pianos stießen sie miteinander an. Albert sah, dass sich jemand an einem der benachbarten Tische ebenfalls das *Chicken in a Basket* bestellt hatte. Zu diesem Gericht wurden eine Stoffserviette, eine kleine Schale mit Wasser und eine Zitronenscheibe gereicht, da einige Gäste es vorzogen, das Hähnchen mit den Fingern zu essen. Albert hatte aus den Augenwinkeln beobachtet, dass der Gast hin und wieder unruhig zu der Wasserschale hinüberschielte, weil er sich nicht sicher war, wozu sie gut sein sollte.

»Und wie geht es Marian?«, fragte Guðný.

»Marian?«, sagte Albert. »Soweit ich weiß, ganz gut.«

»Ich muss immer daran denken, was du mir über die Tuberkulose erzählt hast. Es muss sehr schwierig gewesen sein, mit dieser Krankheit zu leben, vor allem als Kind.«

»Irgendwann werde ich Marian danach fragen. Die Kollegen haben mir davon erzählt, als ich anfing.«

»Vielleicht solltest du das lieber lassen«, entgegnete Guðný. »Für viele Betroffene ist das bestimmt ein heikles Thema.«

»Ja, vielleicht.«

»Heutzutage gibt es so gut wie keine Tuberkulose mehr.«

»Nein, zumindest nicht in Island.«

»Deine älteste Tochter muss sich gerade der ersten Tuberkulose-Vorsorge-Untersuchung in der Schule unterziehen. Dazu werden ihr für einen Hauttest irgendwelche Pflaster auf die Brust geklebt.«

Das Essen wurde serviert. Das *Chicken in a Basket* mit der Wasserschale, und das Steak mit der Béarnaise. Sie genossen ihr Essen bei den angenehmen Tönen, die Carl Billich dem Klavier entlockte, und unterhielten sich dabei über alles Mögliche, über ihre drei Töchter und deren Eigenarten, über Freunde und Familienangehörige und außerdem über die ein oder andere Klatschgeschichte, die in Reykjavík die Runde machte. Plötzlich fingen die Gäste an zu klatschen, und Guðný und Albert sahen, dass Haukur Morthens neben dem Flügel stand. Er bedankte sich mit einer Verbeugung und stellte den Pianisten vor.

»Mein Gott, was für ein Gentleman«, flüsterte Guðný, die den Sänger bewundernd ansah.

Die Stimme von Haukur füllte den Raum. Als Erstes sang er *Mambo Italiano*, und in eben diesem Augenblick betraten vier Männer im Gefolge des Oberkellners das Restaurant.

»Ist das nicht Spasski?«, flüsterte Guðný aufgeregt und griff nach Alberts Hand.

Ein Raunen ging durch den Raum, als die vier Männer in einer der Nischen Platz nahmen. Spasski nickte höflich in die Runde. Weder Albert noch Guðný kannten die Männer, die ihn begleiteten, drei in dunkle Anzüge gekleidete Herren mit ernsten Mienen. Alle schienen Russen zu sein.

»Vielleicht seine Sekundanten, seine Berater, ich hab keine Ahnung«, sagte Albert, als Guðný ihn nach den Männern fragte.

»Oder vielleicht seine Leibwächter?«, fragte sie leise. Sie bemühte sich, nicht ständig in die Richtung des Schachweltmeisters zu starren.

»Möglich.«

»Ich finde das irgendwie albern, wozu brauchen die denn hier in Island Leibwächter!«

»Du solltest mal sehen, was um sie herum los ist«, sagte Albert. »Man könnte meinen, die Beatles würden wieder gemeinsam auftreten.«

»Ich finde das alles unheimlich spannend«, sagte Guðný. »Alle reden über Schach und über das Match des Jahrhunderts – und über die Russen und die Amerikaner und den Kalten Krieg. Du hast recht, man könnte fast glauben, dass es sich um irgendwelche Pop-Idole handelt. Ehrlich. Meine Freundin Jóka hat Bobby Fischer irgendwo beim Essen gesehen, ich weiß gar nicht mehr wo, aber sie klang, als wäre dort Mick Jagger aufgekreuzt. Er wurde auch von ein paar Männern begleitet, aber er scherte sich überhaupt nicht um sie, sondern saß einfach in der Ecke mit einem kleinen Steckschach und war vollkommen in seine eigene Welt versunken.«

Zwei Männer in Alberts Alter standen fast gleichzeitig von ihren Tischen auf und gingen zu Spasski hinüber. Mit Servietten und Kugelschreibern bewaffnet gaben sie Spasski mit ihren Gesten zu verstehen, dass sie gerne ein Autogramm von ihm hätten. Spasski winkte sie heran. Er schrieb auf die Servietten und reichte sie den jungen Männern, die sich bei ihm bedankten. Andere trauten sich nicht, den Weltmeister zu belästigen. Guðný redete Albert zu, sich auch ein Autogramm zu holen, aber Albert sagte nur, wenn Spasski irgendwo auf der Welt den Luxus genießen könnte, in Ruhe gelassen zu werden, dann sei das in Island, am Rande der bewohnbaren Welt.

Haukur Morthens sang immer noch, und Carl Billich begleitete ihn. Albert und Guðný hatten ihre Mahlzeit beendet. Statt eines Desserts bestellten sie sich noch einen Alexander. Sie waren darauf bedacht, den Weltmeister und seine Begleitung nicht zu sehr mit Blicken zu belästigen, und stellten fest, wie sehr die anderen Gäste ebenfalls darum bemüht waren.

Aus den Augenwinkeln beobachtete Albert, dass der Mann, der sich nicht sicher gewesen war, wozu die Fingerschale mit Wasser gut sei, offensichtlich zu dem Ergebnis gekommen war, es handele sich um einen Softdrink zum Essen. Er nahm einen vorsichtigen Schluck.

»Meine Mutter hat manchmal von einem Verwandten erzählt, der Lungentuberkulose hatte«, sagte Guðný. »Er musste sich einer schrecklichen Operation unterziehen. Mama hat das Heraushauen genannt. Offiziell hieß das wohl Rippenresektion. Ihm wurden etliche Rippen entfernt, und die Lungen wurden mit irgendeiner Methode, die ich nie verstanden habe, zum Kollabieren gebracht. Entsetzlich, was manche Menschen leiden mussten.«

Sie nippte wieder an ihrem Cocktail.

»Und geholfen hat es ihm auch nicht. Er ist im Sanatorium in Vífilsstaðir gestorben. Mama sagte, dass er alles mit stoischer Gleichgültigkeit über sich ergehen ließ, er hatte sich nie große Hoffnungen gemacht.«

»Marian ist wahrscheinlich auch in dem Sanatorium gewesen.«

»So war es häufig bei denjenigen, die nichts als den Tod vor Augen hatten. Sie vernachlässigten sich und machten einfach nur noch, was sie wollten.«

Albert sah aus den Augenwinkeln wieder zu Spasski hinüber. Er hatte seine Mahlzeit beendet, und die Herren schickten sich an zu gehen. Auf der kleinen Bühne flüsterte Haukur Morthens dem Pianisten etwas zu, und Carl Billich spielte die einleitenden Töne zu den *Moskauer Nächten*. Albert sah, dass Spasski lächelte und aufhorchte, als die melancholische Melodie des russischen Liedes erklang. Haukur sang zunächst die isländische Übersetzung von Jónas Árnason, dann sang er auf Russisch weiter.

Ne slyschny w sadu dasche schorochi
Wsjo sdes samerlo do utra
Jesli b snali wy,
Kak mne dorogi
Podmoskownyje wetschera.

»Er hat in Moskau gesungen«, flüsterte Guðný, die ihre Augen nicht von Haukur Morthens abwenden konnte. Albert sah, wie Spasski dem Oberkellner die Hand reichte und sich höflich bedankte, und im nächsten Augenblick waren er und seine Begleitung verschwunden.

»Die Abende bei Mo-hos-kau«, summte Albert mit, während sich die Tür des Restaurants wieder schloss.

Dreizehn

Беломóрканáл oder Belomorkanal-Zigaretten kamen ab 1933 auf den Markt. Zu Ehren des ersten Großprojekts in Stalins Fünfjahresplan wurden die Zigaretten nach dem Weißmeer-Ostsee-Kanal benannt. Der 227 km lange Wasserweg führt über Seen, Flüsse und Kanäle von der Stadt Belomorsk am Weißen Meer im Norden bis zur Ostsee im Süden. Die künstlichen Abschnitte des Kanals wurden zum allergrößten Teil von Häftlingen aus den Belomor-Lagern gebaut. Es heißt, dass bei diesem gewaltigen Projekt an die 100000 Menschen ihr Leben gelassen haben.

Belomorkanal gehörten rasch zu den beliebtesten Zigaretten in der Sowjetunion, was nicht weiter verwunderlich war, denn während des Zweiten Weltkriegs gab es praktisch keine anderen. Es handelte sich um typische Papyrossi ohne Filter und mit reichlich Teergehalt. Sie hatten ein drei oder vier Zentimeter langes Pappmundstück, das in der Mitte überkreuz geknickt wurde.

»Russischer geht es wohl nicht«, sagte Marian Briem und setzte sich schwerfällig auf. Die Müdigkeit nach den nächtlichen Aktivitäten ließ sich nicht einfach ignorieren. Albert saß an seinem Schreibtisch. Es hatte ihn nicht sonderlich beeindruckt, dass Marian die zerknüllte Zigarettenschachtel in der Nähe des Kinos gefunden hatte.

»Willst du auf so etwas wie eine sowjetische Verschwörung hinaus?«, fragte er.

»Ich weiß nichts von einer Verschwörung«, sagte Marian. »Ich rede von Zigaretten.«

Die Schachtel war in der Abteilung für Kriminaltechnik auf Fingerabdrücke untersucht worden. Die Sachverständigen würden sie mit denen vergleichen, die man im Kinosaal gefunden hatte. Ein Team von Technikern suchte seit dem frühen Morgen das Gelände nach Zigarettenstummeln ab, bislang ohne Erfolg.

»Du bist also der Meinung, dass irgendwelche Ausländer im Kino waren?«, fragte Albert.

»Angesichts des Ausnahmezustands in dieser Stadt gibt es jedenfalls keinen Grund, das auszuschließen«, erklärte Marian mit matter Stimme. »Man könnte ja glauben, der Weltuntergang stünde bevor.«

»Und jetzt hast du diese russischen Zigaretten gefunden.«

»Ich habe die Schachtel gefunden«, sagte Marian mit halb geschlossenen Augen und ließ sich durch den negativen Unterton in Alberts Antwort nicht irritieren. »Für mich kam nichts anderes in Frage, als sie untersuchen zu lassen.«

»Aber warum sollte dieser Junge das Opfer von Russen geworden sein?«, fragte Albert. »Wieso sollte er was mit denen zu tun gehabt haben?«

»Er hatte natürlich nichts mit ihnen zu tun«, entgegnete Marian. »Und ich habe nicht die geringste Ahnung, ob dieser Mord in irgendeiner Verbindung zur

Weltmeisterschaft oder zu all diesen Ausländern in Reykjavík steht. Wirklich nicht. Ich weiß nur eines, er wurde umgebracht.«

Albert entgegnete nichts.

»Hat Spasski im Naust gegessen?«, fragte Marian.

»Soviel ich sehen konnte, ist er ein äußerst sympathischer Mensch«, antwortete Albert. »Er hat Autogramme gegeben und allen freundlich zugelächelt.«

»Du hast jetzt also sowohl Bobby als auch Spasski getroffen?«

»Getroffen ist wohl nicht ganz das richtige Wort«, sagte Albert. »Aber ich war zumindest in ihrer Nähe.«

Marian schloss die Augen wieder.

»Nehmen wir mal an, dass jemand an der Ecke Hverfisgata und Barónsstígur gestanden und von dort aus beobachtet hat, wer ins Kino ging und wer herauskam. Er hat sich die letzte Zigarette aus einer Schachtel angezündet und sie anschließend zusammengeknüllt, dann wirft er sie am Barónsstígur in die Gosse. Nehmen wir an, dass er sich mit jemandem treffen wollte, der in diesem Kino war. Aber wieso ausgerechnet im Hafnarbíó? Warum nicht das Universitätskino? Oder das Stjörnubíó? Wieso nicht außerhalb der Stadt bei den Pseudokratern am Rauðavatn oder am Hafravatn? Vielleicht hat er sich einfach nur nach dem Programm gerichtet. Vielleicht hatte es etwas mit diesem Western zu tun. *The Stalking Moon*. Er hat alle Filme mit Gregory Peck gesehen. Und vermutlich kannte er sich auch sehr gut in Reykjavík aus, wusste beispielsweise, dass Hafnarbíó ein lausiges Kino ist, eine Baracke aus den Kriegszeiten, die sich vielleicht gerade deswegen für ein solches Treffen eignete. Er wollte zwar unter

Menschen sein, sozusagen an einem öffentlichen Ort, aber er durfte auf keinen Fall auffallen. Niemand durfte ihn bemerken.«

»Vielleicht war er darauf spezialisiert, sich in Kinos zu geheimen Treffen zu verabreden«, sagte Albert.

»Denkbar. Einiges weist darauf hin, dass es ein Spezialist war, obwohl ich mir nicht sicher bin, aus welchem Bereich. Nur so viel steht fest, was den Jungen betrifft, fackelte er nicht lange.«

»Warum nimmst du an, dass er den Treffpunkt ausgewählt hat? Könnte es nicht genauso gut der andere gewesen sein, derjenige, mit dem er sich getroffen hat?«, wandte Albert ein.

»Das wissen wir noch nicht. Auf jeden Fall hat er aber an der Ecke gestanden, sich eine Zigarette angezündet und das Kino im Auge behalten. Es ist kurz vor fünf, und einige Leute haben sich vor dem Kino eingefunden. Nicht zu viele, aber auch nicht zu wenige. Er sah seinen Mann ...«

»Sie sind also nicht zusammen gekommen?«

»Meiner Meinung nach sind sie getrennt gekommen. Außerdem denke ich, dass sie sich nicht unbedingt gut gekannt haben müssen, darauf weist der Treffpunkt hin. Er hat gewartet und aus einiger Entfernung alles beobachtet, hat seinen Mann gesehen und gewusst, dass das Treffen wie vereinbart stattfinden würde.«

»Du gehst also davon aus, dass der Junge ihr Gespräch aufgezeichnet hat.«

»Ja.«

»Könnten sie nicht auch zusammen gekommen sein? Sie sind ins Kino gegangen, und dann ist irgendetwas im Zusammenhang mit dem Jungen passiert, was sie gestört hat, sodass sie ihn erstochen haben? Es waren doch auch noch andere Leute im Kino, die etwas mitgekriegt haben könnten.«

»Bis jetzt wissen wir nur, dass kürzlich ein Mann an der Ecke oberhalb des Hafnarbíó gestanden hat, der russische Zigaretten rauchte«, entgegnete Marian. »Worauf wartete er? Vielleicht auf ein Taxi. Vielleicht auf einen Freund, mit dem er dann zusammen auf dem Laugavegur einkaufen gegangen ist. Aber vielleicht hat er ja auch an der Ecke gestanden und gewartet, dass die Fünfuhrvorstellung beginnt. Kurz vor oder nach Beginn der Vorführung schleicht er sich unauffällig in den Saal und setzt sich auf einen vorher verabredeten Platz zu dem anderen.«

»Aber dann hätten sie doch wohl den Jungen bemerkt und sich auf andere Plätze gesetzt.«

»Ich weiß es nicht. Es ist dunkel im Saal. Du weißt, wie es ist, wenn man aus der Sonne in ein verdunkeltes Zimmer kommt, man sieht zuerst gar nichts. Möglicherweise hat der Junge sich an seinem Rekorder zu schaffen gemacht, und sie haben ihn nicht sehen können.«

»Die Zigarettenschachtel kann auch schon vorher weggeworfen worden sein«, erwiderte Albert. »Darüber wissen wir gar nichts. Und in der Stadt befinden sich im Moment jede Menge Ausländer. Die Zigarettenschachtel, die du in der Nähe des Kinos gefunden hast, muss keineswegs etwas mit dem Mord zu tun haben.«

»Vollkommen richtig. Wir wissen nicht, wann die Schachtel weggeworfen wurde. Möglicherweise sogar ein paar Tage vor dem Mord, oder auch danach. Es wird sich hoffentlich herausstellen.«

»Wenn er … Wenn dieser Mann das Treffen an einem öffentlichen Ort stattfinden lassen wollte, wie du gesagt hast, war er dann … Fürchtete er sich vor der Person, mit der er verabredet war?«

»Möglich. Vielleicht war es aber auch umgekehrt, weil der andere Mann auf ein Treffen in der Öffentlichkeit bestand, weil er sich vor dem Belomor-Mann fürchtete.«

»Belomor-Mann?«

»Irgendeinen Namen müssen wir ihm ja geben.«

»Aber warum muss es unbedingt ein Ausländer gewesen sein? Es gibt bestimmt auch Isländer, die diese Zigaretten rauchen.«

»Ich habe es überprüft. Offiziell gibt es diese Zigaretten hier nicht. Sie könnten natürlich geschmuggelt sein. Falls das stimmt, müsstest du mir aber bitte erklären, wieso sich jemand die Mühe macht, schlechte russische Zigaretten ins Land zu schmuggeln statt der wesentlich besseren amerikanischen. Das ist doch hierzulande gang und gäbe, und die amerikanischen kann man zu einem wesentlich besseren Preis verkaufen.«

»Du hast wohl die ganze Nacht darüber nachgedacht und bist dir jetzt ganz sicher.«

»Nein, gar nicht, Albert. Nichts davon ist sicher. Das kannst du mir glauben.«

Albert schwieg eine Weile. Es kam ihm so vor, als sei Marian Briem wieder kurz davor, auf dem Sofa einzuschlafen.

»Du gehst aber davon aus, dass es sich mindestens

um zwei Personen handelt«, sagte er schließlich. »Und du nimmst an, dass irgendwelche Ausländer involviert sind, weil es hier im Moment von Ausländern nur so wimmelt, und weil dieser Mord irgendwie anders ist, ganz speziell. Geht es dann um zwei Ausländer oder einen Ausländer und einen Isländer?«

»Ich hoffe, wir werden das so bald wie möglich herausfinden«, sagte Marian und klang müde.

»Worüber haben sie gesprochen? Um was ging es bei dem Treffen?«

»Um etwas, das so brisant war, dass sie den Jungen unmöglich leben lassen konnten. Egal, wie viel oder wie wenig der Junge mitbekommen hatte, sie durften nicht das Risiko eingehen, ihn laufen zu lassen.«

»Sie sind also davon ausgegangen, dass er ihr Gespräch auf seinem Rekorder mitgeschnitten hatte?«

»Ja. Meiner Meinung nach liegt das auf der Hand.«

»Hätte es nicht gereicht, sich die Kassetten zu schnappen, warum mussten sie den Jungen umbringen?«

»Sie mussten auf Nummer sicher gehen.«

»Inwiefern auf Nummer sicher gehen? Der Junge konnte doch kein Wort Russisch. Er hat gar nicht verstehen können, worüber die beiden sprachen.«

»Wer behauptet, dass sie sich auf Russisch unterhalten haben?«

»Hast du nicht gesagt, dass es Russen waren? Meinst du nicht den KGB?«

»Möglich, dass einer von ihnen Russe war, aber das ist nur eine Theorie. Ich weiß nichts über den russischen Geheimdienst.«

»Und der andere?«

»Über den weiß ich ebenfalls nichts. Vielleicht war er Russe, vielleicht auch nicht.«

Albert zögerte.

»Aber worum ging es bei diesem Treffen? Was durfte der Junge nicht aufnehmen?«

»In Reykjavík passiert zur Zeit sehr viel. Es liegt sehr nahe, den Fall mit der Schachweltmeisterschaft in Verbindung zu bringen. Trotzdem glaube ich nicht, dass wir uns beim gegenwärtigen Stand der Dinge schon auf irgendetwas festlegen sollten. Dazu wissen wir im Augenblick noch viel zu wenig. An sämtlichen großen Botschaften hierzulande gibt es Geheimdienstleute, die als sogenannte Handelsattachés akkreditiert sind, und wegen der Weltmeisterschaft sind sie noch zahlreicher geworden. Es kommt aber auch anderes in Frage, beispielsweise der Flughafen in Keflavík. Oder der bevorstehende Kabeljaukrieg mit den Engländern. Russische U-Boote in unseren Hoheitsgewässern. Der Vietnamkrieg.«

»Aber du schließt nicht aus, dass es etwas mit dem Weltmeisterschaftsmatch zu tun haben könnte?«

»Es wäre unsinnig, das auszuschließen.«

»Meinst du damit, dass die beiden in Gefahr sein könnten?«

»Welche beiden?«

»Fischer und Spasski.«

»Keine Ahnung«, erklärte Marian.

»Sollten wir uns dann nicht mit dem Schachverband in Verbindung setzen? Sie darüber informieren, dass die Sicherheitsmaßnahmen verschärft werden müssen?«

Marian sah Albert an.

»Meinst du nicht, dass der Schachverband im Augenblick schon genug um die Ohren hat?«

»Aber …«

»Das hat doch keinen Sinn, solange wir nichts anderes vorweisen können als Mutmaßungen. Du weißt, dass ich einfach nur irgendwelchen Ideen nachgehe. Ich habe nichts in der Hand, was irgendeine von diesen Theorien stützt. Wir brauchen schlicht und ergreifend wesentlich Konkreteres als meine Überlegungen. Der Schachverband hat ohnehin schon mehr als genug zu tun, ihm sitzen irgendwelche komplett verrückten Schachfanatiker im Nacken.«

»Die Überprüfung der Fingerabdrücke könnte etwas bringen.«

»Ja, und es wäre sicherlich sehr vernünftig, auf das Ergebnis zu warten«, sagte Marian.

Auf Alberts Schreibtisch klingelte das Telefon. Er nahm den Hörer ab, hörte zu, sagte zweimal Ja, blickte mit ernster Miene zu Marian auf dem Sofa hinüber, sagte ein weiteres Mal Ja, bedankte sich dann und legte den Hörer langsam auf die Gabel.

»Sie haben eine Zigarette aus deiner Schachtel gefunden«, sagte er. »An der Bordsteinkante auf der gegenüberliegenden Seite vom Barónsstígur, ganz in der Nähe des Kinos. Eine russische Zigarette.«

Marian antwortete nicht.

»Sie haben eine Zigarette aus der Packung gefunden.«

Noch immer keine Antwort.

»Marian?«

Albert beugte sich vor und sah, dass Marian eingeschlafen war.

Marian Briem war am späten Nachmittag immer noch im Büro am Borgartún, als das Telefon klingelte und eine Frauenstimme fragte, ob sie mit Marian spräche.

»Ja.«

»Hallo Marian, hier ist Dagný.«

»Dagný! Wie schön, dich zu hören.«

»Du bist noch bei der Arbeit?«

»Ja.«

»Geht es um den Jungen im Hafnarbíó?«

»Ja, der macht uns zu schaffen.«

»Habt ihr schon etwas herausgefunden?«

Marian lächelte. Dagný war sehr neugierig und erkundigte sich oft nach den Fällen, mit denen Marian befasst war.

»Wir kommen voran.«

»Was ist das nur für ein Dreckskerl, der zu einer solchen Tat fähig ist. Man hätte gedacht, dass es so etwas bei uns in Island nicht gibt.«

»Ja.«

»Und wie geht es dir sonst?«

»Danke, ich fühle mich relativ gut«, sagte Marian. »Ich bin eigentlich immer auf dem Sprung, dich zu besuchen. Vielleicht sehen wir uns mal ein Spiel zusammen an.«

»Unbedingt. Hat Papa dich erreicht?«

Marian hatte diese Frage erwartet.

»Er hat angerufen.«

»Und?«

»Kein Und.«

Die Frau am anderen Ende der Leitung schwieg eine Weile, dann sagte sie: »Er würde dich so gerne noch kennenlernen.«

»Ja«, entgegnete Marian. »Das weiß ich, Dagný, aber daraus wird nichts.«

»Kannst du nicht versuchen, ihm zu verzeihen?«

»Da gibt es nichts zu verzeihen. Er geht mich nichts an, und ich gehe ihn nichts an. Daran lässt sich nichts mehr ändern.«

Vierzehn

Albert war am nächsten Morgen eigentlich auf dem Weg zur Ford-Vertretung, doch dann beschloss er, kurz in der Veranstaltungshalle vorbeizuschauen. Die Besucher strömten bereits in die große Sporthalle, in der später am Tag das Jahrhundertmatch eröffnet werden würde. Albert hatte sich schon immer für Schach interessiert, denn sein Vater hatte ihm schon früh beigebracht, wie man die Figuren zieht. Inzwischen wusste er aber weit mehr über Schach als nur die Zugregeln. Und sein Interesse hatte noch deutlich zugenommen, seit feststand, dass die Weltmeisterschaft in Reykjavík stattfinden würde. Er hatte sein Schachbrett wieder aus der Versenkung hervorgeholt und die Figuren aufgestellt, um seinen Töchtern zu erklären, wie sie sich bewegten. Er freute sich darauf, das Match mitzuverfolgen und die Partien am eigenen Schachbrett nachzuspielen und sich den Kopf darüber zu zerbrechen. Als er gefragt wurde, ob er zusätzliche Schichten übernehmen wolle, um für die Sicherheit von Bobby Fischer zu sorgen, hatte er sich wie im siebten Himmel gefühlt. Inzwischen hatte man aber die Polizeikräfte verstärkt, deswegen wurde er für diese Sonderaufgabe nicht mehr benötigt. Der Mord im Hafnarbíó hatte trotz der Weltmeisterschaft absoluten Vorrang.

Als Albert den Eingangsbereich der Halle betrat, sah er viele bekannte Gesichter: Reporter, Parlamentsabgeordnete und sogar Minister, gut genährte Geschäftsleute und prominente Sportler und auch den Meteorologen, der im Hafnarbíó gewesen war und der im Moment so tat, als würde er ihn nicht sehen. Albert hatte sich schon häufiger mit seinen Töchtern Handballspiele in dieser Halle angesehen, aber heute herrschten im Foyer ganz andere Verhältnisse. Links befanden sich große Bildschirme, auf denen man die Partien mitverfolgen konnte. In der Halle selbst waren endlose Sitzreihen vor der Bühne aufgestellt, in deren Mitte ein Tisch mit dem Schachbrett und rechts und links davon zwei leere Stühle standen, die von Scheinwerfern angestrahlt wurden. Zu beiden Seiten befanden sich Kamerakräne. Die Kameras übertrugen die Partie auf die Bildschirme im Eingangsbereich der Halle.

»Glaubt ihr vielleicht, dass sich der Mörder hier unter den Zuschauern befindet?«, fragte jemand, der hinter Albert stand.

Albert drehte sich um und erblickte den Reporter eines Boulevardblattes, der ihn angrinste. Albert kannte den Mann, der nicht nur für die polizeilichen Nachrichten zuständig war, sondern auch etwas von Schach verstand und darüber berichtete. Er hatte auch über den Mord an Ragnar berichtet und in dem Zusammenhang einige Male mit Albert gesprochen.

Es hatte großes Aufsehen erregt, als bekannt wurde, dass Ragnar einen Kassettenrekorder mit ins Kino genommen hatte, was womöglich auch der Grund dafür gewesen war, dass man ihn umgebracht hatte.

Es war von fehlenden Kassetten die Rede gewesen und dass jemand das Gerät gestohlen hatte. All das hatte die Presse ganz sicher nicht von der Kriminalpolizei erfahren, denn man versuchte die Details der Ermittlung um jeden Preis aus den Medien herauszuhalten.

»Wohl kaum«, sagte Albert und war sofort auf der Hut. Er drückte sich im Gespräch mit Reportern immer sehr vorsichtig aus, denn er hatte mehr als einmal erleben müssen, dass er später keinen Einfluss mehr darauf gehabt hatte, wie sie seine Worte auslegten.

»Du bist also nur als Zuschauer hier?«

»Ja, ich finde es spannend.«

»Du spielst also auch Schach?«

»Ziemlich laienhaft höchstens.«

»Im Moment ist natürlich ganz Island im Schachfieber«, sagte der Reporter, der nicht der Schlankste war und außerdem einen unangenehmen Geruch verbreitete. Sein müder Gesichtsausdruck ließ darauf schließen, dass er kaum Interesse hatte, sich übermäßig ins Zeug zu legen. Er trug ein Schild am Revers, das ihn als Journalisten auswies und ihm Zutritt zu Orten verschaffte, an denen die Öffentlichkeit nicht zugelassen war. Albert wusste, dass es in der Halle einen eigenen Raum für die Presse gab, und er ging davon aus, dass er von dort kam.

»Das ist wohl nicht sehr verwunderlich«, sagte Albert und bereitete innerlich seinen Rückzug vor. Er hatte sich ohnehin schon viel zu lange in der Halle aufgehalten.

»Gehörst du vielleicht zu den Bodyguards?«

»Bodyguards?«

»Passt du auf die beiden auf?«, sagte der Reporter und nickte in Richtung Bühne.

»Nein, nicht mehr. Der Mord hat absoluten Vorrang.«

»Ja, natürlich.«

»Du hast ja hier genug Stoff für deine Geschichten.«

»Ja, Fischer sorgt schon dafür, dass wir jeden Tag wieder was zu berichten haben. Seinetwegen drehen die Russen und der Schachverband fast durch, genau wie die amerikanische Botschaft, die ganze Presse und wer weiß wer noch. Der Schachverband hat ein tolles Schachbrett aus isländischem Gabbro herstellen lassen, aber das lehnte Bobby ab. Dann wurden drei Schachbretter aus Holz angefertigt, Rosenholz, Teak und noch eins. Nichts ist gut genug für ihn. Spasski dagegen ist die Gelassenheit und Ruhe selbst. Im Grunde genommen ist es ein Wunder, dass er nicht schon längst abgereist ist.«

»Er will gegen Fischer antreten«, sagte Albert. »Darum geht es schließlich? Um jeden Preis.«

»Die Amerikaner sagen, das sei die einzige Erklärung. Er will spielen. Ist dieser Junge von einem Ausländer umgebracht worden?«

Albert versuchte, das Ganze herunterzuspielen.

»Schwer zu sagen«, antwortete er, während er sich rückwärts aus dem Saal heraus und zur Treppe zu schieben versuchte.

»Bist du vielleicht deswegen hier?«

»Nein, ganz gewiss nicht.«

»Aber ihr zieht die Möglichkeit in Betracht, dass es sich um einen Ausländer gehandelt haben könnte?«

»Ähm …«

»Ich meine, hier wimmelt es doch nur so von Ausländern.«

»Wir ziehen das genauso in Betracht wie jede andere Möglichkeit«, sagte Albert. »Beim gegenwärtigen Stand der Dinge ist alles denkbar.«

»Ich habe mit den Kinoangestellten gesprochen, und von denen weiß ich, dass vier oder fünf der Kinobesucher möglicherweise Ausländer gewesen sein können. Seid ihr inzwischen damit weitergekommen, die restlichen Kinobesucher zu finden?«

»Wir ermitteln noch«, erklärte Albert. »Mehr kann ich nicht sagen. Nett, dich getroffen zu haben.«

»Aber ihr habt auch Ausländer im Visier?«, fragte der Reporter hartnäckig und blieb Albert auf den Fersen, der auf den Ausgang zusteuerte.

»Wir ermitteln in jede Richtung«, sagte Albert und verschwand im Gewimmel. Er war wütend auf sich selbst, denn er wusste, dass er gleich von Anfang an klare Grenzen hätte ziehen und jegliche Auskunft verweigern müssen.

Eine der beiden Ford-Vertretungen befand sich im Gewerbegebiet Skeifan. Albert fuhr dorthin, mit nichts als der Aussage von Konni im Gepäck: ein nagelneuer blauer Ford Cortina, mit dem angeblich ein alter Säufer nach der Vorstellung in betrunkenem Zustand davongefahren war. Albert erwischte den Chef der Verkaufsabteilung erst nach einer regelrechten Verfolgungsjagd – in der Vertretung war viel los. Praktisch jedes vierte in Island verkaufte Auto sei ein Ford, vor allem der Cortina, aber auch der Bronco-Jeep und der Mustang hatte ein Verkäufer zu Albert gesagt.

Albert hätte selbst liebend gern einen dieser neuen Fords gehabt, aber er konnte ihn sich nicht leisten. Er und Guðný mussten sich mit einem orangefarbenen, verbeulten Escort begnügen.

Als er den Abteilungsleiter endlich erwischt hatte, wies er sich aus und sagte, dass er auf der Suche nach Käufern von blauen Cortinas sei. Konnis Beschreibung des Mannes war nicht sehr genau gewesen, mittleres Alter, glatzköpfig. Womöglich Alkoholiker.

»Blaue Cortinas?«, fragte der Abteilungsleiter. »Und wie lange liegt das zurück?«

»Ungefähr ein Jahr, das zumindest nehmen wir an. Das Auto, das er fuhr, war ziemlich neu.«

»Hat er was verbrochen?«

»Keineswegs. Wir müssen bloß mit ihm sprechen.«

»Ich müsste die ganzen Verkaufsstatistiken durchgehen.«

»Ich kann warten«, sagte Albert.

»Der Cortina ist außerordentlich gefragt, da gibt es stapelweise Verkaufslisten.«

»Auch viele blaue?«

»Das vielleicht nicht, Blau ist bei uns die am wenigsten gefragte Farbe.«

»Ich habe keine Eile.«

Albert hatte sich gerade in einen leuchtend roten Bronco geschwungen und genoss den Geruch des brandneuen Autos mit Lenkradschaltung und durchgehender Sitzbank vorne, als der Abteilungsleiter mit einem der Verkäufer zurückkehrte, einer schlaksigen Gestalt Ende zwanzig.

»Ist der Mann, nach dem ihr sucht, in betrunkenem Zustand gefahren?«, fragte der Abteilungsleiter.

»Auf Details kann ich nicht eingehen«, antwortete Albert und stieg aus dem Bronco. »Wieso fragst du?«

»Brynjar hier hat vor etwa einem Monat einen blauen Cortina an einen glatzköpfigen Mann verkauft, auf den deine Beschreibung passt.«

»Tatsächlich?«

»Er hatte eine Fahne«, sagte Brynjar.

»Ich dachte, die Polizei interessiert sich vielleicht für ihn, weil er betrunken gefahren sein könnte«, sagte der Abteilungsleiter. »Hast du deswegen nach ihm gefragt?«

»Wonach hat er gerochen?«, fragte Albert.

»Nach Schnaps«, sagte Brynjar. »Ich glaube, er war total besoffen. Ich habe mich geweigert, ihm das Auto zu übergeben, obwohl er es schon vor langer Zeit bestellt hatte. Es musste unbedingt blau sein. Ich war nicht unhöflich ihm gegenüber, ich habe ihm nur gesagt, dass er später wiederkommen solle, um den Wagen in Empfang zu nehmen.«

»Und wie hat er darauf reagiert?«

»Er kam am nächsten Tag wieder und hat den Cortina abgeholt. Aber auch da war er nicht vollkommen nüchtern.«

* * *

Marian Briem hatte bei einem Geschäft in der Njálsgata gehalten, um sich ein Smørrebrød mitzunehmen, das nicht nur kunstvoll garniert war, sondern auch entsprechend sorgfältig verpackt wurde. Es war schon spät am Abend. Neben den Nobelrestaurants wie dem Naust oder dem Hotel Holt gab es in Reykjavík nur wenige Restaurants, höchstens Imbissstuben, die Hamburger mit Pommes frites und Milchshakes verkauften. Dieser Laden jedoch war ganz nach Marians Geschmack, die dänischen Smørrebrøds waren wunderbar, beispielsweise mit Ei und eingelegtem Hering, mit Roastbeef oder geräuchertem Lammfleisch belegt und üppig garniert.

Zu Hause angekommen, schaltete Marian das Radio ein und aß das Smørrebrød mit großem Genuss. Der Fernseher im Wohnzimmer war relativ neu, Marian hatte ihn angeschafft, nachdem das Isländische Fernsehen seinen Sendebetrieb aufgenommen hatte. Anfangs hatte Marian öfter geschaut, vor allem Sendungen, die in Island produziert wurden. Doch mit der Zeit hatte Marians Interesse stark nachgelassen, und inzwischen wurde der Fernseher nur noch ganz selten einmal eingeschaltet. Im Rundfunk lief eine Sendung über den Komponisten Jón Leifs, und es wurden Ausschnitte aus seinen Werken eingeblendet, monumentale Musik zu monumentalen Stoffen. Marian setzte sich ins Wohnzimmer, um sich in die Akten über den Mord im Hafnarbíó zu vertiefen, aber irgendetwas in der Musik von Jón Leifs, irgendein kalter Beiklang in der Musik beschwor Erinnerungen an den Koldingfjord herauf.

Es geschah immer seltener, dass Marian die alten Briefe zur Hand nahm und in ihnen blätterte. Nur wenige von ihnen waren an das Sanatorium im Koldingfjord adressiert, und alle stammten sie von Athanasius, der sich nach Marians Befinden in dem Sanatorium erkundigte und aus Island berichtete.

Als dann diese Postkarte mit dem Bild vom Koldingfjord eintraf, hatte Marian sie sich immer wieder angesehen und sogar mit ins Büro genommen.

Knapp vierzig Jahre war es her, dass diese Briefe abgeschickt worden waren, ihr Alter war ihnen anzusehen, das Papier war vergilbt und spröde, die Bleistiftschrift verblasst, ganz anders als die Zuneigung zu dem Absender, die wurde von Mal zu Mal kostbarer, wenn Marian die Briefe zur Hand nahm. Sie begannen alle mit einer wunderschönen Anrede, *Mein gutes Kind* oder *Du mein Liebling*, und drückten in wenigen Worten Wünsche für eine gute Besserung und einen schönen Aufenthalt aus, und auch die Hoffnung, dass Marian bald neue Freunde finden und dass das Personal des Sanatoriums Marian gut behandeln möge – andernfalls sollte Marian es ihn unverzüglich wissen lassen. Dann folgten Berichte über irgendwelche belanglosen Ereignisse in Island und über die Weltwirtschaftskrise, die schier kein Ende nehmen wollte, Nachrichten von der Herrschaft und den Dienstboten, alle schickten sie Grüße. Die Forellen seien froh gewesen, die Freiheit im See von Þingvellir wiedererlangt zu haben, schrieb Athanasius. Der Große habe ordentlich gezappelt, bevor er in der Tiefe des Sees verschwand. Die Briefe endeten mit einem lieben Gruß und mit weiteren freundlichen Wünschen für eine gute Besserung.

Marian hatte auf alle Briefe von Athanasius geantwortet, aber diese Antworten waren verloren gegangen. Der letzte Brief wurde geschrieben, als Marian schon geraume Zeit in dem Sanatorium verbracht hatte. Antons Tod war immer noch nahe, und was in dem dänischen Sanatorium vor sich ging, hatte Marian in einem Satz zusammengefasst, der am Schluss des letzten Briefs stand. In ihm ging es um nichts weniger als eine oberste Gottheit, und das hatte Athanasius viel Kopfzerbrechen bereitet:

Es ist einfacher, an Gott zu glauben,
wenn man weiß, dass er nicht existiert.

Fünfzehn

Die Zeitungen waren voll von Nachrichten über das Match, das nun endlich begonnen hatte. Schachanhänger und Schaulustige jeglichen Alters füllten die Veranstaltungshalle, um zu sehen, wie die weltbesten Schachspieler sich vor den Augen der Welt die Hände reichten und sich zur ersten Partie niederließen. Ein spezialangefertigter Schachtisch stand auf der Bühne, und die Zuschauer saßen in angemessener Entfernung unten in der Halle. Doch Fischer reichte der Abstand nicht. Der Beginn der Partie verzögerte sich, weil er verlangte, dass die ersten zehn Reihen vor der Rampe entfernt werden müssten. Die isländischen und ausländischen Journalisten und Reporter hatten eine gesonderte Tribüne. Sie berichteten in allen Einzelheiten über dieses Match mit all seinen skurrilen Auswüchsen, vor allem über Bobby Fischers Allüren, aber auch über die höfliche, stoische Gelassenheit von Boris Spasski. Auf Wunsch von Fischer war ein mit Leder gepolsterter Drehstuhl aus New York für ihn eingeflogen worden. Auf diesem Stuhl hatte er gesessen, als er sich mit dem Sieg über Tigran Petrosjan in Argentinien das Recht gesichert hatte, den amtierenden Weltmeister herauszufordern. Spasski hingegen hatte keinerlei besondere Wünsche geäußert, was seine Sitzgelegenheit anbelangte. Er eröffnete die erste Partie des Matchs mit einem Damengambit.

Auf der Titelseite des Abendblatts ging es allerdings nicht um die Schachweltmeisterschaft. Die Schlagzeile mit dem dazugehörigen Artikel berief sich auf zuverlässige Quellen aus den Reihen der Kriminalpolizei. Dort erregte diese Nachricht Aufsehen und Verärgerung, man knöpfte sich die Mitarbeiter vor, die aber hoch und heilig beteuerten, sich nicht mit irgendwelchen Reportern abgegeben zu haben. Albert glaubte jedoch zu wissen, wer hinter dem Artikel steckte und was mit zuverlässigen Quellen gemeint war. Das Blatt kam kurz vor Mittag ins Büro, und Albert geriet ins Schwitzen, als er die Überschrift las. MORD IM HAFNARBÍÓ – POLIZEI FAHNDET NACH AUSLÄNDERN. Albert überflog den Artikel, und soweit er sehen konnte, war es nicht möglich, ihn mit dieser Nachricht in Verbindung zu bringen, es war nur die Rede von zuverlässigen Quellen. Es musste auch nicht unbedingt sein, dass sein Gespräch mit dem Reporter in der Veranstaltungshalle Anlass für diese Meldung gewesen war. Da musste noch jemand anderes als Informant gedient haben. Wie konnten diese Presseleute nur mit solchen Methoden arbeiten. Er hatte überhaupt keine Ausländer erwähnt, sondern ganz im Gegenteil betont, dass die Ermittlungen in alle Richtungen zielten. Aber vielleicht war sein Zögern falsch interpretiert worden, oder seine Aussage, dass alles in Betracht gezogen würde.

»So gehen sie uns ganz sicher durch die Lappen«, sagte Marian Briem und knallte die Zeitung auf den Schreibtisch. »Welcher Idiot lässt sich auch auf ein Gespräch mit diesen Zeitungsfritzen ein?«

»Das ist doch völlig verantwortungsloser Journalismus!«, erklärte Albert mit so deutlicher Entrüstung, dass Marian sie auf alle Fälle zur Kenntnis nehmen musste. Aber offensichtlich klang seine Empörung ein wenig zu echt, und Marian hatte für so etwas ein gutes Gehör. Ihn traf ein scharfer Blick.

»Warst du das etwa?«

»Ich?«

»Mit wem hast du geredet?«

»Mit niemandem«, sagte Albert. »Ich ...«

»Ja?«

»Ich habe es abgestritten, ich habe gesagt, wir wären auf gar keinen Fall hinter irgendwelchen Ausländern her.«

»Zu einem Reporter von diesem Käseblatt?«

»Ich habe gestern kurz in der Halle vorbeigeschaut, um zu gucken, wie es dort läuft. Ich habe nur gesagt, dass wir alles in Betracht ziehen.«

»Hat er von sich aus nach Ausländern gefragt?«

»Ja.«

»Und du hast geantwortet, dass wir alles in Betracht ziehen?«

»Ja.«

»Warum um alles in der Welt hast du das gemacht?«

»Ich habe doch gar nichts gesagt«, murmelte Albert. »Er muss das von jemand anderem haben, anders kann ich mir das nicht erklären. Ich habe nichts gesagt und nichts angedeutet. Ich habe nur gesagt, dass wir alles in Betracht ziehen.«

»Wenn es tatsächlich Ausländer waren, die den Jungen ermordet haben, dann wissen sie jetzt, dass wir nach ihnen suchen. Wenn sie nicht schon außer Landes sind. Hat deine Suche nach dem Mann mit dem blauen Cortina etwas ergeben?«

»Ich habe heute versucht, ihn zu treffen«, sagte Albert. In der Ford-Vertretung hatte er den Namen des Käufers erhalten und war zu ihm nach Hause gefahren, hatte aber niemanden angetroffen. »Ich weiß, wo er arbeitet, und ich bin auf dem Weg dorthin.«

»Du lässt mich wissen, wenn dabei etwas herauskommt.«

»Ich habe diesem Reporter nichts gesagt, was Anlass zu dieser Schlagzeile gegeben hätte«, erklärte Albert niedergeschlagen. »Absolut nichts. Das würde ich nie tun, ich würde niemals eine Ermittlung gefährden.«

»In Ordnung«, sagte Marian und drückte die Zigarette aus. »Trotzdem ist die Sache ziemlich heikel.«

Der Mann mit dem blauen Cortina besaß einen kleinen Importhandel am Grensásvegur. Er hatte nur wenige Angestellte. Das Lager war im Keller, und sein Büro lag eine Etage darüber. Als Albert nach ihm fragte, führte ihn jemand zu einem Büro, an dessen Tür ein kleines Messingschild mit seinem Namen hing. Albert klopfte an. Einige Zeit verging, er klopfte noch einmal, und schließlich öffnete er die Tür. Ein Mann wollte sich eben hinter den Schreibtisch setzen. Er hatte kein Jackett an und war nur im Hemd, die Hose war nach unten gerutscht, und den Schlips hatte er gelockert. Er war korpulent und hatte eine Glatze, genau wie Konni ihn beschrieben hatte. Zudem hatte er sich nicht rasiert, seine Augen waren rot, und er sah übernächtigt aus.

»Was kann ich für dich tun?«, fragte er, während er sich auf den Schreibtischsessel fallen ließ.

»Du bist Hinrik?«

»Ja«, antwortete der Mann. Er wickelte ein Wrigley's Kaugummi aus der Verpackung, knickte es zusammen und schob es sich in den Mund.

Albert betrat das Büro und schloss die Tür hinter sich. Der Mann sah ihn erstaunt an. Das Büro machte einen schäbigen Eindruck, staubige Regale voller Papierstapel, ein überquellender Aschenbecher, Vorhänge, die wohl noch nie gereinigt worden waren.

»Was kann ich für dich tun, mein Guter?«, fragte Hinrik.

»Es geht um den tragischen Vorfall im Hafnarbíó, um die Ermordung des Jungen«, sagte Albert, der bemerkte, dass der Mann sich bereits seit einigen Tagen nicht rasiert hatte. »Davon hast du sicherlich gehört. Ich bin von der Kriminalpolizei. Wir haben Hinweise darauf erhalten, dass du an diesem Tag in der Fünfuhrvorstellung warst. Kannst du das bestätigen?«

Einen Moment lang vergaß der Mann zu kauen. Er starrte Albert an.

»Kannst du das bestätigen?«, wiederholte Albert mit größerem Nachdruck.

»Nein«, sagte der Mann. »Ich weiß gar nicht, wovon du redest.«

»Wir haben eine leere Rumflasche im Kinosaal gefunden, und wir haben die Fingerabdrücke an dieser Flasche. Und jemand hat eine Person beobachtet, von der wir annehmen, dass es sich um dich handelt.«

»Ich war nicht in dieser Vorstellung«, sagte der Mann.

Albert setzte sich auf den Stuhl vor dem Schreibtisch.

»Wir haben einen Augenzeugen«, sagte er. »Und wir haben die Fingerabdrücke von der Flasche. Den Augenzeugen können wir holen, und wir können Fingerabdrücke von dir nehmen. Aber dadurch verzögert sich alles nur. Deswegen frage ich dich noch einmal: Warst du an diesem Tag in der Fünfuhrvorstellung?«

Hinrik schielte zu einem Aktenschrank hinüber, der am Fenster stand. Der Alkoholdunst, der über dem Büro schwebte, war so schwach, dass er kaum wahrzunehmen war, aber Alberts lange, schmale Nase war ein überaus empfindliches Geruchsorgan.

»Wir haben die Leute, die in dieser Vorstellung waren, gebeten, sich mit uns in Verbindung zu setzen. Weshalb hast du das nicht getan?«

Hinrik gab sich geschlagen, der Gedanke, einem Augenzeugen gegenübergestellt zu werden und Fingerabdrücke abgenommen zu bekommen, war alles andere als verlockend.

»Ich habe nichts gesehen«, sagte er. »Ich kann euch nicht helfen.«

»Kannst du dich an diesen Jungen erinnern?«

»Nein.«

»Bist du sicher?«

»Wieso fragst du mich danach? Ich habe doch nichts getan.«

»Hast du …«

»Waren das nicht irgendwelche Ausländer? Das habe ich doch in der Zeitung gelesen.«

Alberts Miene verzog sich.

»Auf das, was in den Zeitungen steht, kann man nichts geben«, sagte er brüsk. »Die schreiben doch nur das, was ihnen in den Kram passt.«

Er schwieg einen Moment.

»Hast du während der Vorstellung getrunken?«

Hinrik antwortete nicht. Albert wartete. Vielleicht hatte Hinrik die Frage unangebracht gefunden. Oder unverschämt.

»Diese Rumflasche war also deine?«

Hinrik nickte. »Kann sein«, sagte er.

Albert lehnte sich entspannt zurück.

»Weshalb hast du dann nicht Kontakt zu uns aufgenommen? Du hast doch gewusst, dass wir nach sämtlichen Personen suchen, die in dieser Vorstellung waren.«

»Ich ... Nein, davon wusste ich nichts. Ich habe gar nicht darüber nachgedacht.«

»Aber du weißt, was dort passiert ist?«

»Ja, ja, natürlich. Das kann ja wohl niemandem entgangen sein.«

»Kannst du dich erinnern, diesen Jungen in dem Kino gesehen zu haben?«

»Mir ist nichts Besonderes aufgefallen«, erklärte Hinrik, der versuchte, Haltung zu bewahren. »Ich ...«

»Ja?«

»Ich bin ... Ich war mir nicht sicher, ob es dieselbe Vorstellung war. Das ist der Grund, weshalb ich mich nicht mit euch in Verbindung gesetzt habe. Irgendwie bildete ich mir ein, ich wäre in einer ganz anderen Vorstellung gewesen. Ich war mir nicht sicher, ob es diese gewesen war.«

»Wenn dir die Flasche Rum gehört hat, dann warst du in der Vorstellung. Und wir haben diesen Zeugen. Willst du damit vielleicht sagen, dass du schon so viel getrunken hattest, dass du überhaupt nicht mehr wusstest, wann und wo du im Kino warst?«

»Ich glaube, ich habe die meiste Zeit gepennt«, antwortete Hinrik. »An den Film kann ich mich so gut wie gar nicht erinnern.«

»Gehst du normalerweise ins Kino, um zu schlafen? Oder um zu trinken?«

»Ich möchte am liebsten nicht über mich sprechen, falls du nichts dagegen hast.«

»Hast du vielleicht irgendetwas bemerkt, was uns weiterhelfen könnte? Kannst du dich an den Jungen erinnern? Und wo er gesessen hat? Oder wer in seiner Nähe gesessen hat?«

»Nein. Ehrlich gesagt, habe ich ihn nicht bemerkt.«

»Kannst du dich erinnern, wo du gesessen hast?«

»Nicht ganz genau«, sagte Hinrik.

»Erinnerst du dich an irgendwelche anderen Besucher, die in der Vorstellung waren?«

»Eigentlich nicht.«

»An niemanden?«

»Nein.«

»Ich möchte mir jetzt deinen Cortina ansehen«, sagte Albert. »Du bist doch sicher in deinem Auto gekommen. Wo steht es?«

»Mein Wagen steht da draußen. Warum willst du ihn dir ansehen?«

»Wir suchen nach bestimmten Dingen aus dem Kino.«

»Aus dem Kino?«

Albert stand auf. Hinrik blickte zu ihm hoch. Albert wartete.

»Jetzt?«

»Ja«, sagte Albert. »Jetzt.«

Hinrik erhob sich nun ebenfalls, blickte wieder zu

dem Aktenschrank hinüber und versuchte, sich das Hemd in die Hose zu stopfen. Er räusperte sich und zog das Jackett an, das über der Stuhllehne hing. Dann holte er tief Atem, öffnete die Tür und ging hinaus. Albert folgte ihm zu dem Parkplatz hinter dem Haus. Die Büroangestellten blickten hinter ihnen her. Albert hatte sich zwar nicht als Kriminalbeamter ausgewiesen, als er nach Hinrik fragte, aber trotzdem schien es, als spürten die Angestellten, dass irgendetwas im Busch war.

Sie gingen zu dem viertürigen blauen Cortina hinüber, und Albert fragte Hinrik nach den Schlüsseln.

»Der Wagen ist offen«, sagte er. »Ich schließe ihn nie ab. Die Schlüssel sind im Büro.«

Albert öffnete die Fahrertür, steckte den Kopf ins Auto und erblickte eine ähnliche Unordnung wie im Büro. Zeitungen auf den Sitzen und dem Fußboden, Staub auf dem Armaturenbrett, ein einzelner Turnschuh schaute unter dem Fahrersitz hervor, über der Rücklehne des Fahrersitzes hing ein dreckiges Handtuch, und außerdem lagen überall Papiere herum. Albert schnupperte, das Auto roch sowohl nach Alkohol als auch nach Zigaretten. Er warf einen Blick auf die Rückbank, wo diverse Kleidungsstücke und noch mehr Papier herumlagen. Er schloss die Vordertür und öffnete die hintere.

»Warum machst du das eigentlich«, ließ Hinrik sich vernehmen. Er zog einen weiteren Kaugummi aus der Tasche. »Nach was suchst du eigentlich?

»Hast du seit der Vorstellung nicht mehr hier hinten in den Wagen geguckt?«

»Nein«, sagte Hinrik.

»Bist du sicher?«

»Ja. Da hinten liegt nur irgendwelcher Krempel.«

Zwei oder drei Angestellte der Importfirma beobachteten die Szene durch ein Fenster, von dem aus man auf den Parkplatz blicken konnte. Sie machten sich bereits seit längerem Sorgen um den Eigentümer und seinen Alkoholkonsum, darüber, dass er es nicht schaffte, seine Sucht in den Griff zu bekommen. Sie sahen, wie Albert ein Taschentuch zur Hand nahm, sich über die Rückbank des blauen Cortinas beugte und eine Zeitlang in dem Durcheinander herumwühlte. Auf einmal schien er fündig geworden zu sein. Er griff nach etwas und richtete sich auf. Als er Hinrik zeigte, was er im Auto gefunden hatte, schüttelte der den Kopf.

»Kennst du das hier?«, fragte Albert.

»Die hab ich noch nie gesehen«, sagte Hinrik sichtlich erschrocken. Er starrte auf die blutverschmierte Tasche in Alberts Hand. Dann reagierte er blitzschnell und rannte davon.

Sechzehn

Gleich in der ersten Nacht im Koldingfjord-Sanatorium erhielt Marian unerwarteten Besuch, der das Gefühl des Alleinseins, das sich in der kranken Brust auszubreiten begann, etwas milderte. Es war ein Mädchen etwa im gleichen Alter wie Marian, das wissen wollte, ob Marian aus Island komme. Dieser Besuch bewirkte, dass Marian in der ersten Nacht nur wenig Schlaf fand.

Die Reise hatte fast eine Woche gedauert und war anstrengend gewesen. Das Schiff hieß Gullfoss und gehörte der isländischen Dampfschifffahrtsgesellschaft *Eimskip*, es transportierte Passagiere und Fracht von und nach Island. Während der Überfahrt war praktisch die ganze Zeit über schwere See gewesen, vor allem nach dem fahrplanmäßigen Zwischenstopp in Leith. Das Schiff stampfte und rollte ununterbrochen, und es gab kaum Passagiere, die nicht seekrank wurden, von früh bis spät würgten und sich übergeben mussten und nur noch den einen Wunsch verspürten, möglichst bald Land zu sehen. Marian mit nur einem gesunden Lungenflügel machte da keine Ausnahme.

Athanasius hatte ein junges Paar gebeten, ein Auge auf das Kind zu haben, damit es ihm auf der Überfahrt gut gehen würde. Nach dem Anlegen des Schiffs am Islandkai in Kopenhagen sollten sie dafür sorgen, dass Marian zum Hauptbahnhof kam und in den richtigen Zug gesetzt wurde. Ansonsten kannte Marian an Bord niemanden. Die beiden hatten Athanasius' Bitte nicht abschlagen können, sie waren freundlich zu Marian, aber gleichzeitig waren sie auch sehr vorsichtig, da sie von der Krankheit wussten und sich davor fürchteten, angesteckt zu werden.

Marian schlief in einer Kabine der ersten Klasse, und die des Ehepaars befand sich auf demselben Gang nahe beim Speisesaal. Der Mann war groß und massig, er wurde nie seekrank und konnte deswegen unterwegs auch Unmengen verschlingen. Er rauchte viel und war einem guten Tropfen alles andere als abgeneigt. Er hielt sich meist im Rauchsalon oberhalb des Speisesaals auf und spielte dort Lomber und Bridge. Seine kleine, zierliche Frau war genauso zurückhaltend wie ihr Mann es genoss, andere zu unterhalten und im Mittelpunkt zu stehen. Sie erzählte Marian, dass ihr Mann ein ausgesprochener Nachtmensch war und erst gegen Morgen und in reichlich angetrunkenem Zustand in seine Koje kroch. Sie seien auf dem Weg nach Italien, wo er Gesangsunterricht nehmen wollte. Sie selbst träumte von einem Kunststudium, das man ihrer Meinung nach nirgendwo besser als in Italien absolvieren konnte.

»Sing Marian und mir doch etwas vor«, bat sie den Ehemann eines Tages, als die See ruhig war und die Sonne schien. Die Gullfoss näherte sich bereits dem Hafen in Kopenhagen, als der Mann an Deck kam, auf dem seine Frau und Marian saßen und sich sonnten.

»Du weißt ganz genau, Liebling, dass ich nicht auf Befehl singen kann!«, sagte er mit seiner dunklen Baritonstimme, die nach etlichen Lomber-Abenden im Rauchsalon reichlich rostig klang.

Das Paar verabschiedete sich von seinem Schützling, als Marian auf dem Hauptbahnhof in Kopenhagen einen Sitzplatz im richtigen Zug gefunden hatte. Zum Abschied gab es keine Küsse und kein Händeschütteln, nur alle guten Wünsche für eine baldige Besserung, und dann gingen die beiden. Sie hatten vor, noch ein paar Tage in Kopenhagen zu verbringen, bevor sie in den Süden reisten. Der Mann stiefelte mit großen Schritten vor seiner Frau her, wahrscheinlich dachte er an nichts anderes als an die nächste Gastwirtschaft. Seine freundliche Frau hielt sich hinter ihm und sehnte sich danach, sich endlich mit italienischer Malerei befassen zu können.

In dem Zug befanden sich noch andere Kinder mit demselben Ziel wie Marian. Wer nicht in Begleitung von Erwachsenen reiste, trug ein Schild mit der Angabe des Reiseziels an der Brust. Die Reise dauerte fast sechs Stunden. Der Zug hielt in Korsør auf Seeland, und von da aus ging es auf einer Fähre über den Großen Belt hinüber nach Nyborg auf Fünen. Dort bestieg Marian den nächsten Zug quer durch Fünen nach Middelfart, von wo aus eine weitere Fähre die Passagiere über den Kleinen Belt nach Fredericia in Jütland brachte. Als der Zug von Fredericia in Kolding hielt, mussten sich alle Kinder auf dem Bahnsteig versammeln. Eine Frau in Krankenschwesterntracht und ein schwarz gekleideter Mann kümmerten sich um die Gruppe und riefen alle Kinder mit Namen auf. Als der Zug sich wieder in Bewegung setzte, wurden die Kinder und die sie begleitenden Eltern zu einem Bus geführt, der sie an den Bestimmungsort brachte.

Bei Marian war auf der Überfahrt nach Dänemark die eingepumpte Luft vor der Lunge langsam entwichen. Als die Neuankömmlinge sich in der Eingangshalle des Sanatoriums versammelten, machte Marian eine Krankenschwester auf sich aufmerksam, die sofort begriff, was los war, und mit Marian eine Treppe höher ging, wo sich die Ärztezimmer befanden. Ein Arzt horchte Marian gründlich ab und bereitete das Hineinpumpen der Luft vor. Marian hatte den Krankenbericht vom Vífilsstaðir-Spital dabei und reichte ihn dem Arzt. Er nahm die Papiere lächelnd entgegen und blätterte darin.

»Du hast eine lange Reise hinter dir, den ganzen weiten Weg von Island«, sagte er langsam und in einfachem Dänisch. Da Athanasius Marian ein wenig Dänisch beigebracht hatte, war es gut zu verstehen. Marian nickte.

»Und nur mit einem Lungenflügel.«

Der Arzt lächelte wieder. Der Eingriff verlief ohne Komplikationen. Die Geräte sahen ähnlich aus wie die in Vífilsstaðir, und Marian spürte kaum, dass die Nadel in die Brust eindrang und die Luft hineingepumpt wurde.

Der Arzt merkte, dass sich Marian an diesem neuen Ort unsicher fühlte, und erzählte zur Ablenkung einiges über das Sanatorium. Durch eine Spendenmarke der dänischen Post war das notwendige Geld für dessen Bau gesammelt worden. In dem Sanatorium gab es Betten für einhundertzwanzig Kinder. Besonders eindrucksvoll war die geschwungene Liegehalle unter den Kolonnaden vor dem Hauptgebäude, wo die Kinder die frische Meeresluft einatmen konnten.

»So, nun ist es überstanden«, sagte der Arzt und zog die Nadel vorsichtig heraus. »Sag Bescheid, wenn sich der Druck wieder verringert. Ansonsten konzentriert sich bei uns wie bei allen anderen Lungensanatorien die Behandlung im Wesentlichen auf Entspannung und Ruhe, und dazu Gymnastik, gesundes Essen, frische Luft und gute Pflege.«

Der Arzt brachte Marian zur Tür.

»Die Kinder hier sind alle sehr nett«, sagte er. »Sie versuchen, trotz der Krankheit ein normales Leben zu führen. Also versuch ja nicht, dich hier in Kolding zu langweilen.«

Das Hauptgebäude des Sanatoriums war imposant. Es hatte eine moderne Küche und getrennte Speisesäle für Patienten und Angestellte. Außerdem gab es eine Werkstatt und zwei Räume mit mehreren Höhensonnen. Im obersten Stockwerk befanden sich der Operationssaal und eine Zahnarztpraxis. In den geräumigen Zimmern mit ihren großen Fenstern waren jeweils mehrere Kinder untergebracht, und genau wie in Vífilsstaðir wurde sehr darauf geachtet, dass die Räume immer gut durchlüftet waren. Aus dem Dach in der Mitte des Gebäudes ragte ein kleiner Aussichtsturm auf, und darunter war ein Relief mit acht Putten um einen Brunnen, auf dem *Sundhed* stand – Gesundheit.

In der ersten Nacht lag Marian wach im Bett und dachte an Athanasius und die Abschiedsstunde an

Bord der Gullfoss, bevor sie aus dem Hafen in Reykjavík auslief. Athanasius war besorgt, er war unruhig in der Kabine auf und ab gegangen und hatte wer weiß wie oft zusammen mit Marian kontrolliert, dass nichts vergessen und alles geregelt war. Am wichtigsten war für Athanasius gewesen, dass Marian gleich nach der Ankunft in Kopenhagen direkt zum Bahnhof gebracht wurde, sich im Sanatorium immer gut benahm und sich genau an die Regeln dort hielt. Die Hafenarbeiter standen schon bereit, um die Leinen loszumachen, als Athanasius endlich von Bord ging. Er blieb auf dem Kai stehen und winkte Marian zu.

»Ich schreibe dir«, hatte er gerufen. »Und lass mich sofort wissen, wenn dir irgendetwas fehlt.«

Marian vergrub das Gesicht im Kissen. Ein Mädchen ungefähr im gleichen Alter betrat auf leisen Sohlen das Zimmer und trat an das Bett.

»Schläfst du schon?«, flüsterte es auf Isländisch.

Marian sah es im Dämmerlicht nur undeutlich, erinnerte sich aber daran, es bei der Ankunft in der Eingangshalle des Sanatoriums gesehen zu haben, zusammen mit anderen Kindern. Das Mädchen war Marian aufgefallen, weil es wie gebannt auf die isländische Fahne an Marians Koffer starrte, den Athanasius gekauft hatte. Die anderen Kinder waren zum größten Teil schon schlafen gegangen. Das Mädchen hatte rotes Haar und klare, wenn auch sehr bleiche Gesichtszüge.

»Nein«, ließ Marian sich vernehmen.

»Ich habe gesehen, dass du aus Island bist«, flüsterte das Mädchen und setzte sich auf einen weißen Hocker neben dem Bett. »Wegen der Fahne am Koffer.«

»Ja«, sagte Marian.

»Ich komme auch aus Island«, sagte das Mädchen, »aber ich wohne in Århus. Ich glaube, wir sind im Augenblick die einzigen Isländer hier. Ich war schon voriges Jahr in diesem Sanatorium, und damals waren da noch zwei andere Isländer. Es ist wunderschön hier.«

»Alles ist so groß und überwältigend«, sagte Marian schniefend.

»Meinst du die Liegehalle draußen?«, fragte das Mädchen.

»Die ist riesig. Wie heißt du?«

»Ich heiße Katrín«, sagte das Mädchen.

»Ich heiße Marian.«

»Marian? Was ist das denn für ein komischer Name, ein Mädchen- oder ein Jungenname?«

»Den Namen hat mir meine Mutter gegeben. Sie stammte aus Dänemark.«

»Und weiter?«

»Was weiter?«

»Hast du keinen Nachnamen?«

»Athanasius nennt mich manchmal Marian Briem. Athanasius ist mein Freund. Er sagt, dass Briem ein alter Familienname ist, von meinen Großeltern, den Eltern meiner Mutter. Athanasius interessiert sich sehr für Ahnenforschung.«

»Hast du keinen Vater?«

»Doch, natürlich. Aber der will nichts mit mir zu tun haben. Die Kinder in Ólafsvík haben gesagt, ich wäre ein Dienstmädchenkind. Athanasius sagt, ich sei ein Kind aus einer schwierigen Beziehung, dem man keinen Vaternamen geben durfte, und deswegen sei es am besten, wenn ich mich Marian Briem nennen würde.«

»Aber was ist mit deiner Mutter?«

»Sie ist gestorben.«

»Wie denn?«

»Sie ist ertrunken, als ich zwei Jahre alt war.«

Katrín schwieg eine Zeitlang.

»Und jetzt bist du hier«, sagte sie dann.

»Die Krankheit gab es überall in der Gegend, wo ich aufgewachsen bin. Auf einem Hof sind bis auf eine Mutter und ihre Tochter alle gestorben.«

»Wie entsetzlich.«

»Ich bin zum ersten Mal im Ausland«, sagte Marian. Es tat gut, mit dem fremden Mädchen zu sprechen. »Die Überfahrt war schlimm, aber es war toll, nach Kopenhagen zu kommen. Die Häuser sind so groß, und es gibt so viele Autos. Und Krach. Die Zugreise nach Kolding war spannend, ich bin noch nie in meinem Leben so schnell gefahren. Auch nicht mit Athanasius, wenn wir raus zum See in Þingvellir gefahren sind.«

»Bist du in Vífilsstaðir gewesen?«, flüsterte Katrín.

»Ja«, antwortete Marian. »Du auch?

»Nein, aber ich möchte dich gerne etwas fragen. Ein Cousin von mir war in Vífilsstaðir. Er ist letzten Sommer gestorben. Vielleicht hast du ihn ja kennengelernt.«

»Wie hieß er?«

»Anton«, flüsterte Katrín.

Marian starrte sie an.

»Anton?«

»Ja.«

»Anton war dein Cousin?«

»Ja. Hast du ihn gekannt?«

»Anton war mein Freund«, sagte Marian leise. Er lag im Zimmer neben mir. Ich ... Er ist so plötzlich gestorben.«

»Er war sehr krank.«

»Ja.«

»Antons Vater ist der Bruder von meiner Mama«, sagte Katrín. »Wir haben früher in den Westfjorden gelebt, in Ísafjörður. Aber dann kam die Krise, und Papa glaubte, dass es uns hier besser gehen würde, deswegen sind wir nach Dänemark gezogen. Er ist Schreiner. Ich kann mich erinnern, als Anton im Krankenhaus in Ísafjörður war und manchmal zu Besuch kam, er war so elend dran. Er wollte immer so viel wie möglich zu Hause sein. Sein Papa hatte in Antons Zimmer extra ein Giebelfenster eingebaut, damit Anton aus seinem Zimmer etwas sehen konnte. Und dann wurde er nach Vífilsstaðir geschickt.«

»Er kam an seinem letzten Abend noch einmal zu mir«, sagte Marian. »Am nächsten Morgen war er tot. Als ich in sein Zimmer kam, hatte man ein Laken über ihn gebreitet.«

»Der arme Anton.«

»Am Abend vorher hat er aus dem Fenster in meinem Zimmer auf den See geschaut und gesagt: ›Was für ein Tag.‹«

»Und dann ist er gestorben?«

»Ja. In der Nacht.«

Katrín schwieg eine Weile. Man hörte die langsamen Atemzüge der anderen Kinder im Zimmer.

»Mama sagt, er hätte mich angesteckt«, flüsterte sie schließlich. »Sie gibt sich die Schuld daran, weil sie glaubt, sie hätte es nie zulassen dürfen, dass er in meine Nähe kommt.«

Siebzehn

Ragnars Schultasche lag auf dem Tisch des Leiters der kriminaltechnischen Abteilung. Es handelte sich um eine ganz normale braune Ledertasche, mit denen so viele Schulkinder Tag für Tag in die Schule gingen. Vorne waren zwei Taschen mit Schnappschlössern aus Messing, die man mit winzig kleinen Schlüsseln verschließen konnte. Innen hatte die Tasche zwei Fächer mit einer dünnen Trennwand. Sie hatte einen Griff, und hinten befanden sich die Haken für die Schulterriemen, die Ragnar aber nicht benutzt hatte. Die Tasche war abgenutzt und blankgescheuert. Blut war über die Rückseite geflossen. Die Tasche war leer.

Als Hinrik zu seinem Fluchtversuch ansetzte, nachdem Albert die Tasche auf der Rückbank des Cortina gefunden hatte, war Albert hinter ihm her gerannt und hatte ihn im letzten Moment davor bewahren können, vor ein Auto zu laufen. Hinrik fiel auf die Straße und zog sich Schrammen im Gesicht und an den Händen zu. Albert bückte sich und half ihm auf die Beine, er hielt immer noch die Tasche mit den Blutflecken in der Hand. Er legte Hinrik nahe, freiwillig mit ihm zum Borgartún zu kommen. Wenn er versuchen sollte, Widerstand zu leisten, müsste Albert Verstärkung anfordern, was er gerne vermeiden wollte. Hinrik nickte zustimmend.

»Diese Tasche gehört mir nicht«, sagte er keuchend.

»Ich weiß, dass sie nicht dir gehört«, sagte Albert.

»Ich meine, ich habe keine Ahnung, wieso sie in meinem Auto ist.«

»Aber trotzdem hattest du nichts Besseres zu tun, als sofort abzuhauen.«

»Ich weiß nicht, wie die Tasche in mein Auto gekommen ist.«

»Vielleicht fällt es dir ja noch ein«, sagte Albert und ging mit Hinrik auf den Parkplatz zurück.

Im späteren Verlauf des Tages wurde Hinrik zum Verhör ins Untersuchungsgefängnis gebracht. Angesichts des Beweismittels aus seinem Auto war es nicht schwer, den Haftrichter davon zu überzeugen, Untersuchungshaft anzuordnen. Hinrik wurden Fingerabdrücke abgenommen, und ihm wurde alles weggenommen, was er dazu verwenden konnte, um Hand an sich zu legen: Krawatte, Hosengürtel und Schuhriemen. All das ließ er klaglos über sich ergehen. Er hatte sich mit seinem Rechtsanwalt in Verbindung gesetzt, der auch als Steuerberater für die Firma tätig war. Der Cortina war mit einem Abschleppwagen zur Polizeiwerkstatt gebracht worden, wo die Spurensicherung ihn gründlich auf Fingerabdrücke und Blutspuren untersuchte.

»Hat er versucht abzuhauen?«, fragte Þormar, der Leiter der technischen Abteilung, als Albert kam, um sich nach der Schultasche zu erkundigen.

»Sofort als er die Tasche sah«, antwortete Albert. »Er hatte in den Zeitungen darüber gelesen. Er hat zugegeben, dass die Rumflasche ihm gehört hat. Ihr könnt die Fingerabdrücke von der Flasche mit denen von der Schultasche vergleichen.«

»Vielleicht würdest du es freundlicherweise uns überlassen, was wir machen?«, sagte Þormar, der offenkundig etwas dagegen hatte, wenn ihm besserwisserische junge Kollegen in die Arbeit reinredeten.

»Kannst du mir schon was über die Tasche sagen?«

»Im Augenblick noch nicht. Und selbstverständlich werden wir die Fingerabdrücke mit denen von der Flasche vergleichen. Es scheint, als hätte jemand mit blutigen Händen in die Tasche gefasst, innen sind auch Blutspuren. Vermutlich hat da jemand nach etwas gesucht. Möglicherweise nach den Kassetten, die Marian erwähnt hat.«

»Wahrscheinlich stammen die meisten Fingerabdrücke von dem Jungen selbst«, sagte Albert. »Wir möchten herausfinden, ob mehr als einer am Werk gewesen ist. Ob mehr als ein Unbekannter die Tasche angefasst hat. Es würde uns sehr helfen, mehr darüber zu erfahren.«

* * *

Einer von den sechs noch zu überprüfenden Personen im Hafnarbíó, nach denen die Polizei immer noch fahndete, meldete sich am späten Nachmittag aus eigenem Antrieb. Er hieß Valdimar Másson und ging auf die fünfzig zu. Er war Seemann und war gerade erst wieder an Land gekommen, als er davon erfuhr, dass die Polizei nach den Kinogästen der Fünfuhrvorstellung im Hafnarbíó suchte. Der schlanke Mann war eher klein und wirkte beinahe schmächtig. Er trug ein weißes Hemd mit großem Kragen und sein braunes

Sonntagsjackett. Es wirkte beinahe so, als hätte er sich für die Polizei in Schale geworfen.

»Ich habe eine ganze Weile gebraucht, bis ich kapiert hatte, dass ich genau in dieser Vorstellung war«, sagte er.

»Hast du etwas dagegen, wenn wir Fingerabdrücke von dir nehmen?«, fragte Marian.

»Nein, nur zu.«

»Hast du den Jungen im Hafnarbíó bemerkt?«

»Nein. Ich habe die Fotos in den Zeitungen gesehen, aber der Junge ist mir nicht aufgefallen.«

»Und du kennst ihn auch nicht?«

»Nein, ich habe ihn noch nie gesehen.«

»Kennst du einen Mann namens Hinrik?«, fragte Marian.

»Hinrik? Nein, ich glaube nicht. Was für ein Hinrik soll das sein?«

»Ihr habt nicht zufällig im Hafnarbíó zusammengesessen?«

»Nein.«

»Kannst du dich an irgendetwas anderes von dieser Vorstellung erinnern?«

»Viel ist es bestimmt nicht«, sagte Valdimar. »Ich gehe ins Kino, um mir einen Film anzusehen, und nicht die Leute. Ich habe gesehen, wie jemand vor mir ständig an einer Flasche genuckelt hat. Und da waren noch ein paar Jungs, und schräg hinter mir war ein Liebespaar.«

»Kannst du uns dieses Paar beschreiben?«

»Nein, ich hab nicht so genau hingeguckt. Und als der Film zu Ende war, wollte ich so schnell wie möglich nach draußen. Der Film war ziemlich mies. Ich hab nur ein oder zwei Mal zu ihnen rübergeschaut, und da haben sie geschmust.«

»Als du rausgingst ... warst du als Erster draußen?«

»Ich weiß es nicht mehr, aber ich war sicher einer der Ersten.«

»Bist du links oder rechts hinausgegangen?«

»Rechts.«

»Hast du da vielleicht einen Mann mit einer Schultasche bemerkt, der auf derselben Seite hinausgegangen ist?«

Der Cortina hatte auf der rechten Seite des Kinos gestanden. Hinrik hatte diesen Ausgang benutzt, genau wie Konni, der beobachtet hatte, wie Hinrik ins Auto gestiegen und losgefahren war.

»Nein«, sagte Valdimar, »ich habe keinen Mann mit einer Schultasche gesehen.«

»Er könnte versucht haben, sie mit seinem Jackett oder seinem Mantel zu verdecken.«

»Ich habe nichts bemerkt.«

»Hinrik und du, ihr habt nicht zufällig nebeneinander gesessen?«

»Nein. Ich kannte dort niemanden, das habe ich doch schon gesagt. Was für ein Hinrik ist das eigentlich?«

»Du hast auch nicht in der Nähe des Jungen gesessen?«

»Nein, ich habe diesen Jungen nicht gesehen. Das sage ich doch schon die ganze Zeit.«

»Das Kino ist nicht sonderlich groß.«

»Ja, das ist nur ein kleiner Schuppen. Wie auch immer, ich habe ihn nicht bemerkt.«

»Ist dir jemand aufgefallen, der ein Ausländer hätte sein können?«, fragte Marian.

Valdimar horchte auf.

»Ihr glaubt also wirklich, dass der Täter ein Ausländer ist?«

»Wir glauben nichts.«

»Mir ist niemand aufgefallen. Mir ist gar nichts aufgefallen. Da drinnen hätte auch ein Schwarzer sitzen können, und ich hätte es nicht mitgekriegt.«

* * *

Gegen Abend fuhren Albert und Marian zum Untersuchungsgefängnis, in dem es einen kleinen Verhörraum gab, in den Hinrik gebracht wurde. Er verzichtete darauf, einen Rechtsbeistand an seiner Seite zu haben. Denn er war fest davon überzeugt, dass er sich nichts zuschulden hatte kommen lassen. Es war ihm anzusehen, dass es ihm nicht gut ging, er sah ungepflegt aus und hatte große Schweißflecken unter den Achseln, er litt offensichtlich fürchterlich unter dem Entzug.

»Besteht vielleicht die Möglichkeit, hier an einen Schluck Schnaps zu kommen?«, fragte er als Erstes. »Es braucht nicht viel zu sein. Mir geht es nicht gut. Ich fühle mich beschissen.«

»Wir können einen Arzt rufen, wenn du willst«, sagte Marian. »Bei uns kannst du allenfalls einen Schluck Wasser bekommen. Das müsstest du doch eigentlich wissen.«

»Was zum Teufel kann ein Arzt für mich tun? Könnt ihr mir nicht ein paar Tropfen besorgen? Ich fühle mich hundeelend.«

»Wir werden sehen, was wir für dich tun können«, sagte Marian. »Ist es korrekt, dass du an dem Tag, als

Ragnar erstochen wurde, eine Flasche Rum mit in dieses Kino genommen hattest?«

»Das …«

Mehr kam nicht aus Hinrik heraus. Es wirkte, als hätte er die Frage schon wieder vergessen.

»Du trinkst auch tagsüber?«, erkundigte sich Albert.

Hinrik sah ihn schweigend an, und anschließend blickte er lange auf Marian Briem. Er antwortete nicht.

Von den Angestellten in der Firma hatte Albert erfahren, dass Hinrik geschieden war. Er war viele Jahre mit ein und derselben Frau verheiratet gewesen und hatte drei Kinder mit ihr. Sie hatte ihn wegen seiner Trinkerei verlassen, hatte die Scheidung eingereicht und das Sorgerecht für die drei Kinder bekommen. Hinriks Angestellte sprachen gut über ihren Chef, sie sagten aber auch, dass es ihm seit der Scheidung dreckig gehe. Sie wussten sogar zu berichten, dass er sich mindestens einmal mit seinen drei Kindern auf der Rückbank sturzbetrunken ans Steuer gesetzt hatte.

»Hast du ein Alkoholproblem?«, fragte Marian Briem.

»Das geht euch nichts an«, antwortete Hinrik schließlich.

»Die Rumflasche, die wir gefunden haben, war also deine?«, fragte Marian. »Wir vergleichen die Fingerabdrücke darauf mit deinen. Das Ergebnis wird in ein paar Tagen vorliegen. Du könntest die Sache aber beschleunigen, indem du mit uns kooperierst.«

»Es kann schon sein, dass ich mal zu tief in die Flasche schaue«, sagte Hinrik, »aber das geht euch nichts an.«

»Die Flasche hat dir gehört«, sagte Albert. »Warst du in dieser Fünfuhrvorstellung betrunken?«

»Nein«, sagte Hinrik.

»Hast du, wenn du trinkst, manchmal Blackouts?«

»Was?«

»Kommt es vor, dass du dich hinterher an nichts mehr erinnern kannst, wenn du trinkst, dass du nicht weißt, wo du gewesen bist oder was du gemacht hast? Oder kannst du dich immer gut an alles erinnern, was passiert, wenn du betrunken bist?«

»Ja-a«, sagte Hinrik und klang dabei wenig überzeugend.

»Vielleicht sagst du uns dann jetzt bitte, weshalb die Schultasche dieses Jungen in deinem Auto war?«

»Ich weiß nichts über diese Tasche!«

»Wenn du nichts über diese Tasche weißt, warum hast du dann versucht zu fliehen, als du sie gesehen hast?«

»Ich habe den Fall mitverfolgt«, erklärte Hinrik. »Ich wusste, dass ihr nach einer Schultasche sucht.«

»Hast du Kassetten aus der Tasche genommen?«

»Ich habe diese Tasche noch nie in meinem Leben gesehen. Irgendjemand muss sie in den Wagen gelegt haben. Das Auto war unverschlossen. Ich schließe es nie ab. Das habe ich euch doch gesagt.«

»Warum schließt du dein Auto nicht ab?«

»Meistens vergesse ich es, oder es ist mir zu umständlich. Mit wurde auch noch nie was aus dem Wagen geklaut.«

»Aber anscheinend einiges hineingeworfen«, bemerkte Marian.

Hinrik warf Marian einen vernichtenden Blick zu.

»Kannst du dich noch an den Kinobesuch erinnern?«, versuchte es Albert erneut.

»Ja.«

»Erinnerst du dich an den Western, der gespielt wurde?«

»Gregory Peck hat die Hauptrolle gespielt. Daran kann ich mich gut erinnern. Ich bin kein Idiot, falls du das glauben solltest. Ich könnte mich an vieles erinnern, wenn ihr etwas höflicher zu mir wärt.«

»An was erinnerst du dich sonst noch?«

»Es wäre schön, wenn ihr einem etwas mehr Respekt entgegenbringen würdet.«

»Meines Wissens tun wir das«, sagte Albert.

»An was erinnerst du dich sonst noch?«, wiederholte Marian.

»An diesen Ami.«

Albert und Marian schwiegen.

»Ja, an den kann ich mich genau erinnern«, sagte Hinrik.

»Was für einen Ami?«, fragte Marian. »In dem Film? Waren das nicht alles Amerikaner?«

»Nein, nicht im Film. Ich meine, ihr sucht doch nach einem Ausländer.«

»Von was für einem Amerikaner redest du?«

»Von dem Mann, der mich da im Dunkeln angerempelt hat. Als ich in den Saal kam, konnte ich erst überhaupt nichts sehen und stand ...«

»Hatte der Film schon angefangen?«

Hinrik überlegte.

»Ja, er hatte gerade angefangen. Also ich sah überhaupt nichts. Außer mir waren da noch ein paar andere, die zu spät reinkamen. Auf jeden Fall kam jemand durch den anderen Eingang rein. Der Mann stieß mit mir zusammen und ging dann den Gang hinunter.«

»War das der rechte Eingang?«

»Ja.«

»Was hat er gesagt?«

»*S'cuse me*, gleich sofort. Sehr höflich.«

»Warum bist du so sicher, dass es ein Amerikaner war?

»Ich habe es an seinem amerikanischen Akzent erkannt.«

»Excuse me?«

»Ja, s'cuse me.«

Achtzehn

Marian und Albert blieben im Verhörzimmer sitzen, nachdem Hinrik wieder in seine Zelle gebracht worden war. Er hatte gegen die Behandlung protestiert, weil er vollkommen unschuldig sei, und erneut um einen Schluck gebeten, wie er sich ausdrückte. Marian sprach mit dem Gefängnisaufseher darüber, dass Hinrik eine schwierige Nacht vor sich hatte, weil er nach einer längeren Saufphase mit Entzugserscheinungen zu kämpfen hatte. Marian legte ihm nahe, vorsichtshalber einen Arzt hinzuzuziehen, damit er Hinriks Beschwerden etwas lindern könnte.

Man hatte Hinriks Haus durchsucht, aber nichts gefunden, was mit dem Mord im Hafnarbíó in Verbindung gebracht werden konnte.

Albert hatte einen Kassettenrekorder des gleichen Typs und Kassetten besorgt, die er auf dem Tisch im Verhörzimmer platziert hatte. Der Untersuchungshäftling hatte hartnäckig bestritten, jemals ein solches Gerät gesehen zu haben, und schon gar nicht im Hafnarbíó. Albert fummelte an dem Gerät herum. Als Marian wiederkam, legte er eine Kassette ein und drückte auf Play. Das Rauschen im Gerät war so leise, dass es kaum zu hören war.

»S'cuse me?«, sagte Marian.

»Excuse me, hat er wohl gesagt«, entgegnete Albert.

»Mit amerikanischem Akzent, hat Hinrik behauptet. Nicht mit englischem, französischem oder deutschem. Ein waschechter Amerikaner, hat er gesagt.«

»Ist das nicht der Ausländer, nach dem du suchst?«, fragte Albert.

»Er passt auf jeden Fall ins Bild.«

»Ich habe nicht den Eindruck, dass Hinrik unser Mann ist.«

»Nein.«

»In Ordnung«, sagte Albert. »Der Film hat eine Länge von hundertzehn Minuten, und irgendwann in dieser Zeit ist Ragnar erstochen worden. Und was geschieht danach? Möglicherweise ist der Film erst bis zu Hälfte gelaufen. Sie haben sich die Tasche, das Gerät und die Kassetten geschnappt.«

»Sie warten«, sagte Marian. »Sie warten, bis der Film zu Ende ist.«

»Sie überlegen«, sagte Albert. »Durchs Foyer nach draußen zu gehen wäre ein zu großes Risiko gewesen. Sie sehen die Ausgangstüren mit dem grünen Exit-Schild darüber. Aber sie können nicht mitten in der Vorführung rausgehen, ohne Aufmerksamkeit zu erregen.«

»Einer von ihnen muss Ragnars Blut an sich haben.«

»Oder beide.«

»Möglich, dass sie sich auseinander gesetzt haben«, sagte Marian. »Einer geht weiter in die Reihe hinein, versucht, vom Tatort wegzukommen, steigt möglicherweise auch über ein zwei Sitzreihen. Er gab genügend freie Plätze.«

»Sie tragen Jacketts oder Mäntel, die sie ausziehen,

um die Sachen darin zu verstecken und das Blut zu verdecken.«

»Und dann bleiben sie sitzen, bis der Film vorbei ist.«

»Mit Ragnars Leiche in der Reihe hinter sich.«

»Etwas anderes konnten sie kaum machen, sie hatten nicht viele Möglichkeiten. Sie saßen in diesem Kino fest.«

»Der mit der Tasche geht ganz schnell nach draußen, als der Film zu Ende ist, vielleicht sogar als Erster«, sagte Albert. »Trotzdem wartet er, bis Bewegung in den Saal gekommen ist, bis die Ersten aufstehen. Danach handelt er blitzschnell. Da steht zufälligerweise Hinriks unverschlossener Cortina herum, er entledigt sich der Tasche und geht seiner Wege. Der andere hat keine Eile, er mischt sich unter die Leute, die zum Ausgang gehen und verhält sich so unauffällig wie möglich.«

»Anschließend geht er entweder den Barónsstígur hinauf oder zur Skúlagata hinunter.«

»Nur Ragnar kann das Kino nicht mehr verlassen.«

»Ragnar bleibt in seinem Blut zurück.«

»Niemand bemerkt etwas.«

»Niemand bemerkt etwas Ungewöhnliches. Es war eine ganz normale Fünfuhrvorstellung.«

»Zwei Ausländer«, sagte Albert nachdenklich.

»Die erste Frage wird dann wohl sein, ob sie wegen der Schachweltmeisterschaft nach Island gekommen sind.«

»Und ob sie irgendetwas damit zu tun haben. Tauschen sie Informationen aus?«

»Dann müsste der eine ein Amerikaner, der andere ein Russe gewesen sein.«

»Das Match steht unmittelbar bevor, als das passiert. Bobby Fischer ist immer noch in New York. Spasski ist bereits in Island.«

»Sie bereden etwas, was Ragnar aufnimmt.«

»Wer sind diese Männer?«

Marian schwieg und betrachtete den Kassettenrekorder, der leise vor sich hin rauschte. In Gedanken ging Albert noch einmal den brutalen Ablauf durch. Diese Theorie war nicht unwahrscheinlicher als jede andere. Seine Gedanken schweiften zu Guðný und seinen Töchtern ab. Der Ältesten waren zwei Testpflaster auf die Brust geklebt worden, was sie unangenehm fand.

»Ich habe gehört, dass du früher Tuberkulose gehabt hast?« Die Frage war ihm einfach so herausgerutscht. Er hatte Marian diese Frage schon lange stellen wollen, hatte sich aber nie getraut.

»Von wem hast du das gehört?«

»Von den Kollegen.«

»Ach so.«

»Steht deswegen das Sofa im Büro? Damit du dich ausruhen kannst?«

»Ich hatte nur in einem Lungenflügel Tuberkulose«, sagte Marian. »Sie wurde mit der sogenannten Pneumothorax-Methode behandelt. Erst später hat man Medikamente zur Behandlung entwickelt, gegen Ende des Zweiten Weltkriegs war es Streptomyzin, und dann vor zwanzig Jahren kam Isionazid auf den Markt. Heutzutage weiß kaum noch ein Mensch, was Tuberkulose ist.«

»Die Krankheit war hier sehr verbreitet.«

»Ja« war die kurz angebundene Antwort. Es interessierte Marian nicht, was Albert zum Thema Tuberkulose beizutragen hatte.

»Ich habe nur an meine Tochter gedacht«, sagte Albert verlegen. »Sie muss sich gerade einem Tuberkulosetest unterziehen. Heutzutage müssen alle Kinder das einmal im Jahr machen, das weißt du sicher. Und dann fiel mir ein, was die Kollegen über deine Krankheit gesagt haben. Es muss doch damals schlimm gewesen sein, Tuberkulose zu haben.«

»Heißt deine Tochter nicht Paula?«

»Ja, nach ihrer Großmutter.«

»Das war schön von euch, sie nach ihrer Großmutter zu nennen«, sagte Marian und kam wieder auf das Hafnarbíó zu sprechen. »Wieso sind diese Männer auf Ragnar aufmerksam geworden?«

»Wieso haben sie ihn in der Dunkelheit bemerkt?«

Auf die Worte Alberts folgte ein längeres Schweigen, das plötzlich durch ein Klacken im Kassettenrekorder unterbrochen wurde.

Marian zuckte bei dem unerwarteten Geräusch zusammen und sah fragend zu Albert hinüber, der auf das Gerät starrte.

»Das könnte vielleicht eine Erklärung sein.«

In selben Moment hörte man ein Jaulen aus Hinriks Zelle, das sich zu einem lauten Schreien steigerte. Er war der einzige Untersuchungshäftling im Gefängnis am Síðumúli. Sein Gebrüll hallte auf dem Gang wider.

»Wir müssen einen Arzt kommen lassen«, sagte Marian und stand auf. »Es wird ein harter Entzug für den armen Kerl.«

Neunzehn

Die Tage wurden zu Wochen, das Match des Jahrhunderts in der Halle im Laugardalur dauerte an. Zu berichten gab es mehr als genug. Die erste Partie war unterbrochen worden und hatte mit einem Sieg Spasskis geendet. Fischers Nervosität steigerte sich, und er hatte an allem etwas zu beanstanden. Als die Hängepartie fortgesetzt wurde, verschwand er eine halbe Stunde von der Bühne, während die Uhr gegen ihn tickte. Er beschwerte sich über das Surren der Filmkameras, die man in den Wänden rings um die Bühne installiert hatte. Auch die Beleuchtung passte ihm nicht. Er gab beim 56. Zug auf und verlangte, dass die Partie für ungültig erklärt würde. Er behauptete, es habe sich um ein Testspiel gehandelt, das er gegen seinen Willen hätte spielen müssen. Die ausländischen Korrespondenten äußerten sich immer kritischer darüber, wie Fischer sich aufführte. So gewann Spasski auch die zweite Partie, aus dem einfachen Grund, weil Fischer nicht antrat. Ein Akustiker wurde hinzugezogen, um die Geräusche der Kameras zu überprüfen, ergebnislos. Man befürchtete schon, dass Fischer das Handtuch werfen und sich ins nächste Flugzeug nach New York setzen würde. Doch schließlich kam es doch noch zu einem Vergleich. Die dritte Partie wurde nicht auf der

Bühne der Veranstaltungshalle gespielt, sondern in einem geschlossenen Nebenraum, in dem normalerweise Tischtennis gespielt wurde. Fischer hatte seine Forderungen durchgesetzt, weder Filmkameras noch Zuschauer störten ihn jetzt, und er gewann seine erste Partie gegen Spasski. Es wurde aber nur ein einziges Mal im Tischtennisraum gespielt, denn danach verlangte Spasski, dass das Match wieder auf der Bühne stattfinden solle, und er gab nicht nach.

Marian Briem hielt auf einem Parkplatz in der Nähe des Café Napoléon und wartete auf Konni. Dessen Kumpel unterm Blech hatten gesagt, dass er auf dem Weg zum Pol sei, aber dort hatte er sich bislang noch nicht blicken lassen. Marian wusste nicht, wo Konni wohnte, er wechselte ständig seine Adresse. Auf der Straße war kaum Verkehr, nur gelegentlich kam ein Auto vorbei. Es war bereits spät am Abend, und in den Westfronten der umliegenden Häuser spiegelte sich die lodernde Abendsonne in den Fenstern. Marian hatte die Sonnenblende heruntergeklappt und zum Schutz gegen die gleißenden Strahlen die Sonnenbrille aufgesetzt. Das Radio schwieg, denn bei dem Pop-Song über Sylvias Mutter hatte Marian unverzüglich abgeschaltet.

Erst als die Sonne sich östlich des Snæfellsjökull befand und langsam zu den anderen Bergen der Halbinsel wanderte, tat sich etwas. Drei Männer kamen aus dem Pol, einer von ihnen war Konni.

»Verdammt noch mal, hat die Kaschemme einen Hintereingang?«, stöhnte Marian, stieg aus und ging zu den dreien hinüber. Konni zündete sich gerade eine Zigarette an und schirmte das brennende Streichholz mit der Hand ab. Die beiden anderen blickten Marian entgegen.

»Ist das diese Type von der Kripo, von der du geredet hast?«, fragte einer von ihnen Konni.

Konni sah hoch.

»Was …?«

»Du hast ja einen richtig heißen Draht zur Presse«, sagte Marian und hakte ihn unter. »Ihr habt doch nichts dagegen, wenn ich ihn mir einen Augenblick ausleihe?«

Die Männer nickten beide, so als hätten sie über Konni zu bestimmen. Konni verbrannte sich prompt wieder die Finger am Streichholz, schrie auf und ließ es fallen.

»Was soll denn der Scheiß?«, sagte er, während er mit Marian zum Auto ging. »Kann man sich denn noch nicht einmal in Ruhe eine Zigarette anzünden?«

»Ich würde gern eine kleine Spritztour mit dir machen«, sagte Marian und öffnete die Beifahrertür.

Konni stieg ein, und Marian fuhr zum Hafnarbíó am Barónsstígur. Konni zündete sich die Zigarette an und sah Marian vorwurfsvoll an. Er schwieg lange, aber dann konnte er es nicht mehr aushalten.

»Du kannst mich doch nicht einfach so von der Straße wegholen«, sagte er.

»Nein, entschuldige. Ich muss dich aber um deine Hilfe bitten, und ich weiß, dass du mir den Gefallen tun wirst.«

»Nur, damit das klar ist«, sagte Konni, der sich dadurch etwas geschmeichelt fühlte und etwas von seinem angeknacksten Selbstvertrauen wiedergewonnen zu haben schien. »Du kannst mich nicht einfach so mir nichts, dir nichts in dein Auto zerren.«

Der Platzanweiser im Hafnarbíó war eben im Begriff, das Kino zu schließen. Die Spätvorstellung um elf war zu Ende, nur er befand sich noch im Kino. Marian klopfte an die Glastür im Foyer, und er machte ihnen auf.

»Ich hoffe, du hast nichts dagegen, wenn wir uns hier kurz in den Saal setzen?«, fragte Marian und schob Konni vor sich her.

»Natürlich nicht«, sagte der Platzanweiser.

»Es wird nicht lange dauern«, sagte Marian. »Sei so nett und warte auf uns.«

Der Mann nickte und öffnete für sie die Tür zum Kinosaal. Er entschuldigte sich für die Abfälle, die noch auf dem Fußboden herumlagen, geputzt würde erst am nächsten Morgen. Marian fragte Konni, wo er gesessen hatte. Er konnte sich nicht mit hundertprozentiger Sicherheit erinnern und ließ sich einfach auf einen Platz fallen, den er für den wahrscheinlichsten hielt. Marian setzte sich neben ihn. Der Platzanweiser ging zurück ins Foyer.

»Bitte erzähl mir noch etwas mehr über die Frau, die du gesehen hast«, sagte Marian.

»Was für eine Frau?«, fragte Konni.

»Die Frau, die in der Fünfuhrvorstellung war. Wo saß sie, wie viele Reihen vor dir?«

»Sie hat ungefähr da gesessen«, antwortete Konni und deutete nach vorne. »Vielleicht drei Reihen vor mir. Du fährst mich doch hoffentlich wieder zurück ins Zentrum?«

»Selbstverständlich. Du hast gesagt, dass diese Frau klasse ausgesehen hat. Wie konntest du das wissen?«

»Einfach so.«

»Könntest du vielleicht etwas präziser werden.« Marian hatte versucht, Konni beim ersten Gespräch so viel wie möglich zu entlocken, war jedoch nicht weit gekommen. Von den Personen, die die Kinovorstellung besucht hatten, waren diese Frau und ihr Begleiter nach Marians Auffassung die Einzigen, mit denen man sich noch unterhalten musste, abgesehen von denen, die für den Mord an Ragnar in Frage kamen.

»Genauer kann ich das nicht sagen«, erklärte Konni. »Es war doch dunkel.«

»War die Frau dick oder eher schlank?«

»Schlank. Ich habe sie im Profil gesehen. Und sie war blond, das habe ich gesehen, als wir aus dem Kino gingen. Die beiden haben genau wie ich am Ende der Reihe gesessen. Auf dem Weg nach draußen bin ich an ihnen vorbeigegangen. Sie wollten gerade aufstehen.«

»Und der Mann hat sich neben sie gesetzt, nachdem der Film begonnen hatte?«

»Ja.«

»Hat sie auf dem zweiten Platz in der Reihe gesessen?«

»Ja.«

»Und sie hat ihm den Platz neben sich freigehalten?«

»Ganz sicher. Sie haben viel geflüstert, und dann hat er angefangen, sie zu küssen. Sie hatte anscheinend nichts dagegen. Und so lief das fast den ganzen Film. Die haben sich praktisch ununterbrochen abgeknutscht.«

»Und als der Film zu Ende war, bist du ganz schnell nach draußen gegangen?«

»Ja.«

»Hast du auf dem Weg nach draußen einen Mann mit einer Schultasche bemerkt? Oder jemanden, der sich an einem Ford Cortina zu schaffen machte?«

»Nein, ich habe nur diesen Alki gesehen, der mit dem Wagen losfuhr«, erklärte Konni und klang so, als hätte er noch nie in seinem Leben Alkohol angerührt.

»Du hast auch keine Männer gesehen, die dir ausländisch vorgekommen sind, beispielsweise Amerikaner oder Skandinavier, Engländer, Russen oder von irgendwo anders auf der Welt?«

Marian formulierte die Frage nach den Ausländern absichtlich so allgemein wie möglich. Konni war höchstwahrscheinlich einer der ergiebigsten Informanten des Abendblatts, auch wenn er nie mit Namen genannt wurde. Auf diesem Wege war es vermutlich auch am Tag, nachdem Marian sich mit Konni unterhalten hatte, zu der relativ groß aufgemachten Nachricht gekommen, dass die Polizei nach einem blauen Cortina fahndete.

»Nein, nichts dergleichen. Aber ...«

»Ja?«

Konni überlegte.

»Wieso fragst du eigentlich immer nach dieser Frau? Was hat sie getan? Hat sie den Jungen umgebracht?«

»Tja, das ist ja eben die Frage«, sagte Marian. »Sie hat sich bislang nicht bei uns gemeldet. Und der Mann ebenfalls nicht. Aber ...«

»Das war doch einfach nur ein Techtelmechtel.«

»Das sind deine Worte, Konni. Ich weiß nichts von Techtelmechteln. Ich war nicht in der Vorstellung.«

»Ich hab gedacht, dass irgendwelche Ausländer den

Jungen abgemurkst haben? Das hab ich doch in der Zeitung gelesen.«

»Nein, das war ein Missverständnis«, sagte Marian. »Ehrlich gesagt, ist es viel wahrscheinlicher, dass es diese Frau war. Deswegen all die Fragen über sie. Konni, was ich dir jetzt sage, ist streng vertraulich. Deswegen ist es auch so wichtig, dass du dich daran erinnerst, was du gesehen hast. Alles ist wichtig, auch die kleinste Einzelheit.«

Konni schien auf seinem Sitz förmlich zu wachsen.

»War das, als ich eingeschlafen bin?«, fragte er.

»Du bist eingeschlafen?«

»Ja. Ich hab mindestens eine halbe Stunde gepennt.«

»Davon hast du uns nichts gesagt.«

»Oh Mann, ich fand einfach, dass es keine Rolle spielt.«

»Dann ist der Mord vermutlich genau in dieser halben Stunde passiert«, sagte Marian.

»Ich ... Ich bin zum Schluss natürlich an ihnen vorbeigekommen. Ich weiß nur, dass sie blond war und verdammt hübsch.«

»Aber dieser Mann, wie hat der ausgesehen, Konni?«

»Hat der mit ihr unter einer Decke gesteckt?«

»Auch diese Möglichkeit behalten wir im Auge.«

»Auf den hab ich gar nicht geachtet. Die beiden waren aber bestimmt im gleichen Alter, so um die dreißig. Aber da war etwas ...«

»Ja?«

»Irgendwie kam sie mir so vor wie eine Stewardess«, erklärte Konni.

»Wie eine Stewardess?«

»Ja, irgendwie schon. So wie sie sich gab.«

»Sag mal, Konni, fliegst du eigentlich oft ins Ausland?«

»Zwei Cousinen von mir arbeiten als Stewardessen. Die eine war sogar mit Bobby Fischer in der gleichen Maschine. Das war vielleicht anstrengend, Mann. Die Frau im Kino hat mich an sie erinnert.«

»Mit Bobby Fischer?«

»Ja. Sie hatte Dienst.«

»Wie sah der Mann im Kino aus?«

»Ziemlich geschniegelt. Zumindest, was die Klamotten betrifft.«

»Also im Anzug?

»Ja, bestimmt.«

»Entweder hatte er einen Anzug an oder nicht.«

»Er hatte einen dunklen Mantel an, und ganz bestimmt darunter auch einen teuren Anzug.«

»Würdest du diese Frau wiedererkennen, wenn du sie sehen würdest? Oder den Mann?«

»Ganz bestimmt. Das Mädel sah richtig klasse aus. Die würde ich ganz bestimmt wiedererkennen, da bin ich mir sicher. Wird man für so was eigentlich bezahlt?«

»Für was?«

»Ich meine, kriege ich kein Geld dafür?«

»Oh nein, mein lieber Konni, ganz sicher nicht. Aber es gibt da vielleicht andere, die dich für deine Informationen bezahlen?«

Konni warf Marian einen Blick zu.

»So habe ich das gar nicht gemeint«, sagte er enttäuscht, als er sah, dass Marian nicht das Portemonnaie zückte. »Aber für mich ist das verdammt viel verplemperte Zeit.«

Das Gespräch war zu Ende, und sie gingen ins

Foyer, wo Marian Briem noch einmal kurz mit dem Platzanweiser sprach und Konni bat, sich noch einen Augenblick zu gedulden, um dann mit einer Taschenlampe bewaffnet zurück in den Saal zu gehen. Das Blut am Tatort war sorgfältig entfernt worden, aber Marians Interesse galt nicht dieser Stelle, sondern den Sitzreihen davor und dahinter. Die Kollegen von der Spurensicherung hatten zwar alles gründlich untersucht, aber ihnen konnte auch etwas entgangen sein.

Und genau das sollte sich herausstellen. Zwei Reihen vor dem Platz, auf dem Ragnar gesessen hatte, etwas mehr zur Mitte hin, fand Marian einen schwärzlichen Fleck an der Sitzlehne und einen weiteren unter dem Sitz. So gesehen erregten sie keine besondere Aufmerksamkeit, sie konnten auch von Schokolade, Karamellen oder sonstigen Süßigkeiten dieser Art herrühren, aber Marian hatte den Verdacht, dass es sich um etwas anderes handelte.

»Diese Typen haben sich woanders hingesetzt«, flüsterte Marian, als der Strahl der Taschenlampe den Sitz von unten beleuchtete.

Tags darauf lautete die Schlagzeile im Abendblatt, das sich wie immer auf zuverlässige Quellen berief: RAGNARS MÖRDER VERMUTLICH EINE FRAU.

Zwanzig

Die neuste Aufmachung der Titelseite beim Abendblatt verursachte nicht weniger Ärger bei der Kriminalpolizei als die mit den Ausländern. Eine Besprechung wurde angesetzt, auf der allen Mitarbeitern eingeschärft wurde, dass sämtliche Unterlagen im Zusammenhang mit der Ermittlung streng vertraulich waren und auf keinen Fall an die Medien weitergegeben werden dürften. Verstöße dagegen würden mit fristloser Kündigung geahndet. Nur ganz bestimmte Personen innerhalb der Abteilung seien befugt, an Pressekonferenzen teilzunehmen, und alles, was sie dort von sich gaben, würde im Hinblick auf die Interessen der Ermittlung einer sorgfältigen Zensur unterworfen, wie es offiziell ausgedrückt wurde. Schlagzeilen wie die in der Abendzeitung seien nur dazu angetan, die Ermittlungen zu behindern.

Nicht alle waren dieser Auffassung. Jemand wies darauf hin, dass es auch zahlreiche Personen außerhalb der Polizei gebe, die einiges über den Fall sagen könnten, egal, ob namentlich oder anonym, und dass man das seitens der Polizei kaum verhindern könne. Es könne sogar durchaus sinnvoll sein, so viele Informationen wie möglich darüber öffentlich zu machen, in welche Richtungen sich die Überlegungen zum Fall bewegten. So ergäbe sich vielleicht gerade die Möglichkeit, wieder Bewegung in die festgefahrenen Ermittlungen zu bringen.

Der Leiter der Abteilung für Kapitalverbrechen war ein hochgewachsener Mann. Er hieß Jóhannes und hatte nur noch wenige Jahre bis zur Pensionierung vor sich. Nach der Besprechung rief er Marian Briem zu sich und kam direkt zur Sache.

»Warst du das etwa, Marian?«, fragte er.

»Ich?«

»Hast du die Informationen an dieses Revolverblatt durchsickern lassen?«

»Ganz sicher nicht«, erklärte Marian. »Ich kann Reporter nicht ab, das weißt du doch. Ich rede nie mit ihnen.«

Johannes sah Marian lange und durchdringend an.

»Im Interesse der Ermittlung sind wir verpflichtet, keine Informationen nach außen dringen zu lassen.«

»Vielleicht hat diese Zeitungsmeldung aber auch etwas Gutes.«

»Wie meinst du das?«

»Nach dieser neuen Nachricht ist doch die vorherige Schlagzeile mit den Ausländern hinfällig geworden. Jetzt weiß keiner mehr, was in diesem Fall eigentlich Sache ist.«

»Übrigens, was diese Ausländer angeht, kannst du mir da etwas Konkreteres sagen? Geht ihr davon aus, dass es sich um ganz normale Touristen handelt? Oder leben sie in Island? Sind sie wegen der Weltmeisterschaft hier? Was sind das für Leute?«

»Schwer zu sagen«, antwortete Marian. »Nach Island kommen jeden Sommer Tausende von Touristen, und durch das Match hat sich die Zahl noch vervielfacht. Ich weiß wirklich nicht, wo wir anfangen sollen. Zurzeit halten sich hier sehr viele Prominente auf, angefangen vom sowjetischen Minister für Sport bis hin zu berühmten Schriftstellern und Berichterstattern wie Arthur Koestler. Außerdem die besten Schachjournalisten der Welt, vom *Time Magazine* und der *New York Times*. Auch darunter gibt es bestimmt schwarze Schafe, sozusagen den Abschaum unter dem Schaum.«

»Wir wissen, dass sowohl bei den westlichen als auch den östlichen Botschaften hier sogenannte Handelsattachés akkreditiert sind. Gibt es keine Hinweise in dieser Richtung?«

»Bislang nicht«, sagte Marian. »Vorläufig gehen wir davon aus, dass irgendwer durch den Kassettenrekorder verunsichert wurde und in Panik geriet, das war der Grund für den Tod des Jungen. Deswegen haben sich höchstwahrscheinlich diejenigen, die ihn umgebracht haben, bei etwas, was ich als konspiratives Treffen bezeichnen würde, gestört gefühlt. Die beiden hatten anscheinend etwas streng Geheimes miteinander zu besprechen. Einer von ihnen ist vermutlich Amerikaner, weil ein Zeuge gehört hat, dass jemand *s'cuse me* sagte. Der andere könnte ein Russe sein, denn jemand hat in der Nähe des Kinos eine russische Papirossa geraucht.«

Während Albert sich handelsübliche Taschenmesser ansah, so wie sie in den einschlägigen Hausratsgeschäften wie *Brynja* und *Ellingsen* verkauft wurden, hatte Marian eine weitere Besprechung mit dem Sachverständigen für Fingerabdrücke in der kriminaltechnischen Abteilung. Es waren sehr viele Abdrücke am Tatort sichergestellt worden, in dem Cortina und an der *Belomorkanal*-Schachtel, an der Schultasche und an dem Sitz, wo Marian die beiden Blutflecke gefunden hatte.

»Fingerabdrücke von dem Jungen gibt es natürlich viele«, sagte der Spezialist, vor dem Ragnars Tasche lag. »An der Tasche, auf den Armlehnen, an der Limo-Flasche – einfach überall. Außerdem haben wir Fingerabdrücke von den Sitzen neben und vor ihm. Du bist der Ansicht, dass es zwei Männer gewesen sind?«

»Wir müssen diese beiden Männer noch finden, von denen wir annehmen, dass sie in der Vorstellung waren. Über die meisten anderen wissen wir mit einiger Sicherheit Bescheid, auch wenn wir noch nicht alle Personen ausfindig gemacht haben.«

»Ja, beispielsweise diese geheimnisvolle Frau mit ihrem Liebhaber, nach der gefahndet wird?«

Marian musste innerlich lachen. Konni hatte sich diese Schlagzeile ganz bestimmt gut bezahlen lassen. Er hatte Marians Äußerung, dass die Frau zu den Tatverdächtigen gehörte, weitergegeben und hinzugefügt, dass sie ganz bestimmt mit ihrem Liebhaber in der Vorstellung gewesen sei. Sie hätte dort heftig mit ihm geschmust und die beiden wären ihm sehr mysteriös vorgekommen.

»Möglicherweise«, sagte Marian.

»An der Zigarettenschachtel haben wir einen ziemlich guten Fingerabdruck gefunden«, sagte der Experte. »Er war trotz der zusammengeknüllten Schachtel erstaunlich gut erhalten, und wir haben ihn zum Vergleich bereits nach England geschickt, falls es sich um einen kriminellen Ausländer mit Vorgeschichte handelt. Mit den Fingerabdrücken aus dem Kinosaal ist es problematischer. An Ragnars Schultasche haben wir einige gefunden, die von ihm selbst oder von den Angehörigen stammen, und auch noch einige andere. Du hast wahrscheinlich recht mit der Annahme, dass sich zumindest einer von ihnen nach der Tat im Kino woanders hingesetzt hat. Wir haben einen brauchbaren Fingerabdruck unten an der Armlehne des Platzes gefunden, an dem du die Blutflecken entdeckthast. Es hat sich herausgestellt, dass das Blut aller Wahrscheinlichkeit nach von Ragnar stammt. Wir vergleichen diesen Abdruck jetzt mit unseren Dateien, und wir werden ihn auch nach England schicken. Ander Tasche des Jungen ist dieser Fingerabdruck nicht zu finden, es ist aber nicht auszuschließen, dass diese Leute Handschuhe getragen haben. Der Abdruck auf der Zigarettenschachtel stimmt mit keinem von ihnen überein.«

»Wir haben also nur diesen einen Fingerabdruck aus dem Kino?«

»Ja, er gehört demjenigen, der sich deiner Meinung nach umgesetzt hat.«

»Und das ist nicht die Person mit der Zigarettenschachtel?«

»Nein.«

»Und die Kippe, die beim Kino gefunden wurde und aus der Schachtel stammte?«

»Sowohl die Kippe als auch die Schachtel lagen außerhalb des Kinos. Den Mann mit der Zigarette können wir nicht im Kino lokalisieren, mehr kann ich dazu nicht sagen. Noch nicht. Der Abdruck auf der Zigarettenschachtel ist weder an der Schultasche noch an den Sitzen vor oder neben Ragnar zu finden, und auch nicht dort, wo diese Person saß, nachdem sie sich umgesetzt hatte.«

»Ist da ... Gibt es da womöglich einen dritten Mann, der nicht im Kino war?«

»Es gibt keinen dritten Mann, Marian. Deine Zigarettenschachtel hat nichts mit diesem Fall zu tun.«

»Und Hinrik?«

»Ebenfalls nicht, falls du ihn mit der Tasche überführen möchtest. Es deutete nichts darauf hin, dass er mit dieser Tasche in Berührung gekommen ist. Er könnte selbstverständlich auch Handschuhe getragen haben, aber genauso gut kann man davon ausgehen, dass jemand anderes die Tasche in seinem Auto platziert hat, wie er behauptet. Und welchen Grund sollte er auch haben, den Jungen umzubringen? Haben deine Zeugen nicht gesagt, dass er sich die ganze Zeit nicht von seinem Platz im Kino wegbewegt hat?«

»Zeugen sind niemals hundertprozentig zuverlässig, das weißt du. Ich habe mit einem Mann gesprochen, der während des Films eingeschlafen ist.«

»Das passiert mir manchmal auch.«

»Und der Cortina?«, fragte Marian.

»In dem haben wir nichts gefunden, was zu den Fingerabdrücken im Kino passt, weder an den Türgriffen noch in deren Umgebung.«

»Sie mussten die Tasche loswerden, sobald sie aus dem Kino heraus waren, und haben sie im erstbesten offenen Auto versteckt.«

»Und damit gleichzeitig den Verdacht auf einen anderen gelenkt.«

Marian Briem war wie so oft noch spät am Abend im Büro, als das Telefon klingelte. Hinrik war aus der Untersuchungshaft entlassen worden. Nach einigen trockenen Tagen unter ärztlicher Aufsicht ging es ihm gar nicht gut.

Am Telefon war eine Frau, auf deren Anruf Marian schon lange gewartet hatte.

»Was in der Zeitung steht, ist erlogen«, sagte sie ohne Umschweife. Sie schien ziemlich erregt zu sein.

»Wer spricht da?«, fragte Marian.

»Bist du nicht mit dem Mordfall im Hafnarbíó beschäftigt?«

»Doch, ja, zusammen mit anderen.«

»Wieso dürfen die so etwas veröffentlichen?«

»Was?«

»Ich weiß nicht, weshalb die so etwas über mich schreiben! Es ist alles erlogen. Das war ich nicht! Warum machen die das?«

»Warst du im Kino, als der Junge umgebracht wurde?«

Die Frau zögerte ein wenig.

»Ja«, sagte sie etwas ruhiger.

»Ich muss mit dir reden«, sagte Marian.

»Warum bringen die solche Geschichten, die von vorne bis hinten erstunken und erlogen sind«, sagte die Frau leise. »Verdammtes Lügenpack!«

»Weshalb hast du dich denn nicht mit uns in Verbindung gesetzt?«, fragte Marian.

Die Frau schwieg eine Weile und sagte dann:

»Ich muss mit dir reden. Ich habe diesem Jungen nichts getan. Nicht das Geringste!«

Einundzwanzig

Marian Briem hielt sich an das, worum die Frau gebeten hatte, die weder bei der Kriminalpolizei im Borgartún noch im Gefängnis am Síðumúli vernommen werden wollte. Aus naheliegenden Gründen, wie sie sich ausdrückte, konnte die Begegnung nicht bei ihr zu Hause stattfinden, und erst recht nicht an ihrem Arbeitsplatz. Marian hörte sich das alles in Ruhe an und hatte nichts dagegen. Vor allem war wichtig, dass sie sich freiwillig gemeldet hatte. Falls sie zunächst einmal mit Samthandschuhen angefasst werden musste, war das in Ordnung.

Marian schlug das Skúlakaffi als neutralen Treffpunkt vor, und die Frau war damit einverstanden. Albert begleitete Marian dorthin. Er besorgte ihnen Plätze an einem unauffälligen Tisch in einer Ecke und holte zwei Tassen Kaffee. Das Selbstbedienungslokal befand sich in einem Außenbezirk der Stadt und war bekannt für seine deftige isländische Küche. Es war vor allem bei Handwerkern und LKW-Fahrern beliebt, die zum Mittagessen gerne Fleischbällchen in brauner Soße mit Kartoffelpüree aßen.

»Wie alt ist deine Tochter Paula?«, wollte Marian wissen, als er mit den Tassen zum Tisch zurückkehrte.

»Sie ist acht«, sagte Albert.

»Acht? Dann musst du ja blutjung gewesen sein, als sie geboren wurde.«

»Ja. Meine beiden anderen Töchter sind fünf und zwei.«

»Also wird nächstes Jahr wieder ein Kind in die Welt gesetzt, wenn du dich an diesen Rhythmus hältst.«

»Und es wird wieder ein Mädchen.«

»Oder ein Junge.«

»Möchtest du einen Jungen?«

»Mir ist es egal. Guðný ist es wichtiger als mir.«

»Deine Frau?«

»Ja.«

»Tja«, sagte Marian, trank einen Schluck Kaffee und sah in Richtung des Eingangs. Die Frau ließ sich nicht blicken. Marian hatte sie nicht einmal dazu bringen können, ihren Namen zu verraten, und wusste deswegen immer noch nicht, wer sie eigentlich war.

»Was macht deine Frau, arbeitet sie?«

»Nein, im Augenblick nicht. Sie möchte aber unbedingt eine Ausbildung machen. Am Hamrahlíð-Gymnasium richten sie ab Herbst eine Abendschule ein. Guðný möchte das Abitur nachholen und wenn möglich Jura studieren. Sie hat das Gymnasium abgebrochen, als sie schwanger wurde.«

»Zu der Zeit hattet ihr wohl noch keine festen Pläne?«

»Nein, es hat sich einfach so ergeben. Sie ist zwei Jahre jünger als ich. Ich hatte bereits das Abitur und habe über einen Onkel von mir eine Stelle bei der Polizei bekommen.«

»Warst du nicht auf so einer Schulung in England, bevor du zur Kriminalpolizei gegangen bist?«

»Ja, bei Scotland Yard. Hat Spaß gemacht und mir viel gebracht.«

»Was glaubst du, was sie bei Scotland Yard zu diesem Klacken von Ragnars Kassettenrekorder sagen würden? Hätte es genügt, um die Aufmerksamkeit auf den Jungen zu lenken?«

»Sehr wahrscheinlich.«

»Wie lange läuft so eine Kassette?«

»Normalerweise läuft eine Seite fünfundvierzig oder dreißig Minuten«, sagte Albert.

»Also kam dieses Geräusch, als der Film fünfundvierzig oder aber dreißig Minuten gelaufen war.«

»Sie werden es wohl ziemlich deutlich gehört haben, wenn sie direkt vor Ragnar saßen.«

Auf dem Nebentisch lagen die Tageszeitungen aus, die ausführlich über das Match in der Halle berichteten. In einer war von einem Fernsehinterview mit Bobby Fischer vor dem Match in Reykjavík die Rede, in dem er gefragt worden war, was ihn am Schachspiel so faszinierte und welches der größte Augenblick wäre, wenn er gegen einen ebenbürtigen Gegner spiele. Fischer hatte geantwortet: *When you break his ego*.

»Gibt's was Neues von deinem Freund?«, fragte Marian und deutete auf ein Foto von Bobby Fischer auf der Titelseite der Wochenzeitung *Vikan*.

»Er geht nachts schwimmen«, sagte Albert.

»Was du nicht sagst.«

»Das große Schwimmbad im Laugardalur wird die ganze Nacht für ihn offen gehalten, er kann jederzeit rein und seine Bahnen ziehen.

»Und das macht er?«

»Ja, er ist schon einige Mal dort gewesen und hat das

ganze Schwimmbad für sich allein gehabt. Er ist vollkommen begeistert.«

»Und außerdem isst er isländischen Quark?«

»Seine Lieblingsspeise.«

Eine Frau um die dreißig betrat das Skúlakaffi und blickte sich nervös um. Sie trug ein blaues Kostüm, eine weiße Bluse und hochhackige Schuhe. Genau wie Konni fiel auch Marian sofort auf, dass sie wie eine Stewardess wirkte. Sie war schlank und eher klein, obwohl die Stöckelschuhe sie etwas größer machten. Ihre blonden Haare hatte sie zu einem Dutt geschlungen. Ihr hübsches Gesicht erinnerte Albert ein wenig an Twiggy.

»Bist du Marian Briem?«, fragte sie, als sie auf den Tisch zukam.

»Ja.«

»Und wer ist das?«, fragte sie mit einem Blick auf Albert.

»Albert ist mein Kollege«, erklärte Marian. »Möchtest du einen Kaffee?«

»Nein, ich möchte gar nichts«, sagte die Frau und blickte sich noch einmal nervös um. »Da hast du ja einen tollen Ort für unser Treffen ausgesucht. Ich hatte keine Ahnung, dass es so etwas überhaupt gibt.«

Marian lag die Antwort auf den Lippen, dass es ganz bestimmt vieles auf dieser Welt gäbe, von dem sie nichts wusste, aber ließ das unkommentiert. Wichtig war vor allem, dass die Frau mit ihnen zusammenarbeiten würde.

Die Frau legte ihre kleine Schultertasche auf den Tisch, zog eine Schachtel Menthol-Zigaretten heraus und zündete sich eine Zigarette mit einem edlen Feuerzeug an. Während sie den Rauch ausblies, wanderten ihre Blicke zwischen Albert und Marian hin und her. Angeblich hieß sie Viktoria.

»Entsetzlich, was sie dem Jungen im Kino angetan haben«, sagte sie.

»Ja«, sagte Marian. »Du hättest dich besser schon eher mit mir in Verbindung setzen sollen. Wir suchen schon seit einiger Zeit nach dir.«

»Ich habe doch kaum etwas zu sagen. Leider. Ich habe weder gesehen noch gehört, was passiert ist. Deswegen fand ich es unnötig, mich zu melden. Aber dann ging es ... Dann war ich in diesem Schundblatt auf einmal in den Schlagzeilen, weil ich angeblich für diese Tat verantwortlich wäre. Ich soll das getan haben! Das ist vollkommen absurd. Ich habe diesen armen Jungen überhaupt nicht gekannt. Eine solch abwegige Behauptung kann man doch nicht einfach auf sich sitzen lassen.«

Wieder gingen ihre Blicke zwischen Albert und Marian hin und her.

»Habt ihr das etwa in die Zeitung gesetzt? Stammt das von euch?«

»Wir geben nichts an die Presse weiter«, erklärte Albert. »Von uns wurden keinerlei Informationen weitergegeben, und wir bedauern Spekulationen wie diese außerordentlich. Sie helfen uns ganz gewiss nicht weiter.«

Marian Briem räusperte sich.

»Genau. Weshalb bist du ins Kino gegangen? Magst du Western?«

»Nein«, sagte Viktoria mit dem winzigen Anflug eines Lächelns. »Aber sie sind auch nicht schlimmer als viele andere Filme.«

»Immerhin fanden einige es erstaunlich, dass eine Frau allein in einen Western geht. Aber vielleicht bist du eine Verehrerin von Gregory Peck?«

»Ich wollte, es wäre so einfach«, sagte Viktoria. »Die ganze Sache wächst mir einfach über den Kopf.«

»Was für eine Sache?«

Viktoria schwieg.

»Geht es um den Mann, mit dem du im Kino warst?«, fragte Marian.

Viktoria nickte.

»Trefft ihr euch heimlich? Ein Zeuge hielt das für wahrscheinlich.«

»Heimlich?«, echote Viktoria. »Zeuge? In was bin ich eigentlich hineingeraten? Das wird ja immer verrückter.«

»Am besten sagst du uns einfach, was sich zugetragen hat«, schlug Marian vor. »Und fängst vielleicht beim Anfang an.«

»Warum muss mir so etwas passieren? Ausgerechnet in dieser Vorstellung? Warum nicht am nächsten Tag? Oder am übernächsten? Ist es überhaupt möglich, das geheim zu halten? Ich meine damit … Natürlich ist es schrecklich, was dem Jungen da passiert ist …«

»Erzähl uns doch einfach, was geschehen ist, und dann sehen wir weiter«, sagte Marian. »Was hältst du davon?«

Viktoria drückte den Zigarettenstummel im Aschenbecher aus und blickte sich ein weiteres Mal nervös um, so als hätte sie das Gefühl, dass ihr jemand nachspionierte. Und dann begann sie zu erzählen: Ihr Mann war Pilot, und sein bester Freund war ebenfalls Pilot. Sie flogen nie zusammen, das lag an einer Art von Aberglauben zwischen den beiden. Viktorias Mann flog meistens auf der Amerikaroute, sein Freund nach Skandinavien und Europa. Nur ganz selten waren die beiden zusammen in Island, und Viktorias Mann war häufig länger von zu Hause weg, sodass sie sich dem Freund ihres Mannes zugewandt hatte. Der wiederum war verheiratet und hatte zwei Kinder. Viktorias eigene Ehe war kinderlos geblieben. Sie ihrerseits hatte den Verdacht, dass ihr Mann Beziehungen mit den Stewardessen in seiner Crew hatte. Sie kannte ihren Mann nur zu gut, und als ihr Andeutungen zu Ohren gekommen waren, dass er fremdging, hatte sie ihn ganz direkt darauf angesprochen, aber er hatte alles rundheraus abgestritten. Gewissheit erhielt sie dann, als eine Stewardess in reichlich angeheitertem Zustand die Unverschämtheit hatte, bei ihnen zu Hause anzurufen und nach ihm zu fragen. Aber statt ihrem Mann eine Szene zu machen, hatte sie einfach angefangen, dasselbe Spiel zu spielen, und dazu hatte sie einen sehr willigen Partner gefunden, den Freund ihres Mannes.

»Piloten sind doch alle gleich«, sagte sie und sah Albert mit unschuldigem Blick an.

Dieses Techtelmechtel hatte sich dann in den vergangenen Monaten zu einer ernsthaften Beziehung entwickelt, die der Freund aber wegen seiner Familie um jeden Preis geheim halten wollte, und natürlich auch wegen seines Freundes, Viktorias Ehemann.

»Wir haben uns in Hotels außerhalb von Reykjavík getroffen«, erklärte Viktoria. »Meist im Hotel Valhöll in Þingvellir. Oder im Hotel Selfoss. Er weiß sehr genau, wie sich mein Mann auf den Zwischenstopps im Ausland amüsiert, und er hat mir davon erzählt.

Deswegen habe ich auch überhaupt keine moralischen Bedenken. Aber mein Freund ist sehr auf der Hut.«

»Und ihr trefft euch auch in Kinos?«, fragte Marian Briem.

»Ja, wir gehen manchmal zusammen ins Kino. In solche ruhigen Vorstellungen wie die um fünf. Da sind nur ganz wenige Zuschauer, dort erkennt uns niemand, und es besteht keine Gefahr, auf irgendwelche Bekannten zu treffen. Und wir stören niemanden. Wir sind meist … einfach nur so zusammen, versteht ihr das? Wir treffen uns, ohne unbedingt ins Bett gehen zu müssen.«

Marian sah Albert an. Viktoria spähte wieder auf die Straße.

»Glaubst du, dass dir irgendjemand nachspioniert?«

»Wenn, dann kommt nur mein Mann in Frage«, sagte Viktoria. »Ich glaube, er hat Verdacht geschöpft, und er ist unheimlich eifersüchtig. Typisch Mann. Er selbst steigt mit allen möglichen anderen Frauen ins Bett, aber er dreht durch, wenn ich den Spieß umkehre und dasselbe mache.«

»Warum trennst du dich dann nicht einfach von ihm?«, fragte Marian.

»Ist das vielleicht etwas, was die Polizei angeht?«, fragte Viktoria zurück.

»Nein, natürlich nicht«, sagte Marian.

»Ist dir im Kinosaal vielleicht irgendetwas aufgefallen?«, warf Albert rasch ein. »Etwas, was uns helfen könnte?«

Viktoria warf Marian einen stechenden Blick zu.

»Glaubst du, dass ich euch etwas vorlüge?«

»Nein, ganz und gar nicht«, sagte Marian. »Schwer

vorzustellen, dass jemand so eine dramatische Geschichte erfindet.«

»Verurteilst du mich vielleicht deswegen?«

»Das würde mir nie im Traum einfallen.«

»Ich habe mich so unauffällig wie möglich verhalten«, sagte Viktoria zu Albert. »Und mir ist nichts Besonderes aufgefallen. Außer, dass da dieser Meteorologe aus dem Fernsehen war. Dieser Typ, der nie lächelt.«

»Lächelt denn irgendeiner von denen?«, fragte Marian, um die Atmosphäre ein wenig aufzulockern. »Irgendwo ist doch immer mieses Wetter.«

Viktoria antwortete nicht darauf. Sie hatte sich Albert zugewendet und würdigte Marian keines Blickes.

»Arbeitest du vielleicht als Stewardess?«, fragte Marian, um zu prüfen, ob Konni womöglich den Nagel auf den Kopf getroffen hatte.

»Nein, ich bin nie Stewardess gewesen«, antwortete Viktoria prompt, die immer noch nur Augen für Albert hatte. »Für mich ist Fliegen alles andere als ein Vergnügen.«

»Also ich dachte nur, dass du mit zwei Piloten in deinem Leben vielleicht selber auch gerne mitgeflogen wärst.«

»Ja, findest du das nicht auch komisch. Ich habe panische Angst vorm Fliegen.«

»Und fliegst vielleicht deswegen auch nur selten mit deinem Mann ins Ausland?«, fragte Albert verständnisvoll.

»Ich habe schreckliche Flugangst.«

»Was machst du denn beruflich?«, fragte Albert. »Wo arbeitest du?«

»Im Hotel Loftleiðir«, antwortete Viktoria. »Und ich bin mir fast sicher, dass ich ihn gesehen habe.«

»Moment mal, wen?«

»Im Hotel Loftleiðir ist wegen Bobby Fischer die Hölle los. Er wohnt da in der Suite, das wisst ihr sicher. Das Hotel ist natürlich im Moment komplett ausgebucht, genau wie alle anderen Hotels in Reykjavík, schließlich wimmelt es wegen der Schachweltmeisterschaft ja nur so von Ausländern. Ich bin mir ziemlich sicher, dass ich ihn dort gesehen habe.«

»Wen?«, fragte Albert.

»Diesen Mann aus dem Kino«, sagte Viktoria. »Es war eigentlich richtig komisch.«

»Was?«

»Einmal habe ich im Kino nach hinten geguckt und nichts gesehen außer Finsternis. Und dann habe ich mich noch mal umgedreht, ich weiß nicht, wieso, irgendwie war das nur so ein Gefühl, und dann saß da dieser Mann. Er war allein, aber ich war mir sicher, dass ich ihn schon vorher gesehen hatte.«

»Im Hotel Loftleiðir?«

»Ja, das glaube ich zumindest. Ja, ich denke, ich habe ihn im Loftleiðir gesehen.«

Zweiundzwanzig

Aus der Küche im Skúlakaffi hörte man das Klappern von Geschirr. Der Nachmittagsbetrieb hatte begonnen, Lkw-Fahrer und Handwerker machten Pause, tranken frisch aufgebrühten Kaffee und aßen Schmalzkringel oder Blätterteiggebäck dazu. Im Radio wurde wie jeden Nachmittag um diese Zeit der Fortsetzungsroman gelesen, *Kröpp kjör* von Arnþór Christiansen, aber bei dem Geschirrgeklapper und dem Stimmengewirr konnte man kaum etwas verstehen.

»Willst du uns damit sagen, dass der Mann, den du im Kino gesehen hast, im Hotel Loftleiðir wohnt, wo auch Bobby Fischer zu Gast ist?«, fragte Marian.

»Ja, es scheint so«, antwortete Viktoria. »Ich weiß nicht, ob er im Hotel wohnt, aber gesehen habe ich ihn dort. Da bin ich mir total sicher.«

»Was genau hast du gesehen?«

Viktoria überlegte eine Weile. Sie spürte, wie gespannt Albert und Marian waren, die sie wie gebannt anstarrten.

»Irgendwie hatte ich das Gefühl, dass jemand uns von hinten beobachtete«, sagte sie. Marian dachte an Konni, der im Kino direkt hinter ihr gesessen und die Augen kaum von ihr abgewandt hatte. »Deswegen habe ich mich zweimal umgeblickt. Beim ersten Mal habe ich niemanden bemerkt, aber beim zweiten Mal saß da dieser Mann, der mir so vorkam, als hätte ich ihn im Loftleiðir gesehen.«

»Willst du damit sagen, dass er vorher nicht dort gesessen hat? Oder dass er vielleicht sogar erst später ins Kino gekommen ist?«

»Das weiß ich nicht, aber auf einmal saß er da. Möglicherweise hat er sich umgesetzt, denn der Film lief bestimmt schon eine Stunde.«

»Hast du noch jemand anderen hinter ihm gesehen, etwas weiter rechts, da wo der Junge saß?«

»Nein, alles andere lag im Dunkeln.«

»Wir wissen von einem Mann, der im Kino hinter dir gesessen hat«, sagte Marian, »und zwar drei Reihen höher, aber direkt hinter euch. Kann es vielleicht dieser Mann gewesen sein?«

»Nein. Der Mann, den ich meine, saß mehr in der Mitte.«

»Der Mann, von dem wir wissen, sieht ziemlich heruntergekommen aus. Er hat eingefallene Wangen und vorstehende Augen. Er macht einen ziemlich ungepflegten Eindruck.«

»Nein, das war auf keinen Fall der Mann, den ich gesehen habe. Ich weiß genau, wen ihr meint, der ging auf dem Weg nach draußen an uns vorbei und hat mir auf den Busen geglotzt. Geht es um diesen Penner?«

»Wie sah denn der Mann aus, den du hinter dir gesehen hast?«, warf Albert ein.

»Ist das etwa der Mörder?«, fragte Viktoria.

»Das wissen wir nicht«, entgegnete Marian.

»Ich habe ihn nur kurz gesehen, aber trotzdem bin ich mir sicher, dass es der Mann aus dem Loftleiðir war.

Wie soll ich ihn beschreiben, über sechzig, normal groß, kurz geschnittene graue Haare und auffällige Koteletten. Sein Gesicht war eher breit. Ich würde ihn sofort wiedererkennen, wenn ich ihn sehen würde. Im Hotel trug er einen kurzen hellen Mantel. Was er im Kino anhatte, habe ich nicht sehen können, obwohl ich darauf sonst immer achte.«

»Hast du ihn nach der Vorführung aus dem Kino gehen sehen?«

»Nein, darauf habe ich nicht geachtet.«

»Was hat er im Hotel gemacht?«, fragte Marian.

»Keine Ahnung. Ich habe ihn nur dort gesehen.«

»Einmal oder mehrmals?«

»Ich habe ihn nur einmal gesehen«, erklärte Viktoria.

»Hat er sich irgendwie auffällig benommen, erinnerst du dich vielleicht deshalb an ihn?«

»Ich habe schon immer ein gutes Personengedächtnis gehabt«, erklärte Viktoria und blickte sich um, als stünde Schlimmes bevor. »Ich fand ihn … Er war ein Mann, der für sein Alter sehr gut aussah, mehr kann ich dazu nicht sagen. Warum fallen einem solche Männer auf? Er war einfach ein attraktiver älterer Herr.«

»Wieso hast du dich nicht früher mit uns in Verbindung gesetzt und uns das gesagt?«, fragte Albert.

»Ich wusste nicht … Ich habe nicht das geringste Interesse daran, dass mein Seitensprung bekannt wird. Wieso spielt das eine so wichtige Rolle? War er der Mörder? Hat er den Jungen erstochen?«

»Konntest du von deinem Platz aus sehen, ob er allein oder zusammen mit jemand anderem im Kino war?«, fragte Marian.

»Soweit ich sehen konnte, war er allein. Sowohl im Hotel als auch im Kino.«

»Wann hast du diesen Mann im Hotel gesehen, und wo?«

»Er durchquerte die Lobby. Ich arbeite im Büro des Hotels und hatte etwas in der Rezeption zu erledigen. Da ist er mir aufgefallen.«

»Und dann hast du ihn im Kino wiedergesehen?«

»Ja. Reicht es nicht allmählich? Ich muss los.«

»Bist du ihm seitdem noch einmal im Hotel begegnet?«

»Nein, aber ich werde sofort Bescheid geben, wenn ich ihn noch einmal sehe.«

»Was meinst du, war dieser Mann Isländer oder ein Ausländer?«

»Ein Ausländer«, entgegnete Viktoria prompt.

»Wieso bist du dir da so sicher?«

»Das war ihm einfach anzusehen. Er hatte einen ziemlich dunklen Teint und rabenschwarze Augenbrauen. Er war ganz bestimmt ein Ausländer.«

»Was meinst du, aus welchem Land er kommt?«

»Keine Ahnung.«

»Was würdest du tippen, war er Russe oder Amerikaner?«

»Woher soll ich das wissen. Er war außerordentlich gut gekleidet, er wird also vielleicht eher Amerikaner gewesen sein. Er sah richtig elegant aus, ganz anders als die Russen. Auf jeden Fall nicht wie die, die im Loftleiðir absteigen. Die sehen eher provinzlerisch aus. Wahrscheinlich sind sie ja auch Provinzler, genau wie wir.«

Viktoria lächelte. »Seid ihr fertig? Ich muss dringend

los. Mein Mann ist zu Hause, irgendein Flug ist ausgefallen. Ich habe das Gefühl, dass er Verdacht geschöpft hat. Und er … Ich habe euch doch schon gesagt, dass er sehr eifersüchtig ist. Entsetzlich eifersüchtig.«

»War das nicht der Zweck der Übung?«, fragte Marian. »Wolltest du dich nicht an ihm rächen?«

»Doch, ja«, sagte Viktoria und stand auf. »Er hat es verdient.«

»Nur eins noch. Setz dich bitte sofort mit uns in Verbindung, falls dir dieser Mann noch einmal im Hotel Loftleiðir begegnet.«

»Mach ich. Und bitte sorgt ihr dafür, dass keine Artikel mehr in der Zeitung erscheinen, in denen ich wie eine Nutte dastehe. Ihr müsst ihnen sagen, dass das alles nicht stimmt, dass das alles Quatsch ist. Ihr müsst das stoppen.«

»Wir werden unser Bestes tun«, sagte Albert wie jemand, der selber mit der Boulevardpresse schlechte Erfahrungen gemacht hat. »Aber du weißt ja, wie solche Blätter sind. Alles, was man sagt, legen diese Journalisten sich so zurecht, wie sie es brauchen, und bauschen es zu einer Sensationsnachricht auf.«

Marian stand jetzt ebenfalls auf.

»Eine Frage zum Schluss, Viktoria. Glaubst du, dass er dich bemerkt hat?«

»Mich bemerkt? Wer?«

»Dieser Mann. Glaubst du, er hat dich gesehen und könnte dich wiedererkennen?«

»Nein.«

»Weder im Hotel noch im Kino?«

»Nein, das glaube ich nicht. Wieso denn auch? Er hat mich nicht gesehen, er hat auf die Leinwand gestarrt. Und ich habe mich nur ganz kurz umgedreht. Und hinterher auf dem Weg nach draußen ist er mir nicht mehr aufgefallen. Nein, er hat mich nicht gesehen. Zumindest glaube ich das nicht.«

Am Abend konnte Marian Briem nicht einschlafen und blätterte in den Protokollen über den Fall Ragnar. Den Eltern zufolge, war er als Kind von einer hohen Leiter gestürzt, auf den Kopf gefallen und hatte lange Zeit im Krankenhaus gelegen. Marian konnte sich gut in diese leidvolle Situation hineinfühlen, dazu gab es viel zu viele Erinnerungen an all die Kinder in den Tuberkulosesanatorien, die Leiden, die Anton durchgemacht hatte, und Katríns schreckliche Qualen. Es war eine unbegreifliche Unbarmherzigkeit, die schon den Kleinsten durch diese schreckliche Krankheit widerfahren war. Genau wie andere Kinder, denen Marian mehr oder weniger kurz in der Kindheit begegnet war, hatte Ragnar nicht selbst über sein Schicksal bestimmen können. Für Marian war es immer die gleiche Sinnlosigkeit, die sich hierin zeigte. Grimmig und absurd. Ein grauenvoller Tod.

Dreiundzwanzig

Im Koldingfjord-Sanatorium war jeden Morgen Arztvisite. Eine kleine Gruppe von Ärzten und Assistenzärzten in weißen Kitteln ging von Zimmer zu Zimmer, im Gefolge von Krankenschwestern in ihrer Tracht, mit Haube und einer kleinen Uhr, die mit einer Sicherheitsnadel an die Brust geheftet war. Die Ärzte waren nicht ernst, sondern lächelten und strichen den Kindern gutgelaunt über den Kopf – genau wie die Krankenschwestern. Marian brauchte nicht lange, um sich in der dänischen Sprache zurechtzufinden und jedes Wort zu verstehen.

Im Sanatorium ging es Marian nicht schlecht. Es war kein Problem, andere Kinder kennenzulernen und die angenehme Luft am schönen Koldingfjord zu genießen. Eine gesunde Lebensweise mit entsprechend gesunder Kost, Entspannung, viel Zeit zum Spielen und Sport und dazwischen handwerkliche Arbeit trugen dazu bei, die Aufmerksamkeit von der ständigen Bedrohung durch die Krankheit abzulenken. Marians Lungenflügel musste in regelmäßigen Abständen durch Einblasen von Luft zum Kollabieren gebracht und geröntgt werden, nichts von dem war unangenehm. Viel schlimmer für Marian waren die drei Besuche beim Zahnarzt im obersten Stockwerk, der an drei Zähnen

Karies fand und seinen jaulenden Bohrer erbarmungslos einsetzte. Das Sanatorium mit seinen vielen Etagen und seinen langen, geheimnisvollen Korridoren und winkligen Gängen war ein spannender Spielplatz. Ganz oben unter dem Dach gab es dicke Balken, die an die Spanten eines Schiffswracks erinnerten.

Es kam nicht häufig vor, dass sich zwei isländische Kinder gleichzeitig im Sanatorium aufhielten. Die dänischen Kinder legten ihnen gegenüber aber keine Scheu an den Tag, sie stellten alle möglichen neugierigen Fragen, die allerdings nicht gerade von genauen Kenntnissen über Island zeugten. Marian beantwortete die Fragen über Eskimos und Iglus sehr geduldig und erwähnte dann auch, dass Eisbären tatsächlich hin und wieder in Island an Land gingen. Sie würden auf treibenden Eisbergen von Grönland in den Süden verschlagen, von wo auch sie dann das letzte Stück bis an Land schwimmen würden. In Island würden sie sofort abgeschossen. Irgendjemand hatte etwas von dem berüchtigten Vulkan Hekla gehört und wollte wissen, ob man von dort aus geradewegs in die Hölle käme. Ein anderes Kind erkundigte sich nach dem Snæfellsjökull, und ob man von da aus tatsächlich bis zum Mittelpunkt der Erde gelangen könnte. Und noch ein anderes Kind hatte gehört, dass der Weihnachtsmann angeblich auf Island zuhause sei. Auf diese Frage antwortete Marian, dass es in Island mindestens dreizehn Weihnachtsmänner gäbe, deren Eltern Grýla und Leppalúði hießen, sie würden den Menschen keine Geschenke bringen, sondern unartige Kinder verschleppen. Ob die Winter in Island lang und dunkel wären? Ob die Sonne im Sommer nie unterginge? Und wie es war, wenn man mitten in der Nacht bei Sonnenschein einschlafen müsste? Die dänischen Kinder fragten auch danach, ob die Tuberkulose in Island verbreitet war, worauf Marian erwiderte, dass sie eine Landplage wäre. Gehört Island nicht uns, fragte ein großer Junge aus Jütland. Er hieß Casper und gab gerne an. Nein, hatte Marian geantwortet, wir haben nur denselben König.

Früh an einem Morgen nach der Arztvisite besuchte Marian die Freundin, um mit ihr hinunter zum Fjord zu gehen. Katrín ruhte in der großen Liegehalle unter den Kolonnaden vor dem Sanatorium. Es war warm, und die Sonnenstrahlen glitzerten in der Morgensonne auf dem Wasser. Es war nicht weit bis zu einem kleinen Kai am Fjord. Auf dem Anlegesteg des Sanatoriums nahm das Küchenpersonal frisch gefangenen Fisch entgegen. »Was liest du denn da?«, fragte Marian und setzte sich neben Katrín auf eine der Liegen. Katrín hielt ein paar maschinengeschriebene Seiten in der Hand, legte sie aber weg, als Marian zu ihr kam.

»Sie wollen, dass ich das Rotkäppchen spiele«, sagte sie. »Wahrscheinlich, weil ich diese schrecklichen roten Haare habe. Ich würde das auch gerne tun, aber ich traue mich einfach nicht.«

»Das schaffst du ganz bestimmt«, sagte Marian ermutigend. »So viel brauchst du doch nicht auswendig zu lernen?«

Für die Kinder gab es abends immer etwas zur Unterhaltung, Gesellschaftsspiele, kurze Theaterstücke für Kinder, die zum größten Teil von den Kindern selber mit einfachen Requisiten und Kostümen spannend inszeniert wurden – so auch Rotkäppchen und der Wolf. Einer der Ärzte im Sanatorium hatte das Märchen vor einigen Jahren zu einem Theaterstück umgeschrieben, es war immer noch sehr beliebt. Der grobschlächtige Casper war wie geschaffen für die Rolle des Wolfs, und ein Mädchen aus Odense war für die Großmutter vorgesehen. Der Jäger war ein Junge aus England, der etwa gleichaltrig wie Marian war, aber kein Wort Dänisch verstand. Rotkäppchen war im Sanatorium Koldingfjord schon häufig aufgeführt worden, die Kinder liebten das Märchen besonders deswegen, weil die Handlung in gewisser Weise die Lebensumstände der Kinder spiegelte – der Wolf war das Böse, und das Böse war die Krankheit, die in ihnen war. Und der Wolf wurde zum Schluss überwunden.

»Nein«, sagte Katrín, »ich hab so was noch nie gemacht. Ich hab noch nie auf einer Bühne gestanden, ich weiß nicht, ob ich das schaffe.«

»Aber wenn alle zusammen spielen und wir so tun also ob«, sagte Marian, »das ist doch nichts anderes.«

»Aber auf der Bühne werden mich alle anstarren. Und ich falle womöglich hin oder vergesse meinen Text, und dann lachen alle.«

»Und was ist dabei?«, fragte Marian.

»Du hast gut reden, du musst ja auch nicht mitspielen.«

Darauf wusste Marian keine Antwort.

»Dann sag den anderen doch einfach, dass du nicht mitspielen möchtest.«

»Aber ich möchte doch so gerne.«

»Dann tu's doch!«

»Ich trau mich nicht.«

»Komm, lass uns zum Meer hinunter gehen.«

»Ich darf heute nicht viel laufen. Der Arzt hat gesagt...«

»Was hat er gesagt?«

»Nichts«, entgegnete Katrín mit leiser Stimme.

Katrín hatte kupferrote Haare und eine entsprechend empfindliche Haut, sodass sie schnell einen Sonnenbrand bekam. Ein Pfleger im Sanatorium hatte ihr einen alten Strohhut geschenkt, um sich gegen die Sonne zu schützen, und sie trug immer nur langärmelige Blusen. Sie setzte sich den Hut auf und wiederholte, was der Arzt ihr noch am Morgen gesagt hatte: Sie solle möglichst viel ruhen und nichts Anstrengendes unternehmen. Sie ging mit Marian hinunter zum Fjord und sie folgten dem Spazierweg am Wasser entlang. Es war Ende August, und die salzige Meeresluft mischte sich mit dem Duft der Bäume. Marian bemühte sich, langsam zu gehen, damit Katrín sich nicht zu sehr anstrengen musste. Am gegenüberliegenden Ufer lag ein kleines Dorf, das Marian noch erkunden wollte. Und dort dösten auch einige Bauernhöfe in der Nachmittagshitze vor sich hin.

»Bitte, lass uns nicht weitergehen, Marian«, sagte Katrín. Sie musste sich neben dem Pfad ins Gras setzen, um sich auszuruhen. »Es wäre besser, wenn wir jetzt umkehren würden.«

»Was ist mit dir?«, fragte Marian.

»Ich bin ein bisschen müde«, entgegnete Katrín. »Komm, lass uns eine Weile hier ausruhen.«

»Am besten kehren wir um«, sagte Marian.

»Lieber erst etwas ausruhen.«

Katrín legte sich ins Gras und zog sich den Strohhut

übers Gesicht. Marian setzte sich zu ihr. Eine schwache Meeresbrise verschaffte ihnen ein wenig Kühlung. Marians Blicke waren auf einen kleinen Küstensegler gerichtet, der an ihnen vorbeiglitt. Marian musste auf einmal an Athanasius denken und das, womit er sich wohl gerade beschäftigte. Wahrscheinlich würde er sich die üblichen Sorgen wegen der Kartoffelernte machen, und bald würde er die Forellen wieder im See von Þingvellir in ihre Freiheit entlassen. Marian hatte am Morgen angefangen, einen Brief an ihn zu schreiben:

Lieber Athanasius!
Von mir gibt es nur Gutes zu berichten. Das Sanatorium ist so groß, dass ich es kaum beschreiben kann. Ich glaube, die Liegehalle ist bestimmt die größte auf der ganzen Welt. Der Arzt, der mich behandelt, sagt, dass sich die Tuberkulosebakterien bei mir nicht ausgebreitet haben. Er ist der Meinung, dass sie vermutlich rezessiv sind. Die Pneumothorax-Methode hat also gewirkt. Ist das nicht eine gute Nachricht? Die Kinder sind sehr nett, und es gibt immer viel Abwechslung. Hier ist auch ein isländisches Mädchen, das Katrín heißt, wir sind inzwischen eng befreundet. Sie ist eine Cousine von Anton, der mit mir zusammen im Vífilsstaðir-Spital war. Sie hat genau wie ich Tuberkulose in den Lungen, aber sie ist viel schwächer als ich.

Weiter war Marian mit dem Brief nicht gekommen. Katrín war unter ihrem Hut eingeschlummert. Das Boot glitt in der leichten Sommerbrise langsam in Richtung der Fjordmündung. Marian hatte Athanasius einmal nach Gott gefragt, woraufhin er sehr aufgebracht war. Er hatte geantwortet, es habe keinen Sinn, ihn nach Gott zu fragen, weil er ein eingeschworener Atheist sei, und zwar schon immer. »In meinen Augen ist das alles Humbug«, hatte er gesagt. »Da glaube ich doch lieber an Elfen und Trolle! Müsste man nicht annehmen, dass es keine Tuberkelbakterien auf der Welt geben dürfte, wenn da wirklich ein lieber Gott wäre? Erklär du mir das! Und es geht ja nicht nur um Tuberkulose. Die Leiden auf der Welt sind ohne Zahl. Diese Grausamkeit! Was ist das für ein Gott, der über alles Unheil in dieser Welt herrschen möchte? Aber was weiß ich schon, ich weiß gar nichts. Selbstverständlich kann jeder daran glauben, dass irgendetwas über ihn wacht, wenn er das möchte, aber ich tue es nicht. Selbstverständlich können die Leute das, mein Kind. Was weiß ich denn schon?«

Katrín setzte sich auf und sah lange auf den Fjord hinaus. »Ich möchte nach Hause«, sagte sie schließlich.

»Ja«, sagte Marian und stand auf. »Komm.«

»Nein, ich meine nicht das Sanatorium. Ich will zu mir nach Hause. Hier bin ich nicht zu Hause, und ich will hier nicht sein. Ich will nach Hause.«

»Niemand will hier sein«, entgegnete Marian. »Ich nicht, und du nicht, und auch sonst niemand.«

»Ich will nach Hause«, sagte Katrín wieder und begann leise zu weinen. Die schmalen Schultern unter dem Sonnenhut zitterten. Marian setzte sich auf und nahm sie in die Arme.

»Du kommst ja bald nach Hause. Du musst an gute und schöne Dinge denken, und nicht an all das andere. Dann fühlst du dich besser.«

Katrín wischte sich mit dem Handrücken über die Augen.

»Sie müssen einen Lungenflügel bei mir schließen.«

»Ja, das hast du mir gesagt.«

»Sie können keine Luft mehr hineinpumpen, weil diese Kavernen sich so eingekapselt haben.«

»Wollen sie dann …?«

Katrín nickte.

»Der Arzt sagt, dass es keinen Aufschub duldet.«

»Wollen sie das jetzt sofort machen?«

»Vielleicht wäre es besser, einfach zu sterben«, sagte Katrín.

»Das darfst du nicht sagen.«

»Du weißt nicht, wie schrecklich das ist. Du weißt nicht, wie man danach aussieht.«

»Doch ich weiß es.«

»Woher denn?«

»In Vífilsstaðir wurde manchmal ein Mann eingeliefert, der war Polsterer oder so was«, sagte Marian. »Der hat gesagt, er wäre dreimal mit Tuberkulose in den Lungen dorthin gekommen. Beim ersten Mal war er ein paar Wochen dort, und dann ging es ihm wieder besser. Vier Jahre später wurde er wieder eingewiesen, blieb dann ein paar Monate im Sanatorium und wurde als geheilt entlassen. Als er zum dritten Mal eingeliefert wurde, war er überzeugt, dass ihm nur noch der Tod bevorstünde. Es blieb keine andere Methode mehr übrig als die Rippenresektion, um den Lungenflügel stillzulegen. Die Operation gelang, er hat lange gebraucht, um wieder auf die Beine zu kommen, aber er hat es geschafft und hat seitdem keine Beschwerden mehr.«

»Ist das wirklich wahr?«

»So wahr, wie ich hier sitze. Ihm waren die Rippen, die sie herausnahmen, egal. Er war einfach froh darüber, dass er am Leben blieb.«

»Ich weiß, wie man nach so einer Operation aussieht«, sagte Katrín. »Das habe ich gesehen, und ich will nicht so werden.«

Der Kutter war inzwischen nicht mehr zu sehen. Katrín stand auf, und sie gingen langsam wieder zur Liegehalle zurück. Marian fand keine Worte, die Trost spenden oder Katríns Ängste beschwichtigen konnten.

* * *

Am Abend schlüpfte Katrín in die Rolle des Rotkäppchens, und sie strahlte, als sie dafür gelobt wurde, wie gut sie ihre Rolle gelernt hatte und wie gut sie gespielt hatte. Am nächsten Morgen brachte man sie in den Operationsraum. Sie hatte die ganze Nacht geweint und weinte auch noch unter den Vorbereitungen für den Eingriff. Das Ärzteteam machte sich mit gewohnter Routine an die Arbeit, und der Oberarzt selbst entfernte die Rippen, damit die Lunge verschlossen werden konnte.

Marian musste sich vor dem Eingang zum OP-Raum von Katrín verabschieden und wartete dann gespannt und unruhig auf das Ende der Operation, doch die zog sich unendlich in die Länge. Zum Schluss verlor Marian die Geduld und schlich in den Vorraum, ohne dass jemand es bemerkte. Dort gab es ein Fenster, von wo aus man den Operationstisch sehen konnte. Marian bot sich ein grauenvoller Anblick – die Ärzte mit ihren Instrumenten, Katríns geöffneter Körper und die Rippenstücke in einer Schale daneben.

»Was macht denn dieses Kind hier?!«, rief jemand im OP-Raum. Marian schrak zusammen, wankte auf den Korridor und musste sich übergeben. Eine Krankenschwester kam zu Hilfe und brachte Marian zurück auf das Zimmer.

Später an diesem Tag beendete Marian den Brief an den Freund in Reykjavík mit den philosophisch anmutenden Worten, die Athanasius für den Rest seines Lebens ein Rätsel bleiben sollten:

Es ist einfacher, an Gott zu glauben,
wenn man weiß, dass es ihn nicht gibt.

Vierundzwanzig

Marian lag im Tiefschlaf und träumte von den Forellen im See von Þingvellir, als sich das Telefon im Wohnzimmer meldete. Es gelang Marian nicht, rechtzeitig abzuheben, zu lange dauerte es, um aus dem tiefen, kalten See aufzutauchen. Nach kurzer Zeit begann der Apparat ein weiteres Mal zu klingeln. Marian erwachte endlich und stand auf. Am anderen Ende der Leitung erklang eine bekannte Stimme, die Marian lange nicht gehört hatte.

»Wir können losfahren«, erklärte der Mann ohne jegliche Einleitung, und wie immer klang er autoritär.

»Losfahren? Wohin denn?«

»Raus zu den Seehasennetzen natürlich!«

»Hat das nicht vielleicht Zeit bis zum Morgen?«, fragte Marian, ohne eine Ahnung zu haben, worüber der Mann redete, aber das war so gesehen nichts Neues.

»Bis zum Morgen? Wann ist denn bei dir Morgen? Die Sonne scheint! Der Kaffee in der Thermosflasche steht bereit. Was willst du mehr?«

»Was?«

»Seehasen aus den Netzen holen, was denn sonst! Hast du das vergessen?«

»Seehasen?«

»Ich steche in zwanzig Minuten in See, Marian. Lass mich nicht warten.«

Der Mann legte auf. Marian erhob sich und schaute auf die Uhr. Draußen war es taghell, auch wenn die Uhr bewies, dass es noch Nacht war. Das seltsame Gespräch hallte noch in Marians Ohren wider. Der Anrufer hieß Josef, er hatte früher bei der Kriminalpolizei gearbeitet, war aber jetzt pensioniert. Er hatte eine Zeit lang Jura in Schottland studiert und sich auf Strafrecht spezialisiert, dadurch war sein Interesse an der Arbeit der Kriminalpolizei erwacht. Neben dem Studium hatte er bei der Polizei in Glasgow gearbeitet, und das führte dazu, dass er das Jurastudium an den Nagel hängte und nach Island zurückkehrte, wo er sofort eine Stelle bei der Staatsanwaltschaft bekam.

Marian hatte niemals den Wunsch geäußert, mit Josef auf Seehasenfang zu gehen. Irgendetwas musste er damit bezwecken. Sie hatten sich immer gut verstanden, denn Josef war ein hervorragender Kriminalbeamter gewesen, der bei seinen Ermittlungen stets ungewöhnliche Wege beschritt, am liebsten im Alleingang. Gerade bei schwierigen Fällen hatte er oft sehr viel Einfallsreichtum gezeigt, und wenn dieser Mann mitten in der Nacht anrief und Marian zum Seehasenfang einlud, war es bestimmt angeraten, der Einladung zu folgen. Josef hatte noch nie etwas Unüberlegtes getan.

Josefs Bruder gehörte zu den Fischern, die ihren Unterhalt hauptsächlich vom Seehasenfang bestritten. Sein Boot lag auf dem breiten Uferstreifen vor den Nobelwohnungen an der Ægisíða. Josef fuhr seit seiner Pensionierung regelmäßig mit seinem Bruder zum Fischfang. Das hatte er auch schon getan, als er noch bei der Kriminalpolizei war, weil seiner Meinung nach nichts das Gehirn so gut durchlüftete wie eine frische Brise auf See.

Am Ufer befanden sich einige Schuppen, in denen Fanggeräte, Netze, Ölzeug und anderes aufbewahrt wurden. Und dort wurden auch die Fische zum Trocknen aufgehängt. Josef war dabei, das Boot auf die Slipanlage zu ziehen, als Marian eintraf. Er trug einen Islandpullover, und auf dem Kopf thronte eine dreckige Schiffermütze. Er blickte missbilligend drein, da Marian Bürokleidung trug.

»Was soll das denn«, sagte er. »Ich hab dir doch gesagt, dass wir auf Seehasenfang gehen.«

»Ich kann mich nicht erinnern, jemals den Wunsch geäußert zu haben, mit dir die Netze zu kontrollieren«, erklärte Marian so höflich wie möglich. »Was willst du von mir. Wir sind nie zusammen zum Fischen gewesen. Wann sollen wir darüber geredet haben, gemeinsam zu den Netzen rauszufahren?«

»Tu es bitte für mich, Marian. Wahrscheinlich denkst du, ich sei komplett übergeschnappt, aber das muss ja nicht unbedingt stimmen. Ich muss dir etwas sagen, was im Zusammenhang mit deiner Ermittlung steht.«

»Mit dem Fall im Hafnarbíó?«

»Ja.«

»Konntest du mir das nicht am Telefon sagen?«

»Nein.«

»Oder zu mir ins Büro kommen?«

»Nein.«

Marian sah Josef lange an. Er war über einen Meter neunzig groß und sah immer noch gut aus, auch wenn er abgenommen hatte und gealtert war. Möglicherweise lag es daran, dass er pensioniert war, aber in seiner Seemannskluft wirkte er rüstig und fit, und er war geistig wie körperlich immer noch reaktionsschnell und auf Draht. Genau wie früher hielt er sich nicht lange mit Nebensächlichkeiten auf. Marian dachte, dass ein so dynamischer Mann wie Josef eigentlich nicht dazu hätte gezwungen sein dürfen, in Pension zu gehen.

»Hol dir Ölzeug aus dem Schuppen und hilf mir, das Boot zu Wasser zu lassen«, sagte Josef und deutete auf einen der in Ufernähe stehenden Holzschuppen. Nach kurzem Zögern tat Marian, was er wollte. In dieser Stimmung war nicht daran zu denken, Josef zu widersprechen. Sie ließen das Boot auf der Slipanlage mit einer Seilwinde zu Wasser, und Josef sprang an Bord, als das Boot klatschend aufschwamm. Er half Marian ins Boot. Kurze Zeit später tuckerten sie in der angenehmen Morgenbrise hinaus aufs Meer. Die Sonne stand bereits hoch über dem Úlfarsfell im Nordosten. Marian hatte vorne im Bug Platz genommen. Josef musste sich im Steuerhaus bücken und steuerte an den langen Schären entlang in Richtung Westen auf die Faxaflói-Bucht hinaus, wo sein Bruder die Netze ausgelegt hatte. Die wollte Josef kontrollieren, hatte er gesagt, und es sei nicht schlecht, das mit etwas anderem zu verbinden. Als er den Motor drosselte, legte sich der Wind plötzlich. Einige erwartungsvoll kreischende Möwen schwebten in geringer Höhe über ihnen. Für einen Augenblick tauchte der glänzende Kopf eines Seehunds aus dem Meer auf, der aber gleich wieder verschwand.

»Weshalb hast du mir das nicht am Telefon sagen können?«, fragte Marian. »Und was meinst du eigentlich damit, dass man auf einer Seefahrt zwei Fliegen mit einer Klappe schlagen könne. Was ist los, Josef?«

Josef nahm seine Schiffermütze ab und kratzte sich am Kopf, sah mit zugekniffenen Augen in Richtung Sonne und setzte die Mütze wieder auf.

»Ich hatte dir Kaffee versprochen.«

Er ging ins Steuerhaus und kehrte mit einer Thermoskanne mit zwei aufgeschraubten Bechern zurück. Er reichte Marian den einen, zog dann eine rote Packung mit Feigenkeksen aus der Tasche. Er öffnete die Packung und bot Marian einen Keks an. Bei Kaffee und Feigenkeksen genoss er es, an diesem frühen Sommermorgen auf See zu sein.

»Wie steht es um deine Lungen, hat sich die Tuberkulose noch einmal gemeldet?«

»Nein. Du fragst immer dasselbe. Die ist seit Langem verschwunden und kommt nicht wieder. Und selbst wenn sie wiederkäme, heutzutage gibt es Medikamente dagegen.«

»Dem Himmel sei Dank«, sagte Josef, der sich Marians Verstimmung wegen dieser seltsamen Seefahrt nicht zu Herzen nahm. »Dein erster Fall – war das nicht die Frau auf dem Unnarstígur?«

»Ja, das war die Frau auf dem Unnarstígur«, sagte Marian. »Aber es war die ganze Zeit dein Fall. Ich arbeitete damals im Archiv und habe ihn nur aus dem Hintergrund mitverfolgt.«

»Wir haben den Fall gemeinsam gelöst, und zwar mit Bravour.«

»Das war nicht allzu schwierig«, sagte Marian. »Der Ehemann hatte sie erdrosselt. Er hatte versucht, die Tat seinem Nachbarn anzuhängen, weil der etwas mit seiner Frau hatte. Es war der erste Mord innerhalb von vier Jahren. Wieso fährst du so weit hinaus?«

Josef nahm sich einen weiteren Feigenkeks, nippte an dem heißen Kaffee und blickte zurück nach Reykjavík, der Stadt am blauen Sund, die immer noch sanft schlummerte.

»Ich weiß, dass du das, was ich dir zu sagen habe, für dich behalten wirst. Es gibt da gewisse Telefonanschlüsse in Reykjavík und möglicherweise auch andernorts, die regelmäßig abgehört werden.«

»Und was ist daran so besonders?«, entgegnete Marian. »Wenn wir Kriminelle abhören müssen, lassen wir uns das genehmigen.«

»Ja, das weiß ich natürlich. Hier handelt es sich aber um Abhörmaßnahmen ganz anderer Art.«

»Und welche?«

»Politische«, sagte Josef.

»Politische?«

»Ich weiß seit einiger Zeit davon, aber ich weiß nicht genau, wer dafür zuständig ist und wer die Genehmigungen dazu erteilt. Zumeist dreht es sich um die amerikanische Basis in Keflavík, um mögliche Proteste und Sabotageakte von linken Gruppierungen und so etwas. Wie gesagt, politische Lauschangriffe. Soweit ich weiß, werden die schon seit geraumer Zeit durchgeführt. Einige führende Köpfe bei den Linken werden abgehört, aber auch bei den Rechten. Wer genau davon betroffen ist, weiß ich nicht, denn ich habe nie irgendwelche Listen gesehen. Das, was ich dir jetzt sage, ist natürlich hochbrisant und muss streng geheim gehalten werden. Ich bin ehrlich gesagt der Meinung, dass solche Abhöraktionen bald der Geschichte angehören werden und dass man alles, was damit zusammenhängt, hierzulande irgendwann vernichten wird.«

»Ist unser Land nicht viel zu klein für solche Lauschangriffe?«, fragte Marian verblüfft. »Hier kennt doch jeder jeden und weiß genau Bescheid, mit was sich die anderen abgeben.«

»Irgendjemand hält das aber für nötig. Vielleicht hat es etwas mit Sicherheitsfragen zu tun, das kann ich nicht einschätzen. Gewisse Personen werden aus politischen Gründen überwacht, und diese Überwachung kann unter Umständen sehr umfassend sein. Deswegen wäre es unvorsichtig gewesen, am Telefon über etwas anderes als Seehasen zu reden.«

»Auch von deinem Apparat aus?«

Josef zuckte die Achseln.

»Es gibt auch noch Abhörmanöver anderer Art. Wir wissen bereits seit geraumer Zeit, dass die Russen solche Abhörgeräte ...«

»Wer sind ›wir‹?«

»Das spielt keine Rolle«, sagte Josef. »Eine bestimmte Person hat sich mit mir in Verbindung gesetzt, und sie drückte sich so aus.«

»Natürlich spielt es eine Rolle.«

»Hör dir doch erst mal an, was ich dir sagen will, Marian, dann kannst du immer noch die Klappe aufreißen. Wir wissen wie gesagt bereits seit geraumer Zeit, dass die Russen sich in hohem Maße der Abhörtechnik bedienen, um sich über all das, was sich in Keflavík abspielt, auf dem Laufenden zu halten. Über die NATO-

Basis und das, was von dort hin und her transportiert wird, die technische Ausrüstung, die Besatzung, die Aufklärungsflüge, die U-Boot-Patrouillen.«

»Und zweifelsohne machen die Amerikaner umgekehrt genau dasselbe, wo immer sie sich in der Welt befinden«, sagte Marian.

»Selbstverständlich«, sagte Josef. »Lass uns jetzt bloß nicht darüber diskutieren, wer von beiden schlimmer ist, aus meiner Sicht ist das Jacke wie Hose. Wir wissen, dass die Russen mit ihren ausrangierten Geräten zum Kleifarvatn-See fahren und den Krempel dort versenken. Das machen sie schon seit vielen Jahren, und wir unternehmen nichts dagegen, wegen des Herings. Die kaufen uns schlicht und ergreifend mehr Hering ab als alle anderen, wie du weißt, und deswegen lassen wir uns durch das, was sie an dem See treiben, nicht allzu sehr irre machen.«

»Versenken die dort Abhörgeräte?«

»Wir besitzen Fotos, die das beweisen.«

»Aber bis hier hinaus aufs Meer reichen die verdammten Abhörgeräte doch nicht, oder?«

»Ich wollte unbedingt auf Nummer sicher gehen. Und außerdem hab ich Heißhunger auf Seehasen. Ich ging davon aus, du würdest Spaß an einer kleinen Bootsfahrt haben.«

»Keine Ahnung, wie du darauf kommst«, erklärte Marian. »Das ist ein ziemliches Missverständnis.«

»Wie du willst. Was Lauschangriffe von isländischer Seite betrifft, wird das alles ordnungsgemäß registriert, und in jedem einzelnen Fall gibt es Protokolle über die Mitschnitte, die wurden mitstenografiert und dann abgetippt. Auf einer gewissen Stufe gehen sie durch die Hände dieses Mannes, der sich mit mir in Verbindung gesetzt hat. Er weiß, dass wir uns kennen, und er weiß, dass du die Ermittlung im Fall Hafnarbíó leitest, dem Mord an dem Jungen.«

»Und?«

»Auf einem dieser Mitschnitte wird in einer besonderen Weise darauf angespielt.«

»Auf den Mord?«

»Auf das Kino. Der Mitschnitt fand kurz vor dieser Kinovorstellung statt, und das Kino kommt darin vor. Ich bin mir ziemlich sicher, dass es das Hafnarbíó gewesen sein muss.«

»Wieso?«

»Sie treffen sich im Kino.«

»Wer trifft sich im Kino?«

»Das ist ein Satz aus diesem Abhörprotokoll. Jemand sagt auf Englisch: *They'll meet in the cinema.* Wir wissen nicht, wer da angerufen hat, denn der Anruf kam aus einer öffentlichen Telefonzelle unten am Kalkofnsvegur. Der Akzent war nicht leicht zu bestimmen, doch wir wissen, wer angerufen wurde. Das Gespräch war sehr kurz, es bestand nur aus diesem einen Satz, eine Antwort gab es nicht. Der Angerufene hat sofort den Hörer aufgelegt, und der andere auch. Es ist nur dieser eine Satz zu hören: *Sie treffen sich im Kino.*

»Und wer wurde angerufen?«

»Er heißt Viðar Eyjólfsson. Steht in Verbindung zur alten sozialistischen Partei. Ein Kommunist.«

Marian starrte Josef in seinem Islandpullover und mit der Schiffermütze auf dem Kopf an. Der sah in der hellen Morgensonne auf die gleißende Meeresoberfläche hinaus.

»Seltsam, dass du mit mir über Abhöraktionen sprechen wolltest«, meinte Marian schließlich. »Der Junge im Hafnarbíó wurde mit größter Wahrscheinlichkeit ermordet, weil jemand glaubte, sein Gespräch würde abgehört.«

Fünfundzwanzig

Marian berichtete Josef über den Stand der Ermittlung, über Ragnars Familie, die erst vor Kurzem ins Breiðholt-Viertel gezogen war, über seine Schwestern und die Mutter und den Kassettenrekorder, den er bei sich gehabt hatte. Dass er den Ton von Filmen aufzeichnete und auf Kassetten sammelte und dass er mindestens einmal deswegen in Schwierigkeiten geraten war. Marian schilderte ihm auch, wer zusammen mit Ragnar in der Fünfuhrvorstellung gewesen war, von dem nicht gerade vom Schicksal begünstigten Konni und dem Meteorologen aus dem Fernsehen bis hin zu dem Schluckspecht mit der Rumflasche, der inzwischen wieder aus der Untersuchungshaft entlassen worden war, von Viktoria und ihrer Liebesaffäre und den beiden Piloten in ihrem Leben, und davon, dass ihr ein Mann in der Fünfuhrvorstellung aufgefallen war, den sie mit großer Sicherheit schon einmal an ihrem Arbeitsplatz im Hotel Loftleiðir gesehen hatte. Erst als Marian das Loftleiðir erwähnte, reagierte Josef.

»Hotel Loftleiðir? Da wohnt doch Bobby Fischer.«

»Genau«, erwiderte Marian. »Mein Kollege Albert und ich sind der Meinung, dass es nicht unbedingt Isländer sind, die Ragnar umgebracht haben, sondern sehr viel eher Ausländer. Uns liegen einige Hinweise vor, die für diese Hypothese sprechen.«

Marian berichtete Josef von der *Belomorkanal*-Schachtel in der Nähe des Kinos und von dem Mann, der sich mit amerikanischem Akzent auf Englisch entschuldigt hatte.

»Unserer Meinung nach müssen es zwei gewesen sein, weil der Junge offensichtlich ein Gespräch aufgezeichnet hat. Es muss etwas gewesen sein, von dem niemand erfahren durfte. Deswegen ist der Rekorder spurlos verschwunden, genau wie die Kassetten mit den Aufnahmen. Sie haben die ganze Tasche mitgenommen, in der sich die Kassetten befunden haben. Einiges deutet darauf hin, dass einer der beiden sich gleich nach der Tat im Kinosaal umgesetzt hat, damit keine Verbindung zwischen den beiden hergestellt werden konnte ...«

»Ein Russe und ein Ami?«, fragte Josef.

»Denkbar.« Marian zuckte mit den Schultern. »Wir können nichts Genaues sagen, dazu haben wir viel zu wenig Beweismaterial.«

Josef schwieg und beobachtete einen zu allem entschlossenen Eissturmvogel, der sich auf dem Steuerhaus niedergelassen hatte und das Terrain sondierte. Nur das leise Tuckern des Motors unterbrach die morgendliche Stille, und der Geruch des Diesels vermischte sich mit dem Geruch von all dem Fischtran, der im Laufe der Jahre über die Decksplanken geflossen war. Die Sonne stand inzwischen sehr viel höher über den Bergen im Osten. Marian blickte hinüber und schützte die Augen mit der Hand gegen die Sonne. Das Neubauviertel Breiðholt zog sich an den Hügeln oberhalb der Stadt entlang, dahinter breitete es sich in eine unbegreifliche Ferne aus, es wies in die Zukunft, in ein anderes Island.

»Die Russen wollen natürlich um jeden Preis, dass Spasski gewinnt«, sagte Josef. »Es würde einen Prestigeverlust für das sowjetische Paradies bedeuten, wenn sie eine Niederlage einstecken müssten. Ich brauche wohl nicht zu erwähnen, wie überzeugt Bobby Fischer ist, dass sie alle möglichen üblen Tricks anwenden und einen Psychokrieg gegen ihn inszenieren. Von sowjetischer Seite wird behauptet, dass Fischer mit seinem Verhalten den Schachsport schädigt und dass er sich nicht traut, gegen Spasski anzutreten, ohne vorher jedes Mal irgendein Theater zu veranstalten.«

»Ja, alles, was diesen Zirkus rund um die Schachweltmeisterschaft angeht, ist schon sehr eigenartig«, pflichtete Marian ihm bei.

»Gelinde ausgedrückt. Das alles ist doch völlig undurchsichtig. Was wissen wir denn schon, wir sehen das alles doch nur aus der Distanz. Was wissen wir schon über dieses Match? Was wissen wir über dieses ganze Theater, das Bobby Fischer macht? Ist der Ausgang vielleicht bereits beschlossene Sache? Wissen wir etwas darüber?«

»Ist dir vielleicht etwas zu Ohren gekommen?«, fragte Marian.

»Wissen wir irgendetwas darüber, worum es in diesem Match in Wirklichkeit geht?«

»Wie meinst du das?«

»Man braucht doch nur an die dritte Partie zu denken«, sagte Josef. »Als das ganze Tamtam seinen Höhepunkt erreichte.«

»War das die Partie, die in dem Tischtennisraum ausgetragen wurde?«

»Ja.«

»Wieso?«

»Findest du es nicht seltsam, dass eine Partie in einem Weltmeisterschaftsduell hinter verschlossenen Türen gespielt wird? Hat diese Partie überhaupt stattgefunden?«

»Wie meinst du das? Sie wurde doch in die Halle übertragen, Tausende haben das gesehen.«

»Aber wo waren Spasski und Fischer? Hat jemand sie gesehen? Vielleicht wurden ja irgendwelche Aufnahmen von den beiden am Schachbrett zusammengeschnitten und dazu irgendwelche Hände, die die Figuren nach vorher abgesprochenen Zügen bewegten? Hast du vielleicht Bilder von dieser Partie gesehen? An die kommt nämlich niemand ran. Sind Fischer und Spasski an diesem Tag überhaupt in der Halle gewesen?«

»Es war die erste Partie, die Bobby Fischer gewonnen hat«, sagte Marian.

»Wurde ihm der Sieg geschenkt? Wieso spielten die beiden nicht öffentlich? Wieso haben die Russen zugelassen, dass nicht auf der Bühne gespielt wurde? Warum haben sie sich nicht durchgesetzt? Haben die Russen vielleicht etwas für ihre Nachgiebigkeit bekommen?«

»Müssten an so einem Schwindel nicht Dutzende von Menschen beteiligt sein? Es ist nicht so einfach, so etwas geheim zu halten.«

Josef grinste.

»Ich behaupte gar nichts«, sagte er. »Du siehst doch,

was für eine Atmosphäre rund um dieses Match herrscht. Das ist doch alles so was von verrückt, keiner blickt da noch durch. Die meiste Zeit geht es um irgendwelche Verschwörungstheorien, surrende Kameras, zu starke Scheinwerfer, giftige Gase, die aus den Sesseln aufsteigen, oder einen russischen Hypnotiseur in den ersten Reihen. Und es geht ums Abhören.«

»Ach ja?« Marian dachte immer noch über das nach, was Josef über die dritte Partie gesagt hatte.

»Du musst dich unbedingt mit diesem Viðar Eyjólfsson unterhalten«, sagte Josef. »Er arbeitet beim Reykjavíker Elektrizitätswerk. Außerdem war er einer der Revisoren in der alten Sozialistischen Partei. Wenn du mit ihm sprichst, achte darauf, dass er keinen Verdacht schöpft, abgehört zu werden. Es wäre natürlich am besten, wenn er dir von sich aus sagen würde, wer ihn angerufen hat.«

»Ich weiß«, sagte Marian.

»Und etwas anderes solltest du auch noch wissen, ich habe es gestern erfahren. Es war hochinteressant, was du mir über diese Verbindung zum Hotel Loftleiðir erzählt hast«, sagte Josef. »Die Leute, die sich mit mir in Verbindung gesetzt haben, sind davon überzeugt, dass die Russen ihre Abhörgeräte auch auf das Hotel Loftleiðir richten.«

»Auf die Suite?«

»Sie verfügen über die technischen Voraussetzungen. Es ist nur die Frage, ob sie nah genug herankommen, um etwas Wichtiges zu erfahren. Bobbys Sicherheitsleute kontrollieren seine Suite regelmäßig auf Wanzen, aber man kann natürlich auch von außerhalb abhören, wenn man die entsprechende Ausrüstung hat. Es könnte schon reichen, ein Auto an der richtigen Stelle zu parken und von dort aus zu lauschen.«

»Aber wozu? Versuchen sie, seine nächsten Züge herauszufinden? Seine Strategie?«

»Was auch immer.«

»Ich muss über das alles erst einmal nachdenken«, sagte Marian. »Wäre es möglich, dass dieser Mörder im Hafnarbíó versucht hat, in russischem Auftrag abzuhören, was in Bobby Fischers Suite gesagt wird?«

»Das weiß ich nicht«, sagte Josef. »Es ist dein Fall. Ich weiß nicht, ob man diesen Schluss ziehen kann, ich gebe dir nur weiter, was mir zu Ohren gekommen ist. Wie bereits gesagt: Was zum Teufel wissen wir darüber, was sich bei diesem Weltmeisterschaftsduell abspielt? Wir befinden uns hier auf einer sehr weit nördlich gelegenen Insel im Atlantik, und plötzlich wird sie zum Nabel der Welt.«

Der Eissturmvogel flog auf, anscheinend hatte er keine Hoffnung mehr, etwas Fressbares zu ergattern. Er glitt im Tiefflug über die Meeresoberfläche in Richtung Land. Auch der Seehund streckte in hundert Meter Entfernung seinen Kopf noch einmal aus dem Wasser und sah mit meeresfeuchten Augen zu Marian und Josef hinüber, um dann erneut zu verschwinden. Beim Abtauchen sah man das glänzende Fell auf seinem Rücken. Josef warf einen Blick auf die Armbanduhr und begann mit dem Einholen des Netzes. Marian ging ihm zur Hand, bald kamen die ersten zappelnden Seehasen zum Vorschein, die sich im Netz verfangen hatten. Marian legte das Netz zusammen, während Josef die Fische ausnahm. Der Rogen kam in einen gesonderten Behälter. Dann nahm Josef wieder Kurs auf Reykjavík, steuerte sein Boot zum Landeplatz, befestigte die Stahltrosse des Spills am Schlitten der Sliprampe und hievte das Boot an Land. Anschließend hängte er die Fische zum Trocknen auf und schützte sie mit alten Netzen vor den Vögeln. Später würde sein Bruder den Fang an die Fischhändler verkaufen. Vor allem für den Rogen bekam man einen guten Preis.

Marian beobachtete Josef, während er die Fische an den Gestellen aufhängte, und überlegte, wie lange Isländer wohl noch an halb gedörrten Seehasen Gefallen finden würden. Der Zeitgeist stand solch altertümlichen Konservierungsmethoden ziemlich kritisch gegenüber. In der heutigen Zeit wurden so viele überlieferte Traditionen über Bord geworfen und neue setzten sich durch, ob es nun Mode, Film, Essen oder das betraf, was die Leute unter Wohlstand verstanden. Und es gab mehr Luxus als je zuvor, Elektrogeräte, Autos und in den neuen Stadtvierteln Häuser mit allem möglichen Komfort.

»Glaubst du im Ernst, dass das Ergebnis dieses Matchs eine abgekartete Sache ist?«, fragte Marian und schälte sich aus dem Ölzeug, um es anschließend wieder in den Schuppen zu bringen.

»Ich weiß es nicht«, sagte Josef. »Ich weiß nur, dass im Kalten Krieg schon ganz andere Dinge passiert sind.«

»Ich muss über diese Abhöraktionen nachdenken. Ist es nicht vollkommen absurd, dass sich die wenigen Isländer gegenseitig abhören?«

»Für mich nicht. Hier auf dem Land ist es doch schon seit Langem ein Volkssport, dass die Menschen bei diesen in Reihe geschalteten Telefonen horchen, was andere sich zu sagen haben.«

Josef musste unwillkürlich lächeln.

»Ich habe eher an das Hafnarbíó und deine beiden Männer dort gedacht«, sagte er.

»Und?«

»Du gehst davon aus, dass es zwei Personen gewesen sein müssen, die im Kino waren und den Jungen zum Schweigen gebracht haben?«

»Ja.«

»Wegen dieser Zigarettenschachtel russischer Herkunft, die du in der Nähe des Kinos gefunden hast?«

»Ja.«

»Hast du schon mal darüber nachgedacht, dass es auch eine dritte Person gegeben haben könnte?«

»Ja. Wir haben auch diese Möglichkeit in Betracht gezogen, aber nicht weiter verfolgt.«

»Zwei im Kinosaal, einer draußen. Der mit der Zigarettenschachtel.«

»Der die beiden anderen beschattet?«

»Möglich«, sagte Josef.

»Mit anderen Worten, zwei sind im Kino verabredet, und ein dritter beschattet sie.«

»Vielleicht ist er ja hinter einem von ihnen her. Womöglich sogar hinter beiden. Vielleicht war er es, der an diesem abgehörten Anschluss angerufen hat.«

»Und dieser Jemand raucht russische Zigaretten?«

»Das ist keineswegs abwegig.«

»Warum wird dieser Viðar Eyjólfsson abgehört?«, fragte Marian.

»Ich weiß es nicht genau.«

»Wegen der Sozialistischen Partei? Wegen des Elektrizitätswerks? Wer ist das überhaupt?«

»Ich habe wirklich keinen Schimmer, was er mit all diesen Dingen zu tun hat«, sagte Josef.

»Viðar Eyjólfsson? Würdest du mir Bescheid geben, falls etwas Neues bei dieser Abhöraktion rauskommt?«

»Selbstverständlich. Der dritte Mann ist übrigens eine sehr interessante Hypothese, findest du nicht? Reykjavík ist natürlich nicht Wien, aber die Theorie ist interessant.«

»Vor allem macht sie den Fall noch komplizierter«, entgegnete Marian und ließ den Blick über die weite Faxaflói-Bucht schweifen, die sich im gleißenden Sonnenschein präsentierte. Wie schon so oft erinnerte sich Marian an den Satz, der damals im Tuberkulose-Spital in Vífilsstaðir häufig gesagt wurde: ›Was für ein Tag‹.

Albert sah von der Lektüre der Abendzeitung auf, als Marian kurz vor Mittag auftauchte und sich ächzend aufs Sofa fallen ließ.

»Wo bist du denn gewesen?«, fragte Albert.

Er erhielt eine ebenso kurze wie unverständliche Antwort.

»Auf Seehasenfang.«

Sechsundzwanzig

Marian wollte so schnell wie möglich mit dem Hauptkassierer beim E-Werk und ehemaligen Revisor der Sozialistischen Partei Viðar Eyjólfsson sprechen, aber im Vorfeld zunächst einmal so viel wie möglich über ihn in Erfahrung bringen. Das war nicht ganz einfach, da Viðar von irgendwelchen Anfragen bei Genossen oder Freunden sofort erfahren würde. Albert konnte auch nicht an dieser Aktion beteiligt werden, denn Marian hatte ihm nichts über das Treffen mit Josef an Bord des Fischerbootes erzählt. Josef hatte sich ziemlich unklar dazu geäußert, weshalb Viðar abgehört wurde. Er hatte nur auf irgendwelche Verbindungen zur sozialistischen Jugendorganisation verwiesen, zu jungen überzeugten Kommunisten und Gegnern der amerikanischen Militärbasis.

Marian fand heraus, dass Viðar Eyjólfsson über Jahre hinweg ein einflussreicher Mann innerhalb der Sozialistischen Partei gewesen war, obwohl er sich meistens im Hintergrund gehalten hatte. Nur wenige Außenstehende kannten ihn, obwohl er zu den innersten Kreisen der Partei gehörte. Als sich die Partei vier Jahre zuvor neu strukturiert und ihren Namen in *Volksallianz* geändert hatte, waren neue Leute hinzugestoßen, die andere Akzente setzten. Die Partei war dem Kreml inzwischen weniger hörig, und Viðar hatte sich allmählich aus der Parteiarbeit zurückgezogen und ließ sich schließlich noch nicht einmal mehr auf Parteiversammlungen blicken. Er hatte trotzdem immer noch großen Einfluss, vor allem bei älteren Parteigenossen, soweit Marian Briem das herausbekommen konnte. Viðars Haltung zur sowjetischen Politik ließ sich nicht so einfach bestimmen. Entweder hieß es, er sei immer noch ein linientreuer Stalinist, oder aber, seine Überzeugung sei mit den Jahren milder geworden.

Fast einen ganzen Tag hatte es gedauert, an diese Informationen heranzukommen. Josef hatte betont, dass unter gar keinen Umständen etwas über die Abhöraktionen bekannt werden dürfte, und natürlich kam nichts anderes in Frage, als sich daran zu halten. Gegen Abend rief Marian Dagný an. Sie war Marians Halbschwester und kannte sich in der Sozialistischen Partei und ihrer Nachfolgepartei gut aus.

»Was möchtest du denn über Viðar wissen?«, fragte Dagný.

»Nichts Besonderes ...« Marian war froh, jemanden gefunden zu haben, auf dessen Verschwiegenheit man sich voll und ganz verlassen konnte.

»Ist er mit der Polizei in Konflikt geraten?«

»Hast du Zeit, dich mit mir zu treffen?«

»Komm einfach vorbei, ich bin heute Abend zu Hause. Mal sehen, ob ich etwas über ihn ausfindig machen kann.«

Gegen Abend fuhr Marian zu dem mehrstöckigen Haus im Melar-Viertel. Auf der anderen Straßenseite befand sich die gelbe Wellblechwand, die den alten Sportplatz Melavöllur umgab, auf dem gerade ein wichtiges Spiel zwischen zwei Mannschaften der ersten Liga stattfand. Normalerweise wäre das Spiel im Nationalstadion im Laugardalur ausgetragen worden, aber dort wurde gerade neuer Rollrasen verlegt. Man konnte die Anfeuerungsrufe aus dem alten Stadion hören, das nur einen Kiesplatz hatte. Die Zuschauer hatten ihre Autos auf sämtlichen freien Plätzen geparkt, auch vor den Wohnblocks, und Marian fand erst nach langer Suche einen Parkplatz.

Als das Türschloss summte, öffnete Marian die Tür und ging langsam die Treppe in den zweiten Stock hinauf. Die Tür zu Dagnýs Wohnung stand offen, trotzdem klopfte Marian an.

»Komm rein, Marian«, war von der Halbschwester aus der Küche zu hören. »Und mach die Tür hinter dir zu. Ich gieße gerade Kaffee auf. Ich habe dich nicht so früh erwartet, aber wenn du nichts dagegen hast, können wir uns das Spiel gemeinsam ansehen.«

Marian machte die Tür hinter sich zu. Der Krach vom Fußballplatz drang bis zu ihnen hinauf. Die Wohnung war klein und gemütlich, mit dicken Teppichen auf den Böden und einfachen Regalen voller Bücher an den Wänden, an denen auch Gemälde und Grafiken hingen. In der Diele stand eine edle Glasvitrine. Im Esszimmer hing ein großes Plakat von Fidel Castro und nicht weit davon entfernt ein wesentlich kleineres Bild des Parteivorsitzenden Lúðvík Jósepsson. Dagnýs Wohnung lag am Ende des Flurs, und aus dem großen Fenster im Giebel des Hauses konnte man direkt auf den Fußballplatz blicken. Dagný liebte das, denn sie hatte in früheren Jahren Leichtathletik gemacht und interessierte sich immer noch für alle möglichen anderen Sportarten.

Dagný kam aus der Küche und gab Marian einen Kuss auf die Wange.

»Ich weiß nicht, ob du Lust hast, dir das Spiel mit mir anzuschauen«, sagte sie. »Die zweite Halbzeit hat gerade angefangen. Die Mannschaft von KR liegt im Rückstand, die Jungs von Fram könnten es packen.«

»Na klar«, sagte Marian und setzte sich auf den Stuhl, den Dagný ans Fenster geschoben hatte.

»Ich verpasse nur ungern ein Spiel, weißt du«, fügte sie hinzu.

»Kein Problem«, sagte Marian.

Dagný lächelte. Sie war etwas jünger als Marian. Dagný hatte nie mit ihrer Meinung hinter dem Berg gehalten, schon als Kind nicht, und die Beziehung zwischen Marian und Dagný war immer ehrlich und offen gewesen. Dagný war immer schon politisch interessiert gewesen, und jetzt setzte sie sich aktiv für die Rechte der Frauen ein und wurde nicht müde, darüber mit Marian zu diskutieren. Das Einzige, was sie fürchtete, waren die Radikalen im linken Lager, die ständig versuchten, die Solidarität unter den Frauen zu untergraben, indem sie deren Kampf für ihre politischen Ziele vereinnahmten.

Dagný ging voll und ganz im Spielgeschehen auf. Marian wollte sie nicht stören, und bewunderte unterdessen die Aussicht. Die Schatten im Bláfjöll-Massiv und die Halbinsel Reykjanes waren in der Ferne zu sehen, der Hügel Öskjuhlíð mit seinen Heißwassertanks war sehr viel näher. Aus dem Fenster blickte man über den Inlandflughafen, und jenseits der Landebahnen lag das Hotel Loftleiðir, wo Bobby Fischer mit seinen Sekundanten zusammensaß, um sich mit ihnen über die nächsten Züge zu beratschlagen. Marian war am Nachmittag zum Hotel Loftleiðir gefahren und hatte so unauffällig wie möglich in die Autos auf dem Parkplatz geschaut und sich im Hotel umgesehen, aber mit niemandem gesprochen. Weder Viktoria, die Hotelangestellte, noch der berühmte Herausforderer in der Suite hatten sich blicken lassen. Gar nicht zu reden von einem Mann mit dunklem Teint und hellem kurzen Mantel, dem potenziellen Amerikaner.

»Ich habe meine Freundin Hrefna angerufen«, sagte Dagný mit einem enttäuschten Seufzer, als die Mannschaft von Fram das dritte Tor schoss, das Spiel war wohl gelaufen. »Irgendwie hatte ich in Erinnerung, dass sie diesen Viðar Eyjólfsson kannte, über den du was wissen möchtest. Ich habe ihr nicht gesagt, wieso. Sie war in den Dreißigerjahren zusammen mit Viðar in Moskau, um Russisch zu lernen. Sie hat es aber bloß einen Winter ausgehalten, sie fürchtete die ganze Zeit um ihr Leben.«

»Hatte sie einen Grund dazu?«, fragte Marian.

»Damals verschwanden alle möglichen Menschen ohne Grund, auch Ausländer, so wie Vera Hertzsch. Sie haben versucht, das Land so schnell wie möglich zu verlassen. Hrefna hat mir kaum etwas über ihr Jahr in Moskau erzählt. So wie bei mir und vielen anderen in Island war es nach dem Einmarsch der Russen in Ungarn vorbei mit der Moskautreue. Sie hatten die Schnauze voll, erst recht nach dem Einmarsch in Prag vor vier Jahren.«

»Hat sie dir etwas über Viðar erzählen können?«

»Weshalb willst du eigentlich was über ihn wissen?«

»Ich versuche nur, mir im Zusammenhang mit einem bestimmten Fall Informationen zu beschaffen. Ich habe absolut keine Ahnung, ob Viðar ein wichtiges Bindeglied ist oder nicht«, sagte Marian. »Ich hatte darauf gehofft, dass du deine Verbindungen spielen lässt, um mir weiterzuhelfen – und es für dich behältst.«

»Hat es irgendwas mit alten Kommunisten zu tun?«

Marian zuckte die Achseln.

»Oder hängt es mit seiner Arbeit beim E-Werk zusammen? Hat er etwa Geld unterschlagen?«

»Vielleicht belassen wir es im Augenblick dabei. Wenn ich es dir irgendwann einmal genauer erklären kann, tu ich das.«

»Hrefna hat mir gesagt, dass er schon damals in Moskau als ziemlich undurchsichtig galt. Linientreu bis zum Gehtnichtmehr. Und zudem humorlos. Aber er genoss kein sonderliches Vertrauen.«

»Inwiefern?«

»Er war schon einige Zeit in Moskau gewesen und hatte sich bei maßgeblichen Leuten angebiedert. Hrefna ist der Meinung, dass er damals für irgendeine Abteilung gearbeitet hat, in der man Informationen über Ausländer zusammentrug. Niemand bekam damals eine Einreiseerlaubnis in die UDSSR, erst recht nicht, um dort zu studieren, ohne dass vorher genaueste Erkundigungen über ihn und seine Tätigkeiten eingezogen worden wären. Hrefna glaubte, wie gesagt, dass er ihnen dabei geholfen hat.«

»Für wen genau hat er gearbeitet?«

»Hrefna war sich nicht ganz sicher, für welchen Apparat er arbeitete, es war alles geheim, aber Agenten gab es dort überall. Sie hat aber auch gesagt, dass er ihr sehr behilflich war, als sie nach Island zurückkehrte, und später gehörte er zu den wirklich Anständigen in der sozialistischen Bewegung. Hrefna redet nie über Parteien, sondern nur über Bewegungen. Und jetzt ist sie in der Frauenbewegung. Sie war äußerst neugierig, weshalb ich sie nach Viðar fragte, aber ich glaube, ich habe mich da ganz gut rausreden können.«

»Demnach war er also sowohl ein humorloser Linientreuer als auch ein netter Mensch?«

»Sie sagte jedenfalls, sie persönlich könne nichts Schlechtes über ihn sagen, was auch immer ihr von anderen zugetragen wurde.«

Das Spiel war abgepfiffen worden, die Spieler verließen den Platz, und die Zuschauer strebten dem Ausgang zu. Dagný und Marian blieben noch am Fenster sitzen und genossen die Aussicht.

»Morgens sehe ich manchmal Spasski, wenn ich zur Bäckerei gehe«, sagte Dagný. »Er spielt Tennis auf dem Schulhof der Melar-Schule, da haben sie ein Netz für ihn aufgespannt. Er wollte unbedingt Tennis spielen, aber leider stellte sich heraus, dass es in Island keine Tennisplätze gibt.«

»Ja, das habe ich in den Zeitungen gelesen«, sagte Marian. »Man tut offensichtlich alles dafür, den Herren die Wünsche von den Augen abzulesen. Bobby Fischer darf nachts ganz allein im großen Schwimmbad im Laugardalur rumpaddeln.«

Dagný musste lächeln.

»Wie geht es dir sonst? Du bist doch noch nie wegen einer Ermittlung zu mir gekommen.«

»Viðar war in dieser Partei, genau wie du, und ich

dachte, es wäre der einfachste Weg. Und natürlich wollte ich dich auch wiedersehen.«

»Was für ein schrecklicher Mord da im Hafnarbíó. Hast du damit zu tun?«

»Die gesamte Kriminalpolizei arbeitet daran.«

»Fragst du vielleicht deswegen nach Viðar? Hat es mit diesem Fall zu tun?«

»Du bist zu neugierig, Dagný, das warst du schon immer.«

»Ja, wahrscheinlich.«

Dagný schwieg eine Weile und überlegte.

»Wirst du unseren Vater besuchen, bevor er stirbt?«, fragte sie plötzlich.

»Er hat mich zweimal angerufen und mich darum gebeten, aber ich bin nicht darauf eingegangen«, antwortete Marian. »Ich wünschte, er würde damit aufhören, bei mir anzurufen, es wäre besser für alle Beteiligten. Ich kenne ihn überhaupt nicht, und wir haben uns nichts zu sagen. Es ist zu spät, das zu ändern. Wie geht es ihm?«

»Er hat nicht mehr lange zu leben«, sagte Dagný. »Er bereut es, wie er dich behandelt hat, aber daran waren vor allem meine Mutter und meine Großmutter schuld. Sie bestanden darauf, dass niemand von dem unehelichen Kind erfahren sollte.«

»Die alte Dame hat aber trotzdem viel für mich getan. Sie hat mich nach Dänemark geschickt. Im Alter wurde sie sehr viel milder in ihren Ansichten.«

»Sie war letzten Endes gar nicht so übel. Papa sehnt sich aber schon seit Jahren danach, dich zu sehen. Er weiß, dass wir beide Kontakt zueinander haben. Er war sehr froh, als ich ihm das gesagt habe.«

»Das liegt aber nur daran, dass du nach mir gesucht hast.«

»Der alte Athanasius hat es mir nahegelegt. Er hat mir erzählt, wie sehr du unter dieser Situation gelitten hast.«

»Im Grunde genommen war er der Einzige, der mir etwas bedeutet hat«, sagte Marian.

»Das ist nicht wahr, und das weißt du auch«, entgegnete Dagný. »Du bist immer noch bitter und verletzt. Sonst würdest du doch deinen Vater kennenlernen wollen.«

Marian wusste von Dagný und ihrer Schwester, weil Athanasius in all den Jahren regelmäßig über die beiden berichtet hatte, direkten Kontakt zwischen den Halbgeschwistern hatte es nie gegeben. Nach dem Krieg arbeitete Marian einige Jahre in der Stadtbibliothek, und dort tauchte eines Tages Dagný auf und stellte sich vor. Sie richtete Grüße von Athanasius aus und fragte, ob es irgendwo in der Bibliothek eine ruhige Ecke gäbe, wo man miteinander reden könnte. Marian ging mit ihr in die Kaffeestube für die Angestellten. Es stellte sich heraus, dass Dagný erst vor Kurzem davon erfahren hatte, dass ihr Vater ein Kind mit einem der Dienstmädchen aus ihrem Elternhaus hatte und dass dieses Kind an Tuberkulose erkrankt war. Das waren damals Tabuthemen gewesen. Und bei Dagný zuhause war die Tuberkulose die Ausrede dafür gewesen, Dagný und ihrer Schwester den Umgang mit Marian zu verbieten. Marian selbst glaubte jedoch, dass es von Anfang an nur darum gegangen war, die ganze Angelegenheit zu verheimlichen. Über all das sprach Dagný ganz offen, und was sie sagte, kam Marian aus früheren Gesprächen mit Athanasius sehr bekannt vor. Dagný erzählte, dass sie von zu Hause ausgezogen war, weil sie es ihren Eltern übelgenommen hatte, dass sie all das vertuscht hatten, und dass sie sich danach sehnte, Marian näher kennenzulernen.

»Was für ein lieber Mensch, der Athanasius«, sagte Dagný und warf noch einmal einen Blick auf den Fußballplatz. Sie goss Kaffee nach. »Meiner Schwester und mir wurde immer nur gesagt, dass er dein Vater wäre.«

»Bist du irgendwann mal mit ihm zum See in Þingvellir gefahren, wenn er die Forellen für den Teich holte?«

»Nur ein einziges Mal«, sagte Dagný. »Danach hat er den Dienst quittiert, weil er einen Streit mit Papa hatte, er war sehr wütend gewesen.«

»Das hätte er vielleicht nicht tun sollen«, sagte Marian.

»Erst danach habe ich von dir erfahren und dich in der Bibliothek besucht. Mir wurde niemals etwas von dir erzählt, ich hörte immer nur die Streitereien. Irgendwann hatte auch Athanasius genug davon und erzählte mir alles. Meine Familie hätte dich schon vor Langem anerkennen sollen. Und du hättest auch deinen Anteil am Erbe bekommen müssen.«

»Meinen Anteil«, wiederholte Marian. »Ich habe mich niemals für irgendeinen Anteil interessiert.«

»Das war wahrscheinlich gut so, denn als die Firma bankrott machte, ging alles verloren.«

»Dagný, ich denke kaum noch darüber nach«, sagte Marian. »Wirklich. Das ist doch schon so lange her.«

»Aber trotzdem weigerst du dich, unseren Vater zu treffen?«

»Er war doch nie mein Vater. Er war dein Vater und der deiner Schwester, aber niemals meiner. Ich kenne ihn überhaupt nicht, ich weiß nichts über ihn«, entgegnete Marian und fuhr nach einer Pause fort: »Sag mir, wie konnte jemand mit deinem Hintergrund so ein eingefleischter Sozialist werden?«

»Keine Ahnung«, entgegnete Dagný lachend. »Wahrscheinlich hat es etwas mit meinem Gerechtigkeitssinn zu tun. Außerdem bin ich gegen die Militärbasis in Keflavík. Möglicherweise spielt auch noch die Auflehnung gegen meine Eltern eine Rolle. Meine Mutter war wahrscheinlich noch härter als mein Vater oder meine Großmutter. Ich glaube nämlich, dass vor allem sie dafür sorgte, dass Papa keine Verbindung zu dir aufnahm.«

Marian schwieg.

»Ich meine, es wäre gut und wichtig für dich, wenn du ihn treffen würdest«, fuhr Dagný fort.

Marian verkniff sich jegliche Reaktion auf diese Aussage und versuchte lieber noch einmal, das Thema zu wechseln.

»Sprechen wir über diesen Viðar. Kannst du dich sonst irgendwie an ihn erinnern?«

»Natürlich, er war ja bei allen Parteiversammlungen dabei und meldete sich häufig zu Wort. Er war zunächst so etwas wie ein Hansdampf in allen Parteigassen, und er hatte auch exzellente Kontakte zur Führungsclique. Doch als dann die Volksallianz gegründet wurde, hat er sich völlig zurückgezogen. Ich hab ihn schon seit Jahren nicht mehr gesehen. Hrefna glaubt, dass er immer noch irgendwelche Verbindungen nach Moskau hat.«

»Aber sie weiß nicht, was für welche?«

»Nein, das solltest du ihn wirklich lieber selber fragen. Darüber sollte man besser keine Gerüchte verbreiten.«

»Da hast du vermutlich recht«, sagte Marian. »Das Thema ist heikel, und man muss sich auf die Leute verlassen können, damit solche Dinge nicht sofort in der ganzen Stadt herumgetratscht werden, das würde auch die Ermittlung erheblich beeinträchtigen.«

»In Moskau war er seinerzeit mit einer Isländerin zusammen.«

»Viðar?«

»Ja, und ich glaube, dass diese Beziehung immer noch besteht. Als die beiden aus Moskau zurückkamen, haben sie erst eine Zeitlang zusammengewohnt, aber jetzt leben sie in getrennten Wohnungen, was ihrer Beziehung aber offensichtlich guttut«, sagte Dagný und fügte mit einem Seitenblick auf Marian hinzu: »Es gibt sicher noch mehr Menschen, die das gut finden.«

»War es damals Liebe zwischen ihnen?«

»Ja, und ist es offensichtlich immer noch, soweit ich weiß.«

»Wer ist diese Frau?«

»Sie heißt Bríet. Eine sehr sympathische Frau, sie ist Krankenschwester und hat schon vor langer Zeit mit der Politik Schluss gemacht. Irgendwie kommt es mir sowieso so vor, als sei sie nie sonderlich politisch interessiert gewesen.«

Marian trank einen Schluck Kaffee und zog eine Zigarettenschachtel aus der Tasche.

»Du rauchst immer noch«, sagte Dagný.

»Ja, viel zu viel. Ich versuche aber, mich im Büro zurückzuhalten.«

»Mit deiner Krankengeschichte kann das doch nicht gut für dich sein?«

»Ich habe schon die Tuberkulose überlebt, da wird mich das Rauchen auch nicht umbringen«, erklärte Marian und zündete sich eine Zigarette an. »Ich versuche aber, so wenig wie möglich zu inhalieren.«

»Hrefna hat übrigens auch die Zigaretten erwähnt, die dieser Viðar damals in Moskau geraucht hat«, sagte Dagný. »Sie rochen entsetzlich, sagte sie.«

»Was für Zigaretten?«

»Die Viðar geraucht hat. Irgendwas Scheußliches aus Russland. Heißen die nicht Papirossy?«

»Papirossy?«

»Ja. Die bestehen zu einem großen Teil aus Papphülsen. Wie hieß das Zeug noch wieder, Hrefna hat das auch erwähnt. Das hatte mit irgendeinem Kanal zu tun.«

»Dem Belomorkanal?«

»Genau. Belomorkanal.«

Siebenundzwanzig

Während Marian sich mit Dagný unterhielt, mähte Albert mit einem altmodischen Motormäher, der andauernd absoff, den Rasen hinter dem Haus seiner Eltern. Er hatte den Eltern versprochen, ihnen bei der Gartenarbeit in ihrem Haus an der Bucht von Kópavogur zu helfen. Sein Vater besaß ein kleines Importunternehmen, das Südfrüchte einführte. In der Erinnerung an seine Kindheit kam es Albert manchmal so vor, als hätte er von nichts anderem gelebt als köstlichen Äpfeln, Apfelsinen und saftigen Pflaumen.

Der Rasenmäher hatte gerade ein weiteres Mal den Geist aufgegeben, und Albert brauchte viel Zeit, um ihn wieder in Gang zu bringen, doch dann schaffte er den Rest des Rasens. Dabei ging ihm das Gespräch mit Ragnars Mutter Klara durch den Kopf, das morgens stattgefunden hatte.

Ragnars Eltern hatten all diese Nachrichten über die Ausländer, über die mysteriöse Frau und Hinrik gelesen, der nach einigen Tagen Untersuchungshaft wieder entlassen worden war. Sie hatten sich jedes Mal gemeldet, wenn die Blätter über etwas Neues berichteten, entweder riefen sie an oder erschienen persönlich bei der Kriminalpolizei in Borgartún. Sowohl Albert als auch Marian hatten versucht, sie so weit wie möglich über den Stand der Ermittlung auf dem Laufenden zu halten, und sie hatten die beiden jedes Mal davor gewarnt, das, was in den Zeitungen stand, für bare Münze zu nehmen.

Albert hatte noch einmal Ragnars Mutter Klara besucht und musste wie zuvor über Bauholz und rostige Armierungsgitter steigen. Das neue Viertel breitete sich mit enormer Geschwindigkeit auf den Hügeln aus, jeden Tag entstanden neue Straßen, Häuser schossen aus dem Boden, und Spielplätze füllten sich mit Kindern, die sich wiederum selbst kleine Hütten aus Abfallholz zusammenzimmerten. Sowohl die Einwohner als auch die Gebäude zeugten von so etwas wie Pioniergeist. Albert hätte Klaras Fragen gerne beantwortet, aber das Wenige, was er sagen konnte, war nicht dazu angetan, ihr Trost zu spenden. Er wollte auf keinen Fall auf Marians Theorie eingehen, dass sich im Hafnarbíó ein Russe und ein Amerikaner getroffen hatten. Es lag kein ausreichendes Beweismaterial vor, um das Treffen zweier Menschen mit dem Mord an Ragnar in Verbindung zu bringen, zumal man gar nicht wusste, um welche Männer es sich handelte oder wie man sie ausfindig machen konnte. Im Grunde genommen war es noch nicht einmal sicher, ob sie überhaupt existierten.

»Du kannst mir also gar nichts Neues sagen?«, fragte sie in ihrer bescheidenen und gefassten Art. »Seid ihr überhaupt nicht weitergekommen?«

»Wir arbeiten Tag und Nacht an dem Fall«, antwortete Albert, »aber er scheint sehr viel komplizierter zu sein, als wir zunächst glaubten.«

»Wer könnte ihm denn so etwas angetan haben?«, fragte Klara zum wiederholten Male.

»Wie ich dir bereits gesagt habe, gibt es keinen Grund, etwas anderes anzunehmen, als dass es sich um einen schrecklichen Zufall gehandelt haben muss. Der Mord war nicht im Voraus geplant. Dein Sohn war der falsche Mensch am falschen Platz zur falschen Zeit. Und genau deswegen ist es so schwierig, die Gründe dafür ans Licht zu bringen. Er ist da einfach in eine Situation geraten, der er nicht gewachsen war. Aus diesem Grund ist er nicht mehr am Leben.«

»Wegen seines Kassettenrekorders?«

»Er ist nach wie vor der einzige Grund für den Mord, den wir uns vorstellen können.«

»Mit anderen Worten, er hat etwas aufgenommen, was nicht bekannt werden durfte?«

»Ja.«

Klara schwieg eine ganze Weile, das Einzige, was man hörte, waren entfernte Hammerschläge.

»Das ist erbärmlich wenig«, sagte sie schließlich.

»Wir sagen sofort Bescheid, wenn wir mehr Informationen haben«, entgegnete Albert.

»Ich … Es ist so komisch, ich bin heute Morgen in sein Zimmer gegangen, um ihn zu wecken«, sagte Klara.

Sie sah Albert an.

»Ich bin früh aufgewacht und war noch gar nicht richtig wach. Ich stand auf einmal in seinem Zimmer, und da erst erinnerte ich mich, dass er gar nicht dort sein konnte. Ich weiß nicht, was da über mich gekommen ist. Vielleicht war es, weil ich die ganze Nacht von ihm geträumt habe. Einen Moment lang war es so, als wäre er immer noch hier. Dass alles wieder beim Alten wäre. Doch dann …«

»Wir melden uns, sobald wir mehr wissen«, sagte Albert nach längerem Schweigen. »Das verspreche ich dir.«

Als Albert den Rasen gemäht hatte, harkte er das Gras zusammen und stopfte es in einen Müllsack. Anschließend half er seinem Vater, der die Garage aufgeräumt hatte, das ausrangierte Gerümpel auf einen kleinen Anhänger zu laden. Seine Töchter, die sich unterdessen in Omas Küche mit Plätzchen und Limo versorgt hatten, kamen kreischend zum Wagen gerannt. Albert setzte vorsichtig zurück auf die Straße und fuhr zur Müllkippe in Gufunes, wo er den Anhänger ablud. Die Mädchen beobachteten ihn dabei durch das Rückfenster. Als er einen alten Schlitten in der Hand hielt, überlegte er einen Augenblick. Paula öffnete die Autotür und rief:

»Wem gehört der Schlitten?«

»Irgendwann hat er mal mir gehört, aber er ist kaputt«, sagte Albert.

»Warum willst du ihn wegschmeißen?«

»Weil er kaputt ist«, sagte Albert und zeigte ihr, dass eine der Streben unter dem Sitz gebrochen war.

»Kannst du das nicht reparieren?«, fragte Paula.

»Nein«, entgegnete Albert und kippte den Schlitten auf die Halde.

»Den könnte man drinnen im Haus aufstellen«, erklärte Paula.

»Niemand bewahrt einen alten Schlitten auf«, sagte Albert, der als Nächstes einen alten Reisekoffer entsorgte.

»Er würde doch prima ins Wohnzimmer passen,

dann könnten Kinder drauf sitzen«, sagte Paula und sah ihren Vater bittend an.

»Ins Wohnzimmer?«

»Ja. Für uns Kinder.«

»Ich mach das nur dir zuliebe«, sagte er zu seiner Tochter, als er mit dem Schlitten auf dem Anhänger wieder losfuhr.

Im Rundfunk gab es eine Sendung über amerikanische Rockmusik, was ungewöhnlich war, da abends meist Sinfoniekonzerte ausgestrahlt wurden. Albert mochte Beat, Rock und Popmusik, die Beatles hatte er von Anfang an toll gefunden. Als *Sgt. Pepper's Lonely Hearts Club Band* herauskam, hatte er die Platte sofort gekauft, und war überzeugt, dass diese LP zu den besten gehörte, die je erschienen waren. Er hörte auch Cream und verfolgte alles mit, was Eric Clapton machte, aber auch Jimi Hendrix und Neil Young. Er war begeistert, als Miles Davis den Jazz elektrifizierte, *Bitches Brew* gehörte zu seinen Lieblingsplatten. Er lernte auch selbst Gitarre spielen und gründete zusammen mit drei Freunden eine Band, die aber nicht lange überlebte.

Mit diesen Freunden fuhr er auch zum Zelten nach Þórsmörk, wo er Guðný kennenlernte. Sie zeltete dort auch gerade, zusammen mit ein paar Freundinnen, die sie bei der Sommerarbeit für Jugendliche auf den städtischen Friedhöfen kennengelernt hatte. Sie hatte ein bisschen zu viel Gin intus, den die Freundinnen gemixt hatten. Ein großes Lagerfeuer brannte, um das sich die Jugendlichen scharten. Guðný war Albert buchstäblich in die Arme gefallen.

Wenn abends in ihrer Wohnung Ruhe eingekehrt war, klimperte er manchmal auf seiner Gitarre und verfasste eigene Texte und Musik, aber er spielte nur Guðný vor. Gemeinsam hörten sie isländische Folkloresänger, aber sie besaßen auch Platten von populären Bands wie *Hljómar* und *Trúbrot*. Guðný hatte in letzter Zeit häufig den Schlager *Í sól og sumaryl* geträllert, den das Tanzorchester von Ingimar Eydal in diesem Sommer herausgebracht hatte. Und vor Kurzem hatte Guðný in der Studentenbuchhandlung eine Platte mit zwei Liedern von Megas für Albert gekauft. Sie fanden beide, dass Megas als Musiker und Texter unglaublich gut war.

Im Radio war eine weitere Rocknummer aufgelegt worden. Die beiden jüngeren Mädchen waren auf dem Rücksitz eingeschlafen, aber Paula beobachtete durch die Heckscheibe schweigend den Verkehr. Der Himmel war stark bewölkt, und die Luft war feucht, als sie nach Hause kamen. Guðný richtete Albert aus, dass Marian angerufen hätte. Albert rief sofort im Büro an, aber man teilte ihm mit, dass Marian gerade nach Hause gegangen sei. Albert ließ zwanzig Minuten verstreichen. Es war schon nach elf, aber Marian antwortete sofort.

»Du hast versucht, mich zu erreichen?«, fragte Albert.

»Ich habe über die Theorie mit dem dritten Mann in der Umgebung des Kinos nachgedacht«, sagte Marian. »Ich weiß nicht, ob wir die je ernsthaft in Betracht gezogen haben. Es hat aber Zeit bis morgen. Ich hatte gar nicht gemerkt, dass es schon so spät war. Ich wollte nur über ein oder zwei Fragen mit dir sprechen.«

»Dass es drei Männer gewesen sein können, den Gedanken hatte ich auch schon«, sagte Albert. »Der dritte Mann muss dann wohl ein Russe gewesen sein, der Belomorkanal-Schachtel nach zu urteilen.«

»Könnte es nicht auch sein, dass es ein Isländer war?«, sagte Marian. »Auch in Island werden diese Zigaretten geraucht.«

»Wieso ein Isländer?«

»Es fiel mir nur so ein. Man darf das wohl nicht völlig ausschließen.«

»Dann muss er von diesem Treffen im Hafnarbíó gewusst haben«, sagte Albert. »Aber wie hat er davon erfahren?«

»Er hat wahrscheinlich Kontakt zu einem der beiden anderen«, erklärte Marian, ohne zu erwähnen, was sich im Zusammenhang mit Viðar Eyjólfsson herausgestellt hatte. »Oder aber er hat auf anderen Wegen von diesem Treffen erfahren.«

»Weiß er, worum es bei dem Treffen ging?«

»Denkbar.«

»Und weiß er, dass der Junge bei diesem Treffen getötet wurde? Oder besser gesagt, dass er wegen dieses Treffens getötet wurde?«

»Ganz bestimmt.«

»Und weiß er, wer die beiden anderen sind?«

»Ja, davon muss man wohl ausgehen.«

»Weshalb setzt er sich dann nicht mit uns in Verbindung?«

»Tja, das ist natürlich die Frage.«

»Wieso denkst du auf einmal, dass es sich um einen Isländer handeln könnte?«

»Ich weiß es nicht. Ich finde es nur nicht richtig, es von vornherein auszuschließen.«

»Was wird da eigentlich gespielt?«

»Überschlaf das jetzt erst mal, und grüß mir deine Paula«, sagte Marian und beendete das Gespräch.

Als sie zu Bett gegangen waren, nahm Guðný Albert in die Arme, küsste ihn und fragte, wieso er den Schlitten mitgebracht hatte. Albert sagte, er wolle ihn reparieren, den Rost abschleifen und ihn neu lackieren, um ihn dann Paula zu schenken. Sie habe vorgeschlagen, ihn im Wohnzimmer aufzustellen, aber vielleicht sei das ja auch ein wenig zu viel des Guten.

»Wäre es nicht tatsächlich ganz originell?«, sagte Guðný, während sie Albert über den Bauch streichelte.

»Ich glaube, Marian sagt mir nicht alles«, sagte Albert nach einigem Schweigen.

»Wieso glaubst du das?«

»Es ist nur so ein Gefühl, und ich finde es unerträglich.«

»Warum sprichst du es nicht an?«

»Das werde ich tun, wenn es so weitergeht«, erklärte Albert.

»Was verschweigt Marian dir denn?«

»Da ist irgendetwas. Dieses Telefongespräch vorhin … Marian weiß mehr als ich. Und das dürfte eigentlich nicht sein.«

»Was kann es denn sein?«

»Ich weiß es nicht.«

Guðnýs Hand glitt weiter nach unten, bis sie die Schamhaare erreichte. Sie zupfte ein wenig daran.

»Ich könnte auch einen Blumentopf draufstellen.«

»Auf was denn?«

»Auf den Schlitten.«

»Könnte gut aussehen«, sagte Albert und küsste sie.

»Die Mädchen sind doch hoffentlich schon eingeschlafen?«, flüsterte sie.

»Bestimmt.«

Sie spürte, wie sein Glied in ihrer Hand steif wurde. Albert stöhnte leise.

»Ich tu dir doch nicht weh?«, fragte sie.

»Nein«, sagte er und streichelte ihre Haare, die nach Sommer dufteten. Sie küssten sich leidenschaftlich, bevor sie sich über ihn beugte. Er spürte die Liebkosungen ihrer heißen Zunge, er spürte Küsse, die immer intensiver wurden und andauerten, bis sie so feucht und still wie die Nacht waren.

Marian parkte das Auto auf einem Parkplatz in der Nähe der Laugarnes-Schule und ging hinüber zu dem großen Schwimmbad im Laugardalur. Das gesamte Schwimmbadgelände war von einem Drahtzaun umgeben. Vor dem Eingang parkten drei Autos. Marian ging in aller Ruhe an ihnen vorbei zu der großen Zuschauertribüne. Marian setzte sich. Von der Tribüne aus hatte man einen guten Blick auf das Fünfzigmeterbecken und die heißen Pools. Einige vollständig bekleidete Männer standen in der Nähe der Duschzellen und unterhielten sich, einige rauchten, andere hatten die Hände in den Hosentaschen. Marian verfolgte die Nachrichten über die Schachweltmeisterschaft genau und glaubte einen Sekundanten zu erkennen, der sich stets in der Nähe von Fischer aufhielt.

Die Tür zu den Duschräumen für die Männer öffnete sich, und ein großer, schlaksiger Mann mit langen Armen kam heraus. Er sagte etwas zu den Männern, die lachten, und ging dann ein Stück am Beckenrand entlang, bevor er in die Hocke ging, die Arme vorstreckte und ins Wasser hechtete.

Marian erkannte ihn sofort, seine Bewegungen, sein markantes Profil, das dunkle Haar. Was Albert erzählt hatte, stimmte. Bobby Fischer ging in der Nacht schwimmen.

In den Zeitungen hatte gestanden, er lege größten Wert darauf, körperlich fit zu sein. Fischer zog mit kräftigen Zügen einige Bahnen, dann drehte er sich zur Entspannung auf den Rücken und ließ sich einfach treiben, ruhig und entspannt. Er genoss es sichtlich, das Schwimmbad für sich alleine zu haben, in seiner eigenen Welt zu sein, für eine kleine Weile den Schachzwängen entronnen.

So wie er da im Wasser herumpaddelte, war es ihm nicht anzusehen, dass er auf dem Höhepunkt seiner Karriere stand. Dass die Welt jede seiner Bewegungen verfolgte. Dass Großmächte seinetwegen ins Zittern gerieten. Vielleicht würde es niemals wieder einen solchen Schachspieler wie Bobby Fischer geben. Einen Schachspieler, der eine vergleichbare historische Rolle spielen würde, an den so viele Forderungen gestellt wurden, der die Schachwelt so unter Druck setzte. Er trat ganz allein gegen die größte Schachmacht der Welt an, die den Weltmeistertitel seit einem Vierteljahrhundert gepachtet hatte. Fischer hatte die Möglichkeit, als erster Amerikaner Schachweltmeister zu werden – geschätzt von seinen Gegnern, bewundert von Millionen.

Und dieser Mann bewegte sich im Schwimmbad von Laugardalur, als ginge ihn das überhaupt nichts an. Als wäre er wieder der Bobby Fischer, den niemand kannte, als er in den Straßen von Brooklyn spielte.

Erst nach geraumer Zeit schwamm er zum Beckenrand zurück. In der nächtlichen Kühle dampfte sein Körper, als er aus dem Wasser stieg. Auf dem Weg zu den Duschen sagte er etwas zu den anderen Männern und war bereits den Blicken entschwunden, als Marian sich zurückzog.

Achtundzwanzig

Am nächsten Morgen erschien Viðar Punkt neun zur Arbeit im Elektrizitätswerk von Reykjavík. Marian war gegen sechs Uhr morgens zu seinem Haus gefahren und beobachtete es aus einiger Entfernung. Viðar lebte in einem muschelsandverputzten kleinen Haus an der Skeggjagata, und nach einigem Warten konnte Marian an den Bewegungen im Haus darauf schließen, dass der Besitzer aufgestanden war. Dagný hatte gesagt, dass Viðar alleine lebte. Er hatte nie geheiratet, aber immer die Verbindung zu Bríet gehalten, die er in Moskau kennengelernt hatte. Kinder hatten sie nicht.

In der Nachbarschaft lebten noch mehr Frühaufsteher, ein sportlich aussehender Mann trug Angelruten zu seinem Jeep, während ein kleiner frecher Junge mit Brille um ihn herumhüpfte. Die beiden stiegen ein und fuhren die Straße entlang, ohne dass sie Marian bemerkten.

In den Frühnachrichten wurde wie immer von der Weltmeisterschaft berichtet, die dreizehnte Partie würde später an diesem Tag beginnen. Das ungehobelte Benehmen des Herausforderers war immer noch für eine Schlagzeile gut. Er war ständig in Bewegung, kaute an den Nägeln und bohrte in der Nase oder in den Ohren. Der Weltmeister schien sich nicht daran zu stören. Marian erinnerte sich daran, dass Spasski vor der siebten Partie den gleichen gepolsterten Drehstuhl verlangt hatte, wie ihn Fischer von Anfang an bei diesem Match benutzt hatte. Fischers Assistenten protestierten lautstark, einer versuchte sogar, den Sessel von der Bühne zu werfen, wurde aber von den Ordnern daran gehindert. Marian fielen Josefs Worte ein: Wissen wir eigentlich, worum es in diesem Match des Jahrhunderts in Wirklichkeit geht?

So früh am Morgen war nicht viel Verkehr im Nordermoor-Viertel. Ein Fußgänger ging mit schweren Schritten vorbei, ohne Marian zu bemerken. Der Mann war ein guter Bekannter der Polizei, er hieß Elliði und war ein Kleinkrimineller. Er trug einen grünen Parka, war stämmig gebaut, ging gebückt und schwankte beim Gehen hin und her, so als wäre ein Fuß kürzer als der andere. Marian sah ihm nach, bis er eine Treppe hinunterging und in einer Kellerwohnung verschwand.

Kurz vor neun öffnete sich die Haustür bei Viðar, und ein Mann zwischen sechzig und siebzig erschien. Nach Dagnýs Beschreibung musste es sich um Viðar handeln. Er trat auf den Treppenabsatz, schloss die Tür sorgfältig hinter sich und drückte zweimal die Klinke herunter, um sich zu vergewissern, dass sie wirklich zu war, ging zu einem russischen Moskwitsch und setzte sich hinein. Der Motor sprang unter lautem Dröhnen an. Marian wollte nicht gesehen werden und machte sich auf dem Fahrersitz klein. Viðar fuhr in Richtung Rauðarárstígur, er nahm den kürzesten Weg zum Verwaltungsgebäude der Elektrizitätswerke von Reykjavík und traf Punkt neun Uhr an seinem Arbeitsplatz ein.

Marian fuhr hinter ihm her, sah aber keinen Grund, vor dem Bürogebäude zu warten, und fuhr zum Skúlakaffi. Einiges deutete darauf hin, dass Viðar Eyjólfsson der Mann war, der vor dem Hafnarbíó gestanden hatte. Er hatte in Moskau studiert und zumindest eine Zeitlang die Zigarettenmarke geraucht, von der Marian eine Schachtel beim Hafnarbíó gefunden hatte. Durch den Telefonanruf hatte er davon erfahren, dass das Treffen im Kino stattfinden würde, und das brachte ihn direkt mit dem Mord in Verbindung. Viðar wusste von dem Treffen zwischen dem Amerikaner und dem Russen, falls es denn ein Russe gewesen war. Und die ganze Aktion sollte strengstens geheim sein. Sehr unwahrscheinlich, dass ein anderes Treffen gemeint gewesen war.

Unter normalen Umständen hätte sich Marian diesen Viðar zu Hause vorgeknöpft oder vielleicht sogar Untersuchungshaft beantragt. Josef hatte aber streng vertrauliche Informationen an Marian weitergegeben, die auch er nicht auf offiziellem Wege erhalten hatte. Marian blieb keine andere Wahl, als Verschwiegenheit zu wahren. Man brauchte also mehr Informationen über Viðar, um ihn auf eine andere Weise mit den Ereignissen im Hafnarbíó in Verbindung zu bringen.

Es gab einen guten Fingerabdruck von der Zigarettenschachtel, vermutlich von einem Daumen. Kurz vor dem Einschlafen kam Marian die Idee, sich Fingerabdrücke von Viðar zu beschaffen, ohne dass der davon erfuhr.

Der Chef der Spurensicherung hatte da seine Zweifel.

»Wie willst du denn an diese Fingerabdrücke herankommen«, fragte er ohne großes Interesse. Seine ganze Aufmerksamkeit war auf ein Schweinsohr und seine Kaffeetasse gerichtet.

»Er fährt einen ziemlich neuen Moskwitsch, der ist bestimmt voll von seinen Fingerabdrücken.«

»Warum bestellst du ihn nicht einfach zur Vernehmung?«

»Der Fall ist ein wenig komplexer«, sagte Marian.

»Wir können auch zu ihm nach Hause gehen.«

»Das gleiche Problem.«

»Warum können wir uns nicht einfach mit diesem Mann unterhalten?«

»Im Interesse der Ermittlung.«

»Interesse der Ermittlung!«, prustete Þormar so heftig, dass ein Stück von dem Gebäck in der Kaffeetasse landete. »Was glaubst du eigentlich, wer ich bin? Vielleicht einer von diesen Pressefritzen? Was willst du da geheim halten? Wir können uns nicht einfach so von irgendjemandem Fingerabdrücke beschaffen, dazu brauchen wir sein Einverständnis. Das ist einfach absurd, und das weißt du auch.«

»Es hängt mit dieser russischen Zigarettenschachtel zusammen.«

»Die vom Hafnarbíó?«

»Ja.«

Der Mann tunkte das Schweinsohr in den Kaffee.

»Kann es sein, dass wir bereits Fingerabdrücke von ihm haben? Wie heißt der Mann?«

»Ich darf dir noch nicht einmal sagen, um wen es sich handelt«, sagte Marian. »Im Augenblick noch nicht. Ich habe das Fingerabdruckarchiv durchforstet, dort finde ich den Mann nicht.«

»Was für ein idiotisches Versteckspiel, Marian! So etwas sieht dir überhaupt nicht ähnlich.«

»Der Fall ist kompliziert. Ich würde es gerne auf einen Versuch ankommen lassen. Es ist immer besser, etwas Konkretes in der Hand zu haben. Ich kann ihm nicht einfach unter die Nase reiben, wodurch wir auf ihn aufmerksam geworden sind und dass er sich auf etwas gefasst machen kann. Ich muss mich auf etwas Handfestes berufen können. Kannst du mir dein forensisches Gerät borgen, ich bringe es in einer Stunde wieder zurück.«

»Nennst du das etwa ein fachmännisches Vorgehen?«

»Was meinst du damit?«

»Na, du redest doch dauernd davon, dass wir hier Experten und Sachverständige benötigen, und dann kommst ausgerechnet du auf solche Einfälle.«

»Dieser Fall ist ein ganz besonderer«, sagte Marian.

»Das sind doch wirklich hinterwäldlerische Methoden, typisch isländisch.«

»Meinetwegen.«

»Was hast du gesagt, was für einen Wagen fährt er?«

»Einen Moskwitsch.«

»Da hast du Glück. Der Türgriff von dem Wagen ist geradezu ideal, um Fingerabdrücke zu nehmen. Lass es dir von Tómas erklären.«

Eine Stunde später stand Marian wieder vor dem Verwaltungsgebäude des E-Werks, bewaffnet mit Pulver in einer kleinen Schnupftabaksdose, einem feinen Pinsel und Klebeband, im Kopf die Anweisungen des Technikers. Ein Vergrößerungsglas würde gute Dienste leisten, hatte Tómas gesagt. Marian hatte noch nie ein Vergrößerungsglas verwendet und lehnte derartige Methoden rundheraus ab.

Viðars Moskwitsch stand auf dem Parkplatz hinter dem Gebäude bei ein paar Sträuchern, die einigermaßen Blickschutz vor neugierigen Passanten boten. Tómas hatte den Hinweis seines Chefs bestätigt und empfohlen, sich auf den Türgriff zu konzentrieren. Er war verchromt und flach, und um die Tür zu öffnen, musste man mit vier Fingern unter den Griff fassen, während der Daumen an der Vorderseite dagegen drückte. Also würden aller Wahrscheinlichkeit nach deutliche Spuren des Daumens außen am Griff zu finden sein.

Marian nahm sich Zeit und beobachtete zunächst einmal eine halbe Stunde lang, was sich in der Umgebung des Moskwitsch abspielte. Aber es war ruhig. Also pirschte Marian sich an den Wagen heran, stellte sich neben ihn, besah sich den Griff genau und glaubte, Abdrücke daran zu erkennen. Als Nächstes musste das Pulver auf den Griff gestäubt werden. Mit dem Pinsel bürstete Marian überschüssiges Pulver ab, und dabei kamen die Fingerabdrücke deutlich zum Vorschein. Marian presste ein Stück Klebeband auf den Griff, zog es vorsichtig ab und gab es in eine Schachtel. Das Ganze hatte nicht länger als zwei Minuten gedauert.

Kurze Zeit später lieferte Marian die Schachtel in der Spurensicherung ab und bat darum, diese Abdrücke mit dem Daumenabdruck von der Zigarettenschachtel zu vergleichen, und den Fingerabdrücken aus dem Kino, und zwar so schnell wie möglich.

Während Marian mit dem Moskwitsch beschäftigt war, hatte Albert den letzten Mann aus dem Hafnarbíó ausfindig gemacht, mit dem die Polizei noch nicht gesprochen hatte, von dem man aber mit Sicherheit wusste, dass er im Kino gewesen war. Es war der Pilot, mit dem Viktoria ein Verhältnis hatte. Seit dem Gespräch im Skúlakaffi war er auf internationalen Strecken geflogen, aber jetzt war er wieder in Island. Albert hatte ihn telefonisch erreicht, und sie hatten sich an einem Ort verabredet, der gleich weit entfernt war von dem Haus des Piloten und vom Dezernat der Kriminalpolizei.

»Hättest du nicht etwas Anständigeres vorschlagen können?«, knurrte der Pilot, als er sich zu Albert setzte. Es war kurz nach der Mittagessenszeit, der große Andrang war vorbei.

»Der Kaffee hier ist ausgezeichnet«, erklärte Albert, der keine Lust hatte, sich zu entschuldigen. »Und hier ist es ruhig.«

Der Pilot war in sommerlicher Kleidung gekommen, in Jeans und einem hellen Blouson, er war schlank und sah attraktiv aus. Verdammt attraktiv, hätte Guðný gesagt. Er war gut rasiert und gepflegt, hatte dichte Koteletten und trug die Haare so lang wie Albert. Sein Gesichtsausdruck war so konzentriert, als befände er sich unentwegt im Anflug. Viktoria hatte anscheinend Zeit gefunden, ihm von ihrem Treffen mit der Kriminalpolizei zu erzählen, denn er wusste genau Bescheid und kam sofort zur Sache.

»Ich habe keine Ahnung, was damals in dem Kino passiert ist«, sagte er. »Als ich am Tag danach in der Zeitung davon las, habe ich es einfach nicht glauben können, dass dieser Mord genau in dieser Fünfuhrvorstellung stattgefunden hat. Unglaublich. Wer auch immer es war, er muss den Jungen blitzschnell getötet haben, ohne dass jemand irgendetwas mitbekommen hat. Seid ihr mit euren Ermittlungen schon weitergekommen?«

»Hast du diesen Mann auch bemerkt, den Viktoria dort …«

»Der, den sie im Hotel Loftleiðir gesehen hat?«, unterbrach ihn der Pilot. »Nein, ich habe mich so bedeckt wie möglich gehalten. Ins Kino bin ich nur gegangen, um Viktoria zu treffen. Habt ihr schon mit ihrem Mann gesprochen?«

»Nein.«

»Ist das notwendig?«, fragte der Pilot.

»Ich weiß es noch nicht«, antwortete Albert.

»Muss ich dabei erwähnt werden?«

»Ich weiß es noch nicht«, wiederholte Albert.

»Wir sind befreundet, verstehst du.«

»Ich bin mir nicht sicher, ob mich das etwas angeht«, entgegnete Albert.

»Okay, also wirst du meinen Namen nicht nennen.«

»Das habe ich nicht gesagt.«

»Viktoria will ihm von uns erzählen, sie möchte sich scheiden lassen und mit mir zusammenleben. Aber ich habe Familie …«

»Das geht mich nichts an«, erklärte Albert ein weiteres Mal. Er verspürte nicht die geringste Lust, sich die Nöte eines fremdgehenden Ehemannes anzuhören. »Hast du vielleicht bemerkt, ob möglicherweise Ausländer in der Vorstellung waren?«

»Ausländer?«

»Ja.«

»Davon weiß ich nichts. Nur das, was Viktoria mir über den Mann im Loftleiðir gesagt hat. Wisst ihr, wer das ist?«

»Hast du ihn gesehen, als er den Kinosaal verließ?«

»Nein, ich habe ihn nicht gesehen, aber Viktoria. Reicht das nicht? Wenn ihr mit ihrem Mann sprechen müsst, gilt das dann womöglich auch für meine Frau?«

»Ich habe nicht gesagt, dass wir mit ihrem Mann sprechen«, sagte Albert.

»Gut«, entgegnete der Pilot erleichtert, so als hätte Albert ihm auf irgendeine Weise einen persönlichen Gefallen getan.

Neunundzwanzig

Später am Tag fuhr Marian zu Dagnýs Freundin Hrefna. Sie kannte Viðar Eyjólfsson seit einem Aufenthalt in Moskau in den dreißiger Jahren. Dagný hatte ihr gesagt, dass sie mit einem Besuch von Marian zu rechnen hatte, es ginge um Ermittlungen, die unbedingt geheim bleiben müssten. Hrefna war bereits neugierig und gespannt, als sie Marian die Tür öffnete.

»Du bist von der Kriminalpolizei?«, fragte sie, und Marian merkte gleich, dass hier äußerste Vorsicht geboten war.

»Dagný hat dich angerufen?«

»Ja, sie hat mit mir gesprochen. Komm doch rein. Was möchtest du über Viðar wissen?«, sagte sie, während sie die Tür schloss. »Lass uns ins Wohnzimmer gehen. Möchtest du einen Kaffee?«

Hrefna und ihr Mann lebten in einer geräumigen Wohnung im Hlíðar-Viertel. An diesem Nachmittag war ihr Mann nicht zu Hause, und Hrefna erwähnte ihn auch nicht. Sie war eher klein und etwas mollig und trug die langen Haare offen. Von Dagný wusste Marian, dass sie als Übersetzerin und Dolmetscherin aus dem Russischen arbeitete.

Marian akzeptierte eine Tasse Kaffee und setzte sich im Wohnzimmer in einen Sessel.

»Dagný sagte mir, ihr seid …«

»Wir haben denselben Vater«, führte Marian den Satz zu Ende.

»Sie ist eine sehr nette Frau«, sagte Hrefna. »Sie hat mir über deine Tuberkulose erzählt.«

»Wieso das?«, fragte Marian.

»Es ist … Nun, ein Verwandter von mir hatte Tuberkulose. Er ist auch in Vífilsstaðir gewesen.«

»Wirklich?«

»Ja. Er war aber sehr viel älter als du. Er starb. Er war der Bruder meines Vaters, und die beiden verstanden sich sehr gut. Ich weiß nicht, wie oft er ihn damals in diesem Sanatorium besucht hat.«

»Es war nicht schlimm, dort zu sein«, entgegnete Marian zurückhaltend und überlegte, was Dagný damit bezweckt haben könnte, Hrefna von dieser Krankheit zu erzählen. Vielleicht, um die Begegnung einfacher zu machen, um das Eis zu brechen.

»In unserer Familie hat es sehr viele Tuberkulose-Fälle gegeben«, entgegnete Hrefna. »Wir sind ungeschoren davongekommen. Aber vor der Tuberkulose sind wohl alle gleich.«

»Niemand war dagegen gefeit«, entgegnete Marian.

»Und in was hat sich Viðar da reingeritten?«, fragte Hrefna. Sie ging in die Küche, um den Kaffee zu holen. Nach kurzer Zeit kam sie zurück, setzte sich aufs Sofa und goss den Kaffee ein.

»Soweit wir wissen, geht es um irgendwelche Unstimmigkeiten in der Buchhaltung.« Marian bemühte sich sehr um die richtige Wortwahl. »Dort arbeitet er ja. Was ich dir jetzt sage, darf auf gar keinen Fall publik werden, was du hoffentlich verstehst. Im Augenblick wissen wir noch nicht einmal, ob er überhaupt daran beteiligt ist. Vom Elektrizitätswerk sind wir darum gebeten worden, die Angelegenheit möglichst vertraulich zu behandeln.«

»Ach, ihr habt also noch gar nicht mit ihm gesprochen?«

»Wir versuchen zunächst, uns Informationen über die Personen zu beschaffen, die eventuell mit diesem Fall zu tun haben könnten«, sagte Marian. »Über Dagný erfuhr ich von deiner Bekanntschaft mit Viðar. Deswegen kam mir die Idee, mich mit dir in Verbindung zu setzen. Soweit ich weiß, seid ihr zur gleichen Zeit in Moskau gewesen.«

»Viðar war irgendwie immer schon so etwas wie ein ungeschliffener Klotz«, entgegnete Hrefna. »Ich fand ihn nie besonders sympathisch, aber ich kann mir nicht vorstellen, dass er betrügen würde. Das passt gar nicht zu ihm.«

»Es muss ja auch nicht sein. Wie gesagt, es handelt sich um eine allererste Recherche. Es kann sehr gut sein, dass er überhaupt nichts mit der Sache zu tun hat. Wir haben da einige Mitarbeiter im Visier. Inwiefern war er ein ungeschliffener Klotz?«

»Sehr sozial war er nicht veranlagt, hat sich kaum mit den anderen Isländern in Moskau abgegeben, sondern nur mit seiner Bríet. Trotzdem war er immer dabei, wenn wir uns trafen. Man forderte uns dazu auf, an solchen Treffen teilzunehmen, um Kritik und Selbstkritik zu über. Zu der Zeit waren die Sozialdemokraten die schlimmsten Feinde, und da war es von Vorteil, wenn man möglichst schlecht über sie redete.«

»Diese Bríet, ist sie nicht Krankenschwester?«

»Ja. Damals in Moskau studierte sie russische Literatur, aber sie warf das Handtuch und machte stattdessen eine Ausbildung zur Krankenschwester. In Dänemark, glaube ich, und anschließend hier in Island.«

»Und die beiden sind seit den Tagen in Moskau zusammen?«

»Ja. Aber geheiratet haben sie nie, und sie leben auch nicht zusammen. Kinder haben sie auch nicht. Wahrscheinlich wollten sie wohl keine Familie gründen. Ich weiß nicht, ob sie das zu bürgerlich fanden, aber so war es. Die beiden wollen sich einfach nicht in die Karten sehen lassen.«

»Hat Viðar jemals im Auftrag der Sowjets gearbeitet?«

»Ich glaube, nicht viel. Soweit ich weiß, hat er sich um die Reisepässe und die Visa von Isländern gekümmert. Wer auch immer ins Land kam, wurde observiert, genau wie heutzutage. Aber Viðar hat vielleicht engere Bekanntschaft mit irgendwelchen Russen geschlossen als unsereins, und deswegen hatte er größere Vorteile als der Rest von uns.«

»Was für Vorteile denn?«

»Er hatte beispielsweise eine kleine Wohnung für sich. Wir anderen mussten uns die Zimmer teilen, so etwas in der Art. Er hatte auch mehr Möglichkeiten zu reisen. Er ist beispielsweise zum Weißmeer-Ostsee-Kanal gefahren und war sehr beeindruckt. Und er rauchte diese schauderhaften Papirossy, die nach diesem Belomorkanal benannt waren. Solschenizyn hat über den Kanal und das Lager geschrieben, und das, was die Gefangenen dort erleiden mussten. Er war allerdings nicht so begeistert vom Gulag wie Viðar.«

»Hattest du, oder hattet ihr jemals den Verdacht, dass Viðar über die Regelung von Einreiseformalitäten hinaus noch in anderer Weise für die Russen gearbeitet hat? Hattet ihr Grund, das zu glauben?«

»Meinst du, dass man uns observiert oder ausspioniert hat?«

Marian nickte.

»Nein, das glaube ich nicht«, sagte Hrefna.

»Und auch nicht, nachdem er wieder in Island war?«

»Nein, aber daran habe ich auch nie einen Gedanken verschwendet«, sagte Hrefna mit nachdenklich gerunzelten Brauen. »Und was hat das alles mit dem Elektrizitätswerk zu tun?«

»Nichts. Die Neugier ist mit mir durchgegangen«, sagte Marian und zwang sich zu einem Lächeln. »Die Zeiten damals waren so interessant.«

»Wir gehörten zur skandinavischen Abteilung der Komintern, der kommunistischen Internationalen. Viðar studierte an der Internationalen Lenin-Schule«, erklärte Hrefna. »Dort wurden Studenten aus aller Herren Länder ideologisch indoktriniert. An dieser Schule wurden zukünftige internationale Propagandafunktionäre unterrichtet. Die ausländischen Absolventen gingen wieder zurück in ihre jeweiligen Länder, um sich dort bei der Organisation und Strukturierung der Parteiarbeit einzubringen. Ich habe das Gefühl, dass Viðar das, was er in Moskau sah und hörte, nicht sonderlich gefallen hat, aber das hat er für sich behalten. Vor allem, als sie damit anfingen, Ausländer zu verfolgen. Zu dem Zeitpunkt bin ich auch selbst nach Island zurückgegangen.«

»Was genau wurde an der Lenin-Schule unterrichtet?«

»Das Übliche. Die wichtigsten leninistischen Schriften. Historischer Materialismus. Aber auch irgendwelche naturwissenschaftlichen Fächer. Und natürlich Agitprop.«

»Spionage?«

»Bestimmt auch, in irgendeiner Form. In vielen Ländern waren kommunistische Parteien verboten. Hierzulande nicht, aber in anderen Ländern waren sie verboten, und deswegen bildete man Leute aus, dagegen zu agitieren. Ich persönlich fand immer, dass die Lenin-Schule irgendeine Art von Geheimorganisation war.«

»Und Viðar?«

»Er hatte natürlich sehr enge Verbindungen zu den Russen, sowohl private als auch über die Partei. Er hat etliche Reisen in den Osten unternommen, die von der russischen KP organisiert wurden, und zwar nicht nur nach Russland, sondern auch nach China und in andere Länder Osteuropas.«

»Soweit mir bekannt ist, hat er dann aber nichts mit der späteren Volksallianz zu tun haben wollen.«

»Soweit ich weiß, hat er sich sehr schwer damit getan, den Einmarsch in Ungarn zu rechtfertigen. Und es gibt heute nur noch wenige, die sich immer noch nicht scheuen, das zu tun. Als die Russen in die Tschechoslowakei einmarschierten, hat er letztendlich seinen Glauben verloren. Das ist zumindest das, was ich gehört habe.«

»Raucht er immer noch diese Zigaretten?«

»Doch, ich glaube schon. Soweit ich weiß jedenfalls. Und er hat immer noch enge Verbindung zu seinen russischen Freunden. Einer gehört inzwischen zur Nomenklatura.«

»Tatsächlich?«

»Ich kann mich aus meiner Zeit in Moskau an ihn erinnern, er hat sich kaum verändert.«

»Wer ist das? Hast du ihn getroffen?«

»Nein, getroffen habe ich ihn nie, ich habe bloß kürzlich ein Foto von ihm gesehen, im *Volkswillen*. Ich glaube, ich habe die Zeitung noch nicht weggeworfen. Ich weiß zwar nicht, was für eine Rolle er genau spielt, aber er war in diesem Begleitkomitee.«

»In welchem Begleitkomitee?«

»Von Iwanow, dem russischen Sportminister. Er ist wegen der Schachweltmeisterschaft hier und ist mit einer ganzen Delegation angereist. Hast du nichts darüber gehört?«

Hrefna stand auf und ging in die Küche. Sie kam zurück mit ein paar Exemplaren des *Volkswillens* und blätterte darin. Als sie die richtige Ausgabe gefunden hatte, reichte sie sie Marian. In der Schlagzeile ging es um den Besuch des sowjetischen Sportministers Iwanow in Island, der mit einer großen Delegation angereist war.

»Es ist der Zweite von links.«

»Der da?«, entgegnete Marian und deutete auf einen Mann im Gefolge des Sportministers.

Das Foto von der Gruppe war auf dem Flughafen in Keflavík gemacht worden. Iwanow stand im Vordergrund und lächelte in die Kamera. Die Delegation bestand in der Mehrzahl aus Männern, nur zwei Frauen gehörten dazu. Der Bildunterschrift zufolge waren auch die Mitglieder eines isländischen Empfangskomitees zu erkennen.

»In Moskau war er einer von Viðars besten Freunden«, erklärte Hrefna. »Ich hab ihn auf dem Foto gleich erkannt. Ich weiß aber nicht mehr, wie er heißt. Sein Name wird in der Zeitung nicht genannt, nur der von Iwanow.«

»Woher weißt du, dass sie befreundet sind?«

»Ich habe sie oft zusammen gesehen. Seitdem sind natürlich viele Jahre vergangen, aber ich habe ihn sofort erkannt. Das Foto ist ziemlich scharf. Er war Viðars Verbindungsmann zur Komintern, wenn ich mich richtig erinnere. Anscheinend hat er es in der Zwischenzeit weit gebracht.«

»Von wann ist die Zeitung?«

»Da musst du dir das Datum anschauen. Ich bewahre sie immer ein oder zwei Monate auf, bevor ich sie wegwerfe. Damit mir nichts entgeht«, erklärte Hrefna lächelnd.

Marian schaute auf der Titelseite nach, die Zeitung war drei Tage vor dem Mord an Ragnar erschienen.

Marian starrte auf das Bild und den Mann, der Hrefna zufolge in Moskau engen Kontakt zu Viðar Eyjólfsson gehabt hatte. Das Foto zeigte einen Mann, der einen kurzen hellen Mantel trug.

Dreißig

Marian setzte sich im Büro mit Albert zusammen und berichtete ihm, was Hrefna zu sagen gehabt hatte, und reichte ihm dann den *Volkswillen* mit dem Foto von dem Mann im hellen Mantel. Albert betrachtete das Bild, sah Marian an und dann noch einmal das Foto. Marian fand es an der Zeit, Albert einige Informationen über Viðar zu geben, weil es nun Hinweise darauf gab, dass er möglicherweise der dritte Mann vor dem Kino gewesen war. Marian sagte Albert, dass Viðar in enger Verbindung zur Sozialistischen Partei stand und vermutlich auch persönlichen Kontakt zu prominenten Leuten in der sowjetischen Nomenklatura hatte.

»Hat Viktoria nicht über einen Mann in einem kurzen hellen Mantel gesprochen?«, fragte Albert.

»Ja«, entgegnete Marian. »Aber vermutlich laufen viele Menschen in solchen Mänteln herum.«

»Müssen wir ihr dieses Foto nicht zeigen? Schließlich könnte es sich um den Mann im Hafnarbíó handeln?«

»Es ist eine relativ deutliche Aufnahme von ihm, und wahrscheinlich können wir auch die restlichen Aufnahmen von dem Fotografen bekommen. Bestimmt hat er außer dem Foto in der Zeitung noch andere Aufnahmen gemacht. Die sollten wir uns besorgen und dann ein weiteres Mal mit Viktoria sprechen, vielleicht kann sie ihn ja identifizieren. Und anschließend statten wir Viðar Eyjólfsson einen Besuch ab. In anderen Zeitungen habe ich keine Fotos von der Ankunft dieses Ministers gefunden, aber beim *Volkswillen* sind sie ja sozusagen von Haus aus dazu verpflichtet.«

»Wow«, sagte Albert, der auf das Foto mit dem Sportminister starrte. »Was ist da eigentlich im Gange?«

»Das weiß ich nicht«, entgegnete Marian.

»Hätte ich hiervon, ich meine von diesem Viðar, nicht viel früher erfahren sollen?«, sagte Albert, der gar nicht erst versuchte, seine Enttäuschung zu verhehlen.

»Das hat sich alles erst gestern und heute herausgestellt«, sagte Marian. »Ich wollte dich nur über den Stand der Dinge informieren. Ich könnte mir vorstellen, Viðar heute Abend einen Besuch abzustatten, meiner Meinung nach brauchen wir damit nicht mehr zu warten. Fahr du erst mal zu dem Fotografen und besorg dir bessere Fotos. Natürlich darfst du ihm nicht sagen, weshalb wir die Aufnahmen brauchen, du musst die Wahrheit ein wenig zurechtbiegen. Ist das ein Problem für dich?«

»Nein.«

»Du brauchst nur die Filme, vergrößern lassen können wir sie bei uns im Labor. Was immer du tust oder sagst, es darf unter gar keinen Umständen mit unserer Ermittlung im Fall Hafnarbíó in Verbindung gebracht werden.«

»Kein Problem. Über welche Kanäle hast du von diesem Viðar erfahren?«

»Das kann ich dir erst später erklären. Ich habe einen Tipp bekommen. Das muss dir vorläufig genügen.«

»Ich dachte, wir arbeiten zusammen an diesem Fall.«

»Das tun wir natürlich, aber hier geht es um etwas streng Vertrauliches, das musst du verstehen, Albert.«

»In Ordnung«, entgegnete Albert und schob Marian die Zeitung wieder zu. »Was glaubst du, worum es hier geht?«

»Ich weiß es nicht. Ich warte noch auf die Auswertung der Fingerabdrücke. Ich habe an Viðars Auto ohne sein Wissen einen Fingerabdruck genommen. Der wird jetzt mit dem von der Belomorkanal-Packung verglichen. Wenn sie zusammenpassen, ist die Wahrscheinlichkeit sehr groß, dass Viðar in der Nähe des Kinos gewesen ist.«

»Um das Treffen zu beobachten?«

»Ja.«

»Aber was dann? Was geschah bei diesem Treffen?«

»Ich denke, da kann alles Mögliche geschehen sein«, sagte Marian. »Falls meine Informanten verlässlich sind, dann sind Viðar und der Mann im hellen Mantel ziemlich eng befreundet.«

Albert sagte eine ganze Weile gar nichts, er musste sich erst einmal diese neuen Informationen durch den Kopf gehen lassen.

»Wenn es stimmt, was mir gesagt wurde, wusste Viðar von dem Treffen im Kino, hat aber anscheinend nicht selbst daran teilgenommen«, sagte Marian.

»Wie bist du nur an diese Informationen herangekommen?«

Marian konnte Albert nicht von den Abhöraktionen erzählen. Die meisten Isländer konnten sich gar nicht vorstellen, dass Menschen aus politischen Gründen abgehört wurden, das war etwas, was für sie in die weit entfernten Welten der Supermächte gehörte. Falls durchsickern würde, dass auch in Island Menschen abgehört wurden, könnte das weitreichende politische Konsequenzen haben. Marians größte Bedenken drehten sich allerdings darum, Josefs Vertrauen zu enttäuschen.

»Es ist kompliziert, Albert. Ich kann noch nicht darüber sprechen. Glaub mir, es geschieht nicht aus böser Absicht. Bitte erzähle auch niemandem von unserem Gespräch, das muss im Augenblick unter uns bleiben. Es würde auch zu nichts führen, andere in das einzuweihen, was wir hier bereden.«

Albert sah Marian lange in die Augen.

»Wozu diese Rücksichtnahme und diese Geheimniskrämerei?«, fragte er schließlich.

»Es geht einfach im Moment nicht anders.«

»Ist das nicht gefährlich?«

»Was?«

»So heimlich vorzugehen?«

»Es geht darum, so behutsam wie möglich vorzugehen.«

»Wir könnten in eine Situation hineingeraten, die eine Nummer zu groß für uns ist«, sagte Albert. »Ich jedenfalls würde gerne wissen, auf was ich mich einlasse.«

»Einen Schritt nach dem anderen«, entgegnete Marian. »Beschaff du diese Aufnahmen. Und dann unterhalten wir beide uns mit Viktoria.«

»Ich habe diesen Piloten getroffen, mit dem sie fremdgeht«, sagte Albert.

»Ist dabei etwas herausgekommen?«

»Nein. Er war nur sehr besorgt, dass sein Freund oder seine Ehefrau davon erfahren könnten.«

* * *

Es ging bereits auf den Abend zu, als Albert und Marian vor Viktorias Haus hielten. Um fünf Uhr hatte sie Dienstschluss im Hotel Loftleiðir gehabt, war aber unter ihrem Privatanschluss nicht zu erreichen gewesen. Möglicherweise hatte sie sich hingelegt oder das Telefon ausgestellt. Vielleicht war sie aber auch mit ihrem Liebhaber zusammen, dem Piloten mit dem konzentrierten Gesichtsausdruck.

Albert hatte das Foto aus dem *Volkswillen* dabei, auf dem der Mann im hellen Mantel zu sehen war. Es war im technischen Labor vergrößert worden. Marian machte ihm Vorwürfe, dass er nicht den ganzen Film mitgebracht hatte. Doch Albert erwiderte nur, dass das zu viel Verdacht erweckt hätte. Das Foto, das er bekommen hatte, war sehr viel deutlicher als das Bild in der Zeitung. Jetzt sollte sich zeigen, ob Viktoria den Mann als die Person identifizieren konnte, die im Kino hinter ihr gesessen hatte.

Viktoria und ihr Pilot lebten in einem großen Bungalow im Fossvogur-Viertel, einem weiteren Neubaugebiet, das gerade erschlossen wurde. Dort befand sich auch der Lotteriegewinn, das Haus, in dem Bobby Fischer es nicht ausgehalten hatte. Die Straßen trugen Namen, die den romantischen Dichtern des neunzehnten Jahrhunderts alle Ehre gemacht hätten, Godenland, Flammenland, Quellenland. Viktorias Haus war beinahe fertiggestellt, es lag ganz unten an einem

Hang, an dem sich vor allem Ärzte und Juristen ein Grundstück gesichert hatten. Der Untergrund hier war feucht, und trotz der Drainagegräben sickerte überall Wasser in die Baugruben. Auf dem Weg zu Viktorias Adresse kam man an Schuppen für die Bauarbeiter, Paletten und Stapeln mit Bauholz vorbei.

»Würdest du hier wohnen wollen?«, fragte Marian Briem.

»Ich bin ganz zufrieden mit meinem Zuhause«, sagte Albert.

»Warum so bescheiden?«, sagte Marian.

»Bin ich gar nicht.«

Albert hielt vor einem Bungalow mit Flachdach und großen Fenstern. Das Haus war zwar bereits weiß verputzt, aber rundherum herrschte noch das Chaos. Der Garten bestand nur aus groben Erdschollen, und zu der Doppelgarage führte ein Kiesweg mit großen Schlammlöchern und Pfützen. Auf dem Weg zum Eingang sprang Marian über eine hinweg, für die letzten Schritte zur Haustür waren drei Holzplanken hintereinandergelegt worden. An der Stelle, an der die Gegensprechanlage vorgesehen war, prangte nur ein Loch in der Wand. Albert klopfte an.

»Als Pilot scheint man gutes Geld zu machen«, bemerkte Marian nach einem Blick auf das Haus und das Grundstück.

»Viktoria arbeitet ja auch«, entgegnete Albert.

»Ja, das wird wahrscheinlich die Zukunft sein«, sagte Marian. »Die Eltern arbeiten beide, und die Kinder werden tagsüber betreut.«

»Ich glaube, Viktoria und ihr Mann haben keine Kinder.«

Albert hämmerte gegen die Tür, aber nichts geschah. Im Haus war nirgendwo Licht, und es rührte sich nichts.

»Anscheinend niemand zu Hause«, sagte Albert.

»Ja. Der Pilot düst wahrscheinlich irgendwo durch die Lüfte.«

»Und Viktoria trifft sich mit dem Freund.«

»Wunderbare Verhältnisse«, sagte Marian und machte kehrt. »Als Nächster ist Viðar Eyjólfsson an der Reihe. Vielleicht sollten wir beim ersten Mal nicht zu zweit auftreten, es reicht wahrscheinlich, wenn ich gehe.«

»Willst du ihm wirklich so spät noch einen Besuch abstatten?«

»Es besteht kein Grund, länger damit zu warten. Und abends ist einfach die beste Zeit.«

»Willst du nicht darauf warten, was der Vergleich der Fingerabdrücke bringt?«

»Wer weiß, wann wir das Ergebnis bekommen.«

Marian war bereits ins Auto gestiegen, als Albert Viktoria sah, die in Trainingsanzug und Turnschuhen den Spazierweg entlanggerannt kam, der zwischen den Grundstücken angelegt worden war. Sie war ziemlich außer Puste, als sie beim Auto stehen blieb.

»Wolltet ... ihr ... zu mir?«, schnaufte sie.

»Was machst du da eigentlich?«, fragte Marian.

»Jogging.«

»Jogging?«

Albert griff nach dem vergrößerten Foto aus der Zeitung und reichte es ihr. Auf dem Ausschnitt war nur der Mann im hellen Mantel zu sehen, ohne den Sportminister und seinen Tross.

»Ist das der Mann, den du im Hafnarbíó gesehen hast?«, fragte er.

»Einen Moment, ich muss erst wieder zu Atem kommen«, ächzte Viktoria. Sie beugte sich vor, holte tief Luft und atmete wieder aus, bis sie wieder einigermaßen normal atmen konnte. Dann griff sie nach dem Foto und sah es sich genau an. Sie antwortete, ohne zu zögern.

»Ja«, sagte sie. »Das ist er. Das ist der Mann, den ich im Kino gesehen habe.«

Einunddreißig

Nach der Operation in Kolding war Katrín viele Wochen bettlägerig. In den ersten Tagen durften sie nur die engsten Angehörigen besuchen. Marian war sehr besorgt, denn die Nachrichten über ihren Zustand waren nicht gut. Die Operation war schwieriger und gefährlicher gewesen, als die Ärzte gedacht hatten. Katrín hatte die Narkose nur schlecht verkraftet und litt unter starken Schmerzen. Eine Zeitlang war es völlig ungewiss, ob sie überleben würde. Sieben Rippen waren ihr entfernt worden.

Katríns Eltern kamen nach Kolding, quartierten sich in einem Hotel ein und wachten abwechselnd Tag und Nacht am Krankenbett der Tochter. Marian lernte sie und ihre Sorgen und Ängste ein wenig kennen. Niemand konnte sagen, ob die Infektion in dem Lungenflügel zurückgehen würde. Die Rippenresektion war eine Methode, zu der man nur griff, wenn alle anderen Versuche gescheitert waren, aber es war völlig ungewiss, ob sie Erfolg haben würde.

Die Tage vergingen in Einsamkeit und Schweigen, Marian verbrachte sie in der Liegehalle, starrte auf den Fjord und die Schiffe und verspürte nicht die geringste Lust, etwas zu unternehmen. Die Sehnsucht nach Athanasius war groß. Albträume kehrten ständig wieder, in denen der entsetzliche Anblick aus dem OP-Raum immer bizarrer und abstoßender wurde, sodass Marian sich kaum noch traute, nachts zu schlafen.

Eines Tages kam einer der Pfleger in die Liegehalle gerannt, um Marian ans Telefon zu holen. Marian wusste zuerst gar nicht, was der Mann wollte, stand aber schließlich auf und folgte ihm in das Büro der Oberschwester, die den Hörer vom Schreibtisch nahm und Marian reichte. Dann ging sie mit dem Pfleger aus dem Zimmer und schloss die Tür hinter ihnen, sodass Marian allein in dem Raum zurückblieb.

»Hallo?«, sagte Marian ganz vorsichtig.

»Bist du das, Marian?«, sagte eine Stimme am anderen Ende der Leitung, in der es rauschte und knackte.

»Athanasius?«

»Wie geht es dir, Marian?«

»Ich ... Bei mir ist alles in Ordnung.«

»Möchtest du nicht wieder nach Hause kommen?«

»Manchmal schon.«

»Wie geht es deiner Freundin? Ich habe gerade deinen Brief gelesen. Fürchterlich, was die mit der Kleinen gemacht haben. Hat sie sich wieder von der Operation erholt?«

»Sie ... Ihr geht es nicht gut. Ich darf sie immer noch nicht besuchen.«

»Aber was ist mit dir? Wie geht es dir?«

»Mir geht es gut, ich muss viel ruhen. Und sie füllen immer wieder Luft nach. Bei mir ist es aber nicht so schlimm wie bei Katrín, ihr geht es sehr schlecht und ...«

Marian begann zu schluchzen.

»... ich weiß nicht, warum sie so viel leiden muss.«

Athanasius schwieg eine Weile.

»Den Menschen werden ungleich schwere Bürden auferlegt«, sagte er schließlich. »Das weißt du doch.«

»Aber warum muss sie so furchtbar leiden?«

»Ich habe für dich eine Passage auf der Gullfoss gebucht, im nächsten Monat«, sagte Athanasius. »Dann kommst du nach Hause, und wir können ausführlich miteinander reden. Ich kann jetzt nicht viel länger sprechen, ich bin hier in der Stadtmitte auf dem Telegrafenamt. Es war schön, deine Stimme zu hören, ich hab mir Sorgen wegen deines Briefes gemacht. Ich weiß, dass du dich nicht gut fühlst, aber das wird schon wieder, Marian. Glaub mir. Mit der Zeit wird alles wieder gut.«

»*Bless*, Athanasius«, sagte Marian.

»Ja, *bless*, und auf ein ...«

Mitten im Satz wurde das Gespräch abgebrochen. Marian stand noch eine Weile mit dem Hörer in der Hand da. Die Tür öffnete sich, und die Oberschwester kam wieder herein. Sie erkundigte sich, ob alles in Ordnung sei. Marian reichte ihr den Hörer.

»Heute Abend darfst du deine Freundin besuchen«, sagte die Oberschwester. »Ihr geht es ein wenig besser, und sie hat nach dir gefragt.«

Katrín war von der Pflegestation wieder auf ihr Zimmer verlegt worden, aber sie war immer noch so erschöpft, dass sie kaum lächeln konnte, als Marian in ihr Zimmer kam. Doch dann huschte ein Anflug von Freude über ihr Gesicht. Es war so warm in dem Zimmer, dass Katrín nur unter einer dünnen weißen Bettdecke lag, und Marian versuchte angestrengt, nicht auf die unter der dünnen Decke sichtbaren Verbände zu starren. Tiefes Schweigen herrschte im Zimmer.

Marian setzte sich auf einen Stuhl neben dem Bett. Katrín schloss die Augen und schien einzuschlummern. Es verging einige Zeit, bevor sie die Augen wieder öffnete.

»Erinnerst du dich … an die Frau …«

»Was für eine Frau?«

»Von … von der ich dir erzählt habe?«

»Die du in den Westfjorden gesehen hast?«

»Ja.«

»Natürlich erinnere ich mich, denk nicht an sie«, sagte Marian. Katrín hatte vor der Operation von einer Frau erzählt, die sie in Ísafjörður beim Bezirksarzt gesehen hatte.

»Ich …«

Katrín konnte die Worte nur noch flüstern.

»… ich sehe grauenvoll aus.«

Sie schlief wieder ein. Marian saß neben ihr und wischte sich über die Augen. So verging einige Zeit, die Geräusche vom Fjord, das Tuckern der Motoren und das Rufen der Fischer drangen nicht bis in das Zimmer, so wenig wie das Kreischen der Kinder, die sich auf der Wiese unterhalb der Liegehalle tummelten. Auch draußen auf dem Korridor herrschte Schweigen. Es war schrecklich schwer für Marian, der Freundin gegenüberzusitzen, die nach der Operation sterbenskrank war. Es gab keine Worte des Trostes, die Katrín helfen konnten, sich mit den Tatsachen abzufinden.

Die Zeit verging. Katrín schlief sehr unruhig. Marian saß reglos und mit gesenktem Kopf auf dem Stuhl. Katrín hatte auf dem Weg in den OP-Raum geweint, weil sie sich vor diesem Eingriff fürchtete, genau wie vor dem Operationssaal, den sie für den Eingang zur

Hölle hielt. Sie wusste, dass sie diesen Raum mit einem verunstalteten Körper verlassen würde, der zerstört werden würde, damit sie am Leben blieb. Sie kannte die Folgen. Sie hatte sie Marian zugeflüstert, bevor sie in den OP-Raum geschoben wurde. Mit anderen Menschen hatte sie nie darüber reden können.

Ein Bild hatte sich in Katríns Seele gebrannt, das Bild einer Frau, bei der man eine Rippenresektion vorgenommen hatte, um die Tuberkulose zu heilen. Katrín hatte damals im Wartezimmer des Bezirksarztes gesessen, durch einen Spalt konnte sie in das Behandlungszimmer sehen, und der Anblick, der sich ihren jungen Augen bot, war entsetzlich gewesen. Eine Frau zog sich nach der Untersuchung ihre Bluse wieder an, was ihr Schwierigkeiten bereitete, weil sie nicht in den Ärmel kam und niemand da war, um ihr dabei zu helfen. Sie trug nur einen Büstenhalter, der speziell für sie angefertigt worden war. Ohne es zu wollen, starrte Katrín auf den entstellten Körper, auf die große Narbe, die von der Operation herrührte. Die rechte Seite war eingefallen, und das Schlüsselbein stand vom Hals ab wie ein Bügel ohne etwas darunter.

Die Frau spürte plötzlich, dass sie beobachtet wurde. Sie drehte sich langsam um, und sie und Katrín schauten sich einen Augenblick lang in die Augen, bevor die Frau die Tür zumachte. Ihre Miene war hart und streng, und Katrín wusste, dass sich dahinter Schmerz und Ohnmacht verbargen.

Katrín öffnete die Augen.

»Wo … wo bist du gewesen?«, fragte sie.

»Nirgendwo«, antwortete Marian. »Ich war hier. Ich war die ganze Zeit hier. Du bist eingeschlafen.«

»… es tut so weh … der Schmerz ist wieder da … dieser Schmerz.«

Marian sprang auf und holte eine Krankenschwester. Katrín stöhnte vor Schmerzen. Die Krankenschwester verließ das Zimmer und kam wieder zurück mit einer großen Spritze, die sie Katrín ganz langsam in die Vene drückte. Die schmerzverzerrten Gesichtszüge von Katrín entspannten sich langsam, und sie schlief wieder ein. Die Krankenschwester bat Marian, das Zimmer zu verlassen. Die Besuchszeit war vorbei.

Marian ging auf das Zimmer im ersten Stock, legte sich sofort ins Bett, zog sich die Bettdecke über den Kopf, vergrub das Gesicht im Kopfkissen und weinte.

Drei Wochen später konnte Marian die dick vermummte Freundin im Rollstuhl aus dem Hauptgebäude des Sanatoriums nach draußen schieben, auf die Rasenfläche unterhalb der Liegehalle. Von dort hatte man einen schönen Blick auf den Fjord und die bewaldeten Hügel ringsum. Es war schon herbstlich geworden, und die Bäume hatten sich verfärbt, sie erglühten in Gelb, Braun und Rostrot. Auf dem Fjord war reger Verkehr. Marian und Katrín sahen den Booten zu, die langsam vorbeiglitten. Die Sonne senkte sich.

»Bist du nur noch eine Woche hier?«, fragte Katrín.

»Ja«, antwortete Marian. »Ich fahre in ein paar Tagen zusammen mit zwei anderen Kindern nach Kopenhagen. Dort wird mich jemand in Empfang nehmen und zum Schiff bringen.«

»Ich muss noch bis Weihnachten hierbleiben«, sagte Katrín. »Der Arzt hat es mir heute Morgen gesagt. Er hat auch gesagt, dass ich Glück gehabt habe.«

»Die Lunge wird sich bessern.«

»Ja, das glaubt er.«

»Ist das nicht gut?«

»Doch, ja.«

»Werdet ihr irgendwann mal wieder nach Island zurückkehren?«

»Papa sagt, dass wir in Dänemark bleiben. Er meint, dass es am besten für uns ist. Wirst du zurück ins Sanatorium kommen?«

»Das weiß ich nicht«, antwortete Marian. »Ich würde schon gerne wiederkommen. Hier ist es schön.«

Katrín stöhnte leise und versuchte, sich im Rollstuhl aufzusetzen.

»Alles in Ordnung?«, fragte Marian in besorgtem Ton.

»Da war gerade wieder dieser stechende Schmerz, aber der ist schon wieder vorbei.«

Sie hustete vorsichtig, dabei verzerrte sich ihr Gesicht.

»Erinnerst du dich an die Frau in Ísafjörður, von der ich dir erzählt habe?«, fragte sie und zog die Wolldecke enger an sich.

Ein Ruderboot legte an der Landebrücke vor der Liegehalle an. Zwei Männer sprangen heraus und vertäuten das Boot. Die beiden arbeiteten in der Küche und hatten in der schönen Nachmittagssonne auf dem Fjord geangelt. Sie hatten ein paar Fische gefangen, die sie in einem Eimer hinauf zum Sanatorium trugen. Sie winkten den Kindern zu, die in der Liegehalle ruhten, und nickten lächelnd zu Marian und Katrín hinüber, als sie an ihnen vorbeikamen.

»Du meinst die Frau, die auch diese Operation über sich ergehen lassen musste?«

»Ich habe meine Mutter einmal nach ihr gefragt. Sie kannte die Familie und sagte mir, dass die Frau es furchtbar schwer gehabt hat. Es gelang ihnen nicht, ihr Leben zu retten. Sie ist später doch an der Tuberkulose gestorben.«

»Du wirst es schaffen, du wirst wieder gesund, sonst hätten sie das doch nicht gemacht.«

»Aber sie konnte nicht gerettet werden.«

»Du bist nicht sie.«

»Vielleicht wollte sie nicht mehr leben, nachdem sie operiert worden war.«

Marian sah Katrín an und merkte, dass sie gar nicht mehr über die Frau in den Westfjorden sprach. Zwei Mädchen, die auch in dem Rotkäppchen-Stück mitgewirkt hatten, gingen vorbei und schauten Katrín mitleidig an. Katrín wandte den Kopf ab, sie wollte nicht mit ihnen reden.

»Ich möchte wieder in mein Zimmer«, sagte sie.

Marian stand auf, drehte den Rollstuhl um und schob ihn zurück zum Sanatorium. Das Gebäude war auf weichem Untergrund errichtet worden, es ruhte auf Pfeilern, die tief in den Boden gerammt worden waren. Im Herbst wehte immer eine kalte Brise vom Meer herüber. Marian brachte Katrín zum Zimmer, half ihr ins Bett und setzte sich auf den Stuhl daneben, um Katrín wieder aus einem Buch vorzulesen, das eine Leihgabe aus der Bibliothek war. Das Märchen von der kleinen Seejungfrau.

Eine Woche später stieg Marian in den Zug nach Kopenhagen. Zuvor war ein weiteres Mal Luft zwischen die Rippen gepumpt worden, sodass es bis zum Wiedersehen mit Athanasius reichen würde. Es war kein fröhlicher Abschied, denn Katrín blieb allein zurück. Ihr ging es aber nach den ersten schlimmen Wochen endlich wieder etwas besser. Sie lächelte, als sie sich von Marian verabschiedete, und versprach zu schreiben. Auch Marian wollte ihr jede Woche einen Brief schicken.

Auf der Schiffsreise nach Island träumte Marian zwei Nächte hintereinander denselben Traum und schreckte jedes Mal verstört aus ihm hoch:

Der Himmel war sternenklar, und ein weicher Nebelschleier lag über dem Fjord, als sich die Tür öffnete und kleine Füße hinaustrippelten, an der Liegehalle vorbei über die Wiese hinunter zum Meer. Sie wateten in das schauerlich kalte Wasser, und die Strömung trug sie mit sich hinaus aufs Meer, wo kleine Seejungfrauen die Seelen der Unglücklichen und Trauernden in Empfang nahmen und sie mit sich in die Tiefe zogen.

Zweiunddreißig

Viktoria war sich ihrer Sache vollkommen sicher, der Mann in dem hellen Mantel war derselbe, den sie im Hafnarbíó gesehen hätte – sie hatte nur einen kurzen Blick auf das vergrößerte Foto zu werfen brauchen. Und es war derselbe Mann, den sie im Hotel Loftleiðir gesehen hatte. Also war der Mann tatsächlich in der Delegation des sowjetischen Sportministers gekommen, der nach Island gereist war, um Spasski beim Match des Jahrhunderts zu unterstützen. Und an dem Tag, an dem Ragnar sterben musste, war er im Hafnarbíó gewesen.

Marian und Albert waren nach dem Besuch bei Viktoria ein weiteres Mal ins Hafnarbíó gefahren, um der Frau an der Kasse und dem Platzanweiser das Foto zu zeigen, aber weder sie noch er hatten den Mann auf dem Foto bemerkt. Der Platzanweiser erinnerte sich auch nicht, den Mann eingelassen zu haben, allerdings war er ja auch eine Zeit lang nicht anwesend gewesen.

Marian Briem hatte sich ein älteres Foto von Viðar besorgt, das aus einem alten Rundschreiben der Sozialistischen Partei stammte, da es keine anderen offiziellen Fotos von ihm gab. Deswegen hatte es womöglich nichts zu bedeuten, dass weder Kiddý an der Kasse noch der Platzanweiser sich daran erinnern konnten, ihn in der Vorstellung gesehen zu haben. Und ob er draußen vor dem Kino gestanden hatte, konnten sie erst recht nicht wissen. Jedenfalls war Viðar Eyjólfsson kein häufiger Gast im Hafnarbíó gewesen.

»Wäre es nicht richtig, sich bei den Ermittlungen ganz auf diese Parteiverbindungen zu konzentrieren und die anderen im Präsidium auch davon zu überzeugen?«, hatte Albert gefragt, als Marian ihn nach Hause fuhr.

»Ich weiß es nicht, Albert«, hatte Marian geantwortet. »Wahrscheinlich wird es darauf hinauslaufen, aber vielleicht nicht unbedingt beim derzeitigen Stand der Ermittlungen. Ich möchte heute Abend noch diesem Viðar ein wenig auf den Zahn fühlen.«

»Auf den Zahn fühlen?«

»Ich werde ihm das Foto des Mannes zeigen«, sagte Marian. »Falls er mich in seine Wohnung lässt, hat er sehr wahrscheinlich nichts zu verbergen. Falls er mich abweist, könnte man daraus bestimmte Schlüsse ziehen.«

»Wäre es nicht besser, wenn ich dabei wäre?«

»Nein, im Augenblick ist das nicht nötig.«

»Scheint ja eine hochpolitische Angelegenheit zu sein.«

»Ja, im Moment ist es noch so.« Marian zögerte immer noch, ihm von den Abhöraktionen zu erzählen.

»Willst du nicht lieber warten, bis du mehr von den Fingerabdrücken weißt?«, fragte Albert, als Marian vor seinem Haus hielt. »Vielleicht hat er ja überhaupt nichts mit dem Kino zu tun.«

»Ich will ja nur, dass er einen kleinen Schreck bekommt«, sagte Marian. »Ich glaube, es könnte unser Mann sein.«

»Wieso bist du dir da so sicher?«

Marian antwortete nicht.

»Warum, Marian? Was weißt du, wovon ich nichts weiß?«

»Sei so lieb und hab ein bisschen Geduld mit mir. Ich hoffe, das alles wird sich in der nächsten Zeit klären, und dann kann ich dir sagen, was dahintersteckt.«

Albert starrte Marian ungläubig an.

»Du vertraust mir nicht!«, sagte er.

»Ich bitte um nichts anderes als um ein wenig Geduld.«

»Wie soll ich denn mit dir zusammenarbeiten, wenn ich nicht informiert bin? Was ist das für eine Zusammenarbeit? Warum vertraust du mir nicht?«

»Es geht nicht um Vertrauen, Albert.«

»Doch!«, entgegnete Albert wütend, öffnete die Tür und stieg aus. »Du vertraust mir nicht.«

Er knallte die Autotür zu.

Es war schon fast zehn Uhr abends, als Marian die vier Stufen zu Viðars Wohnung in der Skeggjagata hinaufstieg, wo es weder eine Gegensprechanlage noch ein Türschild gab. Hrefna hatte gesagt, dass Viðar allein lebte. Ein großer Garten umgab das Haus und stand in voller Blüte. Die Bäume zur Straßenseite hin waren so groß, dass sie beinahe das Haus überragten, und dahinter blühten alle möglichen Blumen, denen man die gute Pflege ansah. Der Rasen war saftig grün, und in einer Ecke befand sich ein Beet mit Kartoffeln, Möhren und Steckrüben. Marian schloss daraus, dass Viðar sehr viel Freude daran haben musste, in seinem Garten zu werkeln. Er war der einzige Bewohner des Hauses, das aus zwei Etagen und einem Keller bestand.

Die Kellerfenster gingen zur Straße, sie waren vergittert.

Marian klopfte ein weiteres Mal. Im selben Augenblick öffnete sich die Haustür, hinter der ein Mann in kariertem Arbeiterhemd und khakifarbener Hose zum Vorschein kam. Das dichte, graumelierte Haar war straff nach hinten gekämmt. An seiner strengen Miene ließ sich allzu deutlich ablesen, dass er keinen Wert auf ein Gespräch mit jemand Wildfremdem an der Haustür legte. Marian hatte ihn an einem schönen Sommerabend gestört. Das allein schon war ein schlechter Beginn.

»Spreche ich mit Viðar Eyjólfsson?«, fragte Marian.

»Dürfte ich vielleicht wissen, mit wem ich es zu tun habe?«, fragte der Mann im karierten Hemd zurück. Aus seiner Brusttasche lugte ein Brillenetui hervor, seine Füße steckten in Pantoffeln.

»Mein Name ist Marian Briem, ich bin von der Kriminalpolizei. Ich würde dir gern ein paar Fragen stellen. Ich weiß, es ist schon reichlich spät, aber die Sache eilt.«

»Von der Kriminalpolizei?«

»Es geht um …«

Marian blickte prüfend in beide Richtungen, doch nichts wies darauf hin, dass Viðars Haus überwacht wurde. Niemand wartete im Auto oder stand an einem Laternenmast, niemand ging auf der Straße auf und ab. Marian amüsierte sich über diese Assoziationen, das klang ja beinahe nach einer amerikanischen Soapopera. Doch das, was Ragnar im Hafnarbíó widerfahren war, war wohl alles andere als eine Seifenoper gewesen. Wenn solche Leute mir nichts, dir nichts einen minderjährigen Jungen erstechen konnten, gab es dann für sie überhaupt irgendwelche Grenzen? Was hatten sie als Nächstes vor? Gehörte Viðar dazu, oder beobachtete er nur, was diese Leute planten?

Marian war eine weitere Frage eingefallen, die in eine ganz andere Richtung führte: War womöglich sogar das Leben von Viðar Eyjólfsson in Gefahr?

»Es geht um die Ermittlung in einem Fall, mit dem ich betraut bin.«

»Bist du etwa diese Person, die meinen Freunden etwas von Unregelmäßigkeiten in meiner Buchhaltung erzählt? Hast du dich bei anderen nach mir erkundigt?«

Hrefna hatte es also nicht ausgehalten und hatte mit einer anderen oder vielleicht sogar mehreren Personen darüber gesprochen, dass sich die Kriminalpolizei für Viðar Eyjólfsson interessierte.

»Ja, ich habe versucht, Informationen über dich einzuholen«, gab Marian zu, »aber das ist nicht einfach. Ich glaube, es wäre besser, wenn wir uns drinnen bei dir unterhalten könnten. Es ist etwas schwierig, die Sache zwischen Tür und Angel zu erklären.«

»Findest du es in Ordnung, solche Lügen über mich zu verbreiten?«

»Ich fand es besser, als das Thema direkt anzuschnei…«

»Entschuldige«, sagte Viðar und machte Anstalten, die Tür zu schließen. »Ich habe nichts mit dir zu bereden.«

»Das, worüber ich mit dir sprechen möchte, hängt mit dem Jungen zusammen, der vor ein paar Tagen im Hafnarbíó erstochen wurde.«

Die Tür fiel nicht ins Schloss, sondern öffnete sich langsam wieder. Viðar starrte Marian mit ernster Miene an.

»Was meinst du damit?«

»Ich hatte gehofft, dass du etwas darüber sagen könntest«, sagte Marian, ohne sich von Viðars Widerwillen beeindrucken zu lassen, der ihm deutlich anzusehen war.

»Vielleicht würdest du mich ins Haus lassen?«

»Was unterstellst du mir da?«, sagte Viðar. »Was ist mit dem Hafnarbíó? Was soll dieser Schwachsinn?«

»Warst du in dem Kino, als der Junge ermordet wurde?«

»Was fällt dir eigentlich ein, mich so etwas zu fragen? Willst du damit andeuten, dass ich etwas mit diesem Wahnsinn zu tun habe?«

Marian antwortete nicht gleich. Ein Auto bretterte mit heulendem Motor die Straße entlang und bog in die Snorrabraut ein. Drei johlende Kinder fuhren auf ihren Rädern auf dem Bürgersteig vor Viðars Haus vorbei, ohne den beiden Erwachsenen Aufmerksamkeit zu schenken. Ihre Stimmen hallten zwischen den Häusern wider, bis sie um die nächste Ecke bogen.

Marian holte das Foto von dem Mann im hellen Mantel heraus und zeigte es Viðar, gab es aber nicht aus der Hand.

»Weißt du, wer dieser Mann ist?«, fragte Marian.

Viðar warf einen flüchtigen Blick auf das Bild und starrte dann wieder Marian an.

»Nein«, sagte er.

»Ganz sicher?«

»Ja.«

»Willst du es dir nicht genauer ansehen?«

»Nein, das ist nicht nötig«, erklärte Viðar.

»Wegen gewisser Hinweise, die uns vorliegen, habe ich beschlossen, dich zu kontaktieren, so diskret wie möglich«, sagte Marian. »Möglicherweise entbehren sie jeglicher Grundlage, und dann bitte ich um Entschuldigung.«

»Ich will mir diesen Quatsch nicht länger anhören. Gewisse Hinweise ...«

»Glaubst du, dass dein Leben in Gefahr ist?«, fiel Marian ihm ins Wort.

Viðar verschlug es eine Zeitlang die Sprache.

»Das muss ein Missverständnis sein«, sagte er schließlich. »Du musst mich mit jemand anderem verwechseln.«

»Glaubst du, dass dein Leben in Gefahr ist?«, wiederholte Marian.

»Ich weigere mich, darauf zu antworten«, sagte Viðar.

»Na schön. Dann gute Nacht.«

Schweigend blickte Viðar hinter Marian her. Einen Augenblick wirkte es, als wolle er dem unerwarteten abendlichen Gast etwas nachrufen, aber dann ließ er es bleiben. Die Tür schloss sich.

Marian setzte sich ins Auto, fuhr aber nicht gleich los, sondern dachte nach. Natürlich war bei dieser ersten Begegnung nichts anderes zu erwarten gewesen, als dass Viðar in die Defensive gehen würde. Dennoch war der Besuch nicht ganz umsonst gewesen. Zwar wusste Viðar jetzt, dass die Kriminalpolizei sich für ihn interessierte und ihn verdächtigte, etwas mit dem Mord im Hafnarbíó zu tun zu haben, doch genau das konnte auch dazu führen, dass der Fall in Bewegung geriet und dass Viðar aus der Reserve gelockt werden würde und er vielleicht einen Fehler beging.

Marian nahm noch einmal das Foto von dem Mann im hellen Mantel zur Hand. Viðars Reaktion darauf war hochinteressant gewesen. Er hatte zwar nur aus den Augenwinkeln geschielt und so getan, als wüsste er von nichts, als ginge ihn das Foto nichts an, aber sein Mienenspiel hatte verraten, dass es ihm schwergefallen war, seine Überraschung zu verbergen.

Dreiunddreißig

Viðar setzte sich wieder an seinen Schreibtisch, der in einer Nische im Wohnzimmer stand. Das Radio lief, aber er war zu beunruhigt, um weiter zuzuhören. Er wusste, dass er kaum hatte verbergen können, wie sehr ihn dieser Besuch erschreckt hatte. Und er hatte nicht die geringste Ahnung, wie die Polizei auf ihn gekommen war. Er war sich sicher, keinerlei Spuren hinterlassen zu haben, und ebenso sicher war er, dass auch sein Freund das nicht getan hatte. Und Bríet erst recht nicht. Von anderen wusste er nicht, es sei denn, dass irgendwelche Leute aus dem anderen Lager ihre Schnauze nicht hatten halten können, doch das hielt er für unwahrscheinlich.

Nach diesem Besuch waren seine Angst und die Ungewissheit darüber, welchen Verlauf die ganze Sache inzwischen genommen hatte, noch größer geworden. Er wünschte sich sehnlichst, dass er nicht in diese Dinge verwickelt worden wäre, sie waren ihm vollkommen über den Kopf gewachsen. Aber was hätte er tun können? Er konnte doch einem alten Freund nichts abschlagen.

Sie hatten sich unter seltsamen Umständen an der Internationalen Lenin-Schule in Moskau kennengelernt, zu einer Zeit, in der Stalins Verfolgungswahn auf dem Höhepunkt gewesen war. Menschen wurden einfach festgenommen. Einige wurden des Landes verwiesen, andere tauchten nie wieder auf. Schon das geringste Abweichen vom linientreuen Verhalten konnte einem Unannehmlichkeiten bescheren. Er wusste, dass Juri damit beauftragt war, Studierende auszuspionieren und sie gleichzeitig auf die trügerischen Pfade der Idee von einer perfekten Gesellschaft zu locken. Er und Bríet hatten Bekanntschaft mit ihm geschlossen, und daraus war eine Freundschaft entstanden, die trotz der Jahre und der Entfernung immer enger geworden war. Juri war von Anfang an sehr ehrgeizig gewesen, und sie hatten aus der Ferne mitverfolgen können, wie er im Laufe der Zeit zu Rang und Namen innerhalb des sowjetischen Systems gekommen war. Juri und Viðar waren sich oft im Rahmen der internationalen Zusammenarbeit wiederbegegnet, vor allem auf großen Parteikongressen, auf denen es darum ging, die Vorbildlichkeit der Sowjetunion zu bejubeln. Als er erfuhr, dass Juri ihn brauchte, hatte er keinen Moment gezweifelt. Das hatte er erst getan, als ihm klar wurde, um was es ging.

Viðar schrak zusammen, als das Telefon auf seinem Schreibtisch zu klingeln begann. Zögernd streckte er die Hand nach dem Hörer aus. Was war nach dem Besuch der Kriminalpolizei noch zu erwarten? Es war Bríet. Er erzählte ihr von dem Besuch der Polizei und dass er zu den Ereignissen im Hafnarbíó befragt worden sei.

»Was wissen sie?«, fragte Bríet. Viðar hörte an ihrer Stimme, wie groß ihre Angst war.

»Ich ... Schwer zu sagen.«

Er wollte sie auf keinen Fall noch mehr beunruhigen.

»Was ... Was war los ...?«

»Sie hatten ein Foto von Juri, sie wollten wissen, ob ich ihn kenne. Was wissen sie tatsächlich über Juri? Wie in aller Welt haben sie das herausbekommen?«

»Keine Ahnung. Bisher konnte ich alles abwimmeln, aber ich bezweifle, dass das noch lange gut geht.«

Beide schwiegen eine Zeitlang.

»Du hättest es niemals tun dürfen«, erklärte Bríet schließlich. »Niemals.«

»Natürlich nicht«, entgegnete Viðar. »Aber es ist doch müßig, im Nachhinein darüber zu spekulieren.«

»Der arme Junge, er ...«

»Bitte Bríet, fang nicht an zu weinen.«

»Was wirst du tun?«

»Nichts. Wir halten uns an die Vereinbarungen, solange wir keine anderen Informationen haben, machen wir so weiter wie bislang.«

»Und was ist mit Juri?«

»Alles läuft wie geplant, Bríet. Du hast recht gehabt, es gibt keine andere Möglichkeit für uns beide.«

Mehr gab es nicht zu sagen, und als das Gespräch ins Stocken geriet, verabschiedeten sie sich. Viðar stand auf, ging zum Wohnzimmerfenster und sah in den Garten. Diese ganze Sache hatte eine entsetzliche Wendung genommen, und er wünschte, er hätte sich nie in ein solches Komplott hineinziehen lassen. Am liebsten würde er mit der isländischen Kriminalpolizei darüber sprechen, aber das war einfach nicht mehr möglich. Er konnte es nicht, jedenfalls nicht zu diesem Zeitpunkt. Vielleicht, wenn alle in Sicherheit waren. Bríet wollte Gerechtigkeit, und damit hatte sie ihn auf ihre Seite gezogen. Es drehte sich nur noch um die Frage, ob die Rechnung aufging oder nicht.

Er hatte geahnt, dass es früher oder später darauf hinauslaufen würde, dass Bríet und er mit den schrecklichen Ereignissen im Hafnarbíó in Verbindung gebracht werden würden. Er bedauerte zutiefst, was dort passiert war, vor allem seinen Anteil an den Geschehnissen. Viðar blickte in den Garten, wo das Geheimnis unter einer großen Kiefer vergraben lag. Er dachte an den Jungen im Kino, und er spürte einen Kloß im Hals, und wieder verspürte er diesen Druck in der Brust, als würde es ihm das Herz zerreißen.

Er dachte an die Veranstaltungshalle und an das, was dort bevorstand. Juri hatte klare Vorgaben gemacht, er bestimmte den Kurs und die Vorgehensweise. Das hatte er schon in Moskau getan.

In den Spätnachrichten im Radio hörte Viðar, dass die dreizehnte Partie abgebrochen worden war, die Hängepartie würde am nächsten Tag fortgesetzt werden. Die Experten stritten sich darüber, wer von beiden die bessere Position hatte, Fischer oder Spasski. Alle waren sich aber einig, dass es in diesem Duell keine vergleichbar hochklassige Partie gegeben hatte, es sollte wohl ein historisches Weltmeisterschaftsmatch werden. Falls Fischer den Sieg davontrug, würde sein Vorsprung so groß sein, dass ihn kaum noch etwas daran hindern konnte, hier auf Island Weltmeister zu werden.

Vierunddreißig

Gleich am nächsten Morgen bestellte der Dezernatsleiter Marian zu einem Treffen.

»Ich muss mit dir reden, Marian«, sagte Johannes, der im dunklen Anzug und mit ernster Miene in der Tür zum Büro von Albert und Marian stand. »Würdest du bitte einen Augenblick in mein Zimmer kommen?«

»Wäre es nicht besser, auf Albert zu warten?«, sagte Marian. »Er muss jeden Moment kommen.«

»Nein, ich möchte nur mit dir reden.«

»Jetzt gleich?«

»Ja, jetzt, Marian. Kommst du bitte mit?«

»Was ist los? Ist was passiert?«

»Nein, Marian. Ich muss nur mit dir reden.«

Marian folgte ihm in sein Büro am anderen Ende des Korridors. Johannes schloss die Tür sorgfältig hinter ihnen.

»Du hast gewisse Leute unruhig gemacht«, sagte Johannes und setzte sich hinter seinen großen Schreibtisch. »Ich habe einen Anruf aus dem Außenministerium erhalten, und nach einigem Hin und Her habe ich versprochen, mit dir zu reden. Ich würde das nicht machen, wenn nicht eine Menge auf dem Spiel stünde. Und zwar das ein oder andere von politischem Interesse.«

»Von politischem Interesse?«, sagte Marian und musste an das Treffen mit Josef denken.

»Ich habe zumindest versprochen, mit dir zu reden«, sagte Johannes etwas verlegen.

Das Telefon auf dem Schreibtisch begann zu klingeln. Johannes nahm den Hörer ab und erklärte, er sei in einer Besprechung und wolle in der nächsten Viertelstunde nicht gestört werden. Johannes trug eine Brille. Seine Gesichtszüge wirkten eher schmal, er hatte dünne Lippen und ein Kinn, das sich nach unten verjüngte. Seine Bewegungen waren bedächtig, genau wie seine Sprechweise, sodass er eine geradezu landesväterliche Würde ausstrahlte. Er war früher im Auswärtigen Dienst gewesen und hatte deshalb geschliffene Umgangsformen. Ein zuvorkommender und liebenswürdiger Mann von Welt, der im Umgang mit anderen Menschen besonderen Wert auf gute Manieren legte.

Sein Büro war geräumig, das Fenster ging zur Straße. An einer Wand hing ein schönes großes Gemälde in einem goldenen Rahmen, es zeigte die Rauðhólar, eine Reihe von Pseudokratern, die fast fünftausend Jahre unangetastet und bemoost dagelegen hatten, bis sie von der britischen Besatzungsmacht zerstört worden waren, die das Schlackenmaterial für den Bau des Flughafens in Reykjavík benötigt hatte. Marian betrachtete das Bild und musste an die Hügel denken, die mit ihren klaffenden Wunden direkt neben der Straße Richtung Süden einen traurigen Anblick boten. Wie ein Mahnmal der Gedankenlosigkeit und Anmaßung gegenüber dem Land.

»Es ist doch gar nicht deine Art, einen so ins Gebet zu nehmen.«

»Ich nehme dich nicht ins Gebet«, sagte Johannes. »Darf ich fragen, von was für einer Politik du eigentlich redest?«

Johannes räusperte sich verlegen.

»Du musst Viðar Eyjólfsson in Ruhe lassen«, erklärte er dann mit ernster Miene.

»Viðar?«

»Nur für ein paar Tage, danach kannst du ihn dir vorknöpfen.«

Marian sah den Vorgesetzten ungläubig an.

»Viðar Eyjólfsson?«

»Ja.«

»Und wer sagt das?«

»Ich weiß es nicht genau, aber ich muss dich bitten, diesen Mann in den nächsten Tagen in Ruhe zu lassen. Mehr will ich nicht von dir. Mir geht es auch ziemlich gegen den Strich, das kann ich dir offen sagen. Aber es gibt da bestimmte Interessen, die auf dem Spiel stehen, und deswegen habe ich mich einverstanden erklärt, mit dir zu sprechen.«

»Wer hat dich gebeten, das zu tun?«

»Das kann ich dir jetzt nicht sagen, Marian, vielleicht später. Er ist im Auswärtigen Dienst und behauptet, dass er selber nicht weiß, worum es geht. Genauso wenig wie ich. Es würde auch nichts bringen, wenn du selber mit ihm sprichst.«

»Weshalb?«, sagte Marian. »Weshalb sollen wir diesen Viðar in Ruhe lassen?«

»Das wird sich in den nächsten Tagen herausstellen. Falls es sich denn jemals herausstellen wird. Dieses Gespräch zwischen uns ist streng vertraulich, und ich verlasse mich darauf, dass du das respektierst.«

»Da ist jemand erstaunlich fix dabei. Ich habe gestern Abend ein paar Worte mit diesem Mann gewechselt, und gleich am nächsten Morgen zitierst du mich hierher. Werde ich vielleicht sogar beschattet? Hat er sich beschwert?«

»Das weiß ich nicht. Ich weiß nur, dass die Sache ausgesprochen brisant ist.«

»Die Sache? Welche Sache?«

Johannes lächelte. »Wenn ich es wüsste, würde ich es dir sagen«, erklärte er. »Aber ich weiß es tatsächlich nicht. Kurz vor Mitternacht klingelte bei mir zu Hause das Telefon, und mir wurde gesagt, wir müssten uns für ein, zwei Tage von diesem Viðar fernhalten. Ein genauer Zeitraum wurde nicht angegeben, aber so habe ich es verstanden. Ich bat um eine Erklärung, aber die bekam ich nicht. Als ich fragte, was für Konsequenzen es haben würde, wenn wir uns nicht daran hielten, bekam ich zur Antwort, dass es sehr ernste Folgen haben könnte.«

»Für wen?«

»Für uns.«

»Für die Kriminalpolizei? Für dich? Für mich?«

»Ich glaube, der Rahmen könnte noch etwas größer gesteckt sein.«

»Inwiefern?«

Johannes sah Marian lange an und seufzte dann schwer.

»Ich weiß es nicht. Dreht sich nicht alles um Hering und Kabeljau?«, sagte er. »Und die amerikanische Basis in Keflavík?«

Marian dachte über seine Worte nach.

»Von wessen Interessen reden wir? Die Russen kaufen unseren Hering. Die Engländer fangen unseren Kabeljau. Und die Amerikaner unterhalten hier eine Militärbasis.«

»Marian …«

»Es geht also um Russen, Briten und Amerikaner?«

»Lass die Ermittlungen einen Tag ruhen, Marian, danach unterhalten wir uns wieder.«

»Die Russen sind der Feind im Kalten Krieg. Und alles deutet darauf hin, dass es einen Kabeljaukrieg mit den Engländern geben wird. Die Amerikaner müssten doch auf unserer Seite stehen. Was ist denn da eigentlich los?«

»Bitte tu mir den Gefallen und stell keine weiteren Fragen.«

»Kennst du diesen Viðar?«

»Nein«, entgegnete Johannes.

»Weshalb verlangen die Russen, dass wir ihn in Ruhe lassen?«, fragte Marian.

»Die Russen?«

»Warum wollen sie, dass wir ihn in Ruhe lassen? Und warum hört ihr auf sie? Was weiß dieser Viðar? Was hat das alles mit dem Hafnarbíó zu tun? War er in dem Kino? Wer war bei ihm?«

»Ich weiß es nicht, ich kann deine Fragen nicht beantworten, tut mir leid.«

»Und was für eine Verbindung hast du zu denen?«

»Zu den Russen? Gar keine.«

»Was wird also in den nächsten Tagen geschehen?«

»Geschehen?«

»Du hast mir gesagt, es würde sich in den nächsten Tagen herausstellen, weshalb wir Viðar Eyjólfsson in Ruhe lassen sollen.«

»Ich weiß darüber nichts. Aber es geht wirklich nur um ein oder zwei Tage. Zumindest habe ich es so verstanden.«

»Wer hat dich angerufen?«, fragte Marian wieder. »War es der Außenminister persönlich? So muss es gewesen sein, irgendeinen Bürohengst im Ministerium würdest du doch nicht so ernst nehmen.«

»Es gefällt mir nicht, Marian, dass du versuchst, etwas aus mir herauszubekommen«, sagte Johannes ärgerlich. »Zumindest das weiß ich ganz sicher.«

»Ich versuche doch nur, mich in dieser Situation zurechtzufinden.«

»Ich habe dich seinerzeit in die Abteilung geholt«, sagte Johannes. »Nicht alle waren begeistert davon. Ich habe immer zu dir gestanden. Ein wenig mehr Respekt könntest du mir schon entgegenbringen.«

»Entschuldige, ich dachte, das täte ich. Darf ich erfahren, wer mit dir geredet hat?«

»Das bringt dir nichts, Marian, genauso wenig wie mir. Wie gesagt, die Ansage kam aus dem Außenministerium. Und die Leute dort haben ebenfalls keine Ahnung, worum es geht, und sie wollen es am liebsten auch überhaupt nicht wissen. Ich weiß, wie unangenehm das ist, aber ...«

»Geht es um Handelsbeziehungen?«

»Sehr wahrscheinlich.«

»Also Hering und Kabeljau. Üben die Russen Druck auf uns aus? Hängt es mit dem Weltmeisterschaftsduell zusammen?«

»Ich weiß es nicht.«

Marians Blicke wanderten zu dem Gemälde mit den Pseudokratern.

»Die haben nach meinem Besuch bei Viðar wirklich extrem schnell gehandelt und sich mit dir in Verbindung gesetzt.«

»Darüber ist mir nichts bekannt«, erklärte Johannes.

»Ich werde also observiert?«

»Diese Frage wirst du vermutlich besser beantworten können als ich.«

»Es sei denn, dass Viðar mit jemandem telefoniert hätte?«

Johannes schwieg.

»Vergisst du hier nicht die Hauptsache?«, fragte Marian. »Ein Jugendlicher wird im Hafnarbíó erstochen. Ein Junge, der nie jemandem etwas zuleide getan hat. Er interessierte sich für Spielfilme. Es war sein Hobby, ins Kino zu gehen, und dort wird er auf brutale Weise erstochen. Vergisst du nicht seine Familie, seine Angehörigen? Die sind am Boden zerstört und verstehen nicht, was passiert ist. Vielleicht werden sie es niemals erfahren. Fändest du es nicht richtiger, dass wir das im Auge behalten, statt auf irgendeine Schacherei wegen Heringen oder getrockneten Dorschköpfen Rücksicht zu nehmen?«

»Marian, ich bin kein Idiot. Und bitte komm mir nicht so aggressiv. Natürlich denke ich auch an den Jungen.«

Marian verstummte. Johannes räusperte sich.

»Wenn ich dir das Einzige sage, was ich mit einiger Sicherheit weiß, würdest du es dir überlegen? Und noch einmal, die Sache muss vollständig unter uns bleiben. Wirst du dich daran halten?«

»In Ordnung«, entgegnete Marian.

»Ich glaube, dass auf internationaler Ebene die Unterstützung in unserem Konflikt mit den Briten in Gefahr ist. Die Unterstützung durch die Amerikaner. Hätten wir die nicht, würden uns die Engländer plattwalzen. Am ersten September werden wir die Hoheitsgewässer auf fünfzig Seemeilen ausweiten. Nicht unwahrscheinlich, dass die Briten Kriegsschiffe in die isländischen Fanggründe schicken werden. Wir haben alle unsere Verbündeten dringend nötig.«

Marian starrte Johannes an.

»Es geht nicht um Kommunisten oder Rote«, flüsterte Johannes, wobei er sich vorbeugte. »Es sind nicht die Kommunisten, die verlangen, dass wir Viðar Eyjólfsson in Ruhe lassen. Es sind die anderen.«

»Die anderen? Was für andere?«

»Die Amis, unter uns gesagt. Soweit ich weiß, sind es die Amerikaner, die verlangen, dass wir diesen Mann in Ruhe lassen.«

Fünfunddreißig

Tags zuvor hatte Albert Kontakt zu einem isländischen Mitarbeiter in der englischen Botschaft aufgenommen, um auf diese Weise an Informationen über den Russen auf dem Foto zu kommen. Der Angestellte der englischen Botschaft hatte keine Probleme mit Alberts Anliegen gehabt, und ganz selbstverständlich wollte er sich darum kümmern, ein Treffen mit dem Experten in der Botschaft zu arrangieren. Kurze Zeit später hatte er bereits zurückgerufen und Albert ausgerichtet, dass er früh am nächsten Morgen einen Termin bei dem Mann hätte.

»War er tatsächlich sofort dazu bereit?«, fragte Albert.

»Ja. Kein Problem.«

»Aber dieser Streit wegen der fünfzig Seemeilen?«

»Ach, komm. Die Engländer sind an guten Beziehungen zu den Isländern interessiert, gerade wegen dieses Konflikts.«

Albert hatte einfach nicht gewusst, an wen er sich hätte wenden sollen. Den Polizisten, die während des Matchs am Hotel Loftleiðir postiert waren, wurde das Foto auch ausgehändigt. Sie sollten sofort melden, wenn der Mann im Hotel auftauchte, und ihn nicht aus den Augen lassen. Albert fand es jedenfalls nicht ratsam, mit dem Foto in die amerikanische oder die sowjetische Botschaft zu gehen, um an Informationen über den Mann im hellen Mantel zu kommen. Dazu müsste er zunächst besser recherchieren und mehr Informationen haben. Die Hilfe von Interpol in Anspruch zu nehmen würde unendlich viel Zeit kosten, und es war noch nicht einmal gesagt, dass dabei etwas herauskommen würde, wenn tatsächlich ein hochrangiger Russe involviert war. Also war Albert auf die Idee gekommen, sich mit den Briten in Verbindung zu setzen, auch wenn es diese Streitigkeiten mit Island wegen der geplanten Ausweitung der Hoheitsgewässer von zwölf auf fünfzig Seemeilen gab. Die Briten drohten damit, zum Schutz der britischen Trawler Kriegsschiffe und Schlepper in isländische Gewässer zu entsenden. Man rechnete mit feindseligen Auseinandersetzungen. Die Atmosphäre zwischen den beiden Nationen war in hohem Grade explosiv.

All das ging Albert durch den Kopf, als er die Stufen zur englischen Botschaft hinaufging. Am Eingang wurde er von einem Sicherheitsbeamten abgefangen und nach dem Zweck seines Besuches befragt.

Drinnen nahm der isländische Botschaftsmitarbeiter Albert mit einem liebenswürdigen Lächeln in Empfang und führte ihn unverzüglich zu einem Büro in der ersten Etage. Dort erwartete ihn ein etwa fünfzigjähriger Mann, der ihm die Hand schüttelte und sich als Gordon Harris vorstellte. Mit seiner sommersprossigen Haut, dem dichten roten Haar und den buschigen Augenbrauen kam er Albert eher wie ein Schotte als wie ein Engländer vor, und auch wenn er sich bemühte, es zu unterdrücken, man hörte ihm den Hauch eines

Glasgower Tonfalls an. Albert interessierte sich zwar sehr für nationale Besonderheiten, kam aber nicht dazu, mit seinem Gegenüber darüber zu sprechen, denn Gordon Harris war offensichtlich ein Mensch, der nichts von Zeitverschwendung hielt und direkt zur Sache kam.

»Habt ihr allen Ernstes vor, euch in einen weiteren internationalen Konflikt zu verwickeln?«, fragte er und bot Albert einen Platz an. Der isländische Mitarbeiter zog sich zurück, ohne dass Albert es bemerkte.

»Nein, ich hoffe nicht«, sagte Albert. Er sprach ein passables Schulenglisch.

»Ihr würdet nie und nimmer mit der Ausweitung der Hoheitszone durchkommen, wenn nicht die amerikanische Navy hier einen Stützpunkt hätte. Mit euch könnten wir leicht Krieg führen, mit den Vereinigten Staaten verhält es sich jedoch ein wenig anders«, erklärte Gordon Harris grinsend.

»Ja«, sagte Albert, der nicht wusste, was er darauf antworten sollte. »Dann ist diese Basis ja doch zu etwas gut.«

»Soweit ich verstehe, geht es dir um Informationen über einen bestimmten Russen? Weshalb fragst du nach ihm?«

»Wir versuchen, uns Klarheit über all das zu verschaffen, was hier im Zusammenhang mit der Schachweltmeisterschaft vor sich geht. Dieser Mann ist für uns ein völlig unbeschriebenes Blatt«, sagte Albert in sorgfältig gewählten Worten. »Wir möchten kein Risiko eingehen.«

»Weshalb erkundigt ihr euch dann nicht bei den Russen?«

»Sie beantworten keine Anfragen«, erklärte Albert ohne zu zögern. »Und da wir nicht möchten, dass die amerikanische Botschaft erfährt, mit was wir uns befassen, kam ich auf die Idee, mit jemandem von euch zu sprechen. Trotz des Fischereikonflikts.«

Harris grinste wieder.

»Du kennst den ganzen Zirkus rund um dieses Match«, fuhr Albert fort. »Misstrauen, Argwohn und Beschuldigungen von beiden Seiten, giftige Dämpfe und Hypnotiseure in jeder Ecke, um die Kontrahenten zu beeinflussen. Wir arbeiten mit dem isländischen Schachverband zusammen, dem es darum zu tun ist, dass keine üblen Machenschaften im Gange sind, wenn man das so ausdrücken darf.«

Er zog das Foto von dem Russen aus der Tasche und reichte es Harris.

»Er gehört zur Delegation des russischen Sportministers«, erklärte Albert.

Der englische Botschaftsmitarbeiter nahm das Foto entgegen und betrachtete es lange.

»Wir wissen, dass er in Island ist«, sagte er schließlich mit ernster Miene. »Er steht ziemlich oben in der Nomenklatura, und das zeigt, wie wichtig das Match in den Augen der Russen ist. Juri reist nur selten ins Ausland.«

»Juri?«

»Juri Vygocki«, sagte Harris. »Der dritte Mann von oben.«

»Von oben?«

»In der Hierarchie.«

»Wo?«

»Beim sowjetischen Geheimdienst«, sagte Harris.

»Erstaunlich, dass ihr ein so gutes Foto von ihm schießen konntet. Er scheint nachgelassen zu haben. Darf ich es behalten?«

»Selbstverständlich. Ich habe noch mehr davon.«

»Wir wissen, dass er mit dem Minister nach Island gekommen ist. Wegen der Schachweltmeisterschaft. Wir gehen davon aus, dass er die Organisation des Ganzen in Händen hat, was den Geheimdienst anbelangt, deswegen ist er bereits seit geraumer Zeit in Island. Ist er irgendwie aufgefallen? Das sähe ihm nicht ähnlich.«

»Nein. Uns geht es nur darum zu wissen, wer der Mann ist«, sagte Albert. »Wir wissen, dass es sowohl in der russischen als auch in der amerikanischen Botschaft von Agenten nur so wimmelt. Wahrscheinlich bei euch auch.«

Gordon Harris grinste wieder.

»Es überrascht mich nicht, dass ihr mehr über diesen Mann wissen wollt. Juri Vygocki führt ein Spionagenetz, das sich über ganz Nordeuropa erstreckt. Nicht nur Skandinavien, sondern auch Island. Er ist der Drahtzieher im Hintergrund, und er verlässt, wie gesagt, die Sowjetunion nur selten. Er scheint relativ sicher im Sattel zu sitzen. Möglicherweise ist er sogar der Erbprinz innerhalb des KGB. Hat er irgendwelche Kontakte zu Isländern?«

»Nein«, sagte Albert, »soweit wir wissen, nicht.«

»Hier wäre natürlich einiges zu holen«, sagte Harris. »Der amerikanische Stützpunkt in Keflavík. Aufklärungsflüge. U-Boot-Expeditionen. Island ist so gesehen ein strategisch wichtiges Gebiet zwischen Ost und West. Für uns, die wir nur den Kabeljau fangen wollen, ist das allerdings außerordentlich ungünstig.«

»Er ist also ein hohes Tier beim KGB?«

»Es gibt nur wenige, die über ihm stehen.«

Marian zerknüllte das Telegramm in der Tasche. Es war unmittelbar nach der Besprechung mit dem Dezernatsleiter eingetroffen, mit Angabe von Datum und Ankunftszeit, abgesendet von der Gullfoss, die gerade in den Reykjavíker Hafen einlief. Auf dem mittleren Kai hatten sich zahlreiche Menschen eingefunden, um die Passagiere in Empfang zu nehmen, Freunde und Verwandte, die zu winken begannen, als das Schiff in den Hafen fuhr. Auf dem Kai standen aber auch Arbeiter, die für das Löschen der Ladung zuständig waren, und Zollbeamte, ebenso wie neugierige Passanten und das Personal, das während der Anlegezeit das Schiff abfertigte.

Seitdem Reykjavík in Sicht war, standen die Passagiere aufgereiht an der Reling, und immer mehr kamen hinzu. Andere waren noch damit beschäftigt, nach der Überfahrt ihre Koffer zu packen und die Kabinen zu räumen. Die Schiffsbesatzung hatte am Ende einer langen Reise ebenfalls viel zu tun. Auf dem Oberdeck, nicht weit vom Steven, stand ganz allein eine kleine Frau. Sie trug einen leichten gelbbraunen Sommerblazer und blickte hinüber zum Land, das in strahlenden Sonnenschein getaucht war. Ihre Blicke schweiften über das Bláfjöll-Massiv und über die Bergkette von Reykjanes bis zum Vulkan Keilir, der wie eine ägyptische Pyramide aus dem Lavafeld aufragte, das ihn umgab. In den Augen der Frau war Reykjavík viel größer geworden, als sie sich jemals hätte vorstellen können.

Marian versuchte, sie auszumachen, als sich die Gullfoss dem Kai näherte. Die Freundin war länger fortgeblieben, als sie vorgehabt hatte, und sie hatten nur über sporadische Briefe und Mitteilungen Kontakt gehalten. Bevor die Postkarte eingetroffen war, hatte Marian ein halbes Jahr lang nichts von ihr gehört, und dann das Telegramm, das völlig überraschend heute Morgen zugestellt worden war. Sie war eine Zeitlang in Afrika gewesen, von wo aus sie einen Brief geschickt hatte, geschrieben von irgendeiner Grenzstation aus, wo sie vor Hitze fast umgekommen war. Sie war allein unterwegs, hatte sich von ihren Mitarbeitern getrennt und sich einem Autokonvoi des Roten Kreuzes angeschlossen. Marian solle sich ihretwegen keine Sorgen machen, es bestehe keine Gefahr. Marian wusste, dass sie seit Langem im Auftrag einer Hilfsorganisation in Krisengebieten arbeitete und nicht selten unter sehr schwierigen Bedingungen reisen musste. Sie kümmerte sich um schwer verwundete Opfer kriegerischer Auseinandersetzungen, die Gliedmaße verloren hatten oder auf eine andere Weise entstellt waren, sie betreute und pflegte sie und stand ihnen bei. Weder in ihren Briefen noch in den kurzen Telefongesprächen beklagte sie sich. Marian hatte meistens keine Ahnung, wo sie sich befand.

Marian hätte sich gewünscht, dass sie zu einer anderen Zeit gekommen wäre. Die schwierige Ermittlung im Fall Ragnar forderte jede freie Stunde, und Marian fürchtete, nicht genügend Zeit für sie zu haben, obwohl sie keinerlei Ansprüche stellte. Auf Island war sie immer nur zu Gast, und sie kannte nur wenige Menschen. Ihr Zuhause war in Kopenhagen. Wenn sie kam, übernachtete sie jedes Mal bei Marian, und die alte Freundschaft lebte wieder auf.

Die Frau im Sommerblazer verschwand unter Deck, als die Gullfoss anlegte. Die Trossen wurden auf den Kai geworfen, und die Zollbeamten gingen an Bord. Bereits nach kurzer Zeit erschienen die ersten Passagiere mit Taschen und Koffern auf der Landebrücke und verließen das Schiff. Zehn Minuten vergingen, eine Viertelstunde, zwanzig Minuten, dann endlich erschien sie mit einem kleinen Koffer auf der Landebrücke und lächelte Marian zu. Sie war noch magerer geworden, die Farbe in ihrem Gesicht stammte ganz offensichtlich aus südlichen Regionen. Der Ausdruck in ihrem schmalen, von roten Haaren eingerahmten Gesicht war entschlossen.

»Wie schön, dass du wieder da bist«, sagte Marian, nahm sie in die Arme und drückte ihr einen Kuss auf die Stirn.

»Gleichfalls, mein Herz«, sagte sie.

»Mein Auto steht da hinten«, sagte Marian. »Ist das dein ganzes Gepäck?«

»Ja«, sagte die Frau lächelnd, »das ist alles, was ich dabeihabe.«

»Ich bekam einen kleinen Schreck, als heute Morgen dein Telegramm eintraf. Ich dachte erst, es wäre etwas passiert.«

»Entschuldige. Hast du meine Karte nicht bekommen?«

»Doch, und ich habe mich sehr gefreut, dass du auf dem Weg nach Island warst.«

»Ich hatte eigentlich vor, mich früher mit dir in Verbindung zu setzen, aber irgendwie bin ich einfach nicht dazu gekommen. Ich hoffe, ich komme nicht furchtbar ungelegen.«

»Ganz und gar nicht«, sagte Marian. »Wie war die Überfahrt?«

»Wunderbar. Die ganze Zeit kein Seegang.«

»Diese Gullfoss ist natürlich besser als die alte.«

»Ich vermisse die alte trotzdem.«

»Das tun wohl nicht viele«, sagte Marian lächelnd, nahm den Koffer und bahnte ihnen einen Weg durch das Gedränge auf dem Kai.

»Wie groß Reykjavík geworden ist«, sagte die Frau, als sie sich ins Auto setzte. »Das war so deutlich zu sehen, als wir in den Hafen einliefen. Die Stadt dehnt sich ja schon ganz weit in die ländlichen Gebiete aus.«

»Ja«, sagte Marian und fuhr los. »Und immer noch zieht es die Menschen in die Stadt. Diese Entwicklung nimmt kein Ende, die Leute vom Land werden zu Stadtmenschen. Und wo bist du in den letzten vier Jahren gewesen?«

»Ist es wirklich schon so lange her?«

»Ja.«

»Überall und nirgends.«

»Überall herrschen grauenvolle Zustände«, sagte Marian. »Der Vietnamkrieg ...«

»Ja, natürlich. Trotzdem habe ich, glaube ich, nirgendwo so große Not gesehen wie in Afrika, bewaffnete Auseinandersetzungen, Hunger und Mangel an allem, wo man auch hinschaut. Und die Kindersterblichkeit ist ungeheuerlich.«

»Leider interessiert sich kaum jemand für Afrika«, sagte Marian.

»Ja, das stimmt.«

Marian fädelte sich durch die engen Straßen im Zentrum. Die Frau betrachtete schweigend die Geschäfte und die gehetzt wirkenden Menschen.

»Die Röcke sind kurz geworden«, war das Einzige, was sie unterwegs sagte. »Und das in diesem kalten Land.«

Marian parkte den Wagen, trug den Koffer in die Wohnung und stellte ihn ab. Die Frau trat zögernd ein und blickte sich so scheu um, als würde sie hier trotz der langjährigen Freundschaft stören. Marian schüttelte den Kopf.

»Nun hab dich doch nicht so, komm herein.«

»Ich habe immer das Gefühl, dass ich dich störe.«

»Immer? Wir haben uns vier Jahre nicht gesehen.«

Die Frau schloss lächelnd die Tür hinter sich und folgte Marian ins Wohnzimmer mit dem Sofa, dem Couchtisch und dem Lehnstuhl und jeder Menge Nippes in den Regalen. Sie hatte Marian im Laufe der Jahre alle möglichen Kleinigkeiten geschickt, entweder mit kurzen Grüßen oder mit ausführlicheren Briefen, irgendetwas, was sie auf ihren Reisen irgendwo entdeckt hatte, auf Märkten oder in kleinen Geschäften abseits der vielbefahrenen Wege. Handwerkskunst, kleine Figuren, geschnitzte Arbeiten. Marian hatte alles sorgsam in den Regalen aufgestellt und besaß so eine ansehnliche Sammlung an Kunsthandwerk aus fernen Ländern.

»Ich koche uns einen Kaffee«, sagte Marian und ging in die Küche.

»Ja, das wär schön.«

Sie ging zu den Regalen und besah sich die Objekte. Sie erkannte jedes wieder und wusste noch genau, von wo sie stammten, und erinnerte sich sogar, wo sie sie gekauft hatte. Die ältesten stammten aus den frühen fünfziger Jahren, das neueste vom vergangenen Winter. Sie nahm die geschnitzte Figur in die Hand, eine Frau mit großen Brüsten. Ein Fruchtbarkeitssymbol vom schwarzen Kontinent, sie nahm es in die Hand und setzte sich damit auf das Sofa.

Auf dem Beistelltisch neben ihr stand ein gerahmtes Foto von Athanasius, den sie einmal getroffen hatte, und davor eine Kerze, die schon fast heruntergebrannt war. Das Foto war am See von Þingvellir gemacht worden. Athanasius stand neben einem Boot mit einer Angelrute in der Hand. Auch wenn die Aufnahme nicht sehr scharf war, konnte man doch das Lächeln erkennen, das Marian mit dem Fotoapparat in der Hand galt.

Marian kam mit dem Kaffee zurück ins Wohnzimmer, setzte sich neben sie und sah, dass sie das Foto betrachtete.

»Der liebe alte Mann hat sich so unglaublich gefreut, als ich ihm diese Angelrute geschenkt habe«, sagte Marian.

»Hast du sie ihm geschenkt?«

»Wir sind im Frühjahr immer zu diesem See gefahren, um Forellen zu angeln.«

»Und dann habt ihr sie wieder freigelassen.«

»Ja«, sagte Marian. »Ich habe nie gesehen, dass Athanasius irgendein Lebewesen töten konnte. Aber sag, wann machst du endlich Schluss mit dieser Herumreiserei und kommst zurück nach Island?«

»Du stellst mir jedes Mal dieselbe Frage.«

»Und ich bekomme immer dieselbe Antwort.«

»Ich fühle mich in erster Linie als Dänin, glaube ich. Manchmal sage ich auch, dass ich aus Dänemark stamme. Es ist so schwierig, den Leuten zu erklären, dass man Isländerin ist.«

»Tatsächlich?«, fragte Marian lächelnd. »Ich dachte immer, dass jeder im Ausland von Island spricht.«

»Nein, das beruht wohl auf einem großen Missverständnis. Aber natürlich reden jetzt alle von diesem Match. Spasski gegen Fischer.«

»Natürlich, es ist angeblich das Match des Jahrhunderts.«

»Findest du es nicht spannend?«

»Doch, ja, in gewissem Sinne schon. Aber dieses Duell wird ganz schön hochgespielt, vielleicht etwas zu sehr. Jeder von uns kämpft sein eigenes Match mit dem Leben, aber wir machen daraus nicht einen solchen Affentanz. Das weißt du doch besser als ich.«

»Hast du damit etwas zu tun?«

»Nein«, antwortete Marian, nahm ihre Hand und küsste sie. »Ich habe es mit einem vollkommen unbegreiflichen Fall zu tun.«

»Einem unbegreiflichen Fall?«

»Wir gingen zunächst davon aus, dass es sich um eine relativ unkomplizierte Messerstecherei handelte. Inzwischen steht aber fest, dass es sich um einen seltsamen und komplizierten Fall handelt, fast so etwas wie eine Verschwörung. Ich weiß immer noch nicht, worum es eigentlich geht. Möglicherweise um Abhöraktionen aus politischen Gründen. Oder aber um einen Isländer, der in den Jahren der Weltwirtschaftskrise in Moskau lebte. Um einen Russen, der mit den allerhöchsten Parteispitzen durch die Welt reist. Und ein heimliches Treffen in einer ehemaligen Kriegsbaracke, die in ein Kino umgewandelt wurde. Einen Jungen, der anderen im Weg war und kurzerhand umgebracht wurde.«

»Wurde er erstochen?«

»Ja.«

»Es geht dir nahe.«

»So etwas ist immer schwierig. Vor allem wenn versucht wird, einen von dem abzulenken, worum es eigentlich geht, wenn versucht wird, den Fall zu einem politischen zu machen, heikel und mysteriös. Ich kann mich damit einfach nur äußerst schwer abfinden. Für mich sieht es im Augenblick so aus, als hätten einige Leute einfach aus den Augen verloren, worum es eigentlich geht, nämlich darum, dass ein unschuldiger Junge erstochen wurde. Ein Junge, der in seinem Leben schon sehr schwierige Zeiten durchgemacht hat. Es geht also nicht einfach nur darum, irgendeinen Fall zu lösen.«

»Und dann komme ich und störe dich.«

»Nein, ganz und gar nicht.«

»Ich weiß nicht, warum du eigentlich zur Polizei gegangen bist. Ich habe immer gedacht, du würdest so etwas wie eine wissenschaftliche Laufbahn einschlagen. Ich weiß nicht, warum, aber ich hatte immer das Gefühl, dass du so viel wusstest. Ganz abgesehen davon, an was du dich alles erinnern kannst. Du hast so ein phänomenales Gedächtnis.«

»Ich habe so ziemlich alles gelesen, was in den Regalen der Stadtbibliothek stand«, entgegnete Marian lächelnd. »Vielleicht wäre ich besser an diesem Arbeitsplatz geblieben. Aber ich lese immer noch.«

Sie lächelte ebenfalls.

»Es ist so schön, dass du wieder hier bist«, flüsterte Marian. »Ich denke so oft an dich, jeden Tag.«

»So geht es mir auch, Marian. Ich habe schon lange Sehnsucht nach dir gehabt.«

Sie rückte ein wenig näher und küsste Marian auf die Lippen. Sie hatte immer noch den Sommerblazer an, und Marian zog ihn ihr behutsam aus. Darunter trug sie eine weiße Bluse.

»Ich habe dich vermisst. So wie immer. Aber wenn ich gewusst hätte, dass du heute kommst, hätte ich etwas vorbereitet.«

»Ich wollte keine Vorbereitungen«, sagte sie. »Entschuldige, dass es so plötzlich ging. Ich wusste aber wirklich bis zur letzten Minute nicht, ob ich es schaffen würde. Ich habe diese Reise immer wieder aufgeschoben. Da ist nämlich etwas, über das ich mit dir reden möchte.«

»Was denn?«

»Damit hat es keine Eile.«

Marian küsste sie.

»Könnten wir ins Schlafzimmer gehen?«, fragte sie.

»Jetzt?«

»Ich ... ich brauche dich so.«

»Komm«, sagte Marian, stand auf und ging mit ihr ins Schlafzimmer, schloss die Tür und setzte sich zu ihr auf die Bettkannte. Sie knöpfte sich die Bluse auf und öffnete ihren Büstenhalter. Marians Augen bot sich die Zerstörung dar, die eingefallene Körperhälfte und die lange Narbe, die von der Achsel fast bis zur Hüfte reichte.

»Habe ich dir nicht irgendwann einmal davon erzählt?«, flüsterte Marian, beugte sich über die Narbe und küsste sie sanft.

»Was denn?«

»Dass ich entsetzliche Träume hatte, in denen du aufgeben wolltest«, sagte Marian und legte den Kopf an die Stelle, an der die Rippen hätten sein sollen. »Dass du einfach auf den Fjord hinausgeschwommen bist.«

»Es stimmt, danach habe ich mich gesehnt«, sagte sie. »Ich habe es auch in Erwägung gezogen. Aber da diese Operation mir das Leben gerettet hat, wieso sollte ich dieses Geschenk nicht annehmen?«

Sechsunddreißig

Marian hatte all die Jahre seit ihrem gemeinsamen Aufenthalt im Sanatorium in Kolding Verbindung zu Katrín gehalten. In den ersten Jahren schrieben sie sich viele Briefe, und Marian konnte mitverfolgen, wie Katrín sich ganz langsam erholte und wieder gesund wurde. Doch ihr Leben war alles andere als einfach. Marian hatte ihr sehr viele tröstende Briefe geschrieben, wenn der Pessimismus und die Depressionen überhandnahmen.

Katrín kehrte nach dem Krieg zum ersten Mal nach Island zurück, da war sie fünfundzwanzig. Marian hatte zu der Zeit ein Zimmer in der Bragagata gemietet und sich um eine Stelle in der Stadtbibliothek beworben. Marian hatte Katrín von dem Zimmer berichtet, und eines Tages stand Katrín in einem beigefarbenen Mantel und einer hübschen Wollmütze auf dem Kopf plötzlich vor der Tür, ohne dass sie ihr Kommen angekündigt hatte. Sie hatte schon eine ganze Weile nicht mehr geschrieben. Marian fiel aus allen Wolken, erkannte sie aber sofort. Katrín musste lachen, als sie Marians verwunderten Gesichtsausdruck sah.

»Kann ich bei dir unterkommen?«, fragte sie.

»Katrín!«, stieß Marian hervor.

»Meine Mutter fährt gleich wieder nach Dänemark zurück, aber ich möchte ein paar Tage länger bleiben.«

»Bist du schon lange in Island?«

»Seit ein paar Tagen. Wir sind direkt nach Akranes gefahren, zu meiner Tante. Mein Großvater ist gestorben. Kann ich bei dir übernachten?«

»Selbstverständlich. Du kannst hier bleiben, solange du willst«, sagte Marian und wollte Katrín umarmen, aber sie entzog sich. »Mein aufrichtiges Beileid wegen deines Großvaters.«

»Ich würde gern ein paar Tage bei dir bleiben«, sagte Katrín. »Nur ein paar Tage, dann geht mein Schiff.«

»Ich bin nur so erstaunt, dich zu sehen«, sagte Marian. »So aus heiterem Himmel.«

»Entschuldige, ich wollte nicht, dass du einen Schreck bekommst.«

»Nein, darum geht es ... Komm herein, bitte, komm rein.«

Das geräumige Zimmer mit der Schlafcouch und den zwei Sesseln, einem großen Bücherregal und einem Teppich auf dem Boden war ordentlich aufgeräumt. Es lag im ersten Stock, das Fenster ging auf die Bragagata. Katrín blickte sich um, stellte den kleinen Koffer auf den Boden und setzte sich auf die Couch.

»Du bist bei deiner Großmutter ausgezogen?«, fragte sie.

»Ja«, sagte Marian. »Das hatte ich schon lange vor. Vor einem halben Jahr hat Athanasius dieses Zimmer für mich gefunden. Er hat mir auch beim Umzug geholfen. Nach dem Gymnasium habe ich halbtags in einem Buchladen gearbeitet. Wegen meiner Lunge darf ich mich körperlich nicht zu sehr anstrengen. Ich bin immer auf der Suche nach einer passenden Arbeitsstelle. Ein Bürojob. Das ist nicht ganz einfach. Wenn die Leute etwas von Tuberkulose hören, dann ...«

»Warum studierst du nicht?«

Marian zuckte mit den Achseln. »Mal sehen. Ich weiß nicht, ob ich mir das leisten kann. Aber jetzt erzähl von dir, ich habe so lange nichts von dir gehört.«

»Ich arbeite für das dänische Rote Kreuz. Nur im Büro – also eine angenehme Arbeit drinnen«, sagte Katrín lächelnd.

Marian lachte.

»Wie schön, dich wiederzusehen, nach all dieser Zeit.«

»Gleichfalls.«

»Und wie geht es dir?«

»Ich habe keine Tuberkulose mehr, aber das habe ich dir schon geschrieben«, sagte Katrín.

Marian konnte aus ihren Worten keine Freude heraushören. Katrín hatte zwar den Feind besiegt, dem sie beinahe unterlegen wäre, aber da war keine Spur von Stolz und Siegessicherheit in ihrer Miene, sondern nur das Leid, das sich bereits um ihre Augen und ihren Mund eingegraben hatte und sich mit der Zeit vertiefen würde.

»Bist du seitdem je wieder in Kolding gewesen?«

»Nein, nie. Und ich weiß auch nicht, ob ich jemals wieder hin möchte.«

»Sie haben dort dein Leben gerettet.«

»Das, was noch davon übrig war.«

In den folgenden Tagen ging Marian mit ihr durch die Stadt und zeigte ihr die Sehenswürdigkeiten, besuchte mit ihr das Café Hressingarskálinn, in dem sich isländische Dichter und Künstler zum geistigen Austausch trafen, und meinte, dass es wahrscheinlich die armseligste Version vom Le Sélect am Montparnasse auf der Welt wäre. Marian zeigte Katrín auch den isländischen Tivoli, den kleinen Rummelplatz in der Nähe des Flughafens, und konnte es sich leisten, sie zu einer unterhaltsamen Musical-Verfilmung im Gamla bíó einzuladen. Katríns seelisches Befinden besserte sich zusehends, sie lächelte immer öfter und machte einen fröhlicheren Eindruck. Sie genoss es ganz offensichtlich, an Marians Seite Reykjavík kennenzulernen.

»Weißt du schon, wann du das nächste Mal nach Island kommen wirst?«, fragte Marian am letzten Abend, den Katrín in der Bragagata verbrachte. »Weißt du, wann wir uns wiedersehen werden?«

»Nein«, antwortete sie.

Marian hatte ihr die Bettcouch überlassen und schlief selbst auf einer vom Vermieter geliehenen Matratze. Der Vermieter hatte keine Fragen gestellt, aber Marian dennoch misstrauisch angesehen. Er hatte die hübsche kleine Frau durchaus bemerkt, die im Zimmer übernachtete. Er sei gegen Logiergäste, hatte er gemurmelt.

»Ich schreibe dir«, sagte Marian von der Matratze aus.

»Es könnten möglicherweise viele Jahre vergehen«, sagte Katrín. »Ich möchte so gerne reisen. Nicht nur in Europa, sondern noch viel weiter. Bis nach Indien oder nach Afrika.«

Eine Weile herrschte Stille im Zimmer. Durch das Fenster drang Licht herein, der winzige Strahl fiel auf die Wand neben der Tür, Katrín starrte lange dorthin, und es schien, als würde sie die Gedanken lesen können, die auf der Matratze gedacht wurden.

»Darf ich zu dir kommen?«

»Ich dachte, du wolltest nicht ...«

»Jetzt will ich.«

»Selbstverständlich«, sagte Marian.

Katrín ließ sich vorsichtig von der Couch hinunter und unter Marians Bettdecke gleiten. Seit dem ersten Tag, als Marian sie zu umarmen versuchte, hatten sie sich kaum je berührt, doch nun schien der Zeitpunkt für die Umarmung gekommen.

»Ich habe dich so vermisst«, flüsterte sie. »Du bist meine einzige Zuflucht, das bist du immer gewesen.«

»Ich habe geglaubt, ich würde dich vielleicht nie wiedersehen«, sagte Marian.

»Ich habe so oft an dich gedacht, über uns beide nachgedacht. Über all die schönen Briefe, die schönen Worte, die du mir geschickt hast.«

Katrín griff nach Marians Hand und führte sie zu der langen Narbe. Marian ließ den Zeigefinger an der Wunde entlanggleiten, beugte sich zu Katrín hinüber und küsste die Narbe, küsste das Loch in ihrem Körper und vergrub das Gesicht in dieser Wunde.

Katrín schmiegte sich an Marian.

»Findest du mich nicht entsetzlich?«

»An dir ist nichts, was entsetzlich wäre.«

Marian umschloss Katríns Kopf mit beiden Händen und küsste sie.

»Nichts.«

Küsste sie wieder.

»Nichts.«

Küsste sie noch einmal.

»Gar nichts.«

* * *

Es war kaum möglich, es als eine Beziehung zu bezeichnen, aber weder Marian noch Katrín hatten ein anderes Wort dafür. Es konnten drei Jahre vergehen, bis Marian sie wiedersah, und anschließend weitere vier Jahre. Manchmal trafen sie sich aber auch öfter, denn es kam vor, dass Katrín innerhalb eines Jahres dreimal nach Island kam. Mehr oder weniger ausführliche Briefe – manche länger, manche kürzer – und gelegentliche Telefongespräche reichten aus, um die Leere dazwischen auszufüllen. Katrín kam immer per Schiff nach Island, sie wollte nicht fliegen. Manchmal blieb sie zwei oder drei Wochen auf der Insel, um dann wieder in irgendeine andere Ecke der Welt zu verschwinden. Nach ein paar Jahren in der Archivverwaltung beim Oberstaatsanwalt bot sich Marian auf einmal eine Stelle bei der Kriminalpolizei. Marian hatte Ermittlungsunterlagen und die dazugehörigen Protokolle eingehend studiert und sich eingeprägt und wurde dank eines unfehlbaren Gedächtnisses, auf das die Mitarbeiter am Dezernat für Kapitalverbrechen gerne zurückgriffen, bald zu so etwas wie einem wandelnden Lexikon. Da Marian mehr als einmal entscheidend zur Lösung eines Falles beitragen konnte, war der Schritt zur Kriminalpolizei gar nicht groß.

Dienstmädchen und Hausdiener gehörten nach dem Krieg der Geschichte an. Marians Wohltäter Athanasius arbeitete schon seit Langem nicht mehr für die »Herrschaft«. Eines Tages zur Sommersonnenwende saß Marian an seinem Sterbebett und versuchte, ihm die letzten Stunden zu erleichtern.

»Du brauchst wirklich nicht immer meinetwegen zu kommen«, hatte Athanasius gesagt. »Du hast doch so viel Wichtigeres zu tun, als einem alten Kerl die Zeit zu vertreiben.«

»Ich glaube, ich habe dir nie genug dafür gedankt, was du mir bedeutet und gegeben hast«, antwortete Marian. »Die ganze Zeit. Ich bezweifle, dass jemals jemand einen besseren Freund gehabt hat. Oder einen solchen Freund mehr gebraucht hat als ich.«

»Du musst dich nicht bei mir bedanken«, sagte Athanasius. Er war sehr geschwächt, schloss die Augen und schlummerte ein. Marian blieb bis zum Abend bei ihm sitzen, dann wachte Athanasius wieder auf.

»Bist du immer noch da?«, fragte er, als er Marian erblickte.

»Wie geht es dir? Fehlt dir etwas?«

»Ich habe keine Träume mehr«, sagte Athanasius. »Ich habe früher immer so viel geträumt … Ich vermisse die Träume.«

»Und was ist deiner Meinung nach der Grund dafür?«

»Ich weiß es nicht. Vielleicht … vielleicht verschwinden sie vor uns.«

Marian blieb am Sterbebett von Athanasius im Krankenhaus und spürte förmlich, wie dessen Lebenskraft nach und nach erlosch. Das Herz war alt und schwach, es schlug nur noch unregelmäßig, sein Atem ging schwer, und zuletzt fiel er ins Koma. Als er noch einmal wieder zu Bewusstsein kam, erzählte Marian ihm die Geschichte, wie der Kirchenvater Athanasius gestorben war. Bei ihm hielt ein Diakon namens Timotheus Wache, und der sah den Erzengel Michael am Totenbett, der gekommen war, um die Seele des Bischofs in Empfang zu nehmen und zum Himmel zu tragen. Im Gefolge von Michael waren zahlreiche andere Engel. Timotheus hörte sie Gottes Lobpreis singen.

»Mich verschonen die Engel wenigstens«, sagte Athanasius nach Langem Schweigen.

»Sei dir da bloß nicht so sicher«, flüsterte Marian dem Wohltäter zu und sah, wie ein winziges Lächeln auf seinen Lippen erstarb.

Siebenunddreißig

Marian schlief an Katríns Seite, als das Telefon im Wohnzimmer schrill zu klingeln begann. Katrín wachte zuerst auf und stupste Marian vorsichtig an.

»Es geht bestimmt um die Arbeit«, sagte Marian und stand auf. Albert war am Telefon.

»Alles in Ordnung mit dir?«, fragte er.

»Ja, klar, ich bin schon auf dem Weg.«

»Habe ich dich etwa geweckt?«

»Ich habe die ganze Nacht gearbeitet. Gibt's was Neues?«

»Nur das mit dem Russen.«

»Mit welchem Russen?«

»Dem Typ auf dem Foto. Der Mann im hellen Mantel, der in Begleitung des Sportministers hier ist.«

»Was ist mit ihm?«

»Ich habe mit jemandem in der englischen Botschaft geredet, irgendeinem isländischen Angestellten, und über den hatte ich heute Morgen einen Termin bei einem Botschaftsrat. Gordon Harris heißt er. Ich habe ihm das Foto gezeigt, und er hat mir sehr geholfen. Die Briten wussten sehr genau, dass er in Island war, und ...«

»Sag mir das lieber später«, unterbrach Marian ihn. »Ich traue dem Telefon nicht. Und du solltest das auch nicht tun. Ich komme gleich, und dann reden wir miteinander. Ich bin auf dem Weg.«

Marian legte den Hörer auf und ging in die Küche. Katrín kochte bereits Kaffee.

»Wie ich höre, lässt dir der Fall keine Zeit«, sagte sie lächelnd.

»Ich muss ins Büro. Und ich weiß noch nicht, wann ich wiederkomme.«

Katrín gab Marian einen Kuss auf die Stirn.

»Würdest du bitte aufhören, dir meinetwegen Sorgen zu machen«, sagte sie.

»Geh nicht fort«, sagte Marian. »Ich muss mit dir reden.«

Wieder einmal war die alte Sehnsucht in Marian erwacht, über die sie früher schon gesprochen hatten, in ihren Briefen und bei ihren Treffen. Aber Katrín hatte jedes Mal das Thema gewechselt, und von sich aus hatte Marian nie darüber sprechen wollen. Die Zeit verging, ein Jahr nach dem anderen, sogar Jahrzehnte, und an ihrer Beziehung hatte sich nie etwas geändert. In Marian war die Erinnerung an die Vergangheit äußerst fragil, und die Zukunft mehr als ungewiss. Jetzt nahte das Alter. Vielleicht stand ihre Beziehung vor einem Wendepunkt. Marian hatte Katrín nie drängen, aber auch nie die Hoffnung aufgeben wollen.

»Hast du darüber nachgedacht, ob du nicht doch wieder nach Island zurückkehren willst?«, fragte Marian. »Um hier zu leben. Wir werden nicht jünger.«

Katrín zögerte, schüttelte dann aber den Kopf.

»Du brauchst mir keine Antwort darauf zu geben«, sagte Marian. »Ich möchte dich nicht unter Druck setzen. Ich wollte dich eigentlich auch gar nicht fragen.«

»Würden die Leute nicht über uns reden?«

»Was für Leute? Das geht doch die Leute nichts an.«

»Lass uns lieber darüber reden, wenn du zurück bist«, sagte Katrín.

»Weshalb nicht jetzt?«

»Ich möchte dir nicht wehtun, Marian.«

»Das tust du auch nicht.«

»Bist du sicher?«

»Was ist los, Katrín?«

»Ich weiß nicht, wie ich es ausdrücken soll.«

»Woran denkst du?«

»Das hier ist meine letzte Reise nach Island«, sagte Katrín leise. »Ich werde nicht wiederkommen.«

Marian starrte sie an.

»Ich bin egoistisch gewesen«, sagte Katrín. »Das weiß ich.«

»Nein«, entgegnete Marian. »Das stimmt doch gar nicht.«

»Du hast mich lange genug bemitleidet.«

Diese Eröffnung aus heiterem Himmel traf Marian tief. »Katrín?!«

»Ich weiß, dass du es nicht tust, aber ich habe trotzdem das Gefühl. Verstehst du, was ich meine? Dieses Gefühl werde ich einfach nicht los. Ich möchte alles hinter mir lassen. Alles. Jetzt oder nie.«

Katrín starrte auf den Boden. Das Telefon klingelte wieder. Marian warf einen Blick auf den Apparat, ging aber nicht dran. Der schrille Ton durchbrach das Schweigen zwischen ihnen. Ein Klingeln nach dem anderen gellte ihnen in den Ohren. Marian sah Katrín an.

»Es hat nie eine andere gegeben, falls es das ist.«

»Nein«, erklärte Katrín. »Genau das befürchte ich gerade, dass es vielleicht nie eine andere geben wird. Du solltest das tun können, wozu du Lust hast. Ich habe dich schon viel zu lange in dieser Ungewissheit schweben lassen.«

Katrín stand immer noch reglos in der Küche.

»Es ist einfach ein großes Missverständnis«, sagte Marian. »Ich dachte, du wüsstest es. Hättest es die ganze Zeit gewusst.«

»Was?«

»Ich brauchte dich immer mehr als du mich, Katrín. Ich war immer so einsam, so entsetzlich einsam.«

Achtunddreißig

Der Kriminaltechniker war bei Albert, es ging um die Fingerabdrücke. Er besprach gerade die Ergebnisse mit ihm, als Marian endlich im Büro erschien, es war bereits Nachmittag. Alles deutete darauf hin, dass der Abdruck an der Papyrossi-Schachtel mit denen übereinstimmte, die Marian an Viðar Eyjólfssons Auto genommen hatte.

»Ich kann das mit neunzigprozentiger Sicherheit sagen«, erklärte der Techniker und blickte von Albert zu Marian hinüber. »Der Abdruck auf der Zigarettenschachtel ist zwar nicht vollkommen intakt, aber das hat nichts zu sagen. Ist es der Mörder?«

»Ich weiß es nicht«, sagte Albert. »Es wird sich herausstellen. Was meinst du, Marian?«

Marian antwortete nicht gleich, sondern stand nachdenklich neben dem Kriminaltechniker, wie in einer anderen Welt versunken. Albert hatte über seinen Besuch in der englischen Botschaft und das Gespräch mit Gordon Harris berichtet, und darüber, was der über Juri Vygocki zu sagen gewusst hatte.

»Marian?«

»Was?«

»Ist Viðar unser Mann?«

»Das wissen wir nicht.« Es war nicht zu übersehen,

wie müde Marian war. »Es ist noch zu früh, um etwas darüber sagen zu können. Wir müssen ihm weiter zusetzen. Viðar ist uns noch ein paar Erklärungen schuldig. Und je eher er sie uns gibt, umso besser. Ich nehme an, er ist bei der Arbeit.«

»Dann sollten wir ihm vielleicht dort einen Besuch abstatten«, sagte Albert. »Und dann bringen wir ihn hierher und besorgen uns einen Haftbefehl. Ich denke nicht, dass das ein Problem sein wird.«

»Zumindest könnten wir dann offiziell Fingerabdrücke von ihm nehmen, anstatt sie heimlich von seinem Auto zu besorgen«, sagte der Kriminaltechniker und verließ das Büro.

»Was weißt du über diesen Vygocki«, fragte Marian. »Ist er nicht einer von den ganz hohen Tieren beim KGB?«

»Sie glauben, dass er in der Hierarchie an dritter Stelle steht.«

»Und weil er sich so überaus selten außerhalb der Sowjetunion blicken lässt, glauben sie, dass hier etwas Wichtiges im Gange sein muss? Etwas Ungewöhnliches?«

»Harris geht davon aus, dass es etwas mit der Schachweltmeisterschaft zu tun hat. Er wirkte aber ziemlich gelassen. Ich habe ihm gesagt, dass der Schachverband Informationen über diesen Mann haben möchte. Harris glaubt, dass der Russe wegen des Matchs hier ist. Er koordiniert die geheimdienstliche Arbeit.«

»Vygocki hat also noch etwas mehr im Sinn, als nur das Match zu beobachten?«

»Das wäre durchaus denkbar. Wir sollten nichts von vornherein ausschließen. Du hast das Neueste noch nicht gehört. Hinter der Veranstaltungshalle wurden Angehörige der sowjetischen Botschaft in einem Auto mit Botschaftskennzeichen gesichtet, und die hatten irgendein Gerät zwischen sich.«

»Was haben sie gemacht?«

»Das wissen wir nicht. Als sich die Polizei mit ihnen befassen wollte, haben sie ganz schnell das Weite gesucht. Wir dürfen diese Diplomaten nicht anrühren. Ein Sekundant des Weltmeisters hat die Amerikaner beschuldigt, die Atmosphäre in der Halle auf irgendeine elektronische oder chemische Weise zu Spasskis Nachteil zu beeinflussen. Er beschwert sich auch über Unbefugte in den Aufenthaltsräumen der Kontrahenten.«

»Und glaubst du, dass der Besuch dieses KGB-Mannes damit etwas zu tun hat?«

»Das ist durchaus denkbar. Die Frage ist, was für eine Rolle Viðar Eyjólfsson bei dem Ganzen spielt.«

»Der Russe gehörte in Moskau zu Viðars besten Freunden, hat mir eine Frau erzählt, die damals auch dort war. Kann es sein, dass er Viðar benutzt, also dass er ihn für sich arbeiten lässt?«

»Früher oder später müssen wir uns mit der sowjetischen Botschaft in Verbindung setzen und uns nach diesem Vygocki erkundigen«, sagte Albert.

Marian wirkte auf einmal wieder abwesend und schien nicht zu hören, was Albert sagte.

»Marian, stimmt etwas nicht?«

»Nein«, erklärte Marian zögernd. Es stand weiterhin die dringliche Bitte von Johannes im Raum, Viðar in Ruhe zu lassen, wovon Albert aber nichts wissen durfte.

»Wir dürfen keine Zeit verlieren, wir müssen uns sofort diesen Viðar Eyjólfsson schnappen.«

Auf dem Weg zur Halle berichtete Albert, dass drei isländische Ingenieure hinzugezogen worden waren, um die gesamte Lichtanlage in der Halle und das Umfeld der Kontrahenten auf der Bühne zu kontrollieren, einer von ihnen war auf Beleuchtungsfragen spezialisiert. Es ging aber auch um die Drehstühle, auf denen die Kontrahenten saßen, es wurden Proben von der Sitzoberfläche genommen. Und Spasskis Sessel wurde anschließend in seine Bestandteile zerlegt, weil man angeblich eine undefinierbare »Masse« entdeckt hatte. Es stellte sich heraus, dass es irgendein Kitt war.

»So was ist natürlich jenseits aller Grenzen der Vernunft«, sagte Albert.

Marian schwieg.

Albert spürte, dass es Marian nicht gut ging, auch wenn er nicht wusste, weshalb.

»Möchtest du nicht mit mir darüber reden?«, fragte er nach Langem Schweigen und blickte zu Marian hinüber.

»Über was?«

»Über das, was dich belastet.«

»Wie kommst du darauf, dass mich etwas belastet?«, fragte Marian.

»Du stehst irgendwie völlig neben dir, deswegen dachte ich, dass irgendetwas vorgefallen ist, worüber du vielleicht reden möchtest.«

»Mach dir meinetwegen keine Gedanken«, sagte Marian kurz angebunden, und Albert gab es auf.

Marian hatte keine Zeit gefunden, ausführlich mit

Katrín zu reden. Ihre Beziehung war immer fragil gewesen, denn Katrín hatte sich allen Versuchen, die Bande enger zu knüpfen, widersetzt. Im Laufe der Jahre hatte sich aber bei Marian ein seltsames Gefühl breitgemacht – Einsamkeit. Die Vorstellung, ohne einen Lebenspartner alt zu werden. Katrín hatte irgendwann einmal gesagt, sie verspüre nicht dasselbe Bedürfnis nach Gesellschaft. Sie habe gar keine Zeit, überhaupt darüber nachzudenken, und sie hatte erklärt, dass sie mit der Beziehung, so wie sie sich entwickelt hatte, zufrieden sei, sie wolle keine Veränderungen. Aber auf das, was in ihren Worten mitschwang, als sie sagte, sie würde nicht wieder nach Island kommen, war Marian völlig unvorbereitet gewesen.

»Bist du eine andere Beziehung eingegangen?«, hatte Marian gefragt.

Katrín hatte den Kopf geschüttelt. »Mir geht es nur darum, dass du eine ganze normale Beziehung eingehst«, sagte sie, »solange noch Zeit dazu ist.«

»Eine normale Beziehung? Was ist schon normal?«

»Ich werde nicht mehr nach Island zurückkehren«, erklärte Katrín, »und das fällt mir nicht leicht. Deinetwegen. Aber Island ist einfach nicht meine Welt, sondern deine. Unsere Beziehung auf Distanz hat lange genug gedauert. Findest du das nicht auch, wenn du ehrlich bist?«

Viðar Eyjólfsson war in seinem Büro im Verwaltungsgebäude der Reykjavíker Elektrizitätswerke. Er erkannte Marian sofort wieder.

»Was willst du von mir?«, fragte er verwundert.

»Was hat der Junge im Hafnarbíó eigentlich gehört«, fragte Marian im Gegenzug.

Viðar stand vom Schreibtisch auf und beeilte sich, die Tür zu seinem Büro zu schließen.

»Was ist hier eigentlich los?«, fragte er. »Hätte das nicht Zeit gehabt bis heute Abend? Ist es unbedingt notwendig, mich bei der Arbeit zu stören?«

Marian ging nicht auf die Frage ein: »Was hat dieser Junge nicht hören dürfen?«

»Was meinst du damit?«

»Wir würden dir im Zusammenhang mit dem Mord im Hafnarbíó vor einigen Tagen gerne ein paar Fragen stellen«, sagte Albert.

»Darüber weiß ich nichts«, erklärte Viðar.

»Stimmt es, dass du in dem Kino warst, als der junge Mann erstochen wurde?«, fragte Albert.

»Wer bist du, wenn ich fragen darf?«

»Ich heiße Albert, Marian und ich arbeiten an diesem Fall.«

»Wie kommt ihr dazu, mir das alles zu unterstellen?«, fragte Viðar. »Wer verbreitet solche Lügen über mich? Wer hat mich da reingezogen?«

»Du streitest das also ab?«

»Abstreiten? Ich möchte einfach nur wissen, wieso ihr mich auf diese Weise unter Druck setzt. Wer verbreitet solche Anschuldigungen? Ist es nicht mein Recht, das zu erfahren?«

Marian zögerte einen Augenblick und sah Albert an. Viðar wartete auf eine Antwort.

»Wir haben einen Hinweis bekommen, dem wir nachgehen«, sagte Marian.

»Einen Hinweis? Was für einen Hinweis?«

»Warst du im Hafnarbíó?«, fragte Albert.

»Hat mich jemand dort gesehen?«, entgegnete Viðar. »Habt ihr Zeugen? Wieso fragt ihr mich danach?«

»Beantworte bitte die Frage«, sagte Albert.

»Nein, ich war nicht dort«, erklärte Viðar.

Marian nahm das Foto von Juri Vygocki zur Hand. »Kennst du diesen Mann?«

»Ich habe es dir schon gesagt, ich kenne ihn nicht«, sagte Viðar, ohne das Bild anzusehen.

»Wir können nicht recht glauben, dass du ihn nicht kennst«, sagte Marian und setzte sich auf einen Stuhl vor Viðars Schreibtisch. »Wir haben mit einer Frau gesprochen, die in den dreißiger Jahren zur gleichen Zeit wie du in Moskau war. Ich weiß nicht, ob du dich an sie erinnerst, sie heißt Hrefna. Kennst du sie? Erinnerst du dich an sie?«

»Habt ihr diese Informationen etwa von Hrefna?«

»Nein. Aber sie sagt, dass sie sich gut an dich erinnert, und auch an diesen Mann, zu dem du mehr Kontakt hattest als zu anderen Russen. Kannst du mir vielleicht sagen, wie er heißt?«

Viðar antwortete nicht.

»Heißt er nicht Juri Vygocki? Sagt dir der Name etwas?«

Viðar blieb stumm.

»Kennst du diesen Namen?«

Albert setzte sich auf einen anderen Stuhl. Viðar zeigte keine Reaktion. Er stand wie angewurzelt an der Tür und machte keine Anstalten, die Frage zu beantworten.

»Na, schön«, sagte Marian. »Ihr wart in Moskau befreundet, das wissen wir. Und du streitest es nicht ab.

Wir gehen auch davon aus, dass ihr die ganzen Jahre danach Kontakt hattet.«

Viðar reagierte nicht.

»Vielleicht sollten wir diese Unterhaltung im Borgartún fortführen?«, warf Albert ein.

»Ja, nur einen Moment noch«, sagte Marian. »Wir wissen nicht, in welcher Form ihr eure Verbindung aufrechterhalten habt. Wahrscheinlich brieflich, und diese Briefe wirst du uns zeigen müssen. Vermutlich auch durch einige Besuche. In dem Fall bist du zu ihm gefahren, denn soweit wir wissen, reist er kaum ins Ausland, sozusagen nie. Ihr habt euch bei verschiedenen Tagungen und Konferenzen getroffen, wahrscheinlich in Sotschi oder in Odessa. Hat man euch nicht ständig zu den Sonnenstränden in der Sowjetunion eingeladen? Die Jahre vergehen. Über was unterhaltet ihr euch? Was habt ihr für Gemeinsamkeiten? Wir wissen, dass er beim sowjetischen Geheimdienst ist und es dort weit gebracht hat. Vermutlich der Dritte von oben, der aber noch höhere Ziele anstrebt. Vielleicht hast du ihm Briefe geschrieben über die amerikanischen Militäreinheiten hier auf dem Stützpunkt in Keflavík. Über wohlgesonnene Minister und wohlwollende Amtsträger, was weiß ich. Und dann auf einmal reist er nach Island. Weshalb? Weil die Sowjets unbedingt im Schach gewinnen müssen?«

Viðar schüttelte den Kopf.

»Rauchst du?«, fragte Albert.

Viðar starrte Marian an.

»Du befindest dich auf dem Holzweg«, sagte er. »Ich habe keine Ahnung, wovon du redest.«

»Dürfte ich vielleicht die Marke sehen, die du rauchst?«, fragte Albert. »Hast du eine Schachtel dabei?«

»Nein, ich habe keine Schachtel dabei«, sagte Viðar.

»Die Sache mit Juri Vygocki ist nämlich die: Wir wissen, dass er in der Fünfuhrvorstellung im Hafnarbíó war, als Ragnar erstochen wurde«, sagte Marian. »Wir haben eine Zeugin, die ihn dort gesehen und auf dem Foto wiedererkannt hat, das ich dir gezeigt habe. Diese Zeugin sagt aus, dass Juri Vygocki im Kino hinter ihr gesessen hat. Sie musste sich das Foto nur ganz kurz anschauen, um ihn wiederzuerkennen.«

Albert stand auf und ging zu Viðars Schreibtisch, auf dem ein großer Aschenbecher mit zahlreichen Kippen stand.

»Was machst du da?«, fragte Viðar.

Albert nahm eine Kippe aus dem Aschenbecher.

»Ist das die Marke, die du rauchst?«, fragte er.

Der Stummel, den er in der Hand hielt, war von einer Papirossa.

»Was war es, das der junge Mann nicht hören durfte?«, fragte Marian wieder. »Wo sind seine Kassetten und der Rekorder?«

Viðar antwortete nicht. Vor lauter Erregung lief er rot an.

»Und was sollte das Theater bei der dritten Partie?«, sagte Marian und sah auf den Zigarettenstummel, den Albert hochhielt. »Wieso musste die Partie im Tischtennisraum ausgetragen werden?«

»Die dritte Partie?«

»Was weißt du darüber? Hat es etwas mit deinem

Freund zu tun? Versuchen sie etwa die Ergebnisse zu manipulieren? Ist dein Freund vielleicht deswegen nach Island gekommen?«

Neununddreißig

Viðar starrte eine Weile auf den Zigarettenstummel in Alberts Fingern, und dann sah er Marian an. Das Schweigen zwischen ihnen war erdrückend. Viðar schien gerade etwas sagen zu wollen, als angeklopft wurde. Er schrak zusammen. Eine ältere Frau streckte den Kopf zur Tür herein, um zu sagen, dass die Sitzung bereits begonnen hätte, ob Viðar nicht kommen würde.

»Was für eine Besprechung?«, fragte Viðar, und die Frau an der Tür spürte, dass etwas nicht in Ordnung war. Viðar war feuerrot im Gesicht, und seine Stimme klang ungewöhnlich schrill.

»Stimmt etwas nicht?«, fragte sie.

»Nein, nein, ich hatte nur den Termin vergessen«, sagte Viðar und räusperte sich. »Vielen Dank. Die Besprechung hier hat sich etwas in die Länge gezogen, aber wir sind bald fertig. Fangt ruhig ohne mich an, ich komme gleich.«

»In Ordnung«, sagte die Frau und warf Albert und Marian misstrauische Blicke zu, bevor sie die Tür schloss.

Viðar versuchte, die Fassung wiederzugewinnen. Er ging zu seinem Schreibtisch, setzte sich auf seinen Stuhl und tat so, als würde er hektisch irgendwelche

Unterlagen ordnen, um anzudeuten, dass die Unterhaltung beendet ist.

»Ich bin schon zu spät zu dieser Sitzung, wie ihr gehört habt«, sagte er. »Wir können unser Gespräch vielleicht später fortsetzen.«

Marian blieb hartnäckig sitzen und beobachtete, wie Viðars Unsicherheit sich steigerte.

»Ist das deine Zigarettenmarke?«, fragte Marian.

Viðar überhörte die Frage.

»Wo bekommt man solche Zigaretten?«

Viðar antwortete nicht. Man konnte fast den Eindruck gewinnen, als sei das Büro auf einmal viel zu eng für ihn. Er bewegte sich, als würde er allmählich eingekreist. Er sah nicht mehr von seinem Schreibtisch hoch und tat so, als würde er die beiden Elefanten, die in seinem Büro herumtrampelten, weder sehen noch hören.

»Bei Juri Vygocki?«, fragte Albert.

»So eine Zigarette haben wir draußen vor dem Hafnarbíó gefunden«, sagte Marian. »Und ganz in der Nähe des Kinos ist dann auch die dazugehörige Schachtel aufgetaucht, eine russische Marke, die du sehr gut kennst, *Belomorkanal*. An dieser Schachtel war ein Fingerabdruck von dir. Ich würde vorschlagen, du kommst jetzt mit, und dann werden wir sehen, wie es weitergeht. Was hältst du davon?«

»Fingerabdruck? Wie ...«

»Wir sind der Meinung, dass du und Vygocki zur gleichen Zeit in dem Kino gewesen seid, als der Mord stattfand«, sagte Albert. »Wir möchten wissen, was ihr da gemacht habt und warum der Junge sterben musste.«

Viðars Blicke irrten eine ganze Weile zwischen Marian und Albert hin und her, während er anscheinend überlegte, welche Möglichkeiten ihm jetzt noch offenstanden.

»Juri hat diesen Ragnar nicht angerührt«, sagte er schließlich.

»Wer dann?«

»Ich möchte eine Vereinbarung mit euch treffen«, sagte Viðar. »Lasst mich in Ruhe …«

»Ausgeschlossen«, unterbrach Marian ihn.

»Lasst mich bitte heute noch in Ruhe«, fuhr Viðar fort, »und dann komme ich gleich morgen früh zu euch. Dann könnt ihr Fingerabdrücke von mir nehmen und mich fragen, was ihr wollt. Ich werde euch dann alles sagen, was ich weiß.«

»Und weshalb nicht heute?«, fragte Albert.

»Falls ihr das für mich tut, bin ich zur Kooperation bereit«, sagte Viðar und sah zu Marian hinüber, da Marian seiner Einschätzung nach den Fall leitete. »Sonst war alles umsonst.«

»Der Mord an dem Jungen?«, fragte Marian. »War der auch umsonst?«

Viðars Gesicht verzerrte sich.

»Wenn ihr mir nur noch einen Tag Zeit lasst, werde ich euch alles erklären«, sagte er. »Ich verspreche es. Falls ihr das nicht tut, kann ich keine Verantwortung dafür übernehmen, was möglicherweise passieren könnte.«

»Passieren könnte?«, entgegnete Marian. »Ich kann dir sagen, was passieren wird, Viðar Eyjólfsson. Albert und ich, wir werden der sowjetischen Botschaft einen Besuch abstatten, und zwar mit einem Haftbefehl für

Juri Vygocki. Dort werden sie sich natürlich darauf berufen, dass Diplomaten Immunität genießen, und wir werden ihn natürlich nicht anrühren dürfen. Es wird aber ganz bestimmt sehr viel Aufsehen erregen, was deinen Freund betrifft, solange sich die Weltpresse noch hier in Island befindet und darüber berichten kann, wie mit deiner Hilfe ein unschuldiger Junge ermordet wurde.«

Viðar war wieder aufgestanden.

»Was auch immer ihr unternehmen wollt«, sagte er, »bitte geht nicht in die sowjetische Botschaft. Das dürft ihr einfach nicht machen.«

»Sind das denn nicht deine Leute?«

»Ihr wisst überhaupt nicht, auf was ihr euch da einlasst«, erklärte Viðar. »Es wäre einfach komplett verrückt.«

»Auf was haben wir uns denn eingelassen?«

»Geht nicht in die sowjetische Botschaft«, wiederholte Viðar. Seine Stimme klang jetzt nicht mehr fordernd, sondern bittend.

»Warst du in der Fünfuhrvorstellung im Hafnarbíó, als der Junge ermordet wurde?«, fragte Albert.

»Nein. Ich war nicht in diesem Kino. Ich ... Ihr dürft einfach nicht in die sowjetische Botschaft gehen, allerfrühestens morgen. Nicht heute. Auf keinen Fall heute. Es stehen Menschenleben auf dem Spiel. Und das gilt auch für mich. Ihr dürft mich nicht jetzt gleich hinter Schloss und Riegel bringen. Nicht jetzt. Erst morgen. Bitte, wartet damit bis morgen.«

»Was für Menschenleben?«, fragte Marian. »Was soll das alles eigentlich? Wieso ist dein Leben in Gefahr?«

»Ich war nicht in dem Kino«, erklärte Viðar und sah Albert an. »Erst übers Radio habe ich erfahren, was da passiert ist. Ich war nur draußen vor dem Kino und habe beobachtet, wer in die Vorstellung ging.«

»Es gab also doch einen dritten Mann?«, fragte Marian.

Viðar nickte.

»Wer war das?«, fragte Marian.

»Falls ihr die russische Botschaft da raushaltet …«

»Du bist nicht in der Position, uns Bedingungen zu stellen«, entgegnete Marian. »Geht es darum, Bobby Fischer auszuschalten? Geht es darum, dafür zu sorgen, dass er bei diesem Match als Verlierer vom Tisch geht?«

Viðar gab keine Antwort.

»Für euch geht es darum, dass Spasski siegt, nicht wahr? Und wie wollt ihr das hinbekommen? Wird Fischer von euch abgehört? Verwendet ihr dazu elektronische Geräte? Chemische Substanzen? Wollt ihr Bobby Fischer umbringen? Wie sieht eurer Plan aus, wie wollt ihr Spasski den Sieg sichern?«

Viðar rührte sich nicht vom Fleck und schüttelte den Kopf.

»Hat dieser Ragnar von euren Plänen gehört?«, fragte Albert. »Ihr hattet nicht die geringste Ahnung, dass da jemand mit einem Kassettenrekorder im Kinosaal war. Für was habt ihr ihn eigentlich gehalten? Für einen gefährlichen Agenten? Warum musstet ihr den Jungen umbringen? Was bezweckt ihr mit all dem?«

Viðars Blicke wanderten immer noch zwischen Marian und Albert hin und her.

»Herr Gott nochmal«, stöhnte er, »ihr seht das alles total verkehrt.«

»Du kommst jetzt mit uns«, sagte Marian und stand auf. »Du bekommst genügend Zeit, um uns alles zu erklären.«

»Es sind hier Dinge im Gange, die ihr nicht begreift, und es ist im Augenblick sehr schwierig, darüber zu reden«, sagte Viðar. »Es ist ganz richtig, es hat mit der Schachweltmeisterschaft zu tun, aber nicht so, wie ihr denkt. Die Sowjets versuchen nicht, Einfluss auf das Match zu nehmen. Das ist vollkommen absurd!«

»Und was war dann mit der dritten Partie, ging das nicht von euch aus?«

»Ich weiß nichts über die dritte Partie«, sagte Viðar. »Ich habe keine Ahnung, warum sie in dem Tischtennisraum gespielt haben. Wieso fragst du mich danach? Ich weiß wirklich nichts darüber. Mir ist völlig schleierhaft, wovon du redest. Es geht überhaupt nicht um Schach!«

Albert wollte Viðar am Arm packen, aber der entzog sich seinem Griff.

»Ihr macht einen Fehler.«

»Sicher«, stimmte Marian zu.

Albert bekam Viðar zu fassen.

»Können wir nicht wie normale Menschen mit dieser Situation umgehen?«, fragte Viðar. »Ich werde mit euch kommen, ihr braucht mich wirklich nicht abzuführen. Ich möchte nur hier an meinem Arbeitsplatz kein unnötiges Aufsehen erregen.«

»Warum dürfen wir der sowjetischen Botschaft keinen Besuch abstatten?«, fragte Marian. »Hast du nicht dein Leben lang der UdSSR Lob und Preis gesungen? Weshalb dürfen wir dann nicht hin, um uns mit ihnen zu unterhalten?«

»Bitte, geht nicht hin«, bat Viðar. »Macht das erst morgen, tut mir bitte den Gefallen.«

»Weshalb?«, fragte Albert. »Was wird sich bis dahin geändert haben?«

»Darauf kann ich nicht eingehen«, erklärte Viðar. »Weiß jemand davon, dass ihr mich im Verdacht habt? Könnt ihr mir zumindest das sagen?«

»Glaubst du, dass dir etwas zustoßen könnte?«, fragte Albert.

Viðar schwieg.

»Vor wem oder was hast du Angst?«, fragte Marian.

Viðar schüttelte resignierend den Kopf. Albert führte ihn zur Tür. Marian öffnete sie und betrat den schmalen Korridor.

»Ich denke nicht an mich selber«, flüsterte Viðar. »Ich denke an andere Menschen. Andere sind in Gefahr, nicht ich.«

Plötzlich kam die Frau, die Viðar an die Sitzung erinnert hatte, auf sie zu.

»Viðar, mein Lieber«, sagte sie freundlich, »darf ich dich einen Augenblick stören? Die Sitzung wurde vertagt, und ich muss dich bitten, dir noch etwas wegen Hafsteinn anzusehen. Es wird nicht lange dauern. Er glaubt, dass uns da ein rechnerischer Fehler unterlaufen ist.«

Viðar versuchte zu lächeln. Er sah die Kriminalbeamten an, doch Albert schüttelte den Kopf. Doch das kurze Zögern reichte ihm, um nach dem Arm der Frau zu greifen und mit ihr in ihr Büro zu marschieren, Viðar zog die Tür hinter sich zu und schloss ab. Albert machte einen Satz in Richtung der Tür und versuchte, sie zu öffnen, hämmerte gegen sie und rief Viðars

Namen. Die anderen Angestellten waren von ihren Schreibtischen aufgestanden, um zu sehen, was los war. Es dauerte nicht lange, bis die Frau die Tür zu ihrem Büro wieder öffnete und Albert völlig perplex anstarrte.

»Er … Er ist durch die Tür dahinten rausgerannt … Was geht hier eigentlich vor?«

Albert war in Windeseile bei der Tür. Das Büro der Frau war ebenerdig, es hatte eine zweite Tür, die auf den Hinterhof führte. Albert lief nach draußen, auf den von Büschen und Sträuchern eingerahmten Parkplatz, aber von Viðar war keine Spur zu sehen. Das Gebäude lag an einer verkehrsreichen Straße. Albert rannte auf die Straße und überquerte sie, dann machte er kehrt, weil er nicht wusste, in welche Richtung er laufen sollte.

»Siehst du ihn noch?«, rief Marian ihm zu.

»Er ist verschwunden«, schrie Albert. »Ich kann ihn nicht sehen.«

»Verdammt nochmal!«

»Was sollen wir jetzt machen?«

»Nach ihm fahnden lassen, und dann gehen wir zur russischen Botschaft.«

»Er hat uns gebeten, damit zu warten.«

»Seine Interessen sind nicht unbedingt unsere Interessen, Albert. Vor allem nicht, wenn er uns so hinters Licht führt.«

»Er hat gesagt, es stünden Menschenleben auf dem Spiel, als wir die Botschaft erwähnten.«

»Das weiß ich«, sagte Marian. »Aber wir müssen dorthin, was auch immer irgendjemand behauptet. Womöglich verpassen wir diesen Vygocki. Viðar ist natürlich geflüchtet, um ihn zu warnen, warum sollte er sonst so etwas Verrücktes machen?«

»Weshalb will er nicht, dass wir in die Botschaft gehen?«, gab Albert zu bedenken. »Von was für Menschenleben redet er? Worüber darf er mit uns nicht reden?«

»Ich weiß es nicht«, sagte Marian nachdenklich.

»Was weißt du eigentlich?«, fragte Albert. »Ich müsste doch auch über das informiert sein, was du weißt!«

»Sie wollten, dass wir Viðar in Ruhe lassen«, sagte Marian. »Ich dachte, es wären die Russen, die dahintersteckten, aber sie waren es gar nicht. Ganz im Gegenteil, es waren die anderen!«

»Wer sind *sie*? Wovon sprichst du eigentlich? Welche anderen?«

»Die Amerikaner!«, sagte Marian. »Die amerikanische Botschaft hat von mir verlangt, ich solle Viðar in Ruhe lassen!«

Ein paar Minuten später setzten sich Albert und Marian mit der Frau zusammen, die Viðar benutzt hatte, um zu entkommen. Es herrschte einige Aufregung unter den Büroangestellten, denn die Nachricht, dass Viðar vor der Kriminalpolizei geflüchtet war, hatte rasch die Runde unter der Belegschaft gemacht. Die Leute starrten verwundert und argwöhnisch auf die verschlossene Tür zum Büro der Kollegin.

»Wer kennt Viðar hier an seinem Arbeitsplatz am besten?«, fragte Marian.

»Wahrscheinlich ich«, antwortete die Frau. »Wir beide arbeiten mit am längsten hier. Was ist eigentlich los? Hat Viðar sich etwas zuschulden kommen lassen? Weshalb ist die Kriminalpolizei hinter ihm her?«

»Es geht nur darum, dass wir unbedingt mit ihm sprechen müssen, aber er hatte Angst davor, mit uns zu reden, er wollte einen Aufschub. Hast du irgendeine Vorstellung, wohin er geflüchtet ist? Wo er jetzt sein könnte?«

»Nein«, sagte die Frau. »Ist er nicht einfach zu sich nach Hause gefahren?«

»Das bezweifle ich«, entgegnete Marian.

»Dann weiß ich nicht, wo er sein könnte.«

»Weißt du von irgendwelchen Freunden, an die er sich gewandt haben könnte?«

»Vielleicht ist er in der Halle?«

»In Laugardalshöll?«

»Ja, bei diesem Schachwettkampf. Er ist immer dort, wenn die beiden spielen.«

»Bei der Weltmeisterschaft?«

»Ja, er spricht Russisch. Ihr ... Das wisst ihr vielleicht.«

»Und was macht er in der Halle?«

»Er arbeitet für sie, ich meine, er arbeitet für die Russen. Er dolmetscht und hilft ihnen bei allen möglichen Sachen.«

Die Blicke der Frau richteten sich abwechselnd auf Marian und Albert.

»Das war zumindest das, was er mir gesagt hat.«

»Meinst du wirklich, dass wir der sowjetischen Botschaft einen Besuch abstatten sollten?«, fragte Albert noch auf dem Parkplatz, als sie ins Auto gestiegen waren.

»Wir könnten dort vielleicht für etwas Unruhe sorgen«, erwiderte Marian auf dem Beifahrersitz. »Wir improvisieren ein bisschen, und wir werden sehen, wie sie auf unseren Besuch reagieren. Wir müssen auf jeden Fall vermeiden, Informationen preiszugeben, und trotzdem herausfinden, was sie denken.«

»Was hat der Junge eigentlich gehört?«, fragte Albert und ließ den Motor an.

»Gute Frage.«

»Kann es sein, dass die Russen ihn umbringen wollen?«, sagte Albert.

»Wen?«

»Die Russen?«

»Wen umbringen?«

»Nein, verdammt nochmal. Das ...«

»Was denn?«

»Kann es sein, dass die Russen Bobby Fischer umbringen wollen?«

Vierzig

Auf dem Weg zur sowjetischen Botschaft informierte Marian Albert über das Gespräch mit dem Dezernatsleiter und über dessen seltsame Anweisung, Viðar in Ruhe zu lassen. Auch Viðar hatte sie darum gebeten, allerdings ohne ihnen zu sagen, weshalb. Die Frau im Büro hatte nicht gewusst, für wen genau er im Zusammenhang mit dem Weltmeisterschaftsmatch arbeitete, und auch den Namen Juri Vygocki kannte sie nicht, Viðar hatte ihn ihr gegenüber nie erwähnt.

»Was zum Teufel machen die Russen da eigentlich in der Halle?«, sagte Albert, als er auf die Miklabraut einbog.

»Spasski ist im Rückstand«, sagte Marian. »Vielleicht haben sie ja noch was in petto, falls es wirklich kritisch wird. Viðar hat behauptet, dass Menschenleben in Gefahr seien. Was hat er damit gemeint.«

»Kann es wirklich sein, dass es um Bobby Fischer geht?«

»Ich ...«

Marian wollte den Gedanken nicht zu Ende denken.

»Sollten wir nicht den Schachverband informieren?«, fragte Albert. »Müsste das Match nicht unterbrochen werden?«

»Warten wir erst einmal ab, was die Russen zu sagen haben und wie sie auf unseren Besuch reagieren. Und dann sehen wir weiter. Mit dem Schachverband müssen wir ohnehin früher oder später reden. Es wäre schlimm, wenn das Match beim gegenwärtigen Spielstand wegen irgendwelcher Spekulationen unterbrochen werden müsste. Undenkbar.«

Albert fuhr rasch in den westlichen Teil der Stadt. Im Kreisverkehr am Melatorg bog er nach rechts in die Suðurgata ein und wenig später zweimal nach links, zuerst in die Túngata und dann die Garðastræti. Er parkte das Auto direkt vor der russischen Botschaft.

Dort klopfte er an die Tür.

»Brauchen wir nicht eine besondere Erlaubnis?«

»Ganz bestimmt«, antwortete Marian. »Versuch es mal mit der Klingel.«

Am Haupteingang befand sich eine Überwachungskamera. Marian starrte hinauf, und überlegte, ob sie tatsächlich beobachtet wurden. Von drinnen hörte man ein Geräusch, und dann öffnete sich die Tür. Ein kleiner, schlanker Mann mit zierlichem Oberlippenbart erschien. Er trug einen schwarzen Anzug.

»Wir sind von der Kriminalpolizei«, sagte Albert auf Englisch. »Wir müssen mit dem Botschafter sprechen.«

»Haben Sie einen Termin?«, antwortete der Mann. »Soweit ich weiß, werden Sie nicht erwartet.«

»Wir haben keinen Termin«, sagte Albert und zeigte seinen Polizeiausweis vor. »Es geht aber um eine wichtige Angelegenheit und steht in Verbindung zu einer schweren Straftat in Reykjavík.«

Der Mann überlegte. Es war sehr ungewöhnlich, dass Besucher in die Botschaft kamen, ohne sich vorher so rechtzeitig angemeldet zu haben, dass das Anliegen seitens der Botschaft genau geprüft werden konnte.

»Der Botschafter ist nicht im Haus«, sagte er. »Er hat großes Interesse an diesem Schachmatch. Die Fortsetzung der dreizehnten Partie«, fügte er lächelnd hinzu.

»Er ist also in der Halle?«, fragte Albert.

»Genau«, sagte der Mann, der ihnen offensichtlich behilflich sein wollte. »Wenn es um eine Polizeiangelegenheit geht, sollten Sie vielleicht mit dem Sicherheitsbeauftragten reden.«

Marian nickte Albert zustimmend zu.

»Ja, gern«, sagte Albert.

Der Mann ließ sie nur bis in die Eingangshalle. Von dort aus konnte man durch eine halb geöffnete Tür in einen kleinen Raum blicken, eine Art Vorzimmer für diejenigen, die einen Termin beim Botschafter hatten. Gemälde aus der Sowjetzeit hingen an den Wänden, und auf Tischen und Regalen befanden sich Kunstobjekte aus den Ostblockstaaten, Porzellanfiguren und Holzschnitzereien. Marians Blick fiel auf eine Puppe, die als hübsche Braut auf einem der Regale im Empfangsraum stand. Die Fenster wurden von schweren Vorhängen eingerahmt, und ein Lüster aus böhmischem Kristall hing von der Mitte der Decke herunter.

»Glaubst du, dass wir uns auf dem Holzweg befinden? Dass dieser Besuch ein falscher Schachzug war?«, fragte Marian, als sich der Mann mit dem Oberlippenbart entfernt hatte, um den Sicherheitsbeauftragten zu holen.

»Das wird sich bald zeigen«, entgegnete Albert.

Marians Besorgnisse wuchsen, je länger sie warten mussten. Man hatte ihnen nahegelegt, sich nicht mit

Viðar zu befassen, und Viðar selbst hatte sie eindringlich vor einem Besuch in der sowjetischen Botschaft gewarnt. Marian musste sich die Frage stellen, ob sie vielleicht voreilig gehandelt hatten, ob es nicht besser gewesen wäre, sich die Sache noch einmal gründlich durch den Kopf gehen zu lassen. Die Ereignisse der letzten Tage und Wochen, seit die Polizei zum Tatort im Hafnarbíó gerufen worden war und die Suche nach Ragnars Mörder begann, hatten aber absolute Priorität. Anfangs waren sämtliche Besucher der Fünfuhrvorstellung als Täter in Frage gekommen, aber dann hatte sich die Suche auf zwei Männer konzentriert, zwei Ausländer, die Seite an Seite in der Reihe vor Ragnar gesessen und über etwas gesprochen hatten, was absolut geheim war. Der eine war Juri Vygocki gewesen, der andere möglicherweise ein Amerikaner. Viðar stritt ab, dass er in der Vorstellung gewesen war, gab aber zu, draußen vor dem Kino gewesen zu sein. Irgendjemand hatte *excuse me* gesagt.

»Albert, sehen wir vielleicht tatsächlich alles verkehrt?«, flüsterte Marian.

»Was meinst du damit?«, fragte Albert.

»Als Viðar sagte, wir wären vollkommen auf dem Holzweg, worüber haben wir da eigentlich gesprochen?«

Albert dachte einen Moment nach.

»Ich habe mir nichts notiert«, flüsterte er.

»Wir haben darüber gesprochen, dass die Sowjets Spasski den Sieg sichern wollen. Genau das hat Ragnar im Kino gehört und auf Band aufgenommen, und deswegen musste er sterben.«

»Ja, und?«

»Viðar hat aber behauptet, dass es überhaupt nicht um Schach geht.«

Marian sah immer noch Johannes vor sich, den Dezernatsleiter. Ihm war es auch nur darum zu tun gewesen, den Frieden zu halten und Aufschub zu gewinnen. Genau wie Viðar. Der hatte ebenfalls nur um eine Karenzzeit gebeten. Und außerdem hatte Viðar gesagt, ihr seht das alles verkehrt. Morgen kann ich mit euch reden, aber heute nicht.

Die Tür zum Empfangsraum öffnete sich. Der Mann mit dem Schnäuzer erschien, diesmal in Begleitung eines anderen Mannes, den er als Sicherheitsbeauftragten der Botschaft vorstellte. Der war allerdings erheblich weniger freundlich und gesprächig, weder grüßte er, noch stellte er sich mit Namen vor. Albert streckte ihm die Hand hin, musste sie aber zurückziehen, da der Mann keine Anstalten machte, sie zu schütteln.

»Hier wurden Fehler gemacht. Ich muss Sie bitten, die Botschaft zu verlassen«, erklärte er in wesentlich schlechterem Englisch als der Mann mit dem Bärtchen auf der Oberlippe.

»Was für Fehler denn?«, erkundigte sich Albert höflich.

»Wir brauchen Zeit, um einen Besuch wie diesen vorzubereiten. Der Botschafter ist nicht im Haus. Man hätte Sie auf keinen Fall einlassen dürfen. Bitte gehen Sie jetzt.«

»Ich weiß nicht, ob er Sie darüber informiert hat«, sagte Albert, indem er auf den Pförtner deutete, der wie ein begossener Pudel neben dem Sicherheitsbeauftragten stand. »Wir sind wegen der Ermittlung in einem Kriminalfall hier, es handelt sich um ein Kapitalverbrechen, das vor nicht allzu langer Zeit in Reykjavík verübt wurde. Wir sind der Ansicht, dass es etwas mit der russischen Botschaft zu tun hat.«

Der Sicherheitsbeauftragte war zwar darüber informiert worden, aber trotzdem fest entschlossen, das zu ignorieren.

»Sie müssen sich einen Termin geben lassen«, sagte er. »Ich muss Ihnen noch einmal nahelegen, das Haus zu verlassen.«

Marian blickte dem Sicherheitsbeauftragten ins Gesicht und sah die besorgte Miene von Viðar Eyjólfsson vor sich, als sie ihn gefragt hatten, ob er observiert würde, und die Panik in seinem Gesicht, als er erfuhr, dass sich die Kriminalpolizei mit der russischen Botschaft in Verbindung setzen wollte. Es schien fast, als sei die Botschaft ein lebensgefährlicher Ort – er hatte behauptet, dass Menschenleben auf dem Spiel stehen würden, falls Marian und Albert dort auftauchten. Worum ging es? Was fürchtete dieser Viðar aus den Reihen seiner politischen Gesinnungsgenossen? Und welcher Zusammenhang bestand zwischen dieser Furcht und seinem Freund Juri Vygocki, diesem hohen Tier beim KGB?

Albert diskutierte immer noch mit dem Sicherheitsbeauftragten. Der Mann mit dem Schnäuzer stand ganz zerknirscht neben ihnen, weil er so töricht gewesen war, die Kriminalbeamten in die Botschaft gelassen zu haben.

Marian war mit den Gedanken wieder bei dem Gespräch mit Johannes und hörte gar nicht, was Albert sagte. Johannes hatte deutlich gemacht, dass es die Amerikaner seien, die verlangten, dass Viðar in Ruhe gelassen würde. Was wussten die Amerikaner über den alten Kommunisten und seine Beziehungen zu Moskau? Wieso war dieser Mann wichtig für sie? Viðar hatte behauptet, selbst nicht im Hafnarbíó gewesen zu sein, sondern draußen gewartet zu haben. Das musste bedeuten, dass das Treffen zwischen dem Russen und dem Amerikaner sozusagen unter Aufsicht von Viðar stattgefunden hatte. Sie wollen sich im Hafnarbíó treffen, hatte jemand Viðar telefonisch ausgerichtet. Geht bloß nicht in die russische Botschaft, hatte Viðar gefleht. Menschenleben sind in Gefahr. *Excuse me*, hatte einer der Männer mit amerikanischem Akzent gesagt. Das hat überhaupt nichts mit Schach zu tun. Ihr seid völlig auf dem Holzweg.

»Wegen der Weltmeisterschaft sind zahlreiche sowjetische Offizielle nach Reykjavík gekommen«, hörte Marian den Sicherheitsbeauftragten sagen. »Einige sind hier in der Botschaft untergebracht, andere in Hotels. Wenn Sie mir den Namen des Mannes sagen könnten, den Sie sprechen wollen, werde ich versuchen herauszufinden, ob er bereit ist, mit Ihnen zu reden. Sie beide haben hier in der Botschaft keinerlei Rechte, das ist Ihnen hoffentlich klar, es ist die Botschaft der UdSSR, und Sie befinden sich auf sowjetischem Territorium.«

Albert sah Marian an.

»Wen wollten Sie denn sprechen?«, fragte der Sicherheitsbeauftragte, dessen Neugier anscheinend endlich erwacht war.

Albert zögerte.

»Um wen geht es?«, fragte der Mann ein weiteres Mal nahezu im Befehlston.

Albert räusperte sich.

»Wir glauben, er heißt ...«

Albert konnte den Satz nicht zu Ende führen.

»Nenn bloß keine Namen!«, ging Marian dazwischen.

Der Sicherheitsbeauftragte und Albert sahen Marian verwundert an.

»Ich glaube, wir machen hier einen kapitalen Fehler.«

»Was?«, fragte Albert.

»Das Ganze ist ein einziges Missverständnis.«

»Was denn? Was meinst du? Was ist ein Missverständnis?«

»Wir sollten überhaupt nicht hier sein, Albert!«

»Wovon redest du eigentlich?!«

Der Sicherheitsbeauftragte verfolgte ihr Gespräch ungeduldig mit.

»Nach wem sucht die Polizei?«, fragte er ein weiteres Mal. »Sagen Sie mir den Namen, und ich sehe zu, was ich tun kann.«

»Kapierst du das nicht?«, sagte Marian zu Albert.

»Nein!«

»Nichts wie weg hier«, sagte Marian. »Ich erzähle es dir im Auto.«

»Was ist denn los?«, sagte Albert. »Wovon redest du?«

»Ich glaube ...«

Marian sah den Sicherheitsbeauftragten an.

»Was ist?«, fragte der.

»Wir müssen hier so schnell wie möglich raus. Wir kommen zu spät!«

»Was meinst du denn damit?«

»Schnell«, sagte Marian auf Isländisch und lächelte

dem Russen freundlich zu. »Beeil dich, Albert, bloß raus hier!«

Mit einem noch breiteren Lächeln bedankte sich Marian auf Isländisch, schob sich so schnell wie möglich an dem Sicherheitsbeamten vorbei und verließ mit Albert die sowjetische Botschaft.

Einundvierzig

Albert hielt stumm vor dem Haupteingang der Laugardalshöll. Als der Polizist, der dort postiert war, sich beschwerte, zückte Albert seinen Dienstausweis. Marian war bereits ausgestiegen.

Auch dem Aufseher an der Tür zeigte Marian den Polizeiausweis und konnte ihn so von der Dringlichkeit des Einsatzes überzeugen. Albert holte Marian an den Eingängen zum Saal ein. Etwa eintausend Zuschauer hatten sich in der Halle eingefunden, als die dreizehnte Partie wieder aufgenommen wurde, die tags zuvor unterbrochen worden war. Auf der Bühne saßen Boris Spasski und Bobby Fischer, anscheinend tief in Gedanken versunken. Eine der dramatischsten Partien des Weltmeisterschaftsmatchs war in vollem Gange. Beide Duellanten hatten die Zeit genutzt, um über die Stellung nachzudenken, Bobby Fischer bis morgens um acht. Spasski hatte zwei Bauern weniger und nahm sich fünfundzwanzig Minuten Zeit, bevor er den nächsten Zug eingab.

Kein Husten oder Räuspern war von den Zuschauern im Saal zu vernehmen. Fischer saß vor dem Brett und hatte beide Ellbogen auf den Tisch gestützt, auf der einen Hand ruhte sein Kinn. Er starrte auf die Felder vor sich. Spasski spielte Weiß. Er war aufgestanden, um sich Bewegung zu verschaffen und Fischer aus einer gewissen Entfernung zu beobachten. Lothar Schmid, der Schiedsrichter des Weltmeisterschaftsmatchs, hielt sich im Hintergrund. Fischer lehnte sich in seinem Sessel zurück und strich sich über den Kopf. Spasski setzte sich wieder.

Marian nahm sich kurz Zeit, um einen Blick auf den Stand der Partie zu werfen, der auf einer großen Leinwand angezeigt wurde. Fischer hatte tags zuvor die Aljechin-Verteidigung gewählt, in der Absicht, Spasskis Bauern nach vorne zu locken und zu isolieren, um sie dann anzugreifen. Spasski hatte bereits nach dem 12. Zug einen Bauern weniger, schien sich aber wieder gefangen zu haben, als die Partie vertagt wurde. Es war schwer zu sagen, wer den Sieg davontragen würde, auch wenn die meisten auf Fischer setzten. Den Zuschauern stand die gespannte Erwartung, die sich mit jedem Zug steigerte, ins Gesicht geschrieben.

Auf dem Weg zur Veranstaltungshalle hatte Marian Albert gebeten, bei einer bestimmten Adresse zu halten. Albert durfte jedoch bei diesem Treffen nicht dabei sein, er musste im Auto warten. Albert protestierte heftig dagegen, aber Marian ließ sich nicht beirren und sagte, es sei erfolgversprechender, die Frau behutsam anzugehen. Darauf gab Albert nichts.

»Aber was ist, wenn dieser Viðar bei ihr ist?«, sagte er nach kurzem Schweigen. »Was wirst du dann tun? Willst du ihn noch einmal entwischen lassen?«

»Ich glaube, ich könnte ihn dazu bringen, mit uns zusammenzuarbeiten«, entgegnete Marian.

»Wieso weißt du eigentlich von Viðar? Warum kannst du mir das nicht einfach sagen?«

»Ich würde dann ein Versprechen brechen, das ich gegeben habe.«

»Wieso vertraust du mir nicht?«

»Das tu ich ...«

»Das tust du ganz und gar nicht! Du enthältst mir Informationen vor. Jetzt gerade schon wieder, in Bezug auf diese Frau!«

»Auf gar keinen Fall, Albert. Ich war nur der Meinung, dass man diese Frau besser sanft anfasst, und so gesehen ist es auf jeden Fall besser, dass ich allein und unter vier Augen mit ihr spreche.«

Albert blieb stur. Marian wurde wütend, sprang aus dem Auto und knallte die Tür heftig zu.

Die Frau, die Marian unbedingt sprechen wollte, wohnte in einem zweistöckigen Haus im Þingholt-Viertel, das kurz nach der Jahrhundertwende gebaut worden war. Sie lebte auf der unteren Etage. Marian hatte in den letzten Tagen häufig daran gedacht, ihr einen Besuch abzustatten, es aber immer wieder aufgeschoben. Und jetzt war es womöglich schon zu spät. Albert war gereizt im Auto zurückgeblieben. Marian hörte es drinnen klingeln, und bald darauf öffnete sich die Tür.

»Bríet?«, fragte Marian.

»Ja?«

»Bríet Lárusdóttir, Krankenschwester?«

Die Frau nickte, ihre Miene drückte Besorgnis aus.

»Ist Viðar Eyjólfsson bei dir?«

Marian und Albert hielten im Zuschauerraum nach Viðar Ausschau, konnten ihn aber nicht entdecken. Albert klapperte halb gebückt eine Reihe nach der anderen ab, um Viðar unter den Zuschauern zu finden.

Von Fotos in den Zeitungen wusste er, wie der sowjetische Botschafter aussah. Er saß in der Mitte der ersten Reihe. Und er kannte auch den Mann, der zwei Plätze entfernt vom Botschafter saß.

Juri Vygocki.

»Und wer bist du?«, fragte Bríet in der Tür.

»Ich bin von der Kriminalpolizei«, sagte Marian. »Dürfte ich dich vielleicht einen kleinen Augenblick stören? Ich leite die Ermittlung wegen des Mordes im Hafnarbíó, von dem du sicher gehört hast.«

Die Frau sah Marian lange an. Ihrer Miene war keine Verwunderung anzumerken.

»Ist was mit Viðar?«, fragte sie schließlich.

»Ist er nicht bei dir?«

»Nein, er hat heute nur ganz kurz bei mir hereingeschaut, er konnte nicht lange bleiben.«

»Weshalb fragst du, ob etwas mit Viðar ist?«

»Warst du bei ihm an seinem Arbeitsplatz?«

»Ja.«

»Er hatte den Verdacht, dass du zu mir kommen würdest. Du siehst genauso aus, wie er dich beschrieben hat.«

»Ich glaube, er befindet sich in Gefahr«, sagte Marian. »Darf ich vielleicht hereinkommen?«

»Er hat mir gesagt, ich solle nicht mit dir reden.«

»Ich kann ihm helfen, wenn du mir hilfst.«

»Er glaubt, dass du ihm alles kaputt machst. Er hatte

vor, morgen mit dir zu sprechen, vielleicht sogar noch heute am späten Abend. Er hat wegen des Mordes an dem armen Jungen sehr gelitten. Er hat kaum schlafen können. Er glaubt, dass er dafür verantwortlich ist, obwohl das überhaupt nicht stimmt.«

»Darf ich hereinkommen?«

Die Frau sah Marian lange an.

»Viðar hat gesagt, ich solle nicht mit dir sprechen.«

»Ich kann ihm helfen. Bitte, vertrau mir. Ich glaube, er schwebt in großer Gefahr.«

Spasskis Augen waren unverwandt auf das Schachbrett gerichtet. Fischer ihm gegenüber saß vornübergebeugt vor dem Brett. Nichts störte die beiden in ihrer Konzentration, und den Gesichtern der Zuschauer nach zu urteilen, näherte sich die Spannung dem Höhepunkt. Fischer nippte an einem Glas mit Orangensaft. Der Oberschiedsrichter hatte schon mehrmals um Ruhe im Saal bitten müssen. Sobald ihm von irgendwoher auch nur das leiseste Flüstern zu Ohren kam, drückte er auf einen Knopf, und die Leuchtschrift SILENCE und ÞÖGN erschien. Albert schob sich an den Reihen vorbei wieder zurück zu Marian am Eingang zum Zuschauerraum.

»Ich glaube, unser Juri sitzt in der ersten Reihe beim sowjetischen Botschafter«, flüsterte er.

»Und Viðar?«

»Den habe ich nicht gesehen.«

»Such weiter, aber unternimm nichts, wenn du ihn siehst. Halte dich selber so bedeckt wie möglich. Ich werde Vygocki im Auge behalten, über ihn finden wir womöglich Viðar.«

»Hat er wirklich eine Aktion hier in der Halle geplant?«

»Das hat Bríet gesagt.«

»Und wie soll ich einen Russen von einem Amerikaner unterscheiden?«

»Albert, sieh dich um Himmels willen vor«, sagte Marian. »Wir wissen nicht, was hier gespielt wird. Schnapp dir sicherheitshalber ein paar von unseren Leuten, die hier Wache schieben. Es ist äußerste Vorsicht geboten.«

Bríet hatte ihre Wohnung im Þingholt-Viertel zu einem warmen und anheimelnden Zuhause gemacht. Marian spürte sofort, dass sie allein lebte, alle Anzeichen sprachen dafür. Neben dem Waschbecken in der Küche stand eine ausgespülte einzelne Tasse, und ein umgedrehter Teller lag auf dem Ablauf. Da in dem geschmackvoll eingerichteten Wohnzimmer niemals Kinder gekreischt und herumgetobt hatten, war dort niemals etwas in Unordnung geraten. Die schweren Vorhänge schlossen die Welt draußen vor den Fenstern aus.

»Ich habe einige Informationen über dich und Viðar eingeholt«, sagte Marian und nahm auf dem weichen Sofa Platz. »Ich hoffe, dass ich nicht zu viel Neugier an den Tag gelegt habe. Ihr lebt nicht zusammen, habt aber trotzdem eine Beziehung?«

»Viðar hat mir von dir erzählt«, entgegnete Bríet. »Er war der Meinung, dass du fair sein würdest. Er mag dich im Grunde genommen. Und ich zweifle nicht daran, dass er damit recht hat.«

»Sag mir also, was da gespielt wird.«

Bríet setzte sich in einen Sessel. Sie ging auf die siebzig zu, und ihre Bewegungen waren langsam. Sie hatte Falten um die Augen und den Mund, die mit dem Alter tiefer geworden waren, und ihr Gesichtsausdruck war zugleich freundlich und ernst. Marian hatte das Gefühl, dass sie nur selten lächelte. Bríet warf einen Blick auf die Wanduhr, ein Familienerbstück, deren Pendel leise tickend wie ein schwacher Herzschlag hin und her schwang.

»Hatte Viðar vor, später noch einmal vorbeizuschauen?«, fragte Marian.

»Ja«, antwortete Bríet, die den Blick immer noch auf die Wanduhr richtete. »Wenn das Ganze vorbei ist.«

»Welches Ganze?«

Bríet sah Marian an.

»Es ist noch zu früh, um dir das zu sagen«, erwiderte sie. »Das darf ich nicht.«

Marian warf ebenfalls einen Blick auf die Uhr.

»Ich höre von verschiedenen Seiten, dass es um Politik geht. Es geht um Schach, das Weltmeisterschaftsduell und um weltpolitische Ereignisse, die auf Island stattfinden. Es geht um den Kabeljaukrieg, die Russen, die Amerikaner, es geht um den Kalten Krieg. Das Ganze dreht sich um etwas ganz anderes als den Tod eines jungen Menschen. Niemand denkt an ihn, und das finde ich schlimm. Findest du es nicht auch seltsam? Was gehen mich der Kalte Krieg und die Großmächte an, oder die Schachweltmeisterschaft. Ich verfolge nur ein Ziel, nämlich herauszufinden, warum Ragnar sterben musste. Sonst nichts. Sag mir bitte nicht, dass du denkst wie all die anderen.«

»Ich muss jeden Tag an den Jungen denken. Er … Das war …«

Bríet konnte den Satz nicht zu Ende bringen.

»Meinst du damit, dass jetzt etwas stattfinden wird?«, sagte Marian. »In der Halle?«

Bríet schwieg.

»Euer Versteckspiel hat bereits ein Menschenleben gekostet«, sagte Marian mit anklagendem Unterton. »Findest du nicht, dass es reicht?«

»Glaubst du wirklich, dass du Viðar helfen kannst?«, fragte Bríet.

»Ja«, sagte Marian.

»Ich weiß nicht, was …«

Bríet seufzte leise.

Fischer nahm sich viel Bedenkzeit. Er warf einen Blick auf die Schachuhr. Er stand allerdings nicht so unter Zeitdruck wie Spasski. Gemessen an dem, was vorausgegangen war, strahlte er eine seltsame Ruhe aus. Falls es ihm gelänge, diese Partie zu gewinnen, hätte er acht Siege vorzuweisen, Spasski aber nur fünf. Falls Spasski verlor, würden sich seine Chancen auf die Titelverteidigung erheblich verringern.

Marian beobachtete, dass Juri Vygocki gemessen aufstand und zum Seitengang neben der Zuschauertribüne ging. Er legte keinerlei Hast an den Tag, steckte eine Hand in die Hosentasche und steuerte auf die Eingangshalle zu.

Marian wartete noch ab und behielt den Zuschauerraum im Auge. Zwei Männer zu beiden Enden des Saals erhoben sich und folgten Vygocki langsam.

»Diese Schachweltmeisterschaft war sozusagen ein Geschenk des Himmels für Juri«, erklärte Bríet. »Er hatte sich schon sehr lange mit diesem Gedanken herumgetragen, doch es bot sich nie eine günstige Gelegenheit. Bis die Entscheidung getroffen wurde, dass Spasski und Fischer hier in Reykjavík um den Titel kämpfen würden.«

»Wer wollte was tun?«

»Juri.«

»Juri Vygocki?«

»Ja.«

»Hat er vor zu fliehen?«

Bríet schwieg.

»Will Juri Vygocki sich in den Westen absetzen?«, fragte Marian.

Zweiundvierzig

»Was da in diesem Kino geschehen ist, war entsetzlich«, erklärte Bríet, die es vermied, Marian in die Augen zu sehen. »Der reinste Horror. Ich kann kaum Worte dafür finden. Der arme Junge, die arme Familie. Viðar ist seitdem vollkommen verstört. Aber wegen Juri konnte er nicht zu euch gehen. Die beiden sind seit vielen Jahren befreundet. Du kannst das, was sie vorhaben, nicht stoppen. Sonst schnappen sie sich Juri, und er muss sterben. Und nicht nur er …«

»Will Juri in die Vereinigten Staaten fliehen?«

»Ja. Und die Familie …«

»Haben sie seine Familie?«

»Die Familie ist auf dem Weg zur amerikanischen Botschaft in Helsinki«, sagte Bríet, die immer noch auf die Uhr blickte. »Seine Frau und seine vier Kinder. Sobald sie in Sicherheit sind, wird hier etwas geschehen.«

»Sind das die Menschenleben, von denen Viðar gesprochen hat?«

Bríet nickte zustimmend.

»Um sie dreht sich die ganze Sache, die Familie.«

»In welchem Verhältnis stehen Viðar und Vygocki zueinander?«

»Sie haben sich damals in Moskau angefreundet. Viðar wird dir das heute Nacht oder morgen früh selber erklären – falls alles klappt. Die Russen wissen, dass etwas nicht stimmt. Sie wissen, dass irgendjemand in Moskau schon seit Jahren Informationen weiterleitet. Viðar weiß nicht, wie sie das herausgefunden haben, aber die Schlinge zieht sich schon seit geraumer Zeit langsam zu. Juri weiß weder, wie viel sie wissen, noch, ob sie überhaupt etwas wissen. Seine Familie erhielt vorgestern die Erlaubnis, nach Helsinki zu reisen. Es hatte sich endlos lange hinausgezögert, aber dann kam die Erlaubnis, was möglicherweise bedeutet, dass er nicht zuoberst auf der Liste der Verdächtigen steht. Und er durfte auch zur Schachweltmeisterschaft nach Island reisen. Vielleicht ist das ein weiteres Zeichen dafür, dass sie nichts wirklich Konkretes in der Hand haben. Das alles hat sich wegen seiner Familie so verzögert, und Juri soll morgen in die Sowjetunion zurückfliegen.«

»Ist Viðar ein Agent?«, fragte Marian.

»Nein«, sagte Bríet und konnte sich ein Lächeln nicht verkneifen. »Er ist nur ein Freund. Und Kontaktmann. Juri hat sich mit ihm in Verbindung gesetzt, als er wusste, dass er nach Reykjavík reisen würde. Viðar hat Juris vollstes Vertrauen. Er verständigte die amerikanische Botschaft und vereinbarte mit den Leuten dort das Treffen im Hafnarbíó.«

»Soweit ich gehört habe, ist Viðar immer ein kommunistischer Hardliner gewesen«, sagte Marian. »Damit hat er sich im Kreml angebiedert, sagte mir jemand.«

»Das war er, und auf diese Weise hat er Juri kennengelernt. Sie waren zusammen auf der Lenin-Schule. Aber beide wandten sich mit der Zeit vom System ab.

Über Juri erfuhr Viðar von den Verfolgungen, den Morden, den Gefangenenlagern. Juri hat selber durch die stalinistischen Säuberungen Familienangehörige verloren. Viðar war der Meinung, dass er deswegen das System hintergangen hat und zum Doppelagenten wurde. Wie gesagt: Juri vertraut Viðar voll und ganz.«

»Und auf diese Weise wurde Viðar in die Pläne von Vygocki verwickelt?«

»Viðar konnte Juri treffen, ohne dass es Verdacht erregte. Er wurde oft in die sowjetische Botschaft eingeladen, dort kannten sie ihn. Und Viðar ist auch häufig in die Sowjetunion eingeladen worden, und auf diese Weise vertiefte sich ihre Freundschaft. Zunächst hat Juri Viðar gebeten, sich mit der amerikanischen Botschaft in Verbindung zu setzen. Er traute sich nämlich nicht mehr, über seine normalen Kanäle Kontakt mit dem Westen zu halten. Die Botschaft ließ Spezialisten aus Amerika einfliegen, um die Flucht zu planen. Ein Teil des Plans war das Treffen im Hafnarbíó. Viðar weiß nicht, wer der andere war, aber Juri kannte ihn. Er war es, der ...«

Bríet verstummte.

»War er es, der Ragnar erstochen hat?«

Bríet nickte.

Viðar stand wie versteinert bei einem der Telefone im Presseraum. Er warf einen Blick auf seine Uhr. Geschäftiges Treiben mit entsprechendem Lärm erfüllte den Raum. Journalisten aus aller Herren Länder hämmerten auf die Tastaturen ihrer Schreibmaschinen ein oder telefonierten und beschrieben die Stellung in der Partie, die Atmosphäre in der Halle und alle Regungen der Duellanten. Telefone klingelten, die Gespräche wurden lautstark geführt, die Verbindungen waren unterschiedlich gut. Manche mussten schreien, um gehört zu werden. Alles deutete auf eine außerordentliche Partie hin.

Direkt neben Viðar klingelte ein Telefon. Viðar sah hin. Es klingelte noch einmal. Viðar wartete ab. Beim dritten Klingeln nahm er ab, aber er hörte nichts. Wegen des Lärms hielt er die andere Hand vor das Ohr.

»*Are they safe?*«, flüsterte er.

Es erfolgte keine Antwort vom anderen Ende der Leitung.

»*Are they safe?*«

Vygocki verließ gemessenen Schritts den Zuschauerraum, ohne sich umzublicken. Er schien die zwei Männer nicht bemerkt zu haben, die ebenfalls aufgestanden waren und ihm nach draußen folgten. Im Eingangsbereich der Halle angekommen, blieb er stehen. Marian hielt sich im Hintergrund. Albert war nicht mehr im Zuschauersaal, sondern hielt Ausschau nach Viðar, und Marian wusste nicht, wo er sich im Augenblick befand. Sie hatten erwogen, einen Großalarm auszulösen und die Veranstaltungshalle mithilfe eines großen Polizeiaufgebots absperren zu lassen. Marian war aber der Meinung, dass dafür die Zeit viel zu knapp war. Und auch die Folgen waren unübersehbar. In der Halle waren an die zweitausend Zuschauer, und es gab viele Ausgänge. Wenn Ragnars Mörder in den Reihen der Zuschauer war, würde ihn ein Polizeieinsatz dieser Größenordnung nur zur Flucht zwingen.

Vygocki zog eine Schachtel Zigaretten aus seiner

Manteltasche und zündete sich eine Zigarette an. Er inhalierte den Rauch tief und blies ihn aus, während er sich ganz gelassen umblickte. Er wusste sehr genau, was sein Freund zu tun hatte, er würde ihm durch ein verabredetes Zeichen signalisieren, dass die Familie in Sicherheit war. Zu einer vorher bestimmten Zeit würde ein Telefon im Presseraum klingeln, und Viðar würde erfahren, wie es um die Ehefrau und die Familie stand. Viðar hatte sich seit Beginn des Weltmeisterschaftskampfs um die Vertreter der russischen Medien gekümmert und hatte deswegen immer etwas im Presseraum zu erledigen. Seine Anwesenheit dort erregte also kein Misstrauen.

Marian verfolgte alles aus einiger Entfernung. Vygocki blickte sich um, als wolle er feststellen, ob ihm jemand auf den Fersen war. Im Eingangsbereich der Halle wimmelte es von Menschen. In diesem Augenblick erblickte Marian Viðar auf dem Treppenabsatz vor dem Presseraum.

Bríet sah Marian an.

»Es war der Amerikaner«, sagte sie. »Juri hat Viðar gesagt, was passiert ist. Sie unterhielten sich gerade über die konkreten Einzelheiten des Fluchtplans, als sie ein seltsames Klicken hinter sich hörten. Beide haben das Aufnahmegerät von Ragnar gesehen, und dann kam auf einmal keine Reflexion von der Leinwand mehr, im Kinosaal wurde es finster, und ehe Juri sich versah, hatte der Amerikaner den Jungen erstochen. Es geschah innerhalb von wenigen Sekunden, Juri hatte keine Möglichkeit einzugreifen. Als es im Saal wieder heller wurde, sah er, was geschehen war. Als ihm klar wurde, dass es sich nur um einen unschuldigen Teenager handelte, wollte er am liebsten den ganzen Plan über den Haufen werfen und das Kino verlassen, doch dieser Amerikaner hat ihn umgestimmt, indem er behauptete, dass Juri sich dadurch selber ans Messer liefern würde. Der Amerikaner war überzeugt, dass dieser Junge mit dem Abhörgerät von jemandem dort platziert worden war, um das Gespräch mitzuschneiden, weil sie beide observiert wurden, Juri fand das aber vollkommen abwegig.«

»Hat Juri dem Jungen den Kassettenrekorder abgenommen?«

»Nein, das war der Amerikaner. Und auch die Schultasche, die in den Zeitungen erwähnt wurde. Er hat sie in diesem Auto versteckt, um euch auf eine falsche Fährte zu locken.«

»Soweit wir wissen, war der Junge sofort tot.«

Bríet senkte den Blick. »Juri hat mir gesagt, dass er sich überhaupt nicht darüber im Klaren war, was da ablief. Er hatte überhaupt nichts mitbekommen. Ich ... Es ist so schwierig, darüber zu reden. Viðar war der Meinung, dass keine gefährliche Situation daraus entstehen konnte, wenn er die beiden zusammenbrachte. Und dann passierte etwas so Unglaubliches und Unvorhergesehenes. Es ist einfach eine Tragödie.«

»Weshalb ist Viðar nicht zu uns gekommen, um uns das selber zu sagen?«

»Er wusste ganz genau, dass ihr diesen Amerikaner wegen der diplomatischen Immunität nie zu fassen kriegen würdet. Juri wollte immer noch die Seiten wechseln, der Mord hatte nichts an seinen Plänen geändert. Er konnte nicht mehr zurück. Er wartete nur noch darauf, dass seine Familie in Sicherheit war, und das hat sich immer wieder verzögert.«

»Juri Vygocki zieht es also vor, seine Pläne in aller Öffentlichkeit zu verwirklichen, wie beispielsweise im Hafnarbíó, oder jetzt in der Halle im Laugardalur.«

»Dort sind sie jetzt.«

»Glaubt Viðar all das, was Juri ihm erzählt hat?«, fragte Marian und stand auf.

»Juri hat ihn noch nie belogen. Viðar vertraut ihm vollkommen.«

Vygocki ging auf Viðar zu. Marian hielt sich an der Treppe zum rechten Zuschauereingang auf und behielt alles genau im Auge, sah aber keinen der beiden anderen Männer, die Vygocki aus dem Saal gefolgt waren. Viðar und der Russe wechselten ein paar Worte, dann drückte Vygocki in aller Ruhe seine Zigarette in einem Aschenbecher aus. Marian wusste, dass es vom Presseraum nur nach unten zu den Toiletten ging, einen Ausgang gab es dort nicht. Vygocki klopfte Viðar auf die Schulter, stellte sich vor die großen Glasscheiben am Eingang und zündete sich eine weitere Zigarette an. Im Eingangsbereich waren viele Menschen, entweder auf dem Weg zum Verkaufsstand oder zu den Toiletten. Andere unterhielten sich bei einer Zigarette mit gedämpfter Stimme über die Schachpartie. Marian ließ einige Zeit verstreichen, um zu sehen, ob Vygocki beschattet wurde.

»Was machst du denn hier?«

Viðar, der sich zu Marian gedrängt hatte, war sichtlich erregt.

»Ich muss mit Juri Vygocki reden.«

»Du kannst uns doch nicht alles kaputt machen!«, erklärte Viðar.

»Ich habe mit Bríet gesprochen. Sie macht sich große Sorgen um dich. Sie hat mir gesagt, worum es geht. Ich muss diese Männer zu fassen kriegen!«

»Sie hat dir gesagt, dass er sich in den Westen absetzen will?«

»Ich weiß alles über Vygocki und seine Familie in Helsinki. Aber er ist ein Mörder, und wir müssen ihn kriegen.«

»Nein, das stimmt nicht«, entgegnet Viðar. »Er war es nicht.«

»Er ist aber mitschuldig! Das kannst du doch nicht einfach leugnen. Ist vielleicht auch dieser Amerikaner hier? Wollten sie sich hier treffen?«

Viðar packte Marian am Arm. »Du darfst jetzt nicht dazwischenpfuschen«, sagte er.

Albert kam in Begleitung von drei Polizisten aus dem Zuschauersaal und ging auf sie zu.

»Was ist denn hier los?«, fragte er.

»Du darfst ihn nicht anrühren«, sagte Viðar zu Marian. »Juri steht unter diplomatischem Schutz. Dagegen könnt ihr nichts ausrichten! Seine Familie ist in Sicherheit. Wir haben das schon seit Langem geplant. Lasst uns bitte diesen Plan zu Ende bringen.«

»Was ist mit dem Amerikaner?«, fragte Marian. »Ist er auch hier?«

»Ich bitte dich, den Dingen ihren Lauf zu lassen«, sagte Viðar. »Es geht um fünf oder zehn Minuten, mehr nicht.«

»Ist der Mann hier?«, wiederholte Marian.

Viðar nickte.

»Vygocki wird uns zu ihm bringen«, meinte Albert. »Wie heißt dieser Amerikaner, der der Mörder sein soll?«

»Er wird Jackson genannt«, sagte Viðar. »Mehr weiß ich nicht. Ich weiß noch nicht einmal, ob das sein richtiger Name ist. Er ist Experte in allem, was die Sowjetunion betrifft, und Geheimdienstagent. Sie haben ihn nach dem Zwischenfall im Hafnarbíó sofort außer Landes gebracht. Aber jetzt ist er wieder hier, um die Sache abzuschließen.«

»Und wegen des Mordes werden sie nichts unternehmen, die amerikanischen Behörden?«

»Sie wissen nichts von einem Mord«, sagte Viðar. »Ich kann euch versichern, dass sie nichts von alledem zugeben werden.«

»Und weshalb ist ausgerechnet die Halle im Laugardalur Schauplatz dieser Ereignisse?«, fragte Marian und schaute in Richtung des Fensters, an dem Vygocki stand und eine Zigarette rauchte.

»Juri wollte die Gelegenheit nutzen«, erklärte Viðar. »Alle Augen sind auf Fischer und Spasski gerichtet. Man kann ihn hier nur schlecht beschatten, und noch schwieriger ist es, etwas gegen ihn zu unternehmen. Haltet das alles jetzt bitte nicht auf.«

Vygocki drückte seine Zigarette aus und machte sich auf den Weg zum Ausgang.

Marian und Albert folgten ihm. Viðar versuchte, Albert zurückzuhalten.

»Nicht! Ich bitte euch darum. Ihr wisst nicht, was ihr tut!«

»Es geht uns einzig und allein darum, den Mörder des Jungen zu fassen. Alles andere geht uns nichts an.«

»Mein Gott«, stöhnte Viðar. »Diese Leute sind bewaffnet! Ihr könnt unter diesen Umständen nichts ausrichten. Ihr habt doch gesehen, was im Kino geschehen ist. Hier darf nichts schiefgehen!«

Bríet begleitete Marian zur Tür.

»Ich danke dir«, sagte Marian. »Wir müssen uns beeilen.«

»Du brauchst mir nicht zu danken«, erklärte Bríet. »Der Mord an dem Jungen hat uns wie ein Albtraum auf der Seele gelegen. Wenn es nach Juri gegangen wäre, hätte niemand sterben müssen, und schon gar nicht ein unschuldiger Junge.«

»Nein, aber passiert ist es trotzdem«, entgegnete Marian.

»Ich mache mir Sorgen wegen Viðar«, sagte Bríet. »Falls irgendetwas schiefgeht. Er hat mir verboten, mich auch nur in der Nähe der Halle blicken zu lassen, ich sollte hier warten.«

»Das ist wahrscheinlich das Beste«, sagte Marian, um irgendetwas zu sagen.

Bríet zögerte.

»Viðar ...«

»Ja?«

»Viðar war völlig außer sich, als ihr ihn gefunden und nach diesem schrecklichen Vorfall befragt habt. Er konnte überhaupt nicht begreifen, wie ihr es geschafft habt, ihn mit der Sache in Verbindung zu bringen.«

Marian warf noch einmal einen Blick in die Wohnung, wo alles so ordentlich und ganz genau an seinem Platz war. Bríets Leben schien auf Werten wie Sicherheit, Festigkeit und Halt zu basieren und auf der Beziehung zu einem Mann, der immer nur stundenweise zu Besuch kam. Bríet erinnerte Marian plötzlich an Katrín. Beide Frauen hatten ein ausgeprägtes Bedürfnis, allein zu sein.

»Liegt es an dir, dass ihr nicht zusammenlebt?«, fragte Marian.

Bríet antwortete nicht gleich.

»Es geht mich natürlich nichts an«, fügte Marian hinzu.

»Dir entgeht anscheinend nur wenig«, sagte Bríet. »Sein Telefon wird abgehört.«

»Abgehört?«

»Er hat ein Recht darauf, das zu wissen.«

Dreiundvierzig

Plötzlich ging Vygocki nach draußen. Marian und Albert folgten ihm so schnell sie konnten. Albert gab einem Polizisten die Anweisung, alle verfügbaren Kräfte zu alarmieren. Viðar folgte ihnen ebenfalls auf den Vorplatz neben der Halle. Dort stand Vygocki, umringt von drei Männern, die ihn zu einem großen amerikanischen Jeep führten. Der vierte Mann saß bei laufendem Motor am Steuer. Albert rannte hinüber und schrie die Männer an, stehen zu bleiben. Marian rief ihm zu, vorsichtig zu sein.

»Pass auf!«, rief Marian. »Halt! Warte auf uns.«

Albert tat so, als würde er das alles nicht hören. Einer der Männer drehte sich um und zückte ohne zu zögern eine Pistole, aus der er einen Schuss auf Albert abfeuerte. Die Waffe hatte einen Schalldämpfer, man hörte nur ein leises Zischen, als die Kugel direkt vor Alberts Füßen einschlug.

Marian stürzte sich auf Albert, der sich auf den Boden fallen gelassen hatte. Sie sahen, wie der Russe sich gegen die drei Männer zu wehren versuchte, er brüllte etwas Unverständliches. Soweit Marian sehen konnte, waren die beiden Männer dabei, die Vygocki aus dem Zuschauersaal gefolgt waren.

»Vorsicht«, rief Marian den anrückenden Polizisten

zu, die sofort die Lage erfassten und hinter den parkenden Autos in Deckung gingen.

Die Wagentür wurde zugeschlagen, und der Jeep schoss los, dass die Reifen qualmten. Marian und Albert standen wieder auf, die Polizisten kamen ihnen entgegen, während Viðar in die Halle zurückging.

»Was ist passiert«, rief Albert und starrte entgeistert dem Wagen nach.

»Die haben auf uns geschossen«, sagte Marian und rannte mit den Polizisten hinter dem Jeep her.

* * *

Auf der Bühne in der Halle kippte Spasski seinen König um, gegen die überlegene Position von Fischer konnte er nichts mehr ausrichten. Er blickte vom Brett auf. Fischer hatte auf seine Entscheidung gewartet. Im Saal hatten die Zuschauer mitverfolgen können, wie sich die Lage des Weltmeisters mit jedem Zug verschlechterte. Die beiden gaben einander die Hand. Der Weltmeister hatte nach dem vierundsiebzigsten Zug aufgegeben. Fischer stand auf, unterschrieb das Protokoll und verließ dann wie immer eilends die Bühne. Spasski blieb noch eine Weile am Brett sitzen und ging die Partie durch, das, was er richtig gemacht hatte, aber mehr noch die Fehler, die ihm unterlaufen waren, Züge, die er hätte machen sollen, aber nicht gemacht hatte.

Marian ging Ähnliches durch den Kopf, als der Jeep in rasantem Tempo auf den Reykjavegur zuhielt, während Albert und die Polizisten hinter ihm her rannten.

Der Jeep bog mit einer scharfen Wendung auf die Hauptstraße ab und fuhr in Richtung der Kreuzung am Suðurlandsvegur. Marian nahm eine Abkürzung über eine Wiese, die bis zur Straße reichte. Der Jeep konnte nicht weiterfahren, vor einer Ampel warteten Autos.

Der Fahrer des Jeeps sah, wie Marian die Böschung hochlief und sich im Rückspiegel Albert und die Polizisten rasch näherten. Panik schien sich in dem Wagen auszubreiten, der Fahrer legte den Rückwärtsgang ein, und er schob das Auto, das hinter ihm stand, einfach weg, um sich Platz zu verschaffen und nach rechts ausweichen zu können.

Marian kam keuchend genau in dem Moment oben an der Straße an, als der Jeep sich aus der Reihe wartender Autos befreite und über den Bürgersteig an den vor ihm wartenden Autos vorbeifuhr. Er raste bei Rot über die Ampel und fuhr in Richtung Kringlumýrarbraut. Die Polizisten überholten Marian und verfolgten den Wagen, doch sie konnten nichts mehr ausrichten, der Jeep war bereits den Blicken entschwunden. In all der Hektik hatte niemand feststellen können, ob er als Botschaftswagen registriert war. Doch Marian hielt es für unwahrscheinlich, dass bewaffnete Männer Botschaftswagen für ihre Zwecke verwendeten.

Als Marian und Albert zur Halle zurückkehrten, strömten die Menschen bereits nach draußen. Marian beobachtete, wie der sowjetische Botschafter von den ihn umringenden Begleitpersonen zu einem Wagen mit grauen Gardinen an den seitlichen Rückfenstern geführt wurde. Die Limousine fuhr los.

Albert stieß Marian an.

»Sind das nicht Angehörige der amerikanischen Botschaft?«, sagte er.

Auf dem Parkplatz östlich der Halle war ein großer amerikanischer Jeep vorgefahren. Zwei Männer standen vor dem Wagen und rauchten, zwei saßen hinten im Wagen. Alle vier sahen mit ihren Anzügen und Krawatten wie aus dem Ei gepellt aus, sie blickten immer wieder auf ihre Armbanduhren und behielten den Haupteingang im Auge, ohne sich miteinander zu unterhalten. Wagen mit dem Kennzeichen CD waren vor der Veranstaltungshalle zu sehen, was in diesen sommerlichen Tagen nichts Ungewöhnliches war, trotzdem schöpfte Albert nach den vorausgegangenen Ereignissen Verdacht.

Marian und Albert gingen auf die Männer zu, die beiden Raucher sahen sich an, warfen die Zigaretten auf den Boden, stiegen in den Jeep und fuhren davon.

»Was ist hier eigentlich im Gange?«, stöhnte Albert und sah dem Jeep nach. »Wer war das denn?«

»Ich bin mir nicht sicher«, sagte Marian.

»Ist Vygocki die Flucht gelungen? In wessen Händen befindet er sich jetzt? Wer hat ihn geschnappt?«

»Auf jeden Fall ist er uns entwischt, der Mistkerl«, sagte Marian.

Vierundvierzig

Josef lehnte an seinem Fischerschuppen an der Ægisíða, als Marian eintraf und den Wagen abstellte. Der Himmel war verhangen, und im Osten drohten Regenwolken.

»Hast du lange gewartet?«, fragte Marian.

»Kein Problem«, sagte Josef. »Ich bin hier mit meinem Bruder verabredet. Was ist bei der ballistischen Untersuchung herausgekommen? Ihr habt doch die Kugel auf dem Boden gefunden?«

»Ja, man hat sie identifizieren können. Hast du das Abhörprotokoll dabei?«

»Marian, ich bekomme keine Protokolle. Das habe ich dir damals gleich gesagt, als ich diese Informationen an dich weitergab. Das läuft nicht so, als würde man in die Stadtbibliothek gehen und sich ein Buch ausleihen. Abhörmanöver dieser Art sind geheim.«

»Na dann. Aber wie bist du denn an diese Informationen herangekommen?«

»Ich mag es nicht, wenn man mich unter Druck setzt, Marian«, erklärte Josef, der sichtlich gekränkt und verstimmt war. »Du darfst diese abgehörten Informationen nicht verwenden. Nur unter der Bedingung habe ich sie an dich weitergegeben. Du kannst mir nicht damit drohen, dass du dich an die Presse wenden wirst.«

Josef blickte auf die weite Faxaflói-Bucht.

»Ich hatte gedacht, ich könnte dir vertrauen«, sagte er.

Ein Frachtschiff mit Kurs auf die hohe See verschwand allmählich hinterm Horizont. Im Geröll am Ufer wimmelte es von Vögeln. Ab und zu fuhr ein Auto die Ægisíða entlang.

»Dann lasse ich es eben bleiben«, sagte Marian.

»Gut.«

»Und?«

»Du hattest recht. Es gibt Aufzeichnungen von diesem Tag, die von seinem Telefon abgehört wurden.«

»Wer von beiden hat angerufen?«

»Die Frau. Es war die Frau, die in der Botschaft angerufen hat. Und sie hat die Dinge direkt beim Namen genannt und hat von den Hintergründen erzählt. Sie spricht Russisch. Wusstest du das?«

»Das überrascht mich nicht.«

»Nein, wahrscheinlich nicht.«

»Ich danke dir«, sagte Marian. »Die beiden versuchen jetzt, uns weiszumachen, dass das alles ganz anders geplant war.«

»Die haben ihn nicht entwischen lassen wollen.«

»Nein.«

»Und was kam bei der Schusswaffenuntersuchung heraus?«

»Sie bestätigt unsere Annahme von dem, was vorgefallen ist. Die Russen wurden gewarnt.«

Fünfundvierzig

Das schwache Geräusch der Klingel war auf dem Flur zu hören, wenig später erschien Bríet und ließ Marian ein. Marian hatte darum gebeten, dass sie und Viðar ihm erzählten, was in der Halle im Laugardalur passiert war. Bríet hatte darauf bestanden, dass das Gespräch bei ihr zu Hause stattfinden sollte.

Viðar war nach den Vorfällen bei der Veranstaltungshalle sofort verhaftet und verhört worden. Er war in jeder Hinsicht kooperativ und ging in allen Einzelheiten auf das ein, was aus seiner Sicht geschehen war. Er behauptete, nicht sonderlich überrascht gewesen zu sein, als sein Freund Juri Vygocki ihm anvertraut hatte, dass er in den Westen fliehen wollte. Sie waren seit der gemeinsamen Studienzeit gut befreundet. Bereits vor mehr als zwanzig Jahren hatte Juri bei einem ihrer Treffen zu verstehen gegeben, dass ihm die politische Entwicklung in der Sowjetunion nicht gefiel und er sich durchaus vorstellen konnte, eines Tages in den Westen zu gehen. Viðar hatte aber erst bei ihrem Treffen in Reykjavík erfahren, dass sein Freund schon lange Informationen an Verbindungsmänner bei der CIA weitergegeben hatte und jetzt fürchtete, dass sich das Netz um ihn enger zusammenziehen würde. Es hatte Viðar ebenfalls überrascht, als Juri ihn darum bat, den Mittelsmann zwischen ihm und der amerikanischen Botschaft zu spielen und Treffen zu arrangieren. Die Idee mit dem Kino hatte Juri gehabt. Viðar wiederum hatte das Hafnarbíó vorgeschlagen.

Viðar war mehrmals wegen des Mordes in dem Kino vernommen worden. Seine Behauptung, dass er nicht im Kino gewesen sei, als Ragnar erstochen wurde, konnte nicht widerlegt werden. Er hatte erst später von der Tat erfahren und bedauerte zutiefst, was dort passiert war. Viðar sagte aus, dass er vor dem Kino gestanden hätte, weil Juri fürchtete, observiert zu werden, und Viðar herausfinden sollte, ob das stimme. Juri und der Mann von der amerikanischen Botschaft, der erst am selben Morgen aus Amerika angereist war, kannten einander vom Sehen. Sie trafen sich im Foyer des Kinos, nahmen in dem bereits verdunkelten Saal Platz. Den Jungen hinter ihnen hatten sie erst bemerkt, als der Rekorder klackte.

»Hast du inzwischen wieder von ihm gehört?«, fragte Marian, nachdem sie sich in Bríets Wohnzimmer gesetzt hatten. »Hast du von Juri Vygocki gehört?«

»Nein«, erklärte Viðar. »Wenn es so weit ist, wird er von sich hören lassen.«

»Und was ist mit der amerikanischen Botschaft, hat sich von dort jemand gemeldet?«

»Nein. Aber damit habe ich auch nicht gerechnet. Ich spiele bei dem Ganzen ja keine Rolle.«

»Du glaubst, dass der Amerikaner Ragnar erstochen hat?«

»Ja. Es ist einfach furchtbar, was da passiert ist«, sagte Viðar. »Entsetzlich. Aber es überrascht mich nicht, Amerikaner lösen ja alle Probleme mit Waffengewalt.«

»Wir haben mit der amerikanischen Botschaft gesprochen, oder zumindest haben wir es versucht«, sagte Marian. »Aber wir haben keine Antworten auf unsere Fragen bekommen. Die wissen nichts von einem Jackson, und deine Beschreibung des Mannes hat wenig erbracht.«

»Natürlich geben sie nichts zu. Etwas anderes war wohl kaum zu erwarten.«

»Sie sagen, dass ihnen überhaupt nichts über diesen Fall bekannt ist, dass niemand wegen eines russischen Spions namens Juri Vygocki abgestellt worden sei oder dass sie ihm geholfen hätten, in den Westen zu fliehen.«

»Das überrascht nicht wirklich«, warf Bríet ein.

Die Uhr im Wohnzimmer schlug fünf.

»Das Seltsame ist nur«, sagte Marian und sah Bríet an, »dass die Kugel, die bei der Halle abgefeuert wurde, nicht amerikanischen Ursprungs ist.«

»Wirklich?«, sagte Viðar.

»Vielleicht ist es normal, dass amerikanische Botschaftsangehörige oder CIA-Agenten keine amerikanischen Waffen verwenden«, sagte Marian. »Das ist selbstverständlich möglich. Man weiß ja nie, was da gerade für ein Spiel inszeniert wird. Aber es ist eine Tatsache, dass diese Kugel nicht aus Amerika stammt, sie wird dort weder hergestellt noch verkauft.«

»Von woher stammte sie dann?«, fragte Bríet.

»Uns ist es gelungen, jeglichen Zweifel auszuräumen«, entgegnete Marian. »Wir verfügen über ausgezeichnete Sachverständige, die zudem noch britische Kollegen zu Rate gezogen haben, um sich ihr Ergebnis bestätigen zu lassen. Es handelt sich um eine russische Kugel.«

»Wie ist das möglich?«, fragte Viðar. »Wieso benutzen Amerikaner russische Munition?«

»Du hast mir gesagt, dass dieser Jackson Ragnar erstochen hat«, sagte Marian zu Bríet.

Bríet schwieg.

»Hast du Viðar gesagt, dass sein Telefon abgehört wird?«, fragte Marian.

Bríet gab keine Antwort darauf. Viðar sah kurz zu ihr hinüber.

»Sie hat es mir gesagt«, erklärte er.

»Das habe ich mir gedacht«, sagte Marian.

Viðars wendete seinen Blick nicht von Marian ab. »Wieso wird mein Telefon abgehört?«

Marian antwortete nicht gleich.

»Wer hört mein Telefon ab?«, fragte Viðar. »Und wieso weißt du davon? Seit wann machen die das schon?«

»Ich habe es Bríet erzählt«, sagte Marian. »Und mir ist aufgefallen, dass sie sehr erschrocken war. Natürlich reagiert man auf solche Nachrichten, aber ihre Reaktion hatte wohl tiefere Wurzeln, als ich damals dachte.«

»Sie hat es mir gleich gesagt«, sagte Viðar. »Seitdem habe ich nicht mehr telefoniert. Am liebsten würde ich die Sache publik machen.«

»Du solltest im Augenblick lieber an andere Dinge denken«, sagte Bríet.

»Ich glaube, sie hören dich inzwischen nicht mehr ab«, sagte Marian. »Wer auch immer dahinterstecken mag. Ich weiß nicht, weshalb du abgehört wurdest, es hängt höchstwahrscheinlich damit zusammen, dass du Sozialist und gegen die amerikanische Militärbasis bist. Reicht das nicht? Ich weiß nicht, was du sonst noch treibst, das unsere Sicherheit gefährden könnte, aber ich kann mir nicht vorstellen, dass es um irgendetwas Wichtiges geht, es sei denn, du hättest noch mit anderen Personen vom Schlage eines Juri Vygocki zu tun.«

Viðar schwieg.

»Hast du das?«

»Nein«, erklärte Viðar.

»Eines fand ich sofort seltsam an Vygockis Flucht«, sagte Marian. »Ich hoffe aber, dass ihr es mir erklären könnt. Er ist nicht schweigend und widerstandslos in diesen Jeep eingestiegen.«

»Was meinst du damit?«, fragte Bríet.

»Es ist mir sofort aufgefallen«, entgegnete Marian. »Er hat sich mit Händen und Füßen gewehrt. Man hätte glauben können, dass er sich anders entschlossen hatte und dass die Amerikaner das nicht akzeptieren wollten.«

Bríet konnte nicht mehr still sitzen. Sie murmelte etwas Unverständliches, stand auf und ging in die Küche. Marian und Viðar folgten ihr.

»Es war nicht der Amerikaner«, sagte Marian. »Ihr habt uns angelogen.«

Bríet gab keine Antwort darauf.

»Es war nicht der Amerikaner, der den Jungen erstochen hat, es war Juri Vygocki.«

Bríet schwieg.

»Du hast gewusst, dass Vygocki Ragnar erstochen hat, und du wolltest nicht, dass er damit durchkommt.«

Bríet stand neben der Kaffeekanne und antwortete nicht. Sie starrte auf die Kanne, als sei sie ihr einziger Halt im Leben.

»Du hast die Russen angerufen und ihnen gesagt, was für Pläne Vygocki hatte. Ein guter Bekannter von mir hat Zugang zu den abgehörten Gesprächen. Du hast von Viðars Telefon aus an dem Tag angerufen, an dem Vygocki in den Westen wollte, und ihnen gesagt, dass die Flucht für denselben Tag vor der Halle im Laugardalur geplant war. Es waren nicht die Amerikaner, die sich Vygocki schnappten, es waren Russen.«

Marian sah Viðar an.

»Und du warst damit einverstanden.«

Viðar schwieg.

»Sie hat dich überzeugt, nicht wahr? Du hast ihn den Russen ausgeliefert. Ihr habt ihn in eine Falle gelockt. Die Amerikaner wären bereit gewesen, ihn aufzunehmen. Du hast den Plan genau gekannt. Aber du hast auch Verbindung zu den Russen gehabt. Er vertraute dir, aber du hast ihn verraten.«

Viðar sah lange zu Bríet hinüber, doch die starrte immer noch vor sich hin.

»Bríet hat sich die Sache mit Ragnar sehr zu Herzen genommen«, sagte er schließlich und seufzte tief. Und dann verstummte er, ohne die Augen von Bríet abzuwenden, so als warte er auf ihre Reaktion.

»Es ist gut so«, flüsterte sie. »Ragnars Familie hat ein Recht darauf zu wissen, was im Hafnarbíó passiert ist.«

»Solange ich mich zurückerinnern kann, hat Juri immer irgendein Messer bei sich gehabt«, sagte Viðar. »Er geht sehr viel auf die Jagd, und deswegen interessiert er sich für gute Messer, er sammelt sie. Hier auf Island musste er besonders auf der Hut sein, und deswegen war er vermutlich seelisch nicht ganz im Gleichgewicht, das kann man vielleicht nachvollziehen. Als ich erfuhr, auf welche Weise dieser Junge im Kino umgebracht wurde, also dass er erstochen wurde, wusste ich sofort, dass es Juri gewesen sein musste. Ich habe es ihm auf den Kopf zugesagt, aber er hat es abgestritten. Auch als ich ihm sagte, dass ich wüsste, dass er immer ein Messer bei sich tragen würde.«

»Wir haben eine Zeugin aus dem Kino, eine Frau, die Vygocki erkannt hat«, entgegnete Marian. »Er saß hinter ihr, aber sie hat keinerlei Blutspuren an ihm bemerkt, allerdings hat sie wahrscheinlich auch nur seinen Kopf bis zu den Schultern gesehen. Er muss voller Blut gewesen sein.«

Bríet blickte hoch.

»Er hat zugegeben, dass er den Jungen erstochen hat«, sagte sie. »Er hat es Viðar gegenüber schließlich zugegeben. Es ist vollkommen richtig, was du sagst. Ich habe Viðar davon überzeugt, Juri an die Russen auszuliefern. Sonst wäre er davongekommen. Es wäre nicht gerecht gewesen.«

Sie sah Viðar an.

»Ich bereue es nicht.«

Viðar reagierte nicht auf diese Bemerkung.

»Wir konnten ihn nicht anzeigen«, fuhr Bríet fort. »Ihr hättet keine Handhabe gegen ihn gehabt, er stand unter diplomatischem Schutz. Wenn die Russen gewusst hätten, was Juri vorhatte, hätten sie sich an seiner Familie gerächt, die darauf wartete, nach Helsinki auszureisen. Auf einmal war alles so kompliziert. Elena und ich waren gut befreundet, und wir kennen auch ihre Kinder sehr gut.«

»Elena?«

»Juris Frau. Wir haben ihnen immer zu Weihnachten Geschenke geschickt. Ich konnte die Vorstellung nicht ertragen, dass ihnen etwas zustoßen würde. Wir sind befreundet.«

»Du hast mir erzählt, der Amerikaner hätte Ragnar erstochen«, sagte Marian. »Du wolltest nicht, dass irgendetwas deine und Viðars Pläne durchkreuzte.«

Bríet nickte.

»Und Viðar hat dann Juri den Russen ausgeliefert. Er hat ihm gesagt, dass die Amerikaner auf dem Parkplatz vor der Halle warten würden, aber in Wahrheit warteten dort die Russen. Juri ist ihnen direkt in die Arme gelaufen.

Bríet nickte ein weiteres Mal.

»Wir haben den Apparat«, sagte Viðar.

»Was für einen Apparat?«

»Den Kassettenrekorder von Ragnar«, sagte Bríet.

»Juri hat uns gesagt, dass wir ihn vernichten sollten«, sagte Viðar.

»Ihr habt den Kassettenrekorder?«

»Eigentlich wollte ich mir die Kassette nicht anhören«, sagte Bríet, »aber irgendwie hatte ich das Gefühl, es Ragnar schuldig zu sein.«

»Der Amerikaner hat sich um die Schultasche gekümmert«, sagte Viðar. »Juri hat das Gerät in seinen Mantel gewickelt, so konnte er auch die Blutflecken verdecken. Danach hat er sich im Kino auf einen anderen Platz gesetzt und auf das Ende des Films gewartet. Ich wohne ganz in der Nähe des Kinos, wie du weißt. Er hat das Gerät mit den Kassetten und den Mantel zu mir gebracht und gesagt, ich würde schon wissen, wie man so etwas beseitigt. Ich habe alles bei mir im Garten vergraben. Bríet hat mir verboten, die Sachen wegzuwerfen.«

»Ich wollte wissen, was passiert ist«, sagte Bríet.

»Bríet hat mich gebeten, ihr die Sachen zu bringen, bevor ich sie dir aushändige«, sagte Viðar.

»Ich habe alles hier«, sagte Bríet, während sie sich vorbeugte, um aus einem niedrigen Schrank einen Schuhkarton zu holen. Als sie den Deckel abnahm, kamen ein Rekorder und eine Kassette zum Vorschein.

»Waren es nicht zwei Kassetten?«, fragte Marian.

»Die andere steckt noch im Apparat, so wie Ragnar ihn hinterlassen hat.«

Bríet holte das blutbefleckte Gerät aus dem Karton.

»Fass es lieber nicht an«, sagte Marian.

»Macht das jetzt noch irgendwas aus?«, fragte Bríet.

Sie spulte ein wenig zurück und drückte auf *Play*. Erst hörte man ein Rauschen, dann Geräusche aus dem Film und schließlich menschliche Stimmen ganz in der Nähe, sehr undeutlich allerdings und mit Pausen dazwischen, mitunter fehlten Wörter oder halbe Sätze.

... yes, yes of course ...

... possibly ... around the thirteenth ...

... and have to be safe ...

... embassy ... Helsinki ...

... and ... to Virginia ... air base

... they will join you there ...

Dann kam dieses klackende Geräusch, als die Spule abgelaufen war. Bríet schaltete den Rekorder aus.

»Ich bin der Meinung, dass wir richtig gehandelt haben. Für diesen Mord hätte Juri in Amerika nie geradestehen müssen. Die Russen hingegen werden schon dafür sorgen, dass der Gerechtigkeit Genüge getan wird. Allerdings zu ihren eigenen Bedingungen.«

»Juri war ziemlich gestresst, als dieses Treffen im Hafnarbíó stattfand«, sagte Viðar. »Ohne zu überlegen, hat er den Jungen einfach umgebracht und das Aufnahmegerät und die Kassetten an sich genommen. Als ihm klar wurde, dass es sich um einen Teenager handelte, von dem überhaupt keine Gefahr ausging, war es zu spät. Erst handeln, dann denken, das war irgendwie typisch für Juri.«

»Es wird wohl ein Schock für ihn gewesen sein, als ihm klar wurde, dass es seine eigenen Leute waren, die ihn auf dem Parkplatz in Empfang nahmen.«

»Davon gehe ich aus.«

»Und er wird gewusst haben, dass nur ihr dahinterstecken konntet.«

»Ja«, sagte Viðar. »Davon gehe ich ebenfalls aus.«

»Wart ihr nicht eng befreundet?«

Viðar nickte.

»Sein Leben war in unserer Hand.«

»Er hätte den Jungen nicht erstechen dürfen«, warf Bríet ein.

»Was ist mit seiner Familie?«

»Alles verlief nach Plan«, sagte Viðar leise.

»Wir haben so lange gewartet, bis Elena und die Kinder in Sicherheit waren«, fügte Bríet hinzu.

»Wir wussten ziemlich genau, dass es während der dreizehnten Partie stattfinden würde. Juri hatte gesagt, – wenn alles erst einmal ins Rollen gekommen wäre, würde es sehr schnell über die Bühne gehen müssen, die Flucht durfte nicht von langer Hand vorbereitet werden. Und dann ergab sich diese günstige Gelegenheit, als die dreizehnte Partie unterbrochen wurde. Juri hat daraufhin alles in Bewegung gesetzt. Als die Partie wieder aufgenommen wurde, war Elena auf dem Weg zur amerikanischen Botschaft in Helsinki. Und die Amerikaner standen bereit, um Juri vor der Halle im Laugardalur in Empfang zu nehmen.«

»Und dann hast du die Russen angerufen.«

Bríet nickte.

»Niemand darf ungestraft davonkommen, der so etwas wie Juri getan hat«, sagte sie. »Viðar war erst dagegen, doch zum Schluss hat er eingesehen, dass ich recht hatte.«

Marian sah zu Viðar hinüber, der zustimmend nickte.

»Aber warum hast du Juri nicht uns in die Hände gespielt, als du sicher sein konntest, dass seine Familie entkommen war?«

»Wir fanden es besser, es auf diese Weise zu machen«, erklärte Viðar. »Alles andere wäre nur für politische Interessen des Kalten Krieges ausgeschlachtet worden.«

»Dass Ragnars Familie untröstlich ist, wisst ihr«, sagte Marian. »Und vielleicht habt ihr ja euer Gewissen dadurch erleichtern wollen, dass ihr Vygocki an die Russen ausgeliefert habt.«

»Ich weiß sehr genau, was wir getan haben«, sagte Bríet und setzte sich zu Viðar, der ihre Hand in seine nahm. »Sowohl was Ragnar betrifft als auch Juri. All das ist so furchtbar, es gibt keinen Trost. Nirgends.«

»Du bist in gewisser Weise mitschuldig, Viðar. Das wirst du auf dich nehmen müssen.«

»Ich bin bereit, alles auf mich zu nehmen. Es ging nie darum, mich vor der Verantwortung zu drücken. Es war nicht einfach … als …«

»Als was?«

»Als ich direkt hinter euch aus der Halle gegangen bin, du erinnerst dich sicher daran. Und kurz bevor sie Juri in das Auto drängten und der Schuss abgefeuert wurde, da blickte er zu mir herüber und … Er wusste, dass ich ihn verraten hatte, ich sah es ihm an. Sein Blick … Mir kam es so vor, als sei er völlig gebrochen.«

»Wenn ihr beide früher mit uns gesprochen hättet, wäre es vielleicht ganz anders gelaufen«, sagte Marian. »Habt ihr mal darüber nachgedacht?«

»Das tun wir jeden Tag aufs Neue«, sagte Bríet. »Aber trotzdem …«

»Trotzdem glauben wir, dass wir das Richtige getan haben«, vollendete Viðar den Satz.

Sechsundvierzig

Hinter den hohen Rückenlehnen der Sitze beugte er sich über den Kassettenrekorder, der irgendwelche Mucken machte. Als er es geschafft hatte, das Gerät wieder in Gang zu bringen, hatte der Vorführer bereits die Lichter im Saal gelöscht. Und dann saßen auf einmal zwei Männer in der Reihe vor ihm. Das störte ihn, denn er wollte im Kino für sich sein, und jetzt musste er sich recken, um den Film sehen zu können. Er fand es im Grunde genommen eine Zumutung, dass die beiden sich so spät sozusagen direkt vor seine Nase gesetzt hatten, denn der Film hatte schon längst angefangen. Vielleicht hatten sie ihn einfach nicht bemerkt, weil er an seinem Gerät herumfummelte, während sie sich im Dunkeln auf ihre Plätze setzten.

Jetzt funktionierte der Rekorder wieder. Es gab keine Vorschau auf *Little Big Man*, eine weitere Enttäuschung, der Hauptfilm begann sofort. Er fühlte sich ganz und gar nicht wohl auf seinem Platz, denn seine Gedanken kreisten ständig um die Störenfriede, und er überlegte, ob er sich woanders hinsetzen sollte.

Aber er blieb sitzen. Er wollte auf keinen Fall noch einmal so zurechtgewiesen werden wie neulich im Gamla bíó. Er wollte nicht, dass diese Männer auf ihn aufmerksam wurden und den Platzanweiser herbeiriefen und womöglich sogar die Vorführung unterbrechen würden. Dann würde ihm bestimmt der Rekorder abgenommen werden. Er wollte nicht gegen irgendwelche Gesetze verstoßen, also achtete er darauf, dass niemand merkte, was er da machte. Er nahm das hier doch nur zu seinem Vergnügen auf und war der Überzeugung, dass er niemandem dadurch schadete.

Aber er fürchtete sich davor, noch einmal jemandem wie dem Mann in der blauen Windjacke zu begegnen, der ihn bis zur Bankastræti verfolgt und ihm auf eine merkwürdige Art gedroht hatte. Das war ihm noch nie passiert, und er hatte sich nicht dagegen wehren können. Er hatte nicht gewusst, was er sagen sollte, und dieser Mann hatte einfach nicht locker gelassen.

Die beiden Männer vor ihm waren anscheinend nicht gekommen, um sich den Film anzusehen, denn sie unterhielten sich die ganze Zeit leise. Er verstand zwar nichts von dem, was sie miteinander beredeten, aber er glaubte zu hören, dass sie englisch miteinander sprachen. Es mussten also Ausländer sein. In Reykjavík wimmelte es schließlich wegen der Schachweltmeisterschaft nur so von Ausländern.

Er stellte den Kassettenrekorder auf die Schultasche, die auf seinen Knien lag, weil er ihn ganz nah bei sich haben wollte. Aber er hatte auch vor, sich einen kleinen Spaß mit den Männern vor ihm zu erlauben. Also richtete er das Mikrofon auf sie, so als würde er das aufnehmen, was sie miteinander besprachen. Doch plötzlich war Seite A der Kassette zu Ende, und der rote Aufnahmeknopf schoss mit einem vernehmlichen Klacken hoch. Er erschrak.

Die Männer hörten beide das Geräusch hinter sich und drehten sich sofort um. Er machte sich ganz klein auf seinem Platz und beschloss, die Aufnahme abzubrechen, doch da erhob sich derjenige, der ihm am nächsten war, lautlos und blitzschnell wie eine Katze aus seinem Sitz.

Im gleichen Moment wurde die Filmmusik lauter, und der Kinosaal lag auf einmal wieder im Dunkeln.

Siebenundvierzig

Ragnars Eltern hörten sich schweigend Marian Briems Ausführungen darüber an, weshalb ihr Sohn in einer Fünfuhrvorstellung im Hafnarbíó umgebracht worden war. Marian konnte nun all das bestätigen, was bisher nur Vermutung gewesen war. Der Angriff war so plötzlich und so präzise erfolgt, dass Ragnar selber kaum irgendetwas gespürt hatte, falls das ein Trost sein konnte. Es war ein tragischer Zufall gewesen.

Von draußen drang das Geräusch von Hammerschlägen in die kleine Wohnung im Breiðholt-Viertel. Aus dem Wohnzimmerfenster sah man Armierungseisen, Gerüste und graue Betonfassaden, Bauarbeiter und Handwerker waren bei der Arbeit. Aus dem Radio erklang leise Musik.

»Ihr habt natürlich in den Nachrichten gehört, dass die Russen alles abstreiten«, sagte Marian. »Sie behaupten, all das sei pure Erfindung und Lüge, die Amerikaner hätten das Schachduell mit diesen absurden Anschuldigungen behindern wollen, und die isländischen Behörden seien ihnen dabei zur Hand gegangen. Natürlich dementieren die isländischen Behörden das alles, besonders die illegalen Lauschangriffe, denen Viðar und Bríet ausgesetzt gewesen waren.

»Also geht es in diesem Fall nur noch um ein politisches Gerangel, und niemand hat mehr das geringste Interesse an Ragnar«, sagte Ragnars Mutter

»Die russische Propagandamaschinerie ist sofort angelaufen«, erklärte Marian. »Bei den Russen haben wir bislang nichts erreicht, sie lassen uns nicht einmal in die Botschaft. Und aus der amerikanischen Botschaft hören wir nur irgendwelche Verlautbarungen darüber, dass die Amerikaner mit dem Ganzen nicht das Geringste zu tun hätten. Sie weigern sich einfach, mit uns darüber zu sprechen.«

»Und was ist mit diesen Isländern?«, erkundigte sich Ragnars Vater, nachdem Marian ihnen berichtet hatte, welche Rolle Viðar und Bríet gespielt hatten. »Den beiden, die ihm bei der Flucht behilflich sein wollten?«

»Sie sind in gewissem Sinne mitschuldig an Ragnars Tod«, sagte Marian. »Und sie müssen sich vor Gericht dafür verantworten.«

»Es geht ihnen sicher nicht sehr gut.«

»Nein. Der Tod eures Sohns hat sie am meisten schockiert. Sie haben geglaubt, ihr Gewissen auf diese Weise erleichtern zu können. Aber die beiden sind die Einzigen, die der Tod eures Sohnes wirklich beschäftigt hat, das müssen wir ihnen lassen. Bei allen anderen ist das wohl nicht so gewesen.«

Albert war fest entschlossen, sich auf eine andere Stelle zu bewerben. Seinen Vorgesetzten gab er keine Erklärung, aber Marian glaubte, den Grund zu wissen. Und Albert ließ sich nicht von seinem Plan abhalten.

»Ich möchte nicht mit jemandem zusammenarbeiten, der mir nicht vertraut«, sagte Albert, als Marian versuchte, ihn umzustimmen.

»Albert, natürlich vertraue ich dir«, sagte Marian. »Dies war nur ein ganz besonderer Fall.«

»Ja, natürlich«, sagte Albert. »Und das wird immer die Entschuldigung sein, wenn du entschlossen bist, mich wie ein unmündiges Kind zu behandeln.«

Er vermied es, Marian Briem in die Augen zu schauen. Es war eine schwierige Zusammenarbeit gewesen. Marian hatte ihm im Nachhinein die Zusammenhänge erklärt und mit nichts hinter dem Berg gehalten, aber es interessierte Albert nicht mehr.

»Ich glaube nicht, dass ich anders hätte handeln können«, sagte Marian.

»Du hättest mir anvertrauen können, was du wusstest«, erwiderte Albert leise. »Du hättest mir vertrauen sollen.«

Marian nickte. »Ich weiß. Aber ich durfte dir nicht sagen, dass Viðars Telefon abgehört wurde, ich hatte es auf vertraulichem Wege erfahren, von einem alten Freund. Er hat mir ein Versprechen abgenommen. Der Fall war besonders heikel, da dieser alte Freund weiß, dass hierzulande politische Lauschangriffe vorgenommen werden. Vielleicht hätte ich es dir trotzdem sagen sollen. Es war mein Fehler, dass ich es nicht getan habe.«

»Es ist kein gutes Gefühl, wenn man es mit einem Menschen wie Juri Vygocki zu tun hat und weiß, dass einem kein Vertrauen entgegengebracht wird«, sagte Albert.

Marian nickte.

»Ich habe dir vertraut«, sagte Albert.

»Könntest du dir nicht vorstellen, noch einmal über die Sache nachzudenken?«, fragte Marian.

»Nein«, erklärte Albert. »Und Guðny ist derselben Meinung. Ich muss an meine Familie denken.«

Er seufzte tief. »Den Mann in der blauen Jacke haben wir nie gefunden.«

»Nein, er hatte nichts mit dem Fall zu tun.«

»Das weiß ich«, sagte Albert. »Ich hätte nur gern einmal seine Visage gesehen.«

Achtundvierzig

Etwa zwei Wochen nach den Vorfällen bei der Veranstaltungshalle lag Marian Briem mit geschlossenen Augen im Büro auf dem Sofa und hörte Radio. Der Regen trommelte an die Fensterscheiben. Fischer und Spasski spielten die neunzehnte Partie. Es gab im Grunde keinen Zweifel mehr, dass Fischer das Match des Jahrhunderts gewinnen würde. Im Rundfunk wurde über die Eröffnung der Olympischen Spiele in München berichtet.

Marian hatte in einer Zeitung die Meldung gelesen, dass ein alter Reeder aus Reykjavík gestorben sei. Dagný hatte tags zuvor vom Krankenhaus aus angerufen und vom Tod ihres Vaters berichtet. Sie hatte gefragt, ob Marian sich doch noch dazu durchgerungen hatte, ihn zu treffen. Die Antwort war nein. Sie fragte, ob Marian zur Beerdigung kommen würde, und die Antwort war wiederum ein Nein.

Jemand klopfte an die Tür zum Büro. Albert hatte seinen Schreibtisch geräumt und alle persönlichen Dinge entfernt, das Foto von seiner Familie und die Zeichnungen seiner Töchter, die er an die Wand geklebt hatte. Marians Gedanken waren um die Ereignisse der letzten Tage gekreist. Immer mehr drängte sich die Frage auf, ob es möglich gewesen wäre, den

Gang der Dinge zu ändern, aber eine eindeutige Antwort darauf gab es natürlich nicht.

An dem Tag, als Katrín auf der Gullfoss wieder nach Kopenhagen reiste, hatte Marian mit ihr einen Ausflug gemacht, um ihr das alte Lungensanatorium in Vífilsstaðir zu zeigen. Das für isländische Verhältnisse imposante weiße Gebäude mit seinem roten Dach wirkte wie ein Mahnmal für die ungeheure Bedrohung, die früher von der Tuberkulose ausgegangen war.

»Ich habe viel von diesem Ort gehört, aber ich bin nie hier gewesen«, sagte Katrín, als sie aus dem Wagen stieg und das Gebäude auf sich wirken ließ.

»Trotz allem, es war gut, hier zu sein«, sagte Marian und führte sie hinter das Haus zur Liegehalle, die jetzt unbenutzt war und verfiel. Auf dem See glitzerten Sonnenstrahlen. Marian deutete auf ein Fenster an dem Gebäude.

»Dort war mein Zimmer, mit Blick auf den See. Und dort lag dein Cousin Anton. Und da oben auf dem Hügelrücken ist die Steinwarte von Gunnhildur. Uns wurde gesagt, dass diejenigen, die es bis Gunnhildur schafften, auf dem Wege der Besserung seien.«

Katrín musste lächeln und folgte Marian auf dem Weg zu der Steinwarte, und es ging immer bergan. Als sie oben waren, setzte sie sich auf die Steine vor einem Bunker aus den Kriegsjahren.

»Wer war diese Gunnhildur?«, fragte sie.

»Das habe ich nie herausbekommen«, sagte Marian keuchend. »Ich glaube, niemand hat es je gewusst. Wahrscheinlich irgendeine Frau, die hier irgendwann mal gelebt hat.«

Unten beim Sanatorium schien einiges los zu sein.

Die Zahl der Tuberkulosekranken hatte sich enorm verringert, deswegen kamen inzwischen auch all die anderen hierher, die mit Erkrankungen der Atemwege zu kämpfen hatten, um die Kapazitäten des Hauses zu nutzen.

»Wir haben es bis hierher geschafft«, sagte Katrín. »Anderen ist dieses Glück nicht vergönnt gewesen.«

»Nein«, entgegnete Marian. »Wir können nur dankbar dafür sein. Und da willst du fort.«

»Ich hoffe, dass du mich verstehst, Marian.«

»Ich weiß nicht, ob ich überhaupt noch irgendetwas verstehe.«

»Ich bin dir so zu Dank verpflichtet«, sagte Katrín. »Du wirst immer in meinen Gedanken sein. Du wirst immer ein wichtiger Teil meines Lebens sein.«

»Das Gleiche könnte ich auch über dich sagen, Katrín.«

»Vielleicht möchte ich einfach, dass es so ist. Dass du in irgendwelchen Erinnerungen zu mir gehörst, die sowohl schön als auch schrecklich sind. Ich fühle mich immer am wohlsten bei dir, wenn ich alleine bin. Ich kann es nicht besser erklären. Aber eines werde ich ganz sicher nicht tun, ich werde nicht nach Island ziehen, und ich werde niemals mit irgendjemandem zusammenleben, weder mit dir noch mit jemand anderem. Das weiß ich. Und irgendwie war mir das immer schon klar.«

Marian sah zu der großen Steinwarte hinüber, die auf dem Hang aufgeschichtet worden war. Eigentlich konnte man kaum das Wort aufgeschichtet verwenden, ein Stein war auf den anderen gelegt worden.

»Es wäre schön, ab und zu einen Brief von dir zu bekommen, damit ich weiß, dass es dir gut geht«, sagte Marian.

»Ja, natürlich«, entgegnete Katrín.

»Falls du es dir anders überlegen solltest, weißt du, wo ich zu finden bin.«

»Marian, das habe ich immer gewusst. Immer.«

Am späten Nachmittag lief die Gullfoss aus und ließ am Hafenausgang ihr Signalhorn ertönen. Marian fuhr nach Hause, wo immer noch ein Hauch von Katrín schwebte. Ein kleiner Zettel lag auf dem Küchentisch:

Entschuldige.
K.

Ein weiteres Mal wurde an die Tür geklopft, diesmal etwas entschlossener. Marian stellte das Radio leiser. In der Tür stand ein junger Mann mit einem dichten, rötlichen Haarschopf, den Marian nie gesehen hatte. Er war mittelgroß und kräftig gebaut, aber nicht dick. Er sah intelligent aus, sein Mund verriet Entschlossenheit, aber um die Augen herum befanden sich tiefe Trauerlinien, was Marian bei einem Mann seines Alters ungewöhnlich vorkam. Er trug eine Polizeiuniform, schien sich aber darin nicht besonders wohl zu fühlen. Fast hätte man meinen können, dass er sie heute zum ersten Mal trug und sich steif und unwohl darin fühlte.

»Um was geht es?«, fragte Marian und stand auf.

»Ich bin auf der Suche nach Marian Briem«, sagte der Mann und kratzte sich unter dem Uniformkragen.

»Bist du neu?«, fragte Marian.

»Ich habe gerade bei der Verkehrspolizei angefangen«, sagte der Mann. »Bist du vielleicht ...?«

Marian nickte.

»Ich habe da etwas für dich«, erklärte der Polizist und händigte Marian einen Umschlag aus.

»Vielen Dank. Wie heißt du?«, fragte Marian.

»Erlendur«, antwortete der junge Mann mit den seltsam traurigen Gesichtszügen. »Mein Name ist Erlendur Sveinsson.«

Der Nummer-1-Bestseller aus Schweden

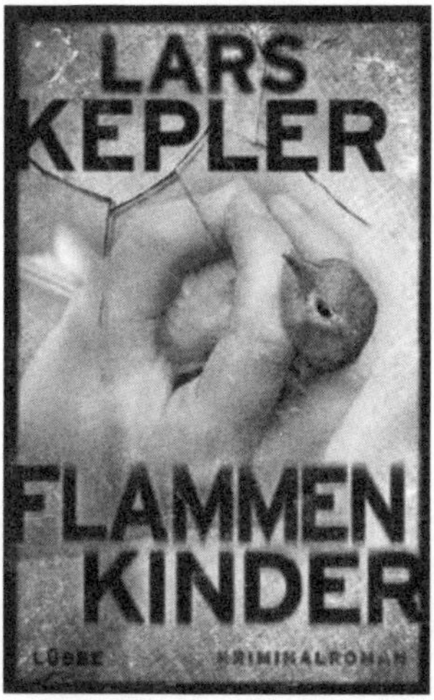

Lars Kepler
FLAMMENKINDER
Kriminalroman
Aus dem Schwedischen
von Paul Berf
624 Seiten
ISBN 978-3-7857-2463-7

Elisabeth und Miranda sind tot, sie wurden brutal erschlagen. Mirandas Körper ist zudem merkwürdig aufgebahrt. Als entdeckt wird, dass ein anderes Mädchen verschwunden ist, scheint klar, dass sie die Morde verübt hat. Was rätselhaft ist: Niemand scheint etwas über sie zu wissen. Da meldet sich eine verzweifelte Frau: Ihr Auto wurde gestohlen, wahrscheinlich von dem geflohenen Mädchen – und auf dem Rücksitz saß ihr vierjähriger Sohn! Kommissar Joona Linna ermittelt unter Hochdruck. Um diesen Fall zu lösen, muss er all seinen Scharfsinn und seinen unbeugsamen Willen einsetzen …

Der dritte Fall für Kommissar Joona Linna

Bastei Lübbe

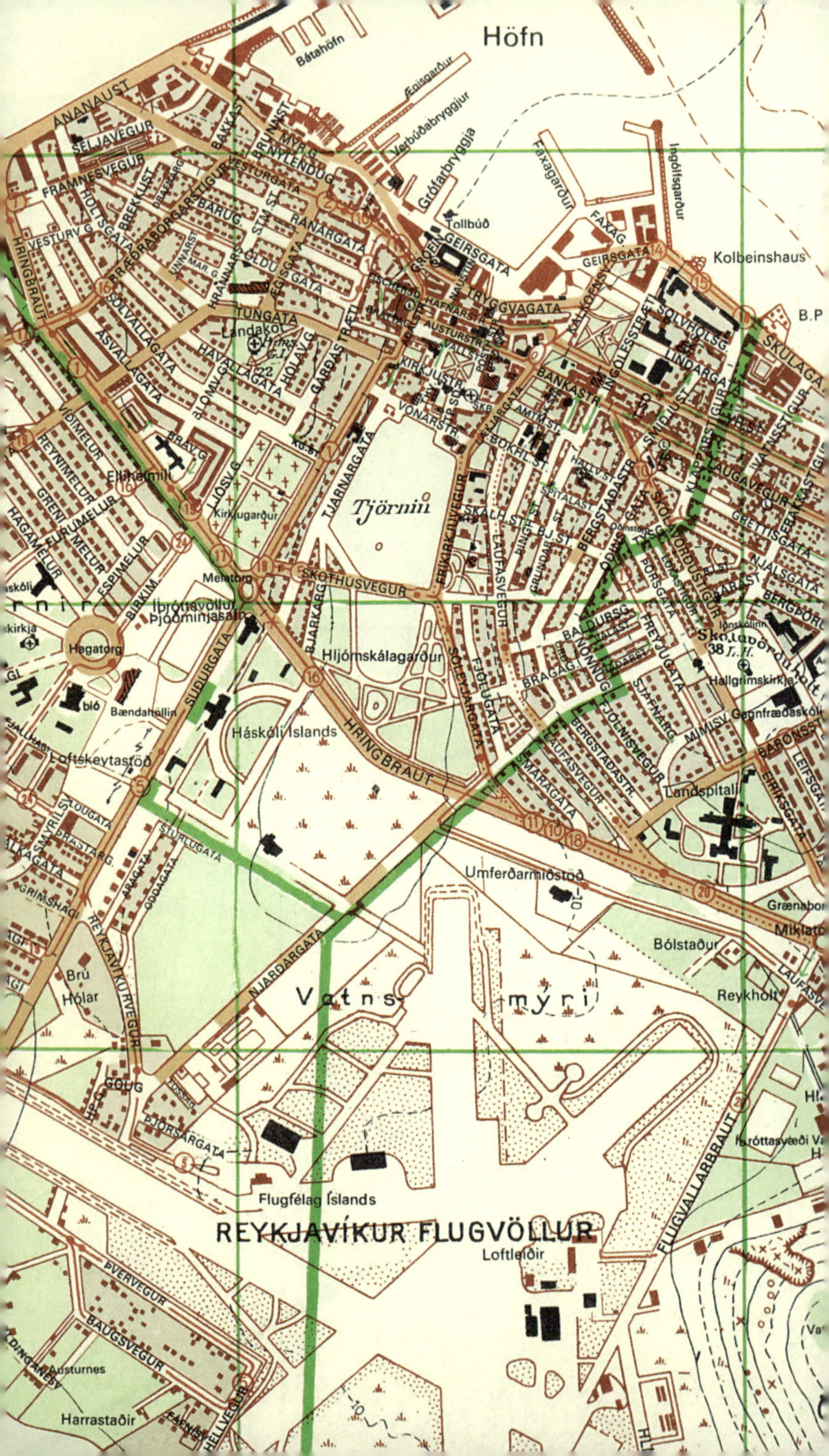

Höfn
Bátahöfn
Ægisgarður
Verbúðabryggjur
Grófarbryggja
Faxagarður
Ingólfsgarður
Tollbúð
Kolbeinshaus
ANANAUST
SELJAVEGUR
FRAMNESVEGUR
HOLTSGATA
BREKKUST.
VESTURV.G.
HRINGBRAUT
BRÆÐRABORGARSTÍGUR
SÓLVALLAGATA
ÁSVALLAGATA
BAKKAST.
BRUNNST.
MÝRG.
NÝLENDUG.
VESTURGATA
RÁNARGATA
BÁRUG.
STÝRIM.ST.
UNNARST.
ÖLDUGATA
ÆGISGATA
TÚNGATA
Landakot
HÁVALLAGATA
HOLTSG.
GARÐASTRÆTI
GEIRSGATA
TRYGGVAGATA
HAFNARSTR.
AUSTURSTR.
KIRKJUSTR.
VONARSTR.
LÆKJARGATA
BANKASTR.
AMTM.ST.
BÓKHL.ST.
INGÓLFSSTRÆTI
KALKOFNSV.
SÖLVHÓLSG.
LINDARGATA
SKÚLAGA.
B.P.
SMIÐJUST.
KLAPPARSTÍGUR
VATNSSTÍGUR
LAUGAVEGUR
FRAKKASTÍGUR
GRETTISGATA
NJÁLSGATA
BERGÞÓR.
HVERFISG.
VÍÐIMELUR
REYNIMELUR
GRENIMELUR
FURUMELUR
HAGAMELUR
ESPIMELUR
BIRKIM.
BRÁV.G.
LJÓSV.G.
BLÓMV.G.
Elliheimili
Kirkjugarður
TJARNARGATA
KÚ.ST.
Tjörnin
FRÍKIRKJUVEGUR
SKÁLH.ST.
BJ.ST.
LAUFÁSVEGUR
ÞINGH.ST.
SPÍTALAST.
BERGSTAÐASTR.
ÓÐINSGATA
SKÓLAVÖRÐUSTÍGUR
ÞÓRSGATA
LOKASTÍGUR
FREYJUGATA
Skólavörðuholt
Hallgrímskirkja
Gagnfræðaskóli
BARÓNSST.
LEIFSG.
EIRÍKSGATA
Landspítali
MÍMISV.
SJAFNARG.
FJÖLNISVEGUR
BALDURSG.
NÖNNUG.
BRAGAG.
Melatorg
ÍÞróttavöllur
ÞJóðminjasafn
SKOTHÚSVEGUR
BJARKARG.
Hljómskálagarður
SÓLEYJARGATA
FJÓLUGATA
Hagatorg
Bændahöllin
SUÐURGATA
Háskóli Íslands
HRINGBRAUT
Loftskeytastöð
TÓUGATA
SMYRILSV.
ÞRASTARG.
STURLUGATA
ARAGATA
ODDAGATA
GRÍMSHAGI
REYKJAVÍKURVEGUR
Brú
Hólar
NJARÐARGATA
Umferðarmiðstöð
BERGSTAÐASTR.
LAUFÁSVEGUR
SMÁRAGATA
Grænaborg
Miklatorg
Bólstaður
Reykholt
Vatnsmýri
GOUG
FOSSAG.
ÞJÓRSÁRGATA
Flugfélag Íslands
REYKJAVÍKUR FLUGVÖLLUR
Loftleiðir
FLUGVALLARBRAUT
Íþróttasvæði Va
ÞVERVEGUR
BAUGSVEGUR
Austurnes
Harrastaðir
SKILDINGANESV.
HELLUVEGUR